EXPOSURE:

Poisoned Water, Corporate Greed, and One Lawyer's Twenty-Year Battle against DuPont

ROBERT BILOTT
with Tom Shroder

谨以此书献给我的三个儿子：泰迪、查理、托尼

他们一心只想让一切都噤声，
仿佛这是个惊天秘密……
他们不会告诉我这个秘密，
甚至都不愿意跟我提起。
只因为我是个老实巴交的农民，
我就活该什么都不知道。
但是这一切都掩盖不住了，
因为我要把它们都拿到光天化日之下让人们来评评理。
——威尔伯·厄尔·坦南特

作者的话

　　在过去的几十年中，本人一直致力于向大众发出警告，提醒大家注意已经发生和正在发生的危险情况。这些危险情况的始作俑者是杜邦公司等企业，他们令个人和公众暴露在全氟辛酸（perfluorooctanoic acid，PFOA）及全氟／多氟烷基化合物（per- and polyfluoroalkyl substances，PFAS）之下，这些化学物质很可能严重伤害所有人。上述情况是书中的事实和事件的基石与起点。本书的内容立足于或源自一些信息、文件、证词、声明，这些资料来自公共法庭卷宗、庭审笔录、监管机构披露的信息，或公共事件备忘录、文档存储库、出版物、媒体声明等渠道。这些信息都是可以公开的，不受法庭批准的任何保密或保护性命令限制。所有姓名与人物都真实存在。出于慎重考虑，这本书是在几次庭审完成之后才出版的，其中包括在俄亥俄州联邦法院进行的三次陪审团庭审（每次为期数周）；最终，陪审团就惩罚性损害赔偿等事宜做出裁决，答辩状和口头辩论程序也已全部完成。在重现某些对话和事件时，本人竭尽所能地维护客户及他人的权益，不透露律师给客户的建议、机密文件，以及相关工作成果，并且不以任何形式放弃此类特许保密权、保护权，以及法律赋予的，起到保密保护作用的其他权益。任何人不得将本书中的任何内容解读为放弃上述权利，此类弃权主张会被明确拒绝。本人的看法、所说的话（庭审记录中的除外）完全是个人的看法、记忆（已尽最大努力回想），以及主张；不论出于什么意图，都不得把上述内容归于其他人，包括作者现在的或从前的客户、合伙人、律所同僚等。

目 录

第一幕
农民

1

干淌河

谁都帮不了他。

斑驳的阳光洒进空旷的山谷，一条小河蜿蜒其中。一个放牛的农民坐在河边，他身后一群白面红毛的海福特牛[1]正在悠闲地吃草。这块地是他母亲的祖父当年买下来的，自打他有记忆以来，这里就是他唯一的家园。当他还是个孩子时，就在身边的这条小河里泡过脚，那清冽舒爽的感觉他一直都记得。长大成人后，他挽着妻子的手在河边的堤岸上散步。当上父亲的他也正是在这里看着自己可爱的女儿们在河中快乐地戏水玩耍。而此刻他的牛伙计们正美美地饮着河水。

有好几条河流穿过他家绵延成片的农场，这条看上去和其他几条没什么不同，只是显得更加小巧且时有时无。积聚在西弗吉尼亚州古老崎岖的山脉中的雨水滋养了这条小河，给它带去了朦胧的、天空一般的蓝色。偶尔遇到雷雨大作的时候，这条小河的蓄水就会成倍暴增，就连他也没法涉水过去了。旱季袭来时的小河则会缩减到像一条项链一般细小，里面游来游去的鲦鱼一闪一闪泛着银光。有时赶上数日大旱，他甚至能看到泥地上反光的死鲦鱼。这就是人们给这条河起名干淌河的原因。

过去的干淌河纯净得像酒。现在它看上去更像肮脏的洗碗水，河水一碰到石块，马上就会堆起一层泡沫。厚厚的泡沫在漩涡处打着转，像极了

---

[1] 原产于英格兰赫里福德郡，亦称"赫里福德牛"。本书中，注释如无特别说明，均为中译本注释。

蛋白颤巍巍地撞上高耸的山峰后，在一阵微风中粉身碎骨。你甚至能用小棍把它戳出一个窟窿。水的气味闻起来像东西腐烂了似的。

农民指着小河说道："在那层泡沫下面，那就是河水。"

他是对着眼前的便携式摄像机说这话的。他跟别人讲自己的家园里发生了什么，可是没一个人信他。也许他把这些事实都拍下来，人们就能亲眼看到这一切，就不会把他当成一个心智不正常的老农民了吧。他举着摄像机沿着小河摇摄的时候，几只小鸟追着他，在又湿又热的天空中不住地啼叫。按下缩放键时，他的手抖动了一下，镜头投向了一个污浊不堪的池塘。池塘的表面蒙着一层硬壳般的物质，随风挤向岸边的时候就像池塘长出了皱纹。

农民向着他假想的观众发问："你养的家畜要是喝这种水，你能乐意吗？"

这位农民名叫威尔伯·厄尔·坦南特。不太熟的人都叫他威尔伯，不过家人和朋友都管他叫厄尔。厄尔此时四十四岁，身高六英尺[1]，看上去人高马大的。他肩膀宽厚，不过整个人并不胖。长期的劳作让他的双手看上去像砂纸般粗糙，他天生喜欢眯着眼睛。厄尔常常赤裸着上身在树林里走来走去，裤子高高地卷起来，脚上也不穿鞋。多年的放牛生活让他身手敏捷，孔武有力，他可是赤手空拳就能把小牛犊举过篱笆呢！

厄尔天生是个干重活的好坯子。他打理着曾祖辈买下的一百五十英亩[2]土地，还在树林里伐木取材，把木材拖回来，亲手盖起了有四个房间的两层农舍。农舍就建在草场一侧的斜坡上，像是从地上硬生生地鼓起一块。

干涸河离他家农舍走路还不到一英里[3]的距离。出门先穿过李河，走过一片空地，再沿着两条车轮印走上一段就到了。干涸河沿着农场的一角

---

1 英尺，英美制长度单位，1英尺合0.3048米。
2 英亩，英美制地积单位，1英亩合4046.86平方米。
3 英里，英美制长度单位，1英里合1.6093千米。

流过，厄尔把那个地方叫作"喊叫"。喊叫正好夹在两个山腰之间，厄尔整个夏天都把牲畜赶去那里吃草。他天天都要去那儿点数牲畜和检查篱笆。这片草地上混种着荷兰白三叶草、蓝草、羊茅草、红三叶草，他的牛可以在这里悠闲地享用大餐……"真是应有尽有呢！"先前他的牛靠吃这一片草上膘很快，另外他还会给牛吃自己种的玉米和从饲料店买回来的谷物。可是现如今，他虽然给牛加了一倍的饲料，可还是眼睁睁地看着它们日渐消瘦。

他认为问题的根源不是它们的食物，而是它们喝的水。他的牛有时候会跑到空地最远那侧，在一个浴缸做成的水槽里饮水，那里的水来自山泉，不过它们主要还是喝干淌河里的水。厄尔已经意识到干淌河里的水有毒了，但是至于是什么毒，他自己也不知道。

"他们应该来这里提取水样，看看这水里到底有了什么东西。"厄尔用镜头对着污浊的水，水边是齐膝高的野草。橄榄绿的水面上漂着棕绿色的浮沫，在长着野草的水边形成一片硬壳。"好看吧？"他问。

他的声音中透露出一丝愤怒。他的牛伙计们没有缘由地濒临死亡，而且还是群发性的。不到两年的时间内，他就已经损失了至少一百只牛犊和五十多头成年牛。每死一头牛他就会在日历上做个标记，每一个简简单单的斜杠都代表着一桩离奇的死亡。他养的家畜曾经多达将近三百只，可现在已经减少到不到一半了。

厄尔也曾到处寻求帮助，可是没有人愿意站出来。在联系了西弗吉尼亚州自然资源部和西弗吉尼亚州环境保护部之后，他就感觉到他们在故意拖延，迟迟不给回复。州里的兽医甚至都不肯来他的农场看看。他本来认识几个自然资源部的工作人员，因为他曾经得到过一项特别批准，即使在非狩猎季也可以在自家土地上打猎。不过，他们现在好像都不理他了。

"其实你去自然资源部一点儿好处都捞不着，他们都摆出一副冷脸懒得理人。"厄尔对着镜头继续说道，"不过你们得给我点儿时间，我会想办法做到的。"

真实情况是时间已经来不及了，不光是厄尔养的牛接连死去，只要是和干淌河沾边的，不管是河里的还是河边的，鹿、鸟、鱼都难以逃过死亡魔咒。厄尔已经不敢把他在附近猎杀的鹿带回家给家人吃了，因为那些鹿的内脏闻起来味道怪怪的，而且上面还布满像肿瘤一样的凸起物。动物死后尸体就那么待在那里，连秃鹰和嗜食腐肉的动物都不会去碰一下。

打猎曾经是厄尔生活中最大的乐趣。那时他背着猎枪在农场里四处转悠，随时准备收获野味回家好好大吃一顿。他是个一等一的神射手，他的家人跟着他可从来都没缺过肉吃。他家的冰箱里总是满满当当地塞着鹿肉、野鸡、松鼠和野兔。

可现在冰箱里的那些玩意儿更像是病理学实验室里等待化验的样本。

他认为问题就出在干淌河里。他几乎再没看到鲦鱼在河水中游来游去，除了那几具翻着白肚皮浮在水面上的鲦鱼尸体。

厄尔把镜头推远，摇摄一根正在往干淌河里喷水的工业用排水管。

他又把镜头拉近，同时说道："我想要说清楚，而且非常确定的是，那个地方吐出的水流进了干淌河。"

排水管的上端连着一片洼地，那是一个垃圾填埋场的集液池。在厄尔家农场的另一侧，干淌河垃圾填埋场占满了整个小山谷，而那里曾经属于厄尔家的几代人。垃圾填埋场的倾倒坑没有被密封，这是个用来处理无害垃圾的地方，比如办公用纸、生活垃圾什么的——反正早在十三年前，买下他家这块地的公司是这么告诉厄尔一家人的。

他一点儿都不相信这些鬼话。随便谁都可以看出来已经出现了很严重的问题，不仅是垃圾填埋场本身有问题，就连它的监管机构也有问题。难道他们以为别人都不会注意到这一切吗？难道他们以为他会袖手旁观吗？

"有人根本没有履行自己的职责，"厄尔对着镜头继续自己的独白，就像有人在当他的听众一样，"他们只是拖延时间，直到有人耐不住揭竿而起罢了。"

* * *

厄尔拍摄完漂满浮沫的干淌河两周之后，又把摄像机镜头转向了他的牛。这是一只无角的海福特牛，白面红毛，双耳软软地耷拉着。

他切换了几个角度，镜头里出现一只黑白相间的小牛犊，死在一圈凌乱的杂草旁。可怜的它看上去至多才出生几天。小牛犊的头以一种很不舒服的角度向后仰着，看得出尸体已经开始腐烂了。

"它和那边那只牛犊差不多，"厄尔难过地说着，镜头切到了旁边的杂草上，"看看这一切都成了什么？那只小牛犊死得太惨了！说出来你们都不相信，它不停地踢蹬，还拿自己的身体砰砰撞击地面，最后就那么悲惨地死掉了。"

小牛犊很快被吞没在一团漆黑且发出嗡嗡声的浓雾中，镜头推进了，原来是一大群苍蝇。

厄尔又开始摇摄远处：草坡上一堆垃圾箱大小的原木正在燃烧着，一只小牛犊的尸体就这样堂而皇之地躺在熊熊火焰中，接受火葬的洗礼。黑色的烟柱肆无忌惮地在空中乱舞。

"这已经是我们这儿第一百零七只遇到相同问题的牛犊了，我把它们全烧了。另外还有五十六头大牛也是相同的结局。"

在另外一片空地上，一头成年的牛也死在地上。死前的腹泻让它原本光泽顺滑的白色皮毛硬得像穿了一层外壳，最后瘦到髋骨的轮廓都看得清清楚楚。原本的一双大眼睛已经深深陷进了头骨当中。

"这头牛大约是二三十分钟前才死的。"厄尔难过地说道，"我每天至少要喂它一加仑[1]的谷物，在那边是它生的小牛犊，不过生下来就是死的。"

厄尔深爱他的牛，反过来牛也非常依恋厄尔。每次他轻挠它们头顶的时候，它们就会用鼻子蹭蹭他。每年春天他都会弄来几只小牛犊养着，这样他的女儿们就可以多几位宠物朋友了。就算之后要卖掉它们或是宰杀吃

---

1 加仑，液量单位，美制1加仑等于3.79升。

肉，他也从不愿自己动手；除非哪只牛碰到了断腿这样的麻烦事儿，他才不得不帮助它脱离苦海。可是最近，这些牛开始性情大变地对人进行攻击了，就像刚死去的那头牛在临死之前那样，它试图踢厄尔，甚至还用头去顶撞他。

那头牛整个夏天都被养在山谷中，喝过干涸河的水后，它的行为就变得越来越古怪了。不管是政府的人，还是当地的兽医，都不愿意来为死去的牛做尸体解剖，厄尔只能自己操刀了。这可不是他第一次干这种活儿。其实他之前做的解剖已经揭示了惊人的事实：肿瘤、不正常的器官、化学气味。他并不是病理学专家，不过牛尸体中暴露出来的种种疾病已经再清楚不过了。他把这些物证一股脑打包放进了冰箱，只盼着有一天哪位有资质的专家能来看上一眼。只不过他一直也没等来那一天，于是他决定自己录一段录像给他们看。

"这头牛真是可怜透了！我得把它切开看看到底它的死因是什么。因为事情太可疑了，我给它喂了足够的食物。它本应该上膘才对，而不是像现在这样瘦成皮包骨头。第一件事就是把它的头切下来，看看它的牙齿有没有什么问题。"

厄尔戴上白手套，撬开了牛的嘴巴，仔细检查它的口腔和牙齿。舌头看上去还算正常，不过有些牙齿呈现出一种焦黑色，点缀在旁边白色的牙齿中，就像钢琴的黑白琴键。有一颗牙下面长了一个很大的脓疮，大到厄尔可以插一把碎冰锥进去。旁边成群的苍蝇像蜜蜂一样发出嗡嗡声，赶都赶不走。他切开了牛的胸腔，取出它的肺，又把镜头对准了切开的肺。闻起来非常怪异！他辨别不出来那是什么味道。他这辈子处理过不少正常死亡的牛的尸体，可这只和其他那些发出的气味都不一样。

"我压根儿不明白远处那些大得出奇的暗红色房子是干吗的，一点儿也猜不出来。我甚至都不记得那里之前有那么一片房子。"厄尔取出牛的心脏并且把它切开，其中的肌肉组织看着还不错，不过在原先跳动的心室里却残留着一小股黄色的液体，"液体大约有满满一茶杯那么多——真是极少碰到的情况，至少这种东西我长这么大从没遇到过。"

厄尔返回到牛的尸体旁又取出它的肝脏，肝脏看上去也算正常。附着在肝脏上的是一个不对劲的胆囊："这是我这辈子见过的最大的胆囊！这肯定是出问题了，呃，它比正常的胆囊大了三分之二。"

牛的双肾也明显呈现出不正常的状态。它们本应是光滑的，可现在看上去黏糊糊的，而且表面还有隆起的条状物。和厄尔见过的脾脏比起来，这牛的脾脏显得又小又白。当他取出牛的另外一只肺时，他注意到本应松软、呈粉色的肺现在却布满了暗紫色的斑点："你们注意到这些发暗的斑点了吗？都快长满整个肺部了。这是非常不正常的，在我看来，这有些像癌症呢！"

在厄尔看来，导致这只牛死亡的原因是由内而外的，直到把它完全吞噬毁灭。

2

电话

"丁零零——"我办公室的电话响了起来。

"您好！"话筒里传来一个不熟悉的声音，"请问是罗布[1]吗？"

"我是罗伯特·比洛特。"我觉得很是吃惊，近二十年来没人叫过我罗布。

电话那头的男士很明显是南方口音，而且他的阿巴拉契亚腔很重，说起话来连珠炮似的。他听上去相当激动，语速很快，我只能费力地理解他到底要说什么。这位老兄是寻求帮助来了。关于……牛……的问题？不光是牛，还是快死光的牛？我是为企业辩护的律师，他给我打电话干吗？

他的音量和语调让我不由得向后靠了靠身子。这位老兄是从哪里搞到我的电话号码的呢？除了客户、律师同行和家人，很少有人给我打这部私人专用电话。别人可能会打去我们的总办公室，因为我的专线号码是没有被公布的。这位老兄一直喋喋不休地说着他的牛，我甚至动了心思要不要把他这通电话转给我的秘书，或是干脆直接挂了得了。没想到，接下来他讲的两个词引起了我的注意："阿尔玛·怀特"。

我的祖母？他那些濒死的牛跟我八十一岁的老祖母会有什么关系呢？

我拿过一个记事簿写下他的名字：厄尔·坦南特。他家在西弗吉尼亚州帕克斯堡城外拥有一个养牛的农场。我祖母曾经在帕克斯堡住过很多年。那里也是我母亲的家乡，她在那儿长大，后来还在帕克斯堡高中读过

1　罗布（Rob）是罗伯特（Robert）的昵称。

书。记得小时候，每当我们收拾好行李，准备开车往西弗吉尼亚方向去，母亲总说那是"回家"。

因为儿时总去帕克斯堡探望祖母和曾外祖父母，我对那个城市还是相当熟悉的，甚至我在上小学阶段还曾在那里短暂地居住过。我出生在一个军人世家，从小就随着父母在军营之间来回迁徙，总是刚交到好朋友就又不得不分开。而帕克斯堡应该是我孩提时代为数不多的稳定居住地之一，那里也留下了我许多美好幸福的童年记忆。每当我一想到闲适恬静的圣诞节，那就应该是在帕克斯堡度过的。我家人口不多，有父母和一个大我一岁的姐姐贝丝。但是过圣诞节时，我们一家会和祖母以及曾外祖父母聚在一起，享用一顿超丰盛的节日大餐。之后我们就会驱车前往祖母家附近的农场，农场规模不算大，有五六十间农舍。每间农舍都装点着夸张的圣诞节彩灯和饰物，酷炫得不得了呢！

厄尔家的农场和我祖母家离得挺近，不过和祖母那些半郊区的邻居比起来，他家的农场位于城镇南部的小山上，紧挨着格雷厄姆家的农场，自成一个小世界。厄尔曾经把他家的牛离奇死去的事情告诉过他的邻居安·格雷厄姆。据他讲，是附近的那个垃圾填埋场泄漏出来的化学物质毒死了他的牛。他试着找过当地的律师，不过那些律师一听到垃圾填埋场属于城里最大的公司——杜邦公司，就马上打了退堂鼓，还毫不客气地让他去别的律师事务所试试。那些所谓的"政府公职人员"也同样帮不上什么忙，他们也只是听厄尔絮絮叨叨地讲着发生在他家农场的离奇怪事，却也无能为力。厄尔自己给杜邦公司打过好多个电话，次数多到他都数不过来了。他说那些接电话的人总是敷衍地回应他。这一晃就是两年，事情没有得到丝毫解决，而他养的牛却一头接一头地死去。他跟邻居们讲他必须要找到一名好律师，哪怕是到别的州去求人家帮忙。

安·格雷厄姆决定帮帮她的邻居厄尔，碰巧她刚和我祖母通过电话。当时祖母正住在俄亥俄州的代顿，离我父母很近。祖母那时候总是爱到处炫耀，说我在辛辛那提的一家高档次的律所里做环境事务律师。于是，祖母通过安，把我的姓名和电话号码给了厄尔，还附带了一份热情洋溢的推荐，只不过这推荐更像是老祖母的骄傲，并非出于对法律的正确理解。她老人家甚至还承诺说她的孙子肯定会帮这个忙的。

我没说话，无奈地摇了摇头。老祖母把我的电话号码给别人之前真应该告诉我一声，这可不是为了搞万圣夜派对随手发出的邀请函。我本人也应该早跟祖母解释清楚，此环境事务律师非彼环境事务律师，两者的职责是完全不同的。我们律所主要服务于像杜邦这样的企业客户，若他们被指控污染了别人的农场，我们会给他们提供辩护服务。简而言之，我是站在这位老兄的对立阵营的。

不过我还是决定听他把话讲完。他声音中的那种痛苦和热情深深地打动了我。我努力想象一个人充满绝望，眼睁睁地看着自己养的动物受尽折磨、一一死掉却无能为力，而周围没有一个人动动手指帮助他。我真的不愿像那些拒绝施以援手的人或机构一样，再一次让他希望破灭。我得帮助他！不过我先得搞清楚几个问题：

"你有文件能证明那个垃圾填埋场是杜邦公司的吗？"

"是的。"他说。事实上，他和他的家族曾经卖了一片地给杜邦公司，那片地所在的位置就是现在的干淌河垃圾填埋场。他手头还有当时的买卖文件。

"你怎么知道垃圾填埋场排出的化学物质进入了你家牛的身体当中？"

他回答道："我解剖过几具牛的尸体，我长这么大从没见过在牛身体里会有那些东西。"

"你知道垃圾填埋场泄漏出的东西到底是什么吗？"

"不，我不知道。"不过他非常肯定的是那里一定排出了某种物质，某种很糟糕的物质，正是这种物质让他的牛一头接一头地饱受折磨而死。此外，他还坚信有人肯定知道真相，却在刻意隐瞒。否则为什么其他人都对此事视而不见呢？

我对他所说的话持怀疑态度，你也可以说我是出于职业习惯而怀疑一切。杜邦公司可不是那种天天被监管机构盯着的无良公司；它是世界上最大的化学公司之一，有将近两百年的历史且享誉国内外，在当时它可是业内公认的在健康与安全方面的领军者。

虽然杜邦公司不是我们的客户，我却了解这一切，因为我曾和杜邦公司的环境法律顾问在各种各样的超级基金[1]（Superfund）项目中共事。该项目获得政府授权，旨在清理全国受污染最严重的土地和水域。那些法律顾问可都是业内响当当的顶级律师。我的从业经历告诉我，作为杜邦公司的环境事务律师，他们既具备专业素质，也有充足的预算去做最正确的事情，这可是所有环境事务律师梦寐以求的事。厄尔坚称杜邦公司偷偷把有害物质倾倒在只能处理无害垃圾的填埋场，这于我而言更像一种阴谋论。在数年的从业经历中，我和好多企业客户打过交道，不过还从没碰到过这种行为。厄尔肯定也听出了我声音中的质疑。

"我能证明这一切！"他坚定地说道。他有好几箱子的照片和录像带，其中记录着他所描述的每件事和每个细节。他跟我讲，只要我看了这些东西，肯定就会明白了。"这些照片和录像带会让一切都清清楚楚的。"不过现在已经清楚的是，一旦厄尔所讲的一切都属实，那就意味着他可能会和杜邦公司——世界上最大的化学公司之一——打官司。我实在不忍心告诉厄尔我不能起诉像杜邦这样的公司，因为我的职责是为他们辩护。正是这些公司出钱养着我和我的律所。但是我一直都极不愿意让别人失望，特别是像他这样陷于绝望境地的人。我思忖着至少我可以请他到律所来，听他大倒特倒苦水，再看看那些他迫不及待想让我看的东西。再说，他打这个电话也是听了我祖母的建议。于是，我邀请他驱车三个半小时来辛辛那提找我，还可以顺便把他所有的箱子带过来。就算帮不上别的忙，我也可以把他推荐给其他律所接这种案子的律师。我告诉他："我不能向你保证

---

1 1980年，美国国会通过了《超级基金法》，又称《综合环境反应、补偿与责任法》，对危险物质泄漏的治理方式及其费用的负担方式作出规定。

什么，不过我可以看看你的那些东西。"最糟糕的结果不过是浪费一个小时，去翻看一摞摞照片和证据，这倒也没什么大不了的。

这又会有多大的麻烦呢？

*　　*　　*

在接到厄尔的电话之前，我的生活和身边的普通人没什么两样。三十三岁的我刚刚晋升为奶爸，有一个六个月大的儿子，我给他起名叫泰迪。我本人成为塔夫托律师事务所[1]的合伙人不过两个月的时间，塔夫托律所是辛辛那提存在时间最长的律所之一。当时我和妻子萨拉正准备为我们的小家庭盖一栋新房子。我们住的房子是一栋百年老屋，不太适合我们这样的小家庭。房子最初是由一个能工巧匠卖给了一个手没那么巧的人，我则是在六年前接手的，因为我们结婚需要房子。萨拉和我是在1991年的秋天认识的，那时我在塔夫托律所已经工作了一年多的时间。我记得当时我正和两个同事喝咖啡，其中一个是二十多岁的小伙子，和我年龄差不多；另一个是一位叫玛丽亚的年轻女同事。我当时抱怨在这么大的律所做新聘助理，每天的工作时间长到自己无法控制，根本就没有机会进行任何社交。在辛辛那提尤其如此，人们愿意一生都在这里度过，连高中时结交的朋友都恨不得能维系到老。听到我的抱怨，玛丽亚提议说："我有一些朋友可以推荐给你认识。"于是她很快就喊来了萨拉·巴拉格。萨拉二十五岁，比我小一岁，刚开始在城里另外一家律所担任企业辩护律师。玛丽亚和萨拉都来自俄亥俄河对面的肯塔基州北部，她们是邻居，从小一起长大，一起上学。玛丽亚向萨拉描述了塔夫托律所的两位单身男士：我和那个男同事。我是其中那个"寡言少语"的。聪明又活泼的萨拉喜欢那种"派对中心人物"，所以根据描述，我同事当然是她的首选。"但是我会

---

1 全称塔夫托&斯特蒂纽斯&霍利斯特律师事务所（Taft Stettinius & Hollister LLP），下文中亦简称为"塔夫托律所"或"塔夫托"。

选前面那位。"这是萨拉最后的决定。

在确认萨拉选的是我之后，我陪玛丽亚和萨拉去吃午餐。面对萨拉，我能想到的自我介绍不过就是一个二十六岁单身男青年的典型套话。萨拉实在是太了不起了！她和玛丽亚两人都是活泼外向的聊天能手，整个午餐时间都是两位女士在喋喋不休地说，而我只能做个安静的倾听者。不得不说，我在整个过程中都注视着萨拉，目光根本就没离开过她那对漂亮发光的蓝眼睛。她浑身上下充满了活力，几乎就是一个发光体。她魅力四射又谈吐得体，似乎看到的都是别人的优点——我真希望自己能和她一样，但是我知道我和她是两种类型。我怀疑我在整个过程中有没有讲一到两句话，不过这样也好，希望我能因此散发出一种吸引人的神秘气息。也可能不是这种效果！

那顿午餐之后，萨拉肯定不是迫不及待地等着我的来电，不过在我向她发出吃饭和看电影的邀约时，她至少没有拒绝我。我们一起看了《恐怖角》，可那之后她跟我坦言她并不喜欢看电影。后来她才告诉我，那次午餐中我在提到姐姐和父母时用了一种"贴心的"语气，正是这一点让她忽略了我当时的笨拙与木讷。往事不堪回首啊！我当时得有多愚笨啊！还记得我决定向她求婚的那天晚上，她的偏头痛突然发作了。我赶去看她，她当时疼得头都抬不起来了，就那么躺在黑暗里。她所能做的就是要我去给她买一些止痛药。我认为我的机会终于来了，决定把求婚戒指藏在药瓶里。我故意开了灯，这样她在打开药瓶时就能看见里面的戒指了。萨拉就说了一句："嗯，我挺喜欢的。现在你可以关灯离开了。"不过不管怎样，萨拉当时肯定能从我这种愚蠢的小失误中看到我善良的内心。不过我还真是怀疑，如果萨拉当初没有答应嫁给我，我还会如此善良吗？

就这样，萨拉搬进了我买的那栋老房子里。后来，在萨拉怀孕后，我们就开始查看这栋老房子的方方面面。看看墙壁，我们担心上面会是有毒的含铅油漆；看看邻居，周围有二十几栋房子，但几乎没人居住；最后看向俄亥俄河对岸的肯塔基州北部，那里是萨拉成长的地方，有迷人的树林、山岗，还有价格合适的社区。

　　因此，我们做了决定：我即将成为律所的合伙人，新的工作职位和增加的收入可以负担我们在肯塔基州的山上建造一栋合适我们小家庭的房屋。此外，萨拉本来是在工人索赔案件中为公司一方辩护的律师，她也可以趁机从繁重的工作中抽身了，至少在接下来的几年里可以安心在家照顾孩子和家庭了。

　　我每天早晨都开着我那辆1990年的丰田赛利卡驶入停车场，里面停满了奔驰、宝马等各种高档轿车。停好车后我会搭乘电梯上到二十层，沿着走廊一直走就到达我的办公室。走廊两侧的墙壁上装饰着现代的艺术印刷品和油画，都是那些过世很久的律所合伙人留下来的。他们中有总裁威廉·霍华德·塔夫托的儿子。塔夫托律师事务所创建于1898年，到我开始在那里工作的时候，它已被视为常春藤盟校毕业生扎堆的地方，那些毕业生家境殷实显赫。而我来自一个空军世家，在公立中学毕业前跟着家里搬迁了六七次。当时的我正在慢慢适应走进蝶形领结和绉条布西服组成的新世界，在那之前不久，无论是谁进入事务所大厅不穿正装或是没带名片，都会被认为是不善交际，甚至会被视为缺乏教养和风度。还在法学院读书的时候，我就申请了塔夫托律所的暑期实习项目，可惜连第一轮面试都没有通过。不过从俄亥俄州立大学的法学院毕业之后，我竟然后来居上，直接进入了这家事务所。我永远不会忘记1990年我到律所上班的第一天，一位年纪稍长的合伙人向我点头问候，他还随口问我："哈佛大学毕业的吧？"

　　"不是。"我赶忙回答道。

　　"那就是弗吉尼亚大学？"

　　"是俄亥俄州立大学。"

　　"哈！"合伙人评论道，"那你可真是匹黑马呢！"

　　八年时间过去了，我还在努力摆脱那种局外人的感觉，我急着向自己，也向我的合伙人证明，我是属于塔夫托律师事务所的。没有名校的光环，为了弥补这一缺憾，我就用加倍的耐力去完成枯燥的工作。干我们这行的大多数人对艰苦的任务和琐碎的细节心存恐惧，甚至会退避三舍，可是我不介意这些。事实上，我一直以来就是一个对细节一丝不苟的人，几乎到了强迫症的地步。当我还是个孩子的时候，虽然因为年龄太小不能考驾照，但我一直都对汽车特别感兴趣，总是沉浸于研究那些汽车模型，甚至还自己动手制作模型。我就像一本行走的车辆百科全书，能够背诵出别克依勒克拉72型和73型之间的微小差别。举个例子，我就喜欢摆弄那些上千块部件组成的汽车模型，还能用镊子和放大镜组装好车前灯。

　　我从没想到，在我成为一名律师之后，这种对细节的痴迷居然派上了用场；不仅有用，还令我没有像其他新聘助理那样，因枯燥的工作而感到痛苦。我的性格其实很适合做法律方面的工作，不过要在这个行业内如鱼得水，我还差了一大截。那个时候，我的工作就是为别的律师的客户服务。我自己名下没有客户。事实上，我也没有给公司带来过新客户，在塔夫托这样的大型企业型律所，挖掘新客户的能力通常是衡量一个律师是否成功的重要标准之一。但我对拉关系这种事心存畏惧，这种感觉就像大部分男士害怕逛街一样。我委实受不了在慈善晚宴上穿着租来的燕尾服，喝着白仙粉黛葡萄酒，费劲儿地盘算用哪把叉子才显得高尚体面。我本性不喜欢争抢，不想和同行在人群中争夺客户资源。我更乐得让我的同事们去吃喝应酬，由我来埋头完成他们不情愿做的工作。在他们眼中，我就是一台"研磨机"，而不是一个"探测器"。

　　我在塔夫托律所的环境业务组，我们团队主要开展国内业务，而且名气不小。其实我来这里纯粹是一个意外。在法学院读书的最后一个学期，我修了一门有关环境法的选修课，原因是学了那些抽象的合同法和税法后，我感到头脑发木，而环境法听上去让人精神一振，还接地气。就是基于这段经历，当我看到塔夫托律师事务所有一个很著名的环境业务组时，就要求加入了。其实我自己当初也不完全清楚这个组到底是做什么的。

　　很快我就了解到，我们组的绝大部分客户是大公司，我的工作内容主要是审核资质、处理监管文档及相关诉讼。我要帮助那些公司，避免他们在处理废弃物时违反环境法条与规定。在厄尔找到我的那段时间，我正忙着依据《超级基金法》，帮企业客户清理被有害废弃物污染的场所。

我给祖母打电话谢谢她给我推荐客户，不过我没告诉她我对厄尔的事持怀疑态度。在祖母口中，我得知原来我和厄尔的渊源比我知道的还要深一些。1976年我还是孩子的时候，曾经去拜访过格雷厄姆家的农场，其实隔壁就是厄尔·坦南特家的农场。那次农场之行我到现在都记得清清楚楚，而且满满都是快乐的回忆。我那时还亲手给其中的一头牛挤过奶，没准儿它的后代正喝着流经农场、泛着泡沫的污水呢。

两周之后，我在塔夫托律所用玻璃围封的接待区见到了厄尔和他的妻子桑迪·坦南特。厄尔穿着牛仔裤和法兰绒格子衬衫，坐在中古风的长沙发上。他站起身，个子比我高许多。他的脸上绽出感激的笑容，并向我主动伸出结着厚厚老茧的右手。桑迪应该穿来了她最好的衣服，脸上挂着腼腆的笑容。我扫了一眼他们带过来的四五个纸箱。看来厄尔真的没开玩笑，他们准备了大量的文件、录像带和照片。

我们一起搭电梯上到二十层的盖博会议室，这是四间较大的会议室中的一间。二十层现在整个都归我们环境业务组。在电梯里我们还碰到了汤姆·特普，他和另外一个合伙人一起负责我们组，同时也是他指导我如何开展超级基金项目的工作。当时负责我们组的另外一个合伙人是金姆·伯克，他主要教我了解环境资质与合规咨询方面的复杂情况。我对这两位前辈心存无限感激，因为于我而言他们是慷慨无私的导师，正是他们向我言传身教什么是强烈深厚的职业道德和无可挑剔的专业水准。如果下班前有客户打来电话咨询某个问题，你会加班一整晚时间，只为了能在第二天一大早给客户一个满意的答复，不管客户当时是否需要这个答案。这样做的意义就在于一次又一次地证实了我们律所最具实力，同时也能为客户提供最佳服务。

因为碰到了汤姆，我就邀请他加入我们，当他同意的时候，我感到了一阵轻松。厄尔可真不是我们的典型客户！他维权的对立面又是我们事务所一直以来为之辩护的那种企业客户，这种情况有可能让我们陷于相当棘手的境地。不管怎么说，连汤姆都关注了我们的第一次会面，前景还是相当令人振奋的。

　　看着厄尔和桑迪渐渐适应了新环境，我想他们也感觉到了一丝安心。会议室没有窗户，气氛有些凝重。白色的墙壁上装饰着一些现代艺术品，其中包括一幅有安迪·沃霍尔签名的画作，这幅画肯定比厄尔的整个农场还要值钱。盖博先生是事务所一位早已过世的合伙人，一面墙上挂着一幅他的照片，镶在相框中。照片中的盖博先生此刻正盯着我们，知道我们在考虑接这样一个案子，他估计吓坏了。我们走到一张暗色实木会议桌的一端，在有软垫的蓝色椅子上坐了下来。就像和其他客户开会一样，我们提前准备好一托盘碳酸饮料和一大壶水。但厄尔和桑迪好像对闲聊和零食统统不感兴趣，他们就想直奔主题。

　　厄尔开始了他的故事，他在讲述中有点儿上气不接下气似的。有时他在说完一句话后要停顿一下，仿佛他的气已经用完了，需要再吸一口气才能继续下去。不过这点儿小困难对他不会产生任何影响。他要努力说出好久以来一直想说的话，肺部的这点不适根本不能阻挡他滔滔不绝的讲述。

　　在过去两到三年的时间里，厄尔一直在给他能想到的所有机构打电话。当地的机构不是转移话题就是视而不见。他后来又给联邦政府打过电话，国家环境保护局声称要调查此事。1997年的某个时候，一些政府职员之类的人曾出现在他的农场，他们用了几天的时间到处视察取样，还做了笔记，不过在那之后厄尔并没有收到任何反馈，当然也看不到任何处理结果。他说如果按照这种速度等下去，当他得到有效答复的时候，他整个农场的牛恐怕早就死光光了。

　　他说："没人愿意插手这件事。"

　　他把几个纸箱拿上会议桌，开始从里面一件一件地把他想让我看的东西取出来。我们浏览着一摞摞3英寸[1]乘5英寸大小的照片，拍摄的都是牛和其他野生动物——鱼、蛙、鹿——不过全死了。他还拍摄下来一根正在往河里喷白色泡沫水的管道。我能看到管道旁立着一块牌子，上面印着杜邦公司的名称和徽标，并且还有"排水口"的字样。

接下来是录像带。厄尔取出了好几摞黑色家用录像带，上面都有手写的标签，标明"干涸河"或是"李河"，还有录像的日期，涵盖了最近几年的时间。一个助理推进来一辆小车，上面是一台19英寸的便携式彩色电视机，兼具播放录像带的功能。厄尔递给我第一盘录像带，我把它放进播放器并按下了播放键。

屏幕上出现颗粒状的图像，画面时而静止，时而闪动。厄尔用他拍下来的画面组成了一段镜头集锦。通过剪辑过的画外音，我听得出来他声音中的愤怒，随着一系列令人毛骨悚然的图片滑过屏幕，厄尔愤怒地解释着每一个场景。

到放映要结束的时候，我已经震惊得不知所措。这也太厉害了吧！我不再有任何怀疑：肯定是出大问题了。厄尔意识到有人在认真地倾听他的讲述，情绪便也轻松了一些，最重要的是，我们已经意识到问题了。他眼中愤怒的火苗也随之转换成希望的光芒。

"你们能帮帮我吗？"

*　　*　　*

这可是个相当不好回答的问题呢。

坦南特夫妇离开后，我前前后后想了很多。厄尔表现出的愤慨和热切深深地感染了我。除了我之外，他联系过的其他律师和政府官员没有一个意识到这显而易见是一个大问题。这怎么可能呢？我看过电影《永不妥协》，也看过《法网边缘》，我知道确实有邪恶无耻的公司存在。但是我与

---

1 英寸，英美制长度单位，1英寸合2.54厘米。

好几家公司的职员共过事，无论男女，他们都是体面且有道德的人。他们最不愿意做的事情应该就是伤害他们的同胞。因此，我真的不愿意轻率下结论，或接受厄尔的观点——不管是当地还是州里的相关人员都在为杜邦公司工作或是和杜邦公司合作，他们害怕和这个公司作对会给自己带来不好的影响。

那天在听厄尔讲述这一切的时候，我就深刻地意识到另外一个没被装进纸箱的问题。那就是厄尔也患病了。据他自己讲，他只要一靠近垃圾填埋场或干淌河就会觉得呼吸不畅；特别是当填埋场某个池塘的通风口喷出来"蒸汽云"一样的东西，而这种东西又飘在他家农场上空的时候，他就愈发感到呼吸困难。他很害怕这种情况也会发生在桑迪和他们的两个女儿——水晶和艾咪身上。他甚至严禁两个女儿再靠近干淌河，原先孩子们都特别喜欢沿着河边散步，还下到河水里去嬉戏。但是她们喝的井水和呼吸的空气呢？这些又都安全吗？

毫无疑问，我愿意帮助他。我知道有的律师一路走来怀揣梦想，他们希望自己能够像《杀死一只知更鸟》中的阿提克斯·芬奇律师那样成为对抗腐败强权、扶助弱势群体的斗士，可我和他们不一样。事实上，直到我成功进入塔夫托律师事务所时，我都没有真正弄明白在律所工作到底应该是什么样子。先前我只是单纯地希望律师这种高尚的职业能够为我带来一生的富足和安逸。

但眼下我碰到的情况是，一个活生生的人就坐在我面前，他身陷绝境，迫切地需要帮助，而他偏偏又找到我来求助。

不过这可不是道简单的选择题，接手这个案件有可能会带来极其严重的后果。塔夫托律所将会起诉它一直代表的那类公司，这种消息会传得业内皆知。我真是不愿让塔夫托律所在业界这么多年来的赫赫威名因此被玷污。此外，接这种案子会不会破坏律所和现有客户的良好关系，并吓跑我们的潜在客户呢？难道我要让这个案子成为我为律所引进的第一笔生意吗？

厄尔和桑迪带着他们的纸箱走后，我和汤姆又在会议室逗留了一段时间，做了一些情况分析。作为环境法领域的先驱者，汤姆从1970年环境保护局刚一成立就开始他的相关职业生涯了。他参与了全国第一轮超级基金清理项目，现在已经被尊为这个领域内的领军人物了。对于这个案件将会带来的风险，还有合伙人和化学公司会怎样看待我们的行动，汤姆会有一种更深刻的理解。

然而，在看过那些照片和录像带之后，汤姆也认为事情真的不对劲。接这种案子是不合乎主流的，但汤姆并没有被吓退，这毕竟只是一桩小案子——不过是一个农民和他养的牛。这点儿小事应该不至于激起惊涛骇浪，吓跑我们律所赖以合作的公司大鱼吧。

而且接这个案子在道义上是正确的选择，这就更不必说了。

另外，汤姆还提到，我们时不时地转换角色，担任一下原告律师，也能帮助我们成为更好的辩护律师。

汤姆还指出一个问题：厄尔一家根本付不起我们按小时收取的费用。和其他大多数大型辩护律所一样，塔夫托律所每小时也要收费几百美元。对于那些接受我们服务的公司而言，这些钱只不过是做生意的另一项成本支出，作为投资是会有明显回报的。我们的工作就是尽量减少企业客户的负债——债务足以使一家公司破产。我们帮助客户规避处罚或法律诉讼，由此为他们省下来一笔笔巨款，其数目远远超过他们按小时付给我们的费用。

而原告律所的客户则时常无法支付按小时收取的法律费用。原告律师拿到的通常是胜诉酬金，这就意味着只有调解成功或是打赢官司，他们才能拿到钱。他们会从客户获得的赔偿金中抽取事先约定好的份额，一般情况下是20%到40%不等。这就像一场孤注一掷的赌博。与通常无论官司输赢都能赚到钱的辩护律师不同，原告律师只有在胜诉后才能收到酬金。一旦官司输了，他们就只能吃老本了。律所输一次官司，承受点损失还无所谓，但原告通常是一些经济条件有限的人，一旦输了官司他们就什么都没有了。

会面临颗粒无收结局的不只有律所。辩护律师事务所的运营模式是按工作时长收费——把时间花在客户身上，并向他们收取费用。正是这些工作时长维持着事务所的经济状况，也解释了律师个体存在的合理意义。在许多大型的辩护律师事务所，一位律师一年满额的绩效是一千八百到两千个计费工作小时。如果哪位律师的年工作时长远远低于这个数值，他就会面临无法加薪（甚至还有可能降薪）的风险，如果不能快速改善情况，他就有可能得离开这个行业了。

所以，当汤姆同意塔夫托律所以收取胜诉酬金的方式为坦南特夫妇打官司，并指派我作为合伙人，为这个案子和它产生的账单负责时，我的心情有点复杂。这件事看似相当简单：我先拿到许可证，查清楚倒入垃圾填埋场的是哪种化学物质，再搞明白哪些东西超标，作为一名企业辩护律师，我对这些可谓轻车熟路。我可以一边帮汤姆和金姆干活儿，一边处理这个案子。我们认为坦南特的案子不会拖太久，也不会占用我太多时间，而且对我来说，这也是一个拓展自己的客户、独立解决问题的好机会。我估计汤姆觉得这桩案子不会让律所冒什么大风险，而且我也不太可能拉来什么大公司客户，也许他把这次看成一个让我突破自我的良机。

3

帕克斯堡

和厄尔夫妇见面后又过了八个月，我穿着专为会见客户准备的正式西服，开着我的小赛利卡去了一趟西弗吉尼亚州。我想近距离了解一下当地的真实环境，希望能发现一些明显的线索，找到问题的根源所在。到那时为止，我还没有发现什么。

花了好几个月时间研究这起案件之后，我发现开局就够折腾人的。我基于《信息自由法》向有关机构提出诉求，然后收到了数千份记录，都是关于垃圾填埋场的资质和运营情况的，我必须逐一认真阅读；同时，我还得继续参与汤姆的超级基金案件和金姆的有关监管的工作。在我的要求下，杜邦公司发来政府关于垃圾填埋场污水排放测试的常规报告，但那些报告似乎根本无法解释厄尔在牛的身体中看到的那些东西。我也常去我们律所办公楼二十层的环境图书室，华丽的名头下不过是一个不大的房间，里面塞满了环境方面的参考书。我在那里浏览了好几册有关不同化学物质的书，想找到厄尔在干涸河里发现泡沫的原因，但是一无所获。

在为律所而做的所有工作中，我都能大海捞针般地挖掘并查找线索，汤姆和金姆基于这一点对我的工作给予了高度评价，并且认为即使我从来没有为律所带来客户资源，提名我成为律所合伙人也是合理的。现在我为自己给律所拉来的第一个客户提供第一次服务，可是这大海里连个针影儿也见不着！于是我不得不继续加劲儿深挖线索，使原本就够长的工作时间更加看不到头了。原先我一般情况下每周工作六天，从早晨大约8:30来到律所，至少待到晚上6:00或6:30，可现在我却要待到晚上10:00

或11：00了。

*   *   *

日子就这样一天天地过去了，厄尔每周都会打好几次电话询问我有什么新的发现，又掌握了多少情况。每次的答复几乎是一样的，我说我仍然在梳理材料，我能感觉到他在一点点沮丧下去。我只能告诉他，让我们一起期待，看看在其余的政府记录中是否会有新的发现。这种答复显然无法让他满意。数年以来，他一直都在和"那些人"打交道——州政府的人、国家环境保护局的人，更多的则是杜邦公司的人，他再也不会相信那些人嘴里说的任何一个字了。我完全理解他的感受，不过我还是要依靠科学事实来说话：通过取证、检测，最后让问题大白于天下。

我们的通话最后都以同样的方式结束，厄尔很明显带着不快挂断电话，他对案件的进展不满意，对我也有情绪。我以前从来没有让客户不满过，所以厄尔的这种态度让我压力很大。

因为通过寻常途径根本找不到任何有用的东西，我只好拟了一份正式的投诉信来发起对杜邦公司的诉讼，这样我们就可以通过法律手段进行调查了。要查明造成问题的化学物质，我能想到的唯一方法就是这个。只有杜邦公司清楚地知道在干涸河垃圾填埋场到底有什么化学物质，可能也只有他们知道那些物质有毒。杜邦公司内部可以进行多种毒性测试，所以知道这一点毫不稀奇。像杜邦公司这样的大型化学公司经常比监管机构更加清楚他们的化学物质有什么毒性。

我打算把这些法律计划讲述给坦南特夫妇，这正好也是个好机会去见见这一家人，参观一下他们的农场，顺便提醒他们我真的是和他们站在一个阵营。一旦他们同意签署正式的纸质文件，我就会向法庭提交投诉信，从而正式开启诉讼程序。

驶出辛辛那提一路向东，高速公路变窄为四条车道，就这样一直穿过丛林密布的俄亥俄州南部地区。一种很不真实的感觉袭来，我似乎还坐在我父母那辆1967年的林肯轿车的后座上，在同样的路上疾驰而过。从1985年开始，我就不去帕克斯堡了，那时我祖母搬到了代顿，那里离我们一家更近一些。我还打算去祖母家甚至曾外祖父母家，看看记忆中的那些标志性房屋。我觉得这似乎是回家的感觉。

* * *

我驶入帕克斯堡的商业区，却吃惊地发现它现在看上去竟是如此凋敝萧索。迪尔斯百货公司早已不知所踪了，原先我还和姐姐在这里的餐厅吃过鸡蛋沙拉三明治呢。那些充满历史痕迹的红砖大楼似乎也破败不堪。街道上空空荡荡没几个人，好几家临街商铺的橱窗里都遮着木板。据我推断，原先繁华喧闹的商业区已经风光不再，店铺不是关门大吉，就是搬到市郊维也纳的商业中心去了。

美国独立战争之后不久就有人定居在帕克斯堡了，但在人们充分利用河道水路后，它才达到鼎盛时期。19世纪的时候，平底船、龙骨船、汽船在帕克斯堡和辛辛那提之间的河道上穿梭不断地运送人和货物。帕克斯堡作为一个天然的停泊地和补给站，自然因为这种繁忙的水上交通而蓬勃发展起来。到19世纪后半叶，随着铁路建设达到高峰，火车逐步取代平底船进行货物运输，帕克斯堡也就一点点衰败下去了。不过一种产业的衰退总会酝酿着另一种新产业的崛起。

1859年，钻孔采盐（盐在当时是稀缺商品）的探勘者们竟然采到了石油，于是他们加大规模，持续钻孔采油。那时，新油井的储油量一个比一个高。很快，从西弗吉尼亚州每天竟会喷出一千二百桶石油。作为采油设备和货物的枢纽与供应者，帕克斯堡又迎来了第二次鼎盛时期。锦上添花的是，就在帕克斯堡前景一片大好的时候，人们竟然发现它的地下还富含天然气。

靠石油和天然气换回来的大把钞票让帕克斯堡这个本来不上档次的河边小城摇身变成了当时的文化绿洲。1910年，帕克斯堡马戏场中的歌舞杂耍表演吸引着大批人前来观看。在大剧场——西弗吉尼亚最大的跳舞场里，男男女女随着班尼·古德曼的乐曲和其他现场乐队的演奏翩翩起舞。全天二十四个小时，每十五分钟就会有电车通行而过，旁边的马车会立即躲开让道。不过到了1900年，随着油田渐渐枯竭，当地的经济也受到不小的影响。20世纪30年代的经济大萧条摧毁了帕克斯堡的好几家银行和公司，能够支撑这个城市挺过艰难时刻的公司不多，其中最有名的就是美国黏胶公司，它是世界上最大的人造丝生产商之一。人造丝是传统丝绸的人工替代品，是植物纤维素经过化学处理后的产物。这家黏胶公司在鼎盛时期一共雇用了五千人，成了维护当地经济稳定和城市尊严的有力源泉。员工们对公司都无比忠诚，甚至把公司当成了自己的家。

美国黏胶公司也为当地引入了化学工业，西弗吉尼亚州被很多人视为化学公司的梦想天堂。虽然帕克斯堡的石油资源已经被开采殆尽，但仍有足够的煤炭资源来为工厂提供动力。城里有大量的廉价劳动力；山上储有充足的盐卤水，在许多化学过程中，盐卤水是一种必需的成分。此外，当地的河流可以为运输、工业制冷和废水处理提供丰沛的水资源。到20世纪，帕克斯堡以南一百英里之外的卡诺瓦河谷很快就成为全世界化学公司的最大聚集地，于是这里也被称作"化学谷"。

随着第二次世界大战接近尾声，杜邦公司在当地买下一大片河边低地，那片土地最初是在独立战争之后奖励给国父乔治·华盛顿的。它位于城市的南边，俄亥俄河的东岸，是建造新塑料厂的绝佳地块。杜邦（帕克斯堡人会重读DuPont一词的第一个音节，把它读成DEW-pont）公司很快就成为这座城市的经济来源。人人都羡慕那些能在杜邦的工厂里工作的幸运儿。因此杜邦人形成了一个独属于自己的社会阶层，一个比中产阶级还要高等一些的阶层。

帕克斯堡的居民们把生产制造化学品视为第一流的好工作。那个时候，西弗吉尼亚州的家庭收入中位数已经在走下坡路了，在帕克斯堡这样的城市，这项指标还要再低几千美元，但化学工业从业人员的收入能达到这个数字的两倍。再加上杜邦公司资产雄厚，为当地捐赠从不吝啬，捐出去的钱用在学校、非营利项目，以及公园之类的市政项目上，因此不光是公司的员工，整个社区都是杜邦公司的受益者。对于帕克斯堡人而言，杜邦公司意味着工作机会、稳定的经济和社会安全感。杜邦公司就是大家的希望。

*　*　*

　　我的午饭是在当地的一家餐厅解决的，在那里还约见了一位律师同行。我的律师执业资格是俄亥俄州的，但是这个案子必须在西弗吉尼亚州的法院提起诉讼，因此我需要一位当地的合作律师。拉里·温特和我一样，也是企业辩护律师。他话不多，头发剪得很短，说话声音轻柔，性情温和。我们俩曾经在西弗吉尼亚州的超级基金项目中共事，那时拉里作为西弗吉尼亚州的法律顾问，在当地为我们律所的客户服务。早在那时，拉里就已是斯皮尔曼&托马斯&巴特尔律师事务所[1]的高级合伙人了。斯皮尔曼律师事务所位于西弗吉尼亚州的查尔斯顿，也是一家非常知名的辩护律师事务所，他们的客户类型和塔夫托的很相似。后来，拉里离开斯皮尔曼，自己开了一家小律所，位置也在查尔斯顿。

　　当我告知拉里我已接下坦南特夫妇的案子时，他显然吃了一惊。不得不说，在某种程度上，拉里要比我有节制得多，因此我实在难以看明白他到底吃惊到何种程度。到后来他才承认，他那时候觉得塔夫托律所简直令人感到"不可思议"，竟然同意我去起诉杜邦公司。然而听了坦南特家农场发生的种种之后，他同意帮我这个忙，即便这会使他跨界成为"原告"一方。

　　吃过午饭，我就载着拉里驱车去往坦南特家的农场。他家农场在城市南部的山里，在路上，我们要经过杜邦公司的工厂。为了纪念这片土地的

---

1 下文中亦简称"斯皮尔曼律所"或"斯皮尔曼"。

第一位主人，这家工厂被称为"华盛顿工厂"。工厂自身如同一个城市般在河边赫然耸现，在工业建筑物的堡垒上，金属管道纵横交错，高耸的大烟囱里喷涌出股股烟柱。我们沿着杜邦道行进，我隔着车窗仔细观察，这是一条与工厂相邻的双车道小路。它绵延向前，大约得有一英里长。

这种规模的工厂每年得产生数以吨计的工业废物——确实得以吨计算了。这些废物会以各种形式排放：大烟囱里喷出的颗粒悬浮在空气中；各种黏稠度的工业污泥，有的被倾倒在现场的污泥坑中，还有的液态废物会被排放到河中。按照要求，公司应当获取许可证，那上面规定了他们排出废物的种类、数量，以及地点。

有的工业副产品需要被运往其他场地另行处理，或者被倾倒在特殊的垃圾填埋场里。不过，许多固体垃圾会被卡车运到当地的垃圾填埋场。

许可证证实了坦南特夫妇的说法：根据规定，紧邻坦南特家农场，并由杜邦公司独家拥有和使用的干淌河垃圾填埋场只能用来倾倒建筑灰尘、铁路轨枕、办公垃圾和其他一些无害废物。我在研究中发现有些受监管的污染物，诸如砷、铅和其他重金属，在那里也被监测出来了。然而厄尔家牲畜的健康问题，包括牙齿变黑、罹患肿瘤或消耗性疾病，不是这些污染物能够导致的。此外，这些污染物似乎也不能令河水泛起泡沫。

不论如何，根据我为企业客户就垃圾填埋场许可证进行谈判的工作经验，我清楚地知道：未经许可，受监管的污染物或有害物质出现在杜邦公司不具备相应处理能力的垃圾填埋场，这可能会使杜邦公司承担相应的法律责任。我查阅的政府文件似乎表明，干淌河垃圾填埋场缺乏足够的特性，无法在汛期防止危险的化学物质浸入或泄漏到周围的环境中。更加严重的是，杜邦公司已经将工业污泥倒入垃圾填埋场，而我还不清楚他们在倾倒之前是否取得了相应的许可证，允许他们将废物倒入只能用于处理无害垃圾的填埋场。我认为这些不合规的行为有可能是我们打官司的基础。

拉里给我念了一遍厄尔家的地址，那是我之前不情不愿，随便写在记事簿上的。循着他家的路线，我们驶离主路进入了山间小路。离杜邦公司的工厂距离越远，车轮下的沥青路就变得越窄，而且时而爬坡，时而转弯。就在我以为我们迷路了的时候，我一眼发现了和厄尔的描述完全一致的地标：路旁杆子上的旧信箱。紧邻路边的是一座空置的原木小屋，沿着未铺砌的车道一路开过去，我们看到有一栋新房子正在修建中。不久之前刚下过雨，来自潮湿地面的浓重气息透过车窗扑面而来。我们驶上了一条长而窄的私家车道，车身下传来碎石被碾压又弹起的声音。终于，前面的碎石路消失不见了，我们停了下来，车轮陷进了水坑。

我和拉里拉拉领带，清清嗓子，做好了会见客户的准备。我刚推开车门，左脚就踩到了泥里。

4
农场

　　当我的正装鞋咯吱一声踩在西弗吉尼亚的泥地上时，一股强烈的自我意识从心底深处油然而生。和平时与客户会面一样，我那天也身着深色西服和领尖带纽扣的白衬衫，还系着保守的领带。拉里穿的和我差不多。当时我就在想，自己选择这种穿衣风格可真够无厘头的。我究竟是怎么想的啊？估计这里的人看我们一眼之后，便会理智地做出判断：我们俩穿成这样来这里，肯定是白痴吧。

　　一只大狗一路跑向我们，算作迎客了，它把沾满泥浆的两只前爪搭上了我的西服，还不停地冲着我们摇尾巴，就好像我们已经成为它新结识的好友。厄尔从房子中大步流星地走出来，穿着劳动布做的工装裤，脚上是厚重的工作靴。看上去厚道的他根本没留意我们穿了什么。

　　"嗨！你们好！"厄尔一边和我们打招呼，一边在他的工装裤上把手蹭了又蹭，然后才伸出来和我们握手。看上去他见到我们真的特别开心。我则又一次被他那魁梧的身材和坚硬的气质折服。同时我也注意到，比起我们上次在辛辛那提见面，厄尔这次好像气喘得更厉害了，而且也比上次显得更加沧桑和疲惫。如果不停下来换气，他甚至都讲不了完整的一句话。厄尔挥手把我们带进了他那尚未完工的新房，这可都是他一砖一瓦自己盖起来的。主要楼层已经搭好结构、基本完成了，就剩下最后铺石膏板了。我们跟随厄尔走下楼梯，来到已经竣工的地下室。在修房子期间，厄尔和桑迪夫妇就暂时住在这里。桑迪正坐在餐台旁，身边是另外一对夫妇，不过他们似乎不是很欢迎我们造访。厄尔向我们介绍，说这两位是他的弟弟吉姆和弟媳黛拉。吉姆看上去比厄尔瘦小一圈，戴着棒球帽的他随便地向我们点了点头。黛拉身高不足五英尺，两只胳膊交叉在胸前，眼里带笑地看着我们的着装。她脸上的表情我并不陌生，来自那些根本就不信任律师的人。

我们一起围坐在餐台旁，厄尔拿出我们上次在塔夫托律所没有看到的剪贴簿和录像带。他把好几大罐被污染的水举到离灯近的地方，让我们仔细观察。他还把各式各样的动物骨头陈列在台面上，就像在给我们上展示课，骨头里甚至还有一只牛的头盖骨，上面的牙齿都变得黑黢黢的。厄尔又在冰柜里翻来翻去，拿出了一些冻得硬邦邦的器官与组织的标本，这些都是他在农场搞"验尸"的成果。我们翻看着好几摞照片，里面都是生病和死掉的动物。这一切比我预想的还要直接明了。与其说是触目惊心，还不如说是一种耻辱。在处理超级基金的案子时，我已经习惯了与那种律师共事，他们会激烈地争论到底谁该为事情负责。这关系到一系列严重的问题，并涉及巨额金钱。但是这些案件在推进过程中总是能够从专业的角度被分得很清楚；归根结底，这是公司的问题，不是律师的问题。结束了一天的工作，那些律师朋友还是可以远离化学污染物的威胁，回到他们舒适的家中，一口气喝下一杯鸡尾酒，在第二天上班之前暂时忘却他们的工作与职责。

对于坦南特一家来说，这种情况不会有任何缓解。他们日日夜夜就活在这样的恶劣情况中，每天早晨睁眼就担心自己的健康状况是否会比前一天更加糟糕，或是发现又有一只动物死在了地上。可怕的明天和他们之间并没有安全距离！

厄尔展示着他们费尽九牛二虎之力收集的全部证据，桑迪则在一旁静静地听着，并注视着自己的丈夫。就连吉姆和黛拉也不再像我们初来时那样沉默，取而代之的是他们时不时插入的连珠炮似的讲述：他们亲眼看到地上有死去的鹿；在填埋场附近，有让人气喘和感到窒息的空气；他们埋葬狗、猫和其他宠物，全部是离奇死掉的。

我努力地紧跟着扑面而来的一系列信息。我的世界本来是围绕法令和协议来运转的；我也习惯了遵循日程，安排会见，走正规程序。一直以来，和我合作的人都受过良好训练，知道如何以特定的方式、顺序和速度来传递信息。可在此时此地，讲述夹杂着细节，如溃堤的洪水倾泻而下，而且杂乱无序，无章可循。

最初我打算根据他们提供的证据做好记录，怎奈他们提供的信息实在是太过庞杂：文件、录像、照片、罐装的废水、冷冻的牛肝脏、野生动物的骨骼。他们的讲述也一条接着一条，源源不断，而且还环环相扣。这所有的一切都需要我们去收集，回顾，分析并整理。

然而现在的情况却像谚语描述的那个场景——"用消防栓喝水"，我们被大量的信息淹没了。于是我干脆把记事簿往旁边一推，专心致志地听了起来。这次会谈持续了数小时之久。其间，厄尔和吉姆的弟弟杰克也走进来加入了我们。杰克是个金属工匠，没有厄尔和吉姆那么活跃。他看上去比他的两个哥哥矮胖，显而易见，他对打官司的事没有他的哥哥们那么上心。我暗自猜测部分原因是杰克有自己的生计，他并不靠农场过活。他就那么安静地坐在一边听别人讲话，偶尔插一句话补充细节或是回答问题，不过他给人的感觉是他自己也不确定是否愿意过多地被牵扯到这桩事情里来。在场的三兄弟呈现出三种迥然不同的个性。他们在很多事情上有分歧，但是在一点上是有共识的，那就是：干淌河垃圾填埋场是有问题的。

* * *

在20世纪80年代早期的某段时间，杜邦公司热衷于从当地人手中购买土地，其中当然包括坦南特一家。这根本就不是什么稀罕事儿。当时的工厂需要土地来扩大规模，他们就会挨家挨户地拜访土地持有者，提出给他们相当丰厚的回报。大部分人家都极其愿意用这种方式来出售自己家中的土地。这些人已然把家门口的公司看作好邻居。此外，一旦工厂发展起来，肯定会给当地带来更多的工作机会和更好的经济前景，这样每个人都会因之受益。

　　在过去的几十年中，坦南特一家也像其他人家一样，出售自己持有的土地。不同的家庭成员在不同的时期向杜邦公司出售不同片区的土地。几十年前，厄尔三兄弟的母亲莉迪亚就卖给杜邦公司大约八十多英亩的土地，当时他们给她开出的条件实在是令她无法拒绝：杜邦公司买下并拥有她家的土地，但她仍然可以继续使用这片土地。他们之间签订了按年计算的租约，坦南特家只需缴纳微不足道、象征性的租金，即可获得保证——两代人有权使用该土地，并且可以在此放牧。

　　所以杜邦公司在1980年左右和吉姆·坦南特接洽，想要再购买几英亩土地也就不足为奇了。吉姆从1964年开始就断断续续地在工厂里做一些加工活儿。吉姆和黛拉本来不愿意卖，但是扛不住杜邦公司的一再坚持。事实上，那几英亩土地恰好是杜邦公司计划修建的垃圾填埋场的中心地带。每隔几年，杜邦公司都会来人上门，三番五次地试图说服他们一家。他们还向吉姆和黛拉保证——不光是口头保证，还有书面承诺——干涸河垃圾填埋场永远都不会处理任何有害的化学物质。发给当地人家的垃圾填埋场信息告知书上明确表示："本垃圾填埋场仅处理无害垃圾，包括工厂锅炉的炉灰、废塑料、玻璃、金属碎片、纸张和其他废物，且上述垃圾都将由带篷卡车或密闭容器统一运输。此垃圾填埋场的设计和运营均会以邻居利益为重。炉灰会进行加湿处理，运输道路也会铺设一新，以控制灰尘和泥浆。垃圾填埋场每日晚间都会被新土覆盖。日间的一切操作均会提前进行规划与安排。该垃圾填埋场每日的卡车倾倒次数限定在十到十四次之间。"

　　正如多年前向莉迪亚承诺的那样，杜邦公司向吉姆和黛拉保证，他们仍然保有在干涸河边放牛的权利。这些条款最终让坦南特一家下定决心出售了那片土地。他们其实并不想卖掉自己手中的土地，但假若他们卖了地又能继续使用它，这笔交易很是划算呢，他们总能有些额外的收入。他们家卖出这几英亩土地，杜邦公司就可以把这一小片土地和他们从其他几家买来的数块土地整合成一大片，于是他们就拥有了一整片面积为七十七英亩的土地，形成了一个小河谷。这个河谷后来就变成了干淌河垃圾填埋场。

自从1984年该垃圾填埋场开始运营以来，吉姆和黛拉就会时常看到载满垃圾的卡车呼啸而过，把一车又一车的垃圾倾倒在河谷中，慢慢地把它完全填满。

＊　＊　＊

我迫不及待地想要去看看这片土地，还有上溯到干淌河垃圾填埋场的那条小河。我和拉里把西服上衣丢在一边，扯下领带，撸起袖子，在这个华氏九十度[1]的夏日开始了我们的农场之行。

坦南特一家先把我们带到了他们的"老屋"，这个小农场是莉迪亚抚养他们长大成人的地方。在连绵曲折的山谷里流淌着一条小河，我们就站在河边看着牛群吃草，不过那草绿得不太寻常。进入我们眼帘的是几只骨瘦如柴、面色悲戚的牛，它们恐怕是厄尔曾经拥有的一大群牛里的最后几只了，但是我们并未看见河水中有任何泡沫出现。厄尔的解释是，这里和我们真正要去的地方还相隔甚远。其实我们已经在录像里看到了相关情况，很显然，厄尔真的很想让我们去他的农场大开眼界。即使碰上了这些糟心事儿，他对于自己家园的那种自豪感还是掩饰不住的。他们给我们展示了畜棚和谷仓，都是他们亲手用水泥砖一块块搭建起来的，砖与砖之间严丝合缝，就像是林肯积木拼搭出来的作品。谷仓里盛满了玉米和青贮饲料，这些存货足够应付牛群整个冬天的伙食了。畜棚的干草房像一个篮球场那么大，我甚至都能嗅到那里面堆满了草料。夏天，当他们一批批切割并烘干青草的时候，草肯定都堆到二十英尺高的顶棚处了。

---

1 华氏度换算摄氏度的方法：摄氏度＝（华氏度－32）÷1.8。

这种情景和气味不由得勾起了我对于格雷厄姆农场的满满回忆，那里其实离我们所处的地方不远。切割青草时散发的气味，牛群低叫的声音，和它们用鼻子轻蹭厄尔的场景，搅动起我童年记忆中最挥之不去的那个部分。我从小就喜欢动物，也许源于我曾经和一只黑白花的小狗产生过深厚的情感。那是一只腊肠犬和猎狐梗杂交出来的小狗，我们家在1963年收养了它，给它起名叫查理，它陪伴了我的整个童年时期。1981年平安夜，我们全家正在帕克斯堡探望奶奶，病入膏肓的查理就死在了那个夜晚。于我而言，帕克斯堡这个小城牵引着一段不愉快的记忆，直到我来这里会见厄尔，并亲眼看到他想展示给我的一切。我认为我完全能理解厄尔和他的牛群之间的那种关系。对他来说，那些牛不是家畜，而是家庭成员。他觉得自己有责任周全地保护它们。现在，我也感同身受，我也有责任保护它们。

这再也不是某种看不见、摸不着的抽象问题了。这是一大家子人有关性命和呼吸的问题，更重要的是，这一家人的前景不明。他们选择信任我，让我为他们处理这一切。

*　　*　　*

从农场回来的三天后，我准备好了坦南特家的法律文书，并且寄给了拉里·温特，由拉里负责在西弗吉尼亚州的联邦法院提起诉讼。我们指控杜邦公司在干淌河垃圾填埋场用不当方式处理废物，超出了他们的被许可范围，且该垃圾填埋场释放出了有害物质。如果官司最终打赢了，我们就能要求杜邦公司清理这个垃圾填埋场，但愿这样就可以消除那些不管是污染了厄尔家的农场，还是毒死了他家牛的有害物质。我们还会针对财产损失提出过失索赔——既包括农场土地，也包括农场里的牛群，此外还有关于厄尔夫妇健康问题的人身伤害索赔。

诉讼材料被直接邮寄至法院，同时也会发送给代理人一份，该代理人会正式向杜邦公司发出通知。一两天之内，法院会指派一位法官处理此案。我向厄尔解释，在法官指定开庭日期之前，我们还会经过很多法律程序；而这些程序中的每一个步骤都不会速战速决。不过至少这种诉讼是受法律支持的。

眼下我终于有时间仔细思考并担心起来。杜邦公司的律师收到通知后会不会惊得掉了下巴，或是勃然大怒？他们会把我看成背叛者吗？原告律师和辩护律师总是把对方看作完全不同的物种，因为他们本就来自两个不同的世界，各有自己的文化、习惯和性格。我从来都不知道有哪位辩护律师（除了我和拉里之外）改弦易辙，站到对立方那里去。结局将如何实在难料，怎能不让人忧心忡忡？

五天之后，我办公室的电话响了起来，是杜邦公司的内部法律顾问打来的。我让自己做好准备，迎接严峻的挑战。然而电话那头的声音却相当波澜不惊。令人感到奇怪的是，那声音听上去还颇为熟悉。我听出来对方声音的一瞬间，感到自己周身的紧张感都化解掉了。

"伯尼[1]！"

伯纳德·雷利是我认识的一位律师，我完全信任他，之前我们曾经有过合作。就算伯尼被来自塔夫托律师事务所的诉讼通知震惊到，他也不会在声音里表露出来。他平和镇定，甚至还彬彬有礼，他和我通话就仿佛在和同事聊天。他素来深谙规则，而且知道违反规则的严重性。

我结识伯尼也是通过一起超级基金的案子，当时因此案我和拉里也熟络了起来。我曾经花了数个小时的时间，在谈判桌上和伯尼以及其他律师讨论不休，商讨涉嫌运送或产生垃圾的每家公司到底应该偿付多少钱来做好清理工作。满屋的律师就最后偿付的金钱数额你来我往、互不相让，气氛很是热烈，不过伯尼和我还是互相尊重的。

伯尼比我年长几岁，他身形瘦长，凌晨4：30就会起床带着他的狗出去跑步，然后再去上班。他给我的印象是人很聪明，有责任心，工作努力

---

1 即伯纳德·雷利。

认真，而且还具备良好的职业道德。我感觉他是那种值得信赖的人，即使我们俩坐在桌子两侧分属不同立场，也能保持友好和善。能有伯尼作为杜邦公司的接洽律师似乎真是一种幸运呢。

在互相说了几句简单的客套话之后，伯尼向我传递了他认为的好消息：坦南特农场的调查工作已经在进行之中了。他当时没讲，不过我后来发现这项调查早在厄尔向环境保护局投诉时就开始了。鉴于环境保护局一直在杜邦公司耳边喋喋不休，他们才提议进行一次联合调查。

杜邦公司和环境保护局联手创建了一个"牛群调查组"，由六位全国认可的兽医专家组成——其中三位由杜邦公司挑选，另外三位则是环境保护局推荐的。整个研究牵涉广泛，还花费不少，旨在找出牛群问题的根源，帮杜邦公司以一种可控的方式排除潜在问题。

伯尼告诉我，牛群调查组的兽医专家们已经工作了好几个月，最终报告应该在几周之后就能出炉。他承诺，一旦这份报告送到他的办公桌上，他会第一时间递送给我一份复印件。同时，他还提议我们应当暂缓进行全面调查，因为在诉讼的最初阶段，双方均需要获取大量的文件和信息，所以需要极其密集的工作投入。为什么还要浪费时间和精力，去探究报告最终会告诉我们的结果呢？他说，在我们双方等待的过程中，杜邦公司会把关于垃圾填埋场的内部文件寄给我，其中会涉及许可证、契约，以及监督管理等方面的内容。先前基于《信息自由法》，我已经拿到了这些文件中的绝大多数，它们在公开的文件档案中都可以被找到。其实我现在更想看到的是除此之外杜邦公司的其他文件，那些文件才会更清楚地表明有可能影响到厄尔牛群的到底是什么。按照程序，我也将把照片、录像带和其他证明材料的复印件全部寄给杜邦公司。

这一切听上去都合情合理，无懈可击。就像我给企业客户服务时一样，我会拿到各种类型的材料；伯尼则会好好关注农场出现的问题。到月末，我们就会拿到牛群调查组的报告，报告会指出我们需要关注哪种特殊物质，这样就可以以此作为突破口继续推进了。

这时已经是1999年6月了，距离厄尔拨通我的电话已经过去了九个月的时间。原本说好的一周变成了两周，两周又变成了四周。两个月过去了，接下来是三个月，再接着是四个月。似乎每一周我都被告知牛群调查组的工作"几近完成"。夏去秋来，秋往冬至。感恩节前几周，萨拉生下了我们的第二个儿子查理。整个分娩过程简短而顺利（我是站着说话不腰疼），谢天谢地！没有出现任何并发症。我为萨拉和我自己激动不已，当然也为了我们的小泰迪。他那时才一岁多一点儿，就已经拥有了一个我一直梦想能有的小弟弟。圣诞节的时候，我一面领教着带两个孩子的艰难程度是只带一个的十倍——这是个多么神奇的算式啊；另一面仍然在等着牛群调查组的报告。到底是什么原因让我们等了如此之久？

我开始满腹狐疑了。负责坦南特案的法官把庭审安排在2000年年中。只剩六个月时间了，我却还不能开始为案子做全面的准备工作。每次汤姆·特普问起案件的进展情况，我都觉得愁肠百结，无法言说。事务所里没有任何人说过表示担心的话，可事实就是这起案子拖得太久了，久得大大超出我们的预想时间；同时，我也花费了太多的时间来处理这桩看不到任何经济报酬的案件。不过他们也不需要明说。我开始有了一种极不舒服的感觉，意识到自己根本就是能力不足。雪上加霜的是，这起案件原本对我来说既简单直接，又轻车熟路，现在竟然变得越来越复杂。

在六个月的时间里，对于牛群调查结果的等待一直是前途未卜。我既要完成挂在汤姆和金姆名下，但须由我来承担的常规企业辩护业务，又要花数不清的时间仔细阅读有关干涸河垃圾填埋场的各种文件，这些都是杜邦公司零零星星地发给我的。我拿到了许可证、土地契约、监管档案；还要加上我依据《信息自由法》已经拿到的各种证明和记录，有的来自环境保护局，也有的来自它的州级对应机构——西弗吉尼亚州环境保护部。我把从政府和杜邦公司获得的材料从头到尾搜索了一遍，认为自己已找出在垃圾填埋场被监控到的所有废物。然而，依旧没有任何一种东西可以解释农场出现的问题。

　　尽管案子的进展慢得像蜗牛在爬，但是在农场，时间却不会因此而停滞。厄尔差不多每周都给我打电话，告诉我又有更多的牛濒临死亡。在每一通电话中，我都能感受到他与日俱增的挫败感和愤怒。我没有办法指责他。这种情境就像是一场绑架案——每过一天不去救赎，就可能多一条生命被夺走。

　　在2000年的第一周，也就是距伯尼·雷利和我第一次通电话又过了半年，牛群调查组的报告终于以一摞信件的形式放在我的办公桌上了。报告明明白白地摆在那里：厚厚一沓复印资料再加上数量不少的附录，里面又是照片又是数据，很明显是为了增强说服力。一想到一直苦寻不得的答案有可能就藏在这一摞纸中，我就兴奋不已，于是我马上翻阅起来。

　　就在我一页页翻动这份报告的时候，我的乐观一点点烟消云散了。牛群调查组根本没能在垃圾填埋场中找出可能导致牛死亡的物质。六位兽医专家声称已经对厄尔所养的动物进行了全面彻底的检查，包括抽血，提取组织样本，进行各种各样的实验。他们还分析了牛群吃草的草场，饮用的水源，以及它们的补充饲料。根据这份报告，专家们竟然什么都没有发现。（至少没发现什么和垃圾填埋场有关的东西。）因此他们的结论是：没有证据表明问题与环境中的化学污染有关。

　　我越往下读就越是灰心。这份报告的结论不仅让人大跌眼镜，更让人觉得侮辱智商。牛不上膘竟然被归咎于"苍蝇的骚扰"。"牛群躁狂惊跑有可能是由于苍蝇太多了"。

　　低得可怕的受孕率是由于农民"缺乏密集的养殖管理"。小牛犊轻得令人沮丧的体重竟然被归咎于"饮食不够均衡"。这份报告把牛群的种种问题都归因于营养不良、传染性结膜炎、铜缺乏，还有植物内生菌毒性，这是一种自然生长在羊茅草中的真菌所携带的毒性。根据这份报告，无论是临床数据、实验室数据，还是历史数据，都支持调查组的结论："上述四种情况均可解释坦南特农场长期存在的家畜问题。"

　　那些濒临死亡的野生动物又该拿什么来解释呢？录像带中还展示了另

外二十个动物死亡案例，这些例子被认为"没有任何诊断价值"。牛群调查组认为所有动物都死于"偶然事件"，因为"在所有死亡案例中，物种、场所和时机未表现出任何一致性"。

＊　＊　＊

牛群调查组指责农场"管理兽群不当，包括营养不良、兽医护理不到位，以及驱蝇措施不力"。他们给出的建议是"请兽群的所有者聘请兽医和营养顾问，设计一套家畜健康方案"。

换言之，一切都是厄尔的失误。在这些"专家"的眼中，农场里一百五十头牛的死亡，都是饲养不当造成的。厄尔恐怕完全不知道自己在干吗；或者更恶劣地讲，他是在虐待他养的家畜。

我的心一点点地沉了下去。我手中厚重的报告砰的一声掉到桌面上，我抬手把它推到了地上。心中的烦恼与失望让我没法继续坐在那里。我一边在办公室里踱步，一边激烈地思考着，脑海中犹如万马奔腾。指责厄尔自己毁灭了家畜，这个结论真的是过分到无以复加——太过自以为是，也太过言之凿凿。这种说法和我去农场亲眼所见的一切迥然不同。

更糟糕的是，我忍不住在想，是不是我把这一切搞砸的。这个念头突然就浮现在我的脑海中。我终于明白自己当初真是太幼稚了，竟然会觉得杜邦公司派伯尼·雷利来跟我对接只是一种幸运的巧合。我不得不怀疑这是他们设计好的。会不会是杜邦公司想要利用我们先前的友好关系来误导我放下警惕？我现在才骇然发觉这一切确确实实是发生了。我不由得愤怒了！

当初伯尼建议我们暂缓开展全面调查，理由是几周之后就会有一份牛群调查报告。这份报告也许会给出大部分问题的答案，或者至少能把答案的范围大幅度缩小，我本来还认为他的建议大有帮助呢。我现在严重怀疑这一切都是狡猾的陷阱；杜邦公司是否已经敏锐地意识到，在一家为企业提供辩护服务的律所，一位新晋合伙人开该律所之先河，做了原告方的业务，而此举将受到严格审视，并耗费大量成本？等待要付出更加高昂的代价。环境保护局的"专家"给出的报告一没有回答任何问题，二没有缩小任何范围。作为我们挖掘厄尔家牛群死亡原因的唯一希望，这份报告只让我得到了一个额外的结果，那就是一个吞噬时间的恶魔，而我现在已经没有时间了。我当初怎么那么轻易就同意杜邦公司暂缓进行全面调查呢？为此我羞愧难当。

但是已经没有时间自怨自艾了，我必须把惭愧抛在一边，集中精力想出对策。也许所剩不多的时间也足够我扳回一局吧。有这个可能。厄尔和他的家人还处于危险之中，他们还指望我帮他们处理难题呢。

* * *

眼前的情况如果有一点儿光明面的话，那就是我终于明白，我再也不会被我的对手引诱着陷入自我满足了。

在我看来，他们肯定是费了很大的力气来阻挠我。为什么呢？最初我也曾对厄尔的阴谋论观点持怀疑态度，但是现在我和厄尔一样，相信确实有人急着隐瞒真相。

我不确定他们不想曝光的到底是什么，但是我下定决心要找出真相，要把它公布到光天化日之下。不过首先，我得完成一个让我害怕的任务：告诉厄尔报告里的内容。

我给厄尔打去电话的时候，我猜电话那端的他跳了起来。

"这份报告就是垃圾！"他满含怒气地大声说道。整个牛群调查组不过就是个"彻头彻尾的笑话"。

厄尔提醒我，他从一开始就不相信那些兽医的能力。他告诉我，那些人都是自以为是、假装博学的书呆子，他们穿着时髦的正装衬衫，恨不得连袖子上都得有博士的标志。这样的人却跑来教他这个乡下人如何养牛。在厄尔眼中，他们压根儿没怎么在意他苦心收集来的证据，而且似乎也不知道该从哪里入手进行调查。他们怎么敢暗示是厄尔杀死了他自己的牛？这份报告巩固了厄尔的坚定信念：不管是杜邦公司还是环境保护局都不值得信任。他更加确信，是杜邦公司和政府联手，想让他"闭嘴并滚远点儿"。

厄尔有着几十年饲养动物的成功经验。他买进的都是优质家畜——注册过的无角海福特牛。他还让它们和上等公牛交配，令自己的家畜"上一个档次"。20世纪80年代后期，在俄亥俄州博览会的拍卖活动中，厄尔曾经买下该州第二头获得超级冠军的公牛。

如果根本就不是厄尔的失误，那么一直以来他的农场到底发生了什么？我该怎么证明这一切呢？我又该用什么方法，才能把垃圾填埋场的幕后真相和坦南特家的死牛事件联系起来呢？

"你打算怎么办？"厄尔问道。

我说我和他一样，不仅不会被轻易吓跑，反而会更坚定地调查出杜邦公司不惜一切想要遮掩的真相到底是什么。同时我也不得不承认，我们的庭审时间越来越近了，但我确实还没想到任何办法。不过有一件事我心知肚明，那就是我再也不要做好好先生。

这份牛群调查报告使问题再无可能简单快速得解。既然"专家们"公然站在杜邦公司一边，我们只能自己另行聘请专家，不过其代价往大里说是相当昂贵的，往坏里说是具有毁灭性的。我们真的拿不出任何具体的东西让专家去分析，也没法告诉他们该去调查什么。他们基本上得从头开始，尝试揭露一些暗箱操作，找出政府和杜邦公司的专家完全忽略或全力掩藏的真相。

虽然已决定破釜沉舟，但我也知道这么做会把厄尔和我所在的事务所都拖入险恶的境地。我押在这桩案件上的赌注正在快速上涨，但想要靠它让自己大赚一笔却不太可能了。虽然很不情愿，但我还是把牛群调查报告交给了汤姆和金姆，然后他们就明白了，这桩案子要耗费更多的资源。有些人肯定会想，当初为什么要接这样的案子呢。但是汤姆和金姆没有流露出反对或后悔的意思。

能得到他们俩的支持我很幸运。许多原告律师可能会被自己代理的案子拖入债务的深坑，甚至会因此破产；我却有薪水可以赖以度日，事务所还有很多其他的客户，他们按小时支付的酬金可以帮我赚到薪水。但我也清楚地预见到，这桩案子的最终结果会直接关系到我的职业发展。当时我们事务所的合伙人分为两个层级，我只属于第一层级，仍然要靠薪水为生，还没有资格参与事务所利润的分成。如果成功跻身第二层级的话，那获利就更加丰厚了。这一层级通常要看在律所服务的年限，以及你给律所带来的新案件的数量。不需要主要合伙人直接、大声地告诉我，我自己明白我的晋升钟表可能已经停摆了，直到坦南特的案子结案，我的晋升钟表才会再次被拨动。

我忧心的是，我不光让坦南特一家和事务所失望，我还对不起我的家人。我为萨拉担心，她基本上在独自照顾两个孩子，一力承担了所有的家务劳动和压力。谢天谢地！我们的两个儿子都很好带，他们从出生开始就会一觉安稳地睡到天亮。在这一点上，我不得不说他们比老爸要厉害。

＊　＊　＊

由于已经浪费了太多的时间，我和拉里重振精神，紧锣密鼓地开始了新一轮调查。如果杜邦公司试图掩盖某些东西，我们就应当出手更加凌厉，迫使他们暴露出到底藏了什么。此时伯尼·雷利已经把文件披露工作转包给一家外面的律所——斯皮尔曼律师事务所，我和拉里都知道这家律所。即使我愿意放下伯尼曾经蒙骗我的心结，他现在也不再是我的主要联系人了。此外，我也不想让杜邦公司觉察出我已改变工作方式，或者让他们发觉我盯上他们了。

在离职单干之前，拉里一路晋升到斯皮尔曼律师事务所管理合伙人的职位。我们一致认为事情这样发展对我们有好处，因为拉里仍然和以前的同事们保持着良好的工作关系。

刚开始，斯皮尔曼律所应我方要求，补充了与垃圾填埋场相关的许可材料和监管文件。在交换调查意见时，我们简单直接，友好融洽。斯皮尔曼律所甚至同意和我们一起努力，把庭审日期改在2001年1月，这样我们就有更多的时间调查研究，交流案情。但到了2000年春天，形势发生了变化。

我忽然想到，既然我们在垃圾填埋场的各种记录材料里一无所获，而我们又知道那些牛肯定是被毒死的，那么就应该把搜查范围扩大到垃圾填埋场的记录材料以外，去调查倾倒废物的工厂。当我们申请查阅与华盛顿工厂有关的材料时，杜邦公司开始咄咄逼人地回击了。我提起的新诉求被驳回，原因是"过于宽泛，过于繁冗"，将案件"毫无必要地扩展"到"毫不相关"的问题上。我根本不明白为什么会惹恼他们，然而这种激烈的态度反而让我迫切想知道那些文件里到底写了什么。

杜邦公司开始全力反击，他们针对坦南特一家的私人信息，不断提出各种侵扰性的诉求，包括查看税收记录、健康记录，甚至还要求有关人士对财产和房屋进行检查。由于我方指出坦南特家的财产和厄尔本人的健康已经受损，所以杜邦公司倒是有权查看这些，不过我怀疑这会不会是一种蓄意的恐吓。他们似乎是在传递一个信息：你们既然一直咬着我们不放，我们也准备开战了。这可就大事不妙了。

我无须再和杜邦公司的律师们客套了。我也不想再纠结自己会不会得罪他们了。我开始提详尽的要求。我必须尽可能扩大调查范围。杜邦公司最初给文件披露工作划定了一个"温和"的范围，只有在这个范围之内，他们才乐意提供资料。现在我要跳出这个框框。

我开始怀疑杜邦公司试图在庭审到来之前拖延时间。我向他们提出请求（用法律术语来说叫"质询"），想看到相关文件，了解有什么东西可能通过工厂流入垃圾填埋场，在我看来这完全是很普通的请求。收到我的请求后，杜邦公司典型的做法就是延迟回复，一直拖到联邦法院限定的三十日内回复的最后一分钟。即使到了最后一刻，他们所谓的"答复"也不过就是反对我的请求。

我依据文件披露工作的通行做法予以反击，我会拟一封措辞激烈的信，还特别强调：你方的反对毫无道理，你方需要立即进行回复。接下来，我不得不再一次等待他们的回复。如果他们仍然拒绝我的请求，我唯一可以做的就是向法庭求助，提起"强制动议"，请求法官责令他们提供我需要的答案或是文件。一旦提交了这种动议，我必须再一次等待他们回复我的动议，同时也得等待法庭下令强制执行。这样一来二去，眼看着时间就所剩不多了。

这种程序会持续几周或数月的时间。时间拖延得越久，杜邦公司回击得越狠，我就越加坚信厄尔在一开始就说过的话：杜邦公司心知肚明他们毒死了厄尔的牛，他们企图掩盖这一切。

处理超级基金案件时，我碰到过不诚实的行为不良者。他们通常是些不懂规矩的生意人，一度被冲昏头脑，不懂或是不完全理解法规法条。杜邦公司不可能不懂规矩。他们对法律的了解和我对法律的了解没什么区别。令人震惊的是，我甚至都怀疑厄尔的判断是对的——杜邦公司真的在明知故犯吗？我仍然想从比较善意的角度解读杜邦公司的行为。当初，在牛群调查组把责任都推给厄尔后，我们不仅没有知难而退，反而重整旗鼓予以还击，要求调查工厂的档案；也许我们的做法让杜邦公司勃然大怒了。如今，他们不得不斥巨资、花时间，去应付一场他们认为早就该赢，却旷日持久的法律战斗；杜邦公司强烈反对我们的调查请求，也许仅仅是为了表明他们对此事非常不满。

就在这时，汤姆·特普溜达进我的办公室。他面露困惑地对我说："你绝对猜不出来刚才谁给我打了电话。"

"是谁？"我赶忙问道。

"伯尼·雷利。"

"他想干吗？"

"主要的意思就是，作为我的新合伙人，你需要完全退出这种没有必要的调查。"

我惊得下巴都差点儿掉下来。伯尼竟然越过我，直接找我的老板来阻止我。在我们以前的交往中，我还从来没有见过这样的他。不过很快，我的惊异就转化成了扬扬得意。我给了汤姆一个微笑。和我一样，他应该已经明白这通电话无异于释放了一个信号——我正在取得进展，而且距杜邦公司百般遮掩的真相越来越近了。伯尼的电话传递出来的可不只是愤怒的火药味儿，还有一种近似恐惧的情绪。

如果伯尼希望借助这通电话阻止我，他失算了。我和汤姆并没有击掌庆祝，在塔夫托律所没有这种习惯，不过我们也有差不多的方式。换个角度想，这真是一个伟大的时刻。如果说我一开始还担心汤姆会找个理由，从这起越来越混乱的案件中抽身的话，他的反应无异于给我吃了颗大大的定心丸。他选择毫不犹豫地支持我。没有人有权告诉塔夫托律所该如何代表自己的客户，尤其是来自敌对方的律师。

* * *

案子就这么推进下去。在接下来的几个月里，情况陷入了僵局。我先前就要求查看工厂的相关记录，可杜邦公司总是反对。

我要求请一位工厂的员工来做证，他只需要回答几个基本问题：华盛顿工厂产生的是哪种工业废物？这些东西是如何被处理的？在工厂还是在垃圾填埋场？确切来讲，这些废物最后都去了哪里？出现过污染水源的问题吗？杜邦公司律师的反应仍然和先前一样，好像我提的问题非常不合情理。其实这些都是普通得不能再普通的问题。从他们的一再抗拒中，我开始察觉到一种隐含的信息。只要我提问的范围超出"登记在册并且接受监管"的化学物质，杜邦公司就会勃然大怒。他们的律师坚称，如果我想要了解垃圾填埋场许可证列明范围之外的某种化学物质，我就必须清楚地说出它的名称。

这简直就是"第二十二条军规"[1]式的窘境：我根本无从知道我压根就不了解的某种化学物质的名称。我怎么能够找出这种神秘的化学物质呢？我也许能够自己做水样检测，但是如果你不知道你要检测的是什么物质，这种分析就是毫无意义的。没有一个实验室能为你做这个检测并告诉你水样中包含的所有物质，你必须要指明你想要分析的具体物质。只有杜邦公司自己知道他们的工厂产生了何种物质，以及哪些东西被排进了垃圾填埋场。他们应该告诉我这个案子到底和什么物质有关，而不是反其道行之。为什么我们要浪费时间玩这种愚蠢低级的猜谜游戏呢？

在我开始索要文件的那一年，杜邦公司一共发给我大约六万页的材料，他们认为这个调查范围"很恰当"。这些材料都局限于垃圾填埋场本身的合法性，以及许可证上列明的化学物质。其中没有任何一页能给出一些暗示——到底是垃圾填埋场里的哪种东西毒死了厄尔的牛。

"我们一定要查个水落石出。"这是我一年多以前亲口向厄尔承诺的。

可我还是没有找到任何答案。

时间正在一点点耗尽。2001年1月3日是最新安排的庭审日期，不过也就只剩半年时间了。我没法告诉厄尔：我怕我们打不成官司了。

1《第二十二条军规》是美国作家约瑟夫·海勒创作的长篇小说。在这部作品中，根据"第二十二条军规"，只有疯子才能获准不去执行飞行任务，但必须由本人提出申请。而一旦提出申请，恰好证明这个人是正常的，仍然需要执行飞行任务。"第二十二条军规"式的窘境指一种自相矛盾的、黑色幽默式的情境。

5

秘密成分

我三十五岁生日那天，一位邮局的信差把一台金属手推车嘎吱嘎吱地弄进了我的办公室。手推车上是一个和迷你冰箱差不多大小的纸箱。我曾强烈要求杜邦公司把历史文件整理出来，其中要列明工厂倾倒进干淌河垃圾填埋场的所有化学物质；这件事终于有了结果。我们把纸箱抬下手推车，又重重地放在我办公室的中央。信差离开后，我割开了箱子上厚厚的胶带，仔细往里面看了一眼：又是一千两百页的文件，没什么顺序地塞在一起，这就算杜邦公司送给我的生日小惊喜吧！我为自己倒了一杯新煮好的咖啡，关上办公室的门，把手机调整为"勿扰"模式。我脱掉上衣，扑通一声坐在地板上，然后就开始仔细研究起来。

这已经是杜邦公司在九个月里寄过来的第十九个箱子了。我喜欢一个人仔细阅读先前收到的六万页文件，并认真地将它们排序，这样枯燥的工作令其他律师感到害怕，而且时常会被分给那些相对低级的助理来完成。这种工作有些像侦探在进行推理，循着一些纸面上的蛛丝马迹来寻找线索。文件看上去都是杂乱无序的，而且前后内容各不相干，我必须把它们逐一修补拼凑起来。我通过看最重要的文件来勾勒案件的轮廓，但这样一来也产生了一些空白之处，要等我充分了解案情后再去一一填充。

我有一套专属于自己的工作流程。首先，我会把一个纸箱里的所有东西都倒在办公室的地板上。然后，我再根据时间顺序排列每样东西。接下来，我会逐一阅读所有文件，再根据它们的主题或题目，用不同颜色的便笺贴纸做好标记。最后，为我们环境业务组工作的专职助理凯瑟琳·韦尔奇会把它们拿去复印，并归档存放在我那间不带窗户的储藏室中。凯瑟琳比我年长几岁，平时话不多，却尽职尽责且相当有条理。她是那种能够高效且几近完美地兼顾好几件事情的人，很是了不起。她身材纤瘦，留着淡棕色的卷发，为人友善，不过和我一样不是很健谈。她似乎更愿意埋头干活，专注于自己的工作，总是能源源不断地给我们提供帮助。光是为我工作，可能就已经占满她整个工作周的时间，此外还有好几位律师需要她帮忙整理材料。但我从来没有听到过她抱怨工作量大。案件肯定离不开大量的档案，我的档案就像发情的野兔般快速"繁殖"。凯瑟琳总是能用很短的时间找出所需的任何东西。我们都称呼她为"文件奇才"。

要是没有凯瑟琳，我可就真得唱独角戏了。尽管汤姆和金姆总是很乐意和我聊几句，但在坦南特的案子上我并没有一个得力的团队进行合作，也没有人能和我一起调查，或是一起加班到深夜。有好些夜晚，办公室里只有我自己和杜邦公司。那种阅读和分析的工作真的令人疲惫，我时常要强打精神才能让自己的眼睛一直保持睁开的状态。我总是告诉自己：看完这份档案，你就可以穿过走廊去咖啡间再来一杯咖啡。每晚我都会这样在走廊上来来回回走一万多步。幸运的是，我可以没有限度地摄入咖啡因，而且没有任何副作用。

事实上，我更喜欢这样独自在深夜工作，因为注意力不会被干扰，不用接听电话，也无须和别人交流。有的律师愿意有一屋子的助手或专职助理来阅读分析文件，但我必须要自己看，还要理解文件的所有背景，而不只是看文件的执行概要。因为亲自参与了整个过程，我有了身在其中的感觉，仿佛自己就身处事情发生的那个时间和那个地点。

我以前做梦都没想过自己会成为一名律师。从小到大，我从来都没有这个念头。我钟爱的是艺术和设计。还是小孩子时，我就总是能画出很精美的城市风景画，当时我还特别追求细节，要让街道和楼房完美契合。曾经有一段时间，我想当建筑设计师。后来我还报了一门机械制图的课程，学过之后才发现要想成为建筑设计师，就少不了各种测量和几何学的知识。数学和我从来都是相看两厌的。我现在都不敢确定自己是否还记得住乘法口诀表。对于数字，我从来都没有搞清楚过。虽然心不甘、情不愿，我还是得出了结论：建筑设计不是我的菜。

后来上了大学，我发现了城市研究这门课。我对资本、技术，以及官僚体制的相互作用与影响很感兴趣，也愿意研究这些因素如何使一个城市发展或萧条。城市是复杂且多元化的，它就像一个巨大的引擎，里面的每一个齿轮都自成体系，并且要和别的体系联动起来。这些体系的设计——不论是单独还是整体——都是合乎逻辑的，我认为这是一个特别有趣的话题。

我后来上的是位于佛罗里达州萨拉索塔的新学院，当时学校只有大约五百个学生，规模很小。它地处亚热带，校园濒海，在20世纪70年代以其最为狂野的迷幻色彩而名噪一时。这里的文科专业有着自由的学风，我可以设计出一套为自己量身打造的课程安排。我选择了城市研究作为自己的专业，又选了城市人文学、城市规划和团体社会学三门课程。新学院不给学生具体的成绩，都是以"通过"或"不及格"来进行评估。然而这里严格的学术标准则需要每一位学生都具备自我驱动力和很强的独立学习能力。每个班都很小，以至于老师们能记住所有的学生，这对我而言是一件无比幸运的事情。每一门课上都有那么多聪明外向的同学，我在他们中间丝毫不能引起别人的注意。老师们正是看出了我的沉默寡言，他们帮助我认识并且发扬优势：喜欢挑战复杂的问题，善于产生新奇的想法。

从新学院毕业后，我决定做一名城市规划师。我还先后申请了几所能够提供公共管理硕士学位的大学，最终被锡拉丘兹大学、哥伦比亚大学和乔治·华盛顿大学分别录取。（其实我也进了哈佛大学的候补名单，可是我根本支付不起那里的学费。）有的学校为我提供了奖学金，所以选择的范围又缩小了。

就在我对着几个选择犹豫不决的时候，父亲主张我考虑一下学法律。这可是他在空军服役二十年后为自己选择的第二种职业。在我高中毕业的同一年，父亲也从代顿大学法学院毕业了，并且终于成为俄亥俄州代顿市的助理检察官。父亲对我讲："城市规划的领域这么窄，如果你发现自己并不喜欢这个领域该怎么办？法律学位可以让你有更多的选择机会。"他和妈妈一起说服我，至少申请法律专业试试看。我参加法学院入学考试的成绩甚至要好于研究生入学考试的成绩，这让一切都成了定局。有几所大学向我伸出了橄榄枝，我最终因为州内学费和奖学金的原因选择进入俄亥俄州立大学，这样也能够离家近些。从哥伦布市到代顿市开车也就大约一个小时。

在法学院，我很快就发现自己天生不适合学习税法或合同法。这些东西能让我烦死。法律专业的很多东西都围绕着抽象概念展开，然而环境法却根植于具体的现实——像土壤、空气、水源这些你能看见或是能测量到的东西。我从来都不是一个彻底的环保主义者，但我一直以来还是热爱大自然的。我还是个小孩子的时候，祖母就带着我一边散步，一边告诉我沿途的各种鸟和树的名字。当我又长大一些，每次看到父母在院子里修剪树上的枝条，我都会心生不忍。数年后进入新学院，周围的同学或是留着长发，或是穿戴着里根时代的扎染服饰，我在他们眼中就是不折不扣的"保守分子"。实际上，我处于政治谱系的中间位置，他们叫我"保守分子"更有可能是因为我有平展的肩部、短短的头发和礼貌的举止——基本上是军队子弟才会有的举止。环境保护法似乎是我在佛罗里达新学院学到的所有观念的完美体现。

通过律师资格考试后，对于到底是做原告律师，还是进行辩护工作，我真的没有考虑太多。我只是知道，最优秀和最聪明的学生通常会受雇于那些专门为大公司服务的事务所。此外，担任企业辩护律师收入稳定，不像原告律师，对他们而言，每一桩案件都是一场赌博。我当时还有助学贷款需要偿还。另外，我也没有原告律师应该具备的性格。

虽然我非常喜欢塔夫托律所，不过我在工作中还是感到有些缺乏自信。我担心自己的家庭和学历背景都和大公司不搭边，这会阻碍我的职业发展。我性格内向，经常会被忽视或是低估。即便我的工作表现赢得了积极的反馈，但始终无法摆脱一种污点般的提醒：我太沉默寡言了，我必须得多下功夫让人们都知道我。简言之，我需要变得更加开朗外向，多和别人交流沟通，着手提高我的"客户拓展"技能。

对我来讲，这可是一场艰苦的战斗。我通常也会和同事们一起吃午餐，参加事务所在皇后城市俱乐部举办的相对正式的月度"公司餐会"，我还和萨拉一起出现在每年年末举办的公司正装舞会（或餐会）上。尽管如此，我和事务所的同事们还是没什么机会来往。这次我下定决心接手坦南特家的案子，这是我为事务所带来的第一位客户，如果胜诉的话也能够向我的合伙人证明——同时也向我自己证明——我是凭实力待在这里的。

我把所有文件都按时间顺序进行了排列，文件已经由原来的一摞变成了一大堆，最老的材料堆在最上面，越往下走时间就越近。

我盘腿坐在办公室的地板上，一份特别的文件闯入了我的视线。这是一封杜邦公司写给环境保护局的信，时间是2000年6月23日，也就是几周之前。发信者名叫杰拉尔德·肯尼迪[1]。该文件来自华盛顿工厂的档案卷宗，也是杜邦公司之前不愿意让我看到的东西。首先抓住我注意力的是信中肯尼迪在杜邦公司的职位：应用毒理学与健康部主任。信的收件人是查尔斯·奥尔博士，同样也有着令人瞩目的头衔：环境保护局化学物质管理部污染预防与毒物办公室主任。

如果我来为这起案件定性的话，它一定和中毒有关。

这封信的主题是一种我之前完全没有听说过的化学物质：全氟辛酸铵（ammonium perfluorooctanoate, APFO）。我从信中读出如下信息：环境保护局想要知道杜邦公司是否使用过全氟辛酸铵；如果是的话，用在了哪里？为什么这样做？我心里充满了疑问。我把注意力集中在回信的重

---

1 又名杰瑞·肯尼迪。

点内容上：

> 美国杜邦公司有可能导致人类"显著接触"全氟辛酸铵的所有操作集中于一处地点，即位于西弗吉尼亚州华盛顿的华盛顿工厂。因此本文件中列出的绝大部分工业卫生数据与血清数据均取自该地点。

事情变得有趣了。华盛顿工厂产生废物，然后将废物运送至干涸河垃圾填埋场，而杜邦公司又极度担心这家工厂里的这种特殊化学物质的毒性，甚至还密切监控工人的血液情况。

幸亏我有好几年为化学公司工作的经验，我知道在制造化学物质的行业内，最大程度接触工业化学品的人通常就是工厂里亲自动手操作的工人。比起旁人，他们接触这些物质的机会更多，所以也总是最先表现出中毒症状。因此在这一点上，工人就像"煤矿里的金丝雀"，他们可以在化学工业中起到预警的作用。只是他们并不是鸟，他们是活生生的人。

一年以来的第一次，我终于有了一种油然而生的惊喜交加之感，这种感觉就像一个探矿人忽然看到自己淘选盘的泥土中闪烁出几缕金子的光芒。我把这封信从地上拿了起来，又仔细地读了一遍。信中提及在当年的三月和四月，华盛顿工厂的工人被验了血。时间如此之近，事实上杜邦公司仍在等待实验室的最终结果。信中还透露，从1981年开始就有保留下来的工人血清数据了。

但是全氟辛酸铵到底是什么物质呢？

信中给它的定义是"制造聚四氟乙烯[1]和四氟乙烯共聚物过程中的一种反应助剂"。我完全搞不明白这一定义的意思。没关系，我可以去查阅资料。不过不管它是什么，杜邦公司的工厂，主要是华盛顿工厂，正在排出数以吨计的这种废物。根据这份文件，早在1999年，通过工厂烟囱排

---

1 聚四氟乙烯即特氟龙。

入空气的废物量就已经是一年约两万四千磅[1]了，排入水中的废物量一年达到五万五千磅。在我看来，"排入水中"其实就是"进入了俄亥俄河"。杜邦公司还在信中注明，全氟辛酸铵以工业废料和固体垃圾的形式被倾倒在当地的三处垃圾填埋场，其中就包括干淌河垃圾填埋场。这种化学物质有可能是我大海捞针般苦苦寻找的毒源吗？

我把信放在地板上，觉得自己血脉偾张，没心思继续阅读纸箱里的其他文件了。对于全氟辛酸铵，我找不到任何可以参考的东西，于是我沿着走廊来到环境图书室。我在那里翻阅了化学词典，还查到了几种接受监管且含有毒性的物质，但其中并未单独提及全氟辛酸铵。

困惑不解的我打电话给一位分析化学领域的专家，他在先前的案子中帮助过金姆。这位专家曾供职于一家重要的化学公司，且精通法律化学，也就是识别并追踪有毒物质在土壤和水源中的走向。如果真有人了解全氟辛酸铵，那一定非他莫属了。

然而他竟然也从未听说过该物质。

不过他说这种东西很像他最近才听说的一种物质，叫全氟辛烷磺酸（perfluorooctane sulfonate, PFOS）。他在一本化学期刊中读到了全氟辛烷磺酸的信息。就在两个多月前，即2000年5月，3M公司发布消息说会停止生产全氟辛烷磺酸。

我也从没听说过全氟辛烷磺酸。化学专家为我打开了一扇新的窗子，让我可以一点点地去探寻我需要的信息。我发现3M公司在1948年就创造出了全氟辛烷磺酸。这种化合物作为一种加工助剂被利用在一系列产品之中，包括思高洁[2]——3M公司最成功、最赚钱的产品之一。可是为什么3M公司会突然叫停该物质的生产呢？这可是他们经济基础的重要组成部分呢。况且，全氟辛烷磺酸也并没有出现在接受监管的化学物质的名单

1 磅，英美制质量或重量单位，1磅合0.4536千克。
2 一种防水、防油、防污的皮革保护剂。

上。我甚至发现，环境保护局对于该化学物质根本就没有提出任何监管标准。3M公司"主动"停止它的生产，想必背后一定有某种不为人知的原因。

如果非要找原因的话，3M公司倒是针对该问题召开过一次新闻发布会，但根本没有谈及健康方面的问题；相反，他们给出的原因是："我们正在重新分配资源，以期更为持久地加速产品的创新"。

在这种经过公关粉饰的官话背后，3M公司到底在掩藏哪些无法言说的真相呢？感谢《纽约时报》。在5月19日的一篇文章中，环境保护局指出，3M公司声称决定停产全氟辛烷磺酸与其毒性毫无关系，但这一说法是错误的。环境保护局甚至发表声明，称该公司自己进行的测试就已经显示出全氟辛烷磺酸会"对人体健康与环境安全造成威胁"；而且3M公司若不愿主动关停该物质的生产线，相关部门将会采取行动强行将其关停。

但我遇到的是全氟辛酸铵，我已经发现这种物质在华盛顿工厂中作祟。它会不会在某些方面和全氟辛烷磺酸有关系呢？

我越是想搞清楚这两种化学物质之间可能存在的关联性，就越觉得那些科技术语让我无计可施，寸步难行。我在工作中也熟悉了很多化学物质，但是对于我这样一个外行读者而言，现在大部分材料都让我感到难以理解。我向化学专家求教，他就会开始讲解化学衍生法……酸和阴离子……磺酸盐和羧酸盐……我总感到这些讲解顺带着在提醒我：你当初去法学院，不去医学院是对的。

我的化学导师告诉我，全氟辛烷磺酸是一种磺酸盐。我试图理解他的讲述，我相信他看到我一脸茫然时，一定气得咬牙切齿。他还说，3M公司还生产出一种游离酸形式的类似化合物，被称为全氟辛酸。换言之，全氟辛酸和全氟辛烷磺酸根本就是同一种物质的两种表现形式。

关键信息是：全氟辛酸铵是全氟辛酸的另一个版本。因此，3M公司停产的那种化学物质，应该和杜邦公司数以吨计地排放到空气和水源中的物质同宗共源。

根据杜邦公司写给环境保护局的信，作为一种表面活性剂，全氟辛酸铵是他们一直以来在华盛顿工厂大量使用的物质。

从技术层面来讲，使用表面活性剂可以减少两种物质之间的表面张力，不过你也可以换种想法，它还可以"使物质更加光滑"。肥皂就是一种表面活性剂，它可以在水中产生泡沫。也许全氟辛酸铵正是让厄尔在河中看到泡沫的直接原因？我知道这是调查中一个飞跃性的进展，但与此同时，事情也会越闹越大。杜邦公司在写给环境保护局的信中承认，工厂加工过程中产生的废物都被倾倒在干淌河垃圾填埋场，再从垃圾填埋场渗入河中。但在过去一年中，我浏览了另外的几千份文件，从未看到过与全氟辛酸铵有关的许可限值和监管文档。

这下我明白了，没有许可限值，没有监管文档。我终于知道杜邦公司为什么会坚定不移地把我的调查范围限制在"登记在册并且接受监管"的物质上。

全氟辛酸铵或全氟辛酸既没有"登记在册"，也不会"接受监管"。

我回到办公室，又仔细读了杜邦公司写给环境保护局的信。一个新词映入了我的眼帘：特氟龙[1]。在一堆技术术语中，我看到这样一个信息：全氟辛酸被用在特氟龙的生产加工中。

特氟龙是杜邦公司当时首屈一指的标志性产品，每年能为公司带来约十亿美元的收入；特氟龙产品一年的净利润是一亿美元，占整个公司一年净利润的10%。如果说3M公司因停产全氟辛烷磺酸而损失了思高洁产品带来的数亿美元收入，那么杜邦公司一旦被环境保护局查出全氟辛酸的问题，则会面临更大的损失。

随着调查的深入，我开始明白杜邦公司就全氟辛酸铵问题给环境保护局写信的真实原因。3M公司之前曾向环境保护局声明，他们打算关停全氟辛烷磺酸及其相关物质的生产线，环境保护局就询问他们，是否还有其他公司使用该化学物质或相关产品。我推测环境保护局应该已从3M公司

---

1 亦称为特氟隆、聚四氟乙烯，可用于制作炊具的不粘涂层。

那里得到了杜邦公司的名字，因为杜邦公司是3M公司全氟辛酸铵产品的客户之一。这就促使环境保护局询问杜邦公司是否在使用该物质；如果使用的话，是如何使用的。杜邦公司在回复环境保护局提出的几个有限问题时，确认他们使用了这种化学物质。

由于国家监管人员已经知道全氟辛烷磺酸的存在，杜邦公司最不愿意看到的就是有人提醒环境保护局关注全氟辛酸。他们当然不愿意让环境保护局知道他们的垃圾填埋场中有全氟辛酸，且该化学物质涉嫌令几百头牛——甚至可能还有一些人——患上重病。在我看来，这完全可以解释为什么杜邦公司一直在拒绝我的调查诉求。

我差点和这个相当重要却又无比微妙的关联失之交臂，想到这里，我突然觉得有点不舒服。我们马上就要面临庭审，也就剩下不到四个月的时间。可眼下我还是无法摸清全氟辛酸、特氟龙和干淌河垃圾填埋场之间的内在关联。杜邦公司一面试图让我避开那些没有登记在册的化学物质，一面也从没停止过暗箱操作，试图消除环境保护局的担忧。目前，结论似乎已经相当明确了，如果牛群调查组不是因杜邦公司隐瞒重要信息而被蒙蔽，那就是他们已经和杜邦公司串通一气，要刻意歪曲事实了。他们的调查覆盖了很多方面，却唯独没有涉及全氟辛酸铵或全氟辛酸。

我是一个非常冷静的人，很少暴躁不安。但是此刻，我周身的血液似乎开始沸腾了。我生气的部分原因是自己花了这么多的时间和精力才明白这一切，但更让我的愤怒的是，这一切似乎是一场由杜邦公司一手操控的、麻木不仁且损人利己的游戏。

我拿起电话，打给能够与之倾诉愤怒之情的对象。厄尔接了电话。还没等他开口问候我，我就竹筒倒豆子般——讲出我的最新发现。我告诉他，我发现了一种倒在垃圾填埋场中的化学物质，我们之前并不知道这种物质，不过有可能就是它造成了一系列的严重问题。杜邦公司，甚至环境保护局，都对这种物质表示担忧，但牛群调查组却对此只字不提。对方一直保持沉默，时间长到让我怀疑电话线路出了问题。不过，厄尔应该是在消化我说的内容，在短暂地享受了自己的判断被证实的愉悦后，他用大得能震掉我耳朵的声音喊道："我告诉过你的！我从一开始就和你讲过！"

他真的和我讲过这些。

放下电话后，我的肾上腺素急剧飙升。我又拨通了伯尼·雷利的电话。这注定只是一次言简意赅的通话。

"我找到了，"我告诉伯尼，"我知道这一切的真正原因。"

它不仅关系到牛群，也不仅关系到被某个农民起诉；它牵扯了很多，很多。

它关系到维护特氟龙。

* * *

1938年4月6日，新泽西州迪普沃特，杰克逊实验室。

和其他人一样，我对特氟龙的认知也停留在它是一种神奇的东西，可以使煎蛋轻松顺滑地从平底锅中落入我的盘中。我简单地查阅了资料，发现特氟龙的起源是一个有趣的故事。和很多"科学奇迹"一样，特氟龙的诞生也是意外使然。它源自一次伟大的失败——一位化学家绞尽脑汁，试图弄出一种完全不同的物质，结果特氟龙却意外登场了。这一失败成了合成化学领域的标志性成果，我们真该感谢那些受挫的化学家，正是他们为我们带来了"人造奇迹"：例如，强力胶、糖精（用于人工增甜）、思高洁；还有强效迷幻药，寻找呼吸与循环系统兴奋剂的实验失败后，它意外地出现了。

不过，特氟龙可是整个化学史上最具有传奇意义的发现之一。在被用于不粘锅之前，它其实是一种工业化学品，二十七岁的化学家罗伊·普伦基特在20世纪30年代后期发现了它。普伦基特一生供职于杜邦公司，其间有两年时间，他受命去寻找一种新的制冷剂。当时流行的制冷剂——氨、丙烷、二氧化硫，以及氯代甲烷——均具有毒性，或易燃性，或易爆性，或是集这三种性质于一身。这些特性上的缺陷是足以致命的。于是，冰箱制造商们强烈要求杜邦公司从氯氟烃类的化学品中找出一种替代品。这种探索的最终结果是"制冷剂12"的诞生，后来被称为氟利昂。不过杜邦公司当时远没做到这一步。1938年一个星期三的上午，普伦基特正在向一支试管中注入某种气体，尝试合成一种新的制冷剂。气体叫作四氟乙烯，被储存在一个小钢筒中。他的助手拧动钢筒的阀门，把气体释放进反应器，但什么都没有发生；甚至连气体泄漏时的嘶嘶声也听不到。

他们摆弄着阀门。阀门大开，却完全没有压力。难道气体已经逸散了吗？难道钢筒里是空的？普伦基特把钢筒放在了天平上，其重量读数明确显示出里面是有东西的。他用一根线绳穿过阀门，以保证畅通。还是什么都没有放出来。普伦基特有些恼火了，他索性把阀门完全拔起，并且把钢筒头冲下倒置。他晃动着手中的钢筒，一片片精细的、白色粉末状的东西如雪花般翩然落下。

他本以为自己的实验失败了，并打算从头再来一次。但把钢筒锯开的一刹那，他的好奇心油然而起。钢筒的内壁上覆盖着一层平整顺滑的物质。他在实验室的笔记本上简要记录下自己观察到的一切：

本来（假定）要生成聚合物，却偶得一种白色的固体物质。

在某种程度上，普伦基特知道发生了什么。钢筒中的气体分子就像一堆零散的珠子，在容器内不停地蹦跳反弹。在偶发的情况下，它们自然地互相咬合，从而形成一条长"项链"。钢筒本身或许就是催化剂，促成了这一化学反应的发生。

有些化学家可能会直接放弃失败的结果重新来过，可普伦基特却偏偏想知道这种新产生的物质到底是什么。于是，他又进行了一连串实验来研究这种物质的属性，没想到最后的发现却相当反常。这种化合物似乎并不活泼，它不会跟任何物质发生反应。烙铁不能把它熔化或烧焦。液体无法腐蚀它，也无法使它膨胀或是溶解。阳光不会让它分解。霉菌和真菌根本无法接触到它。它甚至可以耐受能使其他塑料制品液化的高温。这种物质似乎不受任何工业溶剂或高强度的腐蚀性化学品影响。它表现出了令人称奇的光滑，其摩擦系数就像在冰面上放另一块冰。普伦基特从来都没见过这样的东西。事实上，任何人都未曾见过。

实验的方法都对，结果却不同寻常。

由此，普伦基特发现了特氟龙。

对杜邦公司而言，普伦基特发现特氟龙无异于一场及时雨；因为事实证明，它在公司的一项重要新方案中扮演了关键角色。随着美国在1941年加入第二次世界大战，国内的化学工厂为了支持战争纷纷调整资源。联邦政府委任杜邦公司的智囊团实施绝密的曼哈顿计划，以求全力以赴地制造出世界上的首枚原子弹。为了达到这一目的，他们首先需要得到一种具有高度辐射性能的元素——钚。在政府的要求下，杜邦公司同意在华盛顿州的汉福德修建一个大规模的钚工厂。钚的生产过程要利用具有高度腐蚀性的化学物质，甚至会腐蚀掉垫圈和封条。只有特氟龙能耐受这一切。

在战争时期，杜邦公司生产的特氟龙全部供政府使用，其中的大部分产品直接进入曼哈顿计划。另外的三分之一被军队使用；例如，给液体燃料容器做内部保护层，协助制造炸药——硝酸类物质同样会腐蚀垫圈。特氟龙可以扰乱雷达，因此被用于制造近炸炸弹的顶锥部分，这也成为战时另一次高度机密的技术胜利。

杜邦公司生产的钚被用在一颗名为"胖子"的原子弹中，并最终在日本长崎上空爆炸。彼时的杜邦公司已经开始抽身筹划和平时代的运作经营了。那些运营计划就涉及在西弗吉尼亚州的帕克斯堡修建一家新的塑料制品加工厂。

随着战争结束，杜邦公司开始将经营模式转向集中生产化学制品，尤其是合成化学制品，其中就包括两项改变世界的发明：氯丁橡胶（一种合成橡胶）和尼龙。公司的领导层在开发全新产品的过程中加倍付出努力，以求其他任何产品无法与之相比，或是无法与之抗衡——换句话说，就像他们发明的尼龙一样，成为下一个明星产品。特氟龙仿佛是一个坚强的斗士，无往不胜。

但是特氟龙毕竟不同于其他塑料制品。它性能出色，但操作起来也更具挑战性。它的白热熔点使它不可能像其他塑料制品那样被塑造或挤压。抗反应的性质使许多化学反应、化学过程在它这里无效。同时，它最具有标志性的性质就是不粘性，这点几乎使它坚不可摧——它很难与物体表面结合在一起。

制造这种物质不是一件容易的事情。真正的工业生产过程可不是普伦基特实验的超大型翻版。产品有可能会凝结成块，而且其属性也会因批次不同而大相径庭。最终，一种表面活性剂——一种类似于肥皂的物质——使特氟龙的生产过程变得高效、可靠，这种物质由3M公司生产，当时并不为外界所知。这种物质的奇特之处就在于，它能够使两种并不想混合的物质因它而混合。这种情况非常像蛋黄可以使油和醋合成乳状物，成为我们熟悉的蛋黄酱。如果没有乳化剂（蛋黄中的蛋白质与卵磷脂），"蛋黄酱"只会是油醋汁——最终分化成油和醋的悬浮液。凝结会严重破坏生产，这种新的化合物成为预防凝结的关键成分。

这种使特氟龙成为可能的秘密成分就是全氟辛酸。

文件追踪

　　全氟辛酸的出现改变了一切。现在我手头也掌握了需要进行专门调查的内容。调查文件证实，杜邦公司的华盛顿工厂确实使用了该种神奇的化合物，并将其排放至干淌河垃圾填埋场。不过，我对很多问题还是一无所知。例如：它是如何进入到环境中的？目前位于何处？最为重要的是，一旦接触到它，会有什么样的影响？

　　我搜索并阅读了大量有关全氟辛酸的科学文献，可是我看得越多，就越感觉自己绕来绕去，似乎进入了死胡同。全氟辛酸的公开信息要么极难搞到，要么压根儿不存在，这也清楚地解释了为什么没有关于这种物质的许可证。但是为什么又会有相关的科学研究呢？毒性报告又去了哪里？资料显示，仅有的研究是由一些工业科学家开展的，他们受雇于制造或使用该物质的公司。很多工业研究成果并未公开发表，所以大型科研团体无法得到研究结果。我向法庭指出了这一情况，法官把我们已经被延后一次的庭审日期又往后推了半年，也就是要到2001年7月10日。这样我就能有更多的时间，进一步挖掘这种神秘的化学物质。

　　全氟辛酸就像我手中握住的一根杠杆。先前杜邦公司耽误了我好几个月的时间，他们一再坚称，如果我想要了解任何一种没有"登记在册并且接受监管"的物质，我就务必明确指出究竟是哪一种物质。现在，既然我能提供该物质的名称，杜邦公司就有法律义务给我拿出与其相关的所有内部记录与研究资料。不过杜邦公司还是拒绝将其他相关文件发送给我。于是我们开始了新一轮较量，我先发出一封回信，确认我的理解无误：杜邦公司全然拒绝提供我方要求的、有关全氟辛酸的文件；与此同时，我也警告杜邦公司我会向法庭提交动议，申请强制执行。一周之后，我收到杜邦公司对这一警告的回复，内容大意是"悉听尊便，奉陪到底"。

于是，我方提出强制执行的动议，杜邦公司给出的回复大致是说"已经提供过，且数量充足"，还说自己已经寄过来将近九万页的文件。我方继续回复，内容如下：杜邦公司可以搞出一百万页的文件，但如果他们仍然拒绝透露有关全氟辛酸的具体细节，则一切都毫无意义。这种一来一去的较量非常消耗时间。我方首次提出动议后的两个月，在西弗吉尼亚州一位治安法官召集的听证会上，我方的强制执行动议被批准了。

新文件终于潮水般的寄过来了，我收到的文件迅速超过了十万页。但是我注意到其中有很大的漏洞。新文件中的很多内容提及了其他文件——如信函、研究报告、会议纪要等——但这些东西都不见了。我向杜邦公司索要这些消失的文件，他们还是表示无法提供。在被回绝了好几个月之后，我和拉里·温特又出现在治安法官在亨廷顿的办公室，再一次提出强制执行动议。法庭批准了我们的请求，并责令杜邦公司向我提供他们关于全氟辛酸的全部（几乎是）内部文件。于是又有数万页文件涌入了我的办公室。很快，办公室的地毯都要被文件完全覆盖了，只在门和办公桌之间留下一条小缝，以便我来回通行。一摞摞的文件堆到及膝高度，就像一个小城堡，也许我此时终于实现了自己城市规划师的梦想。日复一日，我就这样坐在地板上，完全被装文件的纸箱包围。一旦有人打电话找不到我，我的秘书就会相当礼貌地解释说我实在接不了电话，我确实是连电话都够不着。

这一次，我收到的文件中有毒性研究报告、水样检测报告，还涉及针对接触全氟辛酸的工人所进行的内部研究。这些新的文字记录绝对是大有帮助的，要是我能够完全理解它们就好了。尽管我在工作中每天都要接触大量的化学文献，可我的工作毕竟只专注于许可限值和排放量，并不涉及物质本身的化学成分。我不得不努力搞明白这是一种什么东西，我一次又一次地仔细阅读每一页文献，试图去"破译"所有超级技术细节，不论自己对这些信息是否感兴趣。这种物质到底是什么？它对牛又会产生什么样的影响呢？我觉得自己不能简单地把这些问题抛给化学顾问；搞到最后，这个案子全靠科学了。于是我只能努力阅读下去。

与此同时，我还得尽力应付自己作为一名新合伙人的固定职责——这些职责需要我每周工作四十个小时以上。我和汤姆合作的超级基金项目正在进行之中，我要和金姆一起处理监督与许可工作，我还要帮助我们部门和房地产部门处理突发的环境问题和保险问题。我手头有好几项任务要去完成，不得不把要做的事情一件件写下来，列成任务表贴在办公桌上。我通常会根据事情的紧急程度重新排序：哪件是必须立即处理的，哪件是可以等到第二天的。我有可能一边为金姆研究各种化学物质在排放中的可接受限值，一边又在为汤姆准备超级基金案件的证词。我得花好几个小时在我们那间小小的环境图书室中查找资料，再花更多的时间把重要信息录进手持式听写机——我们那时候还在用这个玩意儿。接下来，我还要审核秘书根据录音带整理的录音稿，然后才能校订最终的备忘录。一旦我们的客户碰上分摊有害物质清理费这种事，我还时常得去参加潜在责任主体的会议，这就意味着我要收集并用不同颜色标记多如雪片的各类文件夹，还得把它们都带上飞机。

我的合伙人们都意识到，我在坦南特案上花费的时间呈直线上升趋势，不过这似乎并没有影响他们照常分配给我的工作量。怎么能同时应付这些事呢？我只有加班加点了。我们事务所有个人人都要恪守的理念，那就是一旦我们开始为客户工作，就要竭尽全力为其追求最大化的利益；也正是因为有这样的理念，事务所一直支持我推进坦南特的案子。我夜以继日地忙碌着，时间就这样在分类整理和仔细阅读文件中悄然滑过。我偶尔也会溜出去喝杯咖啡，或是在市中心的店铺打烊之前跑到马路对面买一袋爆米花或一个三明治。我已经失去了时间的概念，只在天亮之前爬上床睡几个小时。这很像是为了期末考试临时抱佛脚，但我周周如此。

事到如今，我几乎看不到妻子和孩子们醒着的样子了。有时候，萨拉会带着我们的大儿子泰迪来城里，这样我们一家三口可以共进一次"特别的午餐"。当然，我们也有周末时光。不过我通常会在星期六去办公室待"几个小时"，但这一待往往就变成了一整天。我意识到，这就是婚姻生活中一个典型的陷阱：操持家庭的妈妈整天忙着处理琐碎的家务，照看孩子；而工作狂爸爸和家庭日渐疏远，甚至孩子都快不认识他了。我也意识到，自己是有史以来最为幸运的工作狂爸爸之一。萨拉真心喜欢待在家中照顾孩子，她为此感到很满足。她曾经是律所的一线人员，深知这份工作的要求，能理解我目前正在做的一切，并全力支持我。我知道自己在前路上会遇到许多纷争，不过我很庆幸它们不会波及我的家庭生活。即便如此，那时的我还是没有完全意识到萨拉的奉献有多么伟大。多年来，我一头扎进工作中，这对她而言，就像嫁给了一个在外打仗或长期出海不归的丈夫。对于她的无私奉献和娴雅大度，我心怀愧疚并感激不尽。直到后来，我才听说她曾经和一个朋友如此描述过那段时期："就算我一丝不挂地在他身边走来走去，或是我身上着了火，他也不可能注意到的。"我当时眼里能看到的东西，就只有办公室地板上的那些翻开的文件了，它们像拼图碎片一样，吸引了我全部的注意力。

又是盘着腿在地板上翻看文件的一天，我无意中读到一份文件，专业性没有那么强。它是写给普通读者的，而不是写给那些科学家。这是一份华盛顿工厂的"备用"新闻稿，写于1989年。这类文件一般都被用作危机管理工具，提前就已准备好，经过管理层的严格审查，只有当大众或媒体群情鼎沸时才会被发出。事实证明，这份文稿一直未见天日。我饶有兴趣地开始阅读，努力想看穿在公共关系虚浮的外表下到底隐藏了哪些不能说的秘密。这份文件解答了我的很多疑问，也为我开启了潘多拉魔盒。

这是杜邦公司收购为卢贝克供应饮用水的水井区时发出的声明。卢贝克是一个大约拥有五百户人家的自然村，离帕克斯堡市中心约五分钟车程，处于华盛顿工厂顺流而下的几英里处。

　　根据这份未被发出的新闻稿，这里从20世纪70年代中期就开始做水样测试了，旨在证明工厂的运营并没有污染公共饮用水。文件中宣称："我们认为，种种数据表明，此处的水质是安全可靠的"。

　　如果此处的水质安全可靠，为什么杜邦公司还要花钱买下这片水井区呢？

　　文件中有一段"背景简介"附在正文之外，其目的在于若受到媒体或公众的质疑，杜邦公司可以参照其内容，就某一点发表对公司有利的言论。这个简介中暗藏了我刚才提的那个问题的答案。一个非常黑暗的答案。

　　这个简介是用一问一答的方式展开的，其中的大部分问题和一种名为FC-143的物质有关，这种物质出现在水井区。这些提问和回答曝出了关于这种化学品（又是一种我没听说过的化学品）的一连串事实。

　　杜邦公司在声明中称这种物质为含氟羧酸，对我而言这个名称没有任何意义。但是文件中提到，它也是一种表面活性剂——就和全氟辛酸一样。然后我又看到了文件中最好笑的部分：FC-143也被用来加工特氟龙。

　　文件内容显示，FC-143是3M公司生产的一种合成化学物质，华盛顿工厂从1951年就开始把它用于生产了。也就是说，到2001年我读到这份文件的时候，该化学物质在帕克斯堡的工厂已经被使用整整五十年了。

　　问答中的第三个问题是："FC-143有害吗？"

　　我屏住呼吸，继续往下看答案："问题要看浓度——多少量和什么时间。拿鼠类做的动物实验已经证明，该物质含有轻微到中等的毒性。"

　　回答还补充道，鼠类表现出肝脏中毒，"过度接触"此物还会引发"人类皮肤过敏，流泪，以及呼吸道不适"。杜邦公司没有明确界定何为过度接触，但却声称"接触FC-143对员工的身体健康没有任何不良影响"。在我看来，这种说法在某种程度上是自相矛盾的。在什么样的逻辑中，导致人类皮肤过敏，流泪，以及呼吸道不适不算对健康的不良影响呢？

*　*　*

那么，最后渗入供水系统中的东西到底是什么呢？

这些问答并不能给出一个令人满意的答案。不过至少它们又启发了我，让我意识到一种重要东西的存在，从而也让我明白，在某一个地方一定存在着真实的毒性数据。但是，为什么在调查文件中看不到这些呢？根据联邦法律，会对人身安全或是环境造成"潜在风险"的公司，普遍要承担起报告所有相关证据的法律义务。如果杜邦公司或3M公司已经开展过相关研究，并发现该化学物质不存在任何风险，那么也应该有相关研究记录呀。

记得向杜邦公司索要相关材料，我这样记录道。

同时，问答也令人震惊地坦白了一些有关"安全"化学物质FC- 143的事：

为什么该物质会沉积在人类的血液中？

我们并不知道确切的机制。我们只知道这种物质不会分解、和其他东西产生反应，或是衰减……它会被身体慢慢排出。

人类的血液中会沉积很多化学物质，其中一些是我们主动摄入的，比如说酒精、尼古丁，还有药物。另外一些则是通过和环境的接触，在我们不知情的情况下进入我们体内。它们中的绝大多数会被我们的身体代谢掉，分解为更小的颗粒（我们的肝和肾在做这样的工作），然后很快就会离开我们的身体。但很显然，FC- 143不会；相反，它会在我们的体内滞留很长时间。

问答还提到，该化学物质已经通过华盛顿工厂的三个集液池渗入供水系统，这三个集液池在1988年已被设置了内衬的水箱取代。这样就可以解释杜邦公司为什么会花钱买下水井区——原因就是，"你搞砸，你买单"。

而这一切对于人体的健康又意味着什么？新闻稿中指出，杜邦公司检测出华盛顿工厂员工的血液中含有FC-143，其浓度高达3300ppb[1]。他们坚称："该浓度并不会对员工健康造成任何恶劣影响。"文件还披露，杜邦公司打算花费三百八十万美元的巨资，清除工厂废水中的FC-143，并减少向大气排放该物质。

问答中的第14条和我的想法不谋而合："如果这种东西对人体无害，你们为何还会斥资减少其大气排放和水排放呢？"

……即使该物质没有已知的不良影响，我们也坚决要使人们对它的接触程度降到最低，从而避免在血液中沉积等隐患。

换言之，杜邦公司认为，一旦该物质滞留在人体血液中就会带来麻烦，于是他们在"备用"问答中写了这一笔。但是，他们并没打算把这一信息透露给那些血液中已经含有FC-143的人。

就在发现这份新闻稿后不久，我又碰巧看到了另外一份明显与其相似的文件，时间是近三年之后的1991年。这份文件也包含问答部分，而且好些问题几乎如出一辙——只是更改了被怀疑的化学物质的名称而已：用"C8"替代了"FC-143"。由于这两份文件是如此相似，我推测我看到的其实是同一种化学物质的两种不同名称。然而，我发现更新版的问答中出现了一条引人注意，而且使人相当惊恐的问题，第20条问题："C8会致癌吗？"

下面的回答一点儿也不让人心服口服："没有证据显示C8会使人患

1　ppb是parts per billion的缩写形式，意为"十亿分之几"，3300ppb即十亿分之三千三百。

癌。不过动物实验显示，良性睾丸肿瘤的患病率会有轻微增长。"我后来才知道，在癌症相关性的研究中，形成任何一种肿瘤都是极其糟糕的消息。这份文件再一次承认，该物质在华盛顿工厂是一种隐患，但是又坚持说"经过对安全性的充分考量，已经确定C8的接触限值，保证不会造成健康问题。监控项目显示，华盛顿工厂的C8排放量远低于限值"。

既然C8本身并不是一种接受监管的化学品，那些"接触限值"肯定就是杜邦公司自己设定的，时间大约是在1989年到1991年——那两份文件产生期间。第2条问答中承认，"C8以极低量存在于大气、水，以及我们无任何公害的垃圾填埋场中"。当时由华盛顿工厂运营的垃圾填埋场就包括干淌河垃圾填埋场。

"极低量"被界定为C8在垃圾填埋场渗出的水中的浓度是1000ppb至3000ppb。这还算是极低量吗？我无从判断。安全接触极限值总是备受争议，而且化学物质不同，限值也不同。例如，环境保护局认定，饮用水中铅的浓度必须低于15ppb才算安全，砷的安全值是10ppb——远低于干淌河垃圾填埋场渗液中C8的浓度。这种估算结果需要监管人员经过好几年的努力才能得出。我能相信杜邦公司内部的判断吗？

不论如何，这种物质出现在人们的生活用水中了，出现在卢贝克的饮用水中了。我的脑海中浮现出祖母的两位好朋友——弗洛和伯尔——的形象。那应该是我在格雷厄姆农场看到过的照片吧？弗洛和伯尔正好在照片中。当我还是个孩子的时候，在帕克斯堡，每一次节日和生日的庆祝会上都少不了他们的身影。因父亲在空军服役时的一次军事部署，我们一家曾经在德国待过一段时间，他们那时甚至陪着祖母来探望过我们。那年我只有十岁，我永远都忘不了当看到伯尔屁股上挂着一个塑料袋时，我所感到的不适与震惊。他们告诉我，那是结肠造口术后专用的集粪袋。后来伯尔很快就去世了。癌症是残忍的，它可以无情地夺去人的生命。弗洛后来也死于癌症。

卢贝克的水，他们俩喝了几十年。

　　我的调查之旅始于对全氟辛酸的好奇，但经过化学专家的指导，我开始思考这样一个事实：这四种神秘物质其实就是拥有四种不同名称的同一种化学物质。全氟辛酸铵其实是全氟辛酸的铵盐。FC-143则是"氟化物第143号"的简写形式，是3M公司内部使用的名称。而杜邦公司称该物质为C8，是因为其化学结构的主链上有八个碳分子。所以全氟辛酸铵就是全氟辛酸，就是FC-143，就是C8。杜邦公司在提及该物质时，将这些名字互换使用。在一份1980年的备忘录中，杜邦公司赞美了该物质独一无二的性能，并记录道：全氟辛酸被用于生产特氟龙已经超过二十五年了。备忘录中还写着，"我们也测试了其他化学物质，但均不能和全氟辛酸的性能相提并论"。一言以蔽之，杜邦公司所说的这种在特氟龙生产中无法被取代的化学物质其实有四种名称。

　　和特氟龙一样，全氟辛酸也是一种独一无二的化学物质，它不会轻易降解或分化。不过我很快就了解到，这些异于他物的属性也使它变得异常危险。而这种危险的化学物质不只存在于干淌河垃圾填埋场，显而易见，它也进入了周围居民区的供水系统。

　　我已经了解到，杜邦公司至少在十年前就知道，他们的化学物质进入了卢贝克的供水系统。于是，我有了一个新的调查目标：卢贝克公共服务区，该服务区负责给整个市镇供水。该服务区发布的文件揭示了另外一个重要情况：杜邦公司对他们的"备用"问答和出资购买水井区的真正原因一直秘而不宣，时间已经长达十一年之久。这十多年间，没有任何一个人站出来告知公众污染情况。直到2000年10月，客户们才终于收到一封公共服务区寄来的信，信中指明他们的饮用水中存在某种化学物质。不过这又能改变什么呢？为什么这一信息要经过这么些年才被披露？我给伯尼打电话，告知他我已经掌握了特氟龙的相关事实，接着还不到几周的时间，杜邦公司便帮公共服务区赶写出一封致全体客户的信。这封信对潜在的风险轻描淡写，强调没有证据表明饮用水中化学物质的量会造成危害。

　　我又一次打电话给厄尔，让他知道事情的最新进展。"做好准备吧！"

我告诉他，"这种化学物质不只在你家农场边的小河中有，甚至在公共供水系统中也有。不光是你们一家的问题了，全镇的每一个人都有份儿。"

厄尔一直以来积蓄的怒火终于到达了极点：他们怎么敢这么做？为什么那些机构丝毫不管呢？

他说："我认为自己真的不是个疯了的农民。"当初他一直追着杜邦公司讨要说法，因而激怒了一些人，不知道那些人现在如何看待他这样做的原因？令人满意的是，我们现在知道了，他当初的直觉是完全正确的。水真的出了问题，而问题的根源就在干淌河垃圾填埋场，某种东西漏出来了。时至今日，2001年年初，厄尔的问题已经演变成整个市镇的共同问题了。

当然，这也成了我的问题。

科学家

　　在黑暗中摸索了许久的我觉得自己终于突破了杜邦公司的层层防线，至少掌握了大量的事实，能够明白C8或是全氟辛酸和厄尔死去的牛密切相关。我相信，在公开向杜邦公司的科学家质询的时候，我能够拥有坚定的立场，不会轻易落败。我挑选安东尼·普拉提斯博士参加我的第一轮重要科学证据取证会。他来自华盛顿工厂，是一位四十五岁的化学家。我之所以锁定普拉提斯，是因为我相信杜邦公司在文件披露方面仍然对我有所隐瞒。我需要有个人宣誓讲真话，吐露杜邦公司对于水污染到底了解多少，他们还有哪些文字记录没有交出来。他的名字出现在许多全氟辛酸水样检测的文件中，这些文件现在都在我手中。事实上，其中一个采样点竟然是他自己家厨房的水龙头。如果工厂中的员工都能敏锐地意识到水中的全氟辛酸所带来的威胁，他肯定也是如此。

　　2001年1月的最后一天，我驾车前往西弗吉尼亚州的查尔斯顿。取证会定在拉里·温特的老事务所内进行。他先前在斯皮尔曼律所的同事们，眼下代表杜邦公司，和我一起坐在会议室里。他们会不时插嘴反对我提问的方式（其中只有一次反对在这种取证会上是合适的）。几乎和我们所有的取证会一样，这次也有专业摄像师进行全程录像，还有一位法庭书记员在旁边打字，把所有话语逐字逐句转换成文字。我本来邀请坦南特一家来现场参与这次取证会，不过厄尔、桑迪和杰克都来不了，只有吉姆和黛拉作为家庭代表坐在这里。取证会持续了七个小时之久——肯定像一场马拉松比赛，但是这在取证会中并不稀奇。整个过程中，吉姆和黛拉一言不发地坐在我的身后，安静地听着我代表他们一家向证人提问。

普拉提斯体形纤瘦，头发花白，鼻子上架着一副金丝边眼镜。他是有机化学专业的博士，在杜邦公司供职有二十七年了。在我所经历的取证会上，证人们有时闪烁其词，有时对抗挑衅，有时紧张不安，或是三种情况都发生了。但普拉提斯不属于其中任何一种。他在整个过程中直言不讳，甚至如长者般表现得气定神闲，语气平缓。他目前的职责是对华盛顿工厂的职业健康与卫生进行监督，在这之前，他还曾就职于高分子研究所，其中有十年时间是进行特氟龙的生产研究。除了在20世纪80年代参与过居民区水样检测项目外，普拉提斯博士还参与过针对全氟辛酸进行的杜邦公司员工血液检测项目，只不过他和工厂的人都把它称作C8。尽管他本人并不是医学博士，我还是打算请他正式发言，说明这种东西是如何进入人的血液的。

普拉提斯告诉我，人们接触全氟辛酸的"路径有很多种"："你可以通过吸入的方式接触。它也可以被你的皮肤以极有限的量吸收，不过吸入的方式要重要得多。接下来当然就是通过摄食的方式来接触了，那就应该是来自饮用水。"

关于饮用水，早在1984年，普拉提斯就开始对取自工厂内外的水样进行监督了，采样点从公共场所的喷泉式饮水器（由工厂区域内的几口井供水），到他自己家的水龙头（由水务公司供水）。当时，工人们拿着派发的塑料水壶去附近的居民家中取水龙头里的饮用水。他们把水壶装满，再带回工厂做检测。采样区域涵盖了华盛顿滩地的鲍威尔杂货店、卢贝克的彭氏石油公司加油站和小霍金的梅森乡村市场。小霍金市位于俄亥俄州，就在大桥的另一端，距离帕克斯堡的市中心也就十分钟的车程。

我很好奇，作为一位化学家，普拉提斯在喝自家水龙头里流出的水时作何感想——1988年的水样检测显示，在他家水龙头流出的水中，全氟辛酸的浓度为2.2ppb。不过随着提问的继续进行，我越来越清楚，这位普拉提斯博士是个相当老练的职场人士。如果我抛出这个问题，他可能会说他绝对有信心，饮用含有那种物质的水是安全的。他甚至还会补充说，那种东西还可能令水的口感更好呢。我下定决心，不能给他这么回答的机会，这对我没有任何好处。

在普拉提斯家的自来水被装进试管进行检测的同一年，华盛顿工厂移除了三个集液池，他们怀疑全氟辛酸通过这三个集液池渗入地下水。虽然我并未发现政府出台过任何有关全氟辛酸的标准或监管条例，但我在一份调查文件的备忘录中看到了普拉提斯的名字。那份文件提及，杜邦公司就该化学物质出台了两份内部使用的接触指导方针：一份用于员工，另一份用于工厂附近的社区。杜邦公司编写了两份不同的指导方针，这就不禁让人推测有两种不同的接触形式。可接受的接触水平（Acceptable Exposure Level, AEL）旨在保护工人，他们在有限的工作时长内——八到十二个小时——在工厂的环境中接触到全氟辛酸。社区接触参考原则（Community Exposure Guideline, CEG）则要保护一些易感人群（老弱病幼），避免他们持续不断地接触饮用水中的全氟辛酸。

这两份指导方针，尤其是社区接触参考原则，是非常重要的发现。它们是我能参照的第一个（也是唯一一个）所谓的全氟辛酸安全标准。杜邦公司的科学家在1988年首先提出，饮用水中全氟辛酸的浓度限值为0.6ppb，后来被取整成为1ppb。一般来说，某种物质的毒性越大，或是对健康的危害越大，其安全指导限值就会被设置得更低。我的经验告诉我，如果某种化学物质在饮用水中的浓度限值为1ppb，那么这是一个相当低的值。千万别忘了，这是砷的限值的十分之一。1ppb仅仅相当于一个奥运会标准泳池中的一滴水，或是三十二年中的一秒钟。同时，它几乎也是杜邦公司实验室在当时能够检测出的最低值——约0.6ppb。如果安全限值低至水中可以检测出的最低值，那么该化学物质一定是一种超强的东西；或者是由于该物质具备一种极其特殊的化学属性——生物持续性，这种特殊属性能把全氟辛酸与其他的毒物明显区分开来。

"你提到生物持续性，"我问他，"那是什么意思？"

"生物持续性就是指一旦它进入了人体，就会在那里待上很长一段时间。"

它同时具有一种生物累积性，这意味着它在人体内堆积的速度快于身体把它排出的速度。因此，一个人体内该物质的总量并不局限于一次接触，而是经年累月接触的总和。一般而言，接触工业毒物最多的人，就是直接使用它们的工人——尽管有手套、面具和其他安全防护设备——所以，我清楚地知道杜邦公司一直都在监控员工的健康状况。

"你听说过有员工在华盛顿工厂工作期间离世吗？"

"一直都有。"

"你怎么获知那些员工离世是否在某种程度上和接触C8有关？"

"我们通过流行病学研究获取结果。"

"是在华盛顿工厂进行研究吗？"

"是的。"

"除了20世纪80年代进行的肝脏研究之外，还有其他方面的研究吗？"

我指的是杜邦公司在1981年进行的一次研究，研究对象是华盛顿工厂的员工。那次研究把接触全氟辛酸和肝酶的某些变化联系起来——这种肝酶变化本身并不是疾病，但这是某些严重疾病的早期表征（通常是可逆的）。这也是我在杜邦公司的所有内部文件中能够找到的有关工人接触全氟辛酸的最早记录。在进行该项研究之前，杜邦公司进行过毒理学动物实验，结果显示全氟辛酸会对肝脏造成影响。当相同的结果出现在动物和人身上时，杜邦公司肯定就要进行深入的研究了。因此我想知道的是：关于全氟辛酸对人体的影响，有没有更多的数据呢？

"有的。"

"那之后你们又做过些什么呢？"

"我们展开了一种综合全面的流行病学监控，对员工的死亡原因进行统计，每四年更新一次。"普拉提斯说道，"我们还进行观察……想看看某种致死原因，或某种癌症类型的出现概率是否在增加。"

"这些监控报告——你说你们是每四年进行一次，对吗？"我追问道。

"没错。报告每四年更新一次。"

我努力维持着一本正经的表情。普拉提斯已在不经意间披露了一个关键事实。在我从杜邦公司索要到的超过十万页文件中，我只发现了一份这样的报告。每四年一次，也就意味着有更多关于癌症致死的报告，可这些报告却没有出现在我收到的调查材料中。现在我确信，杜邦公司还是没有把所有东西都提供给我。

根据普拉提斯在1999年写的一封电子邮件，我证实了杜邦公司从来没有发出过那些关于FC-143、C8和全氟辛酸的备用新闻稿，情况就和我猜想的一样。那封电子邮件证明杜邦公司在20世纪80年代和90年代期间就知晓了一切真相，却秘而不宣。

* * *

在广泛的调查过程中，除了杜邦公司在1981年进行的肝酶研究，有关全氟辛酸的研究我只找到了相当有限的记录。一份是1993年由明尼苏达大学开展的一项研究，研究发现，在3M公司一个加工厂的男性工人中，接触全氟辛酸和前列腺癌发病率上升有着必然联系。一份1996年的研究指出，全氟辛酸和脱氧核糖核酸损伤不无关系。然而杜邦公司和3M公司在其科学文献中却声称，这种研究结果中的"联系"只不过意味着某种统计上的猜测，猜测两者可能有关而已，并不能证明任何必然的因果关系。正是基于这一点，我才需要通过他们的专家了解更多情况。因此，当普拉提斯博士谈及他们每四年一次，对华盛顿工厂的员工进行综合全面的流行病学监控时，我兴趣陡增。在我看来，那些流行病学研究报告很有可能为两者的因果关系提供更坚强有力的证明。

我还发现了一系列围绕全氟辛酸进行的动物研究，其中有一些要追溯至20世纪60年代。这些动物研究几乎都由杜邦公司和/或3M公司实施。

显然，在这几十年间，这两家公司在围绕全氟辛酸进行的动物实验中一直亲密合作，并肩作战。早在1978年，研究人员在一次实验中就已经关注到全氟辛酸对猴子的影响。所有以最大剂量摄入全氟辛酸的猴子在不到一个月的时间里全部死掉了。即使是在摄入最小量全氟辛酸的猴子身上，研究人员也发现了明显的临床中毒症状。虽然这样的结果令人不寒而栗，但我却无法找到其后二十年间有关猴子的任何追踪调查记录。因此，当我发现杜邦公司的科学家在电子邮件中提及他们在20世纪90年代后期，做了一次更全面的猴子实验时，我的注意力马上就被吸引了。用猴子做研究是非常昂贵的，所以它们通常被用在实验的第二轮；前提是研究人员已经在相对廉价的动物身上做了第一轮实验，比方说老鼠或兔子，而实验结果令人忧心。换句话说，用猴子来做研究是一笔相当昂贵的大买卖。

在杜邦公司于1999年进行的新一轮猴子实验的备忘录中，公司内部毒理学家杰瑞·肯尼迪——我找到的杜邦公司就全氟辛酸铵一事写给环境保护局的第一封信，就是这位老兄写的——在开头这样写道："上个星期，低剂量组的一只猴子表现出急速的衰竭，而后接受了安乐死。我们并未检测出任何可以致其死亡的外部原因……不由让人想起在高剂量组已经发生过的数起死亡案例。"

我放下电子邮件的打印稿，揉了揉眼睛，接着又仔细读了一遍。意思再清楚不过了：在为期半年的新实验中，就在最后的一个多月里，猴子们几乎都死掉了。它们中有一些是自己死的，而另外一些则由于饱受折磨而不得不"献身"——被执行安乐死，免遭没有必要的长期折磨。

这些证据就像一个一个互相关联的点，它们被一一串起来，形成冷酷无情的图形。

另外一封与这次研究相关的电子邮件是在七个月后发出的，也就是1999年10月，就在我们最初就坦南特家的案子提起诉讼的四个月后；这封邮件披露了更多的内容。邮件中写道，到为期六个月的实验的最后时段，六只猴子中的四只"陷入极大的痛苦"，它们的肝脏已严重受损。高剂量组中的一只猴子已经死掉了，还有一只低剂量组的也死去了。数据分析的结论是死因"尚不明确"。不过，其后的一行文字跃入了我的眼中。就像鲍勃·迪伦的一句歌词，"字字句句真实入耳，似灼烧煤炭炽热于心"。这行文字是："我们一致认为死亡与全氟辛酸有关"。

　　如果在毒理学研究中，接触全氟辛酸可以让猴子死亡，那么这对于实验室之外的牛或人又意味着什么呢？

　　从我一直研读的调查文件中，我获知杜邦公司和3M公司的科学家留意氟化物的传播已经至少二十五年了，全氟辛酸是氟化物中的一种。美国化学学会于1976年公开发表了一篇科学论文，这无异于在3M公司和杜邦公司内部敲响了警钟。好奇心促成了这篇论文的发表：罗切斯特大学的毒理学家唐纳德·塔维斯发现自己的血液中有两种不同形式的氟化物。发现无机氟化物并不让人吃惊，按照惯例，它会被添加到公共供水系统中帮助预防龋齿。但另外一种形式——有机氟化物则是工业实验室中的人工制品。

　　塔维斯博士想要搞清楚真相。于是，他和佛罗里达大学牙科学院的W.S.盖伊教授联手进行研究。他们从五个城市的血库中采集血浆，然后进行检测，看是否存在两种不同形式的氟化物。他们还获得了这些城市的水中被加了多少氟化物的记录。正如预料的那样，血液中"常规"（无机）氟化物的数值与公共供水系统中氟化物的数值相互关联。但是合成氟化物（有机）与此却没有任何关系。那它又是从哪里来的呢？

　　盖伊和塔维斯注意到，在血液中发现的这种化合物，其化学结构和那些"因其强效的表面活性剂特性而被广泛应用于商业用途"的化合物完全一致。他们发表了这些研究结果，并假设血液中合成氟化物的源头是3M公司生产的工业氟化物。

　　虽然这只是一篇其他人未必会注意到的论文，但在杜邦公司寄来的文件中，我却发现了一个很明确的事实——3M公司和杜邦公司一起讨论了该研究结果，并即刻开始对工人进行氟化物血液检测。到20世纪70年代末，两家公司均发现，那些接触氟化物的工人的血液中都含有该物质。3 M公司复制了盖伊和塔维斯最初的实验，从全美各地的血库中提取血样进行检测，此举距他们知晓盖伊和塔维斯的实验已过去了二十年。迟迟不见动静的3 M公司之所以采取行动，很可能是因为有研究结果显示，全氟辛烷磺酸会给人体健康带来"巨大风险"。他们最终的发现让人震惊不已：全氟辛烷磺酸不仅存在于接触它的工人的血液中，还存在于普通大众的血液中，甚至包括那些不住在工厂附近的人。两年之后，他们又进行了一次血库采样实验，这次是为了检测全氟辛酸，也得到了类似的结果。以上两种化学物质出现在全美普通民众的血液中。

我简直不敢相信我看到的这一切。我重新读了好几遍，才确定它的意思真的是我看到的那样。整个国家，美国所有的老百姓，血液中都有全氟辛酸？这怎么可能呢？先是厄尔的牛，再是周围的社区，现在——是这样吗？——又成了整个国家？我觉得整间屋子都跟着晃动起来。这更像是好莱坞惊悚片里的情节，而不应该是真实生活中发生的事件。这是一种人工制成的有毒化学物质，它实际上已经进入了所有人的血液中，而似乎并没有人意识到这一事实。是我错过了什么事情吗？新闻头条又在哪里呢？监管部门为什么不立即采取行动？在环境保护局的文件中，我看不到任何担心的迹象。媒体总会挖掘一些令人恐慌的健康新闻，可在这件事上他们也沉默了。可是，以国家血库为采样点进行的两次实验，其结果不可能是偶然的（已经被证实了）。

一直以来，我关注的是这种化学物质对西弗吉尼亚的一个农场及其周边邻居所造成的巨大影响。现在，我的关注点突然由华盛顿工厂附近的人家转向了所有美国人——包括萨拉和我的儿子们——这种震撼的力量几乎将我击倒。作为一个公民，一个人，我的第一个想法就是：这一切不仅关系到工厂附近西弗吉尼亚州和俄亥俄州的社区；每一个人、每一个地方都与之密切相关。发生在华盛顿工厂和干淌河垃圾填埋场的一切可能正在全世界其他数以百计的地方上演，同样的化学物质也在这些地方被使用和排放。接下来，作为一名律师，我忽然意识到，如果公众——还有环境保护局——真的把这一切串起来了，那么3M公司和杜邦公司面临的潜在责任将是不可估量的。我之前一直认为，作为一家一贯记录良好的公司，杜邦公司的行为简直是匪夷所思、不合常理，但现在事情变得更容易理解了——全氟辛酸问题已经威胁到了杜邦公司的生存。盖伊和塔维斯的研究强调，杜邦公司已经知道，或是本应知道，他们在至少二十年间让数百万人暴露于潜在的危害之下。这一切真的是不可原谅！

8
信件

经过将近两年半的辛苦工作，我坚信自己终于找出了厄尔家牛群死亡的真相，并且也能够在法庭上提供证据。我们在和杜邦公司的调查大战中取得了胜利，这使一切都有了转机。他们提供的文件解开了一个又一个令人震惊的谜题，更揭露出足以致罪的事实。难怪杜邦公司千方百计地想让我退避三舍。但是现在王牌就在我手中，是时候挑明他们本来就知道的真相了。

2001年2月，应杜邦公司的请求，法官又一次将案件押后至10月2日审理。我都怀疑庭审的日子永远不会到来了。虚构的法律题材剧总是立足于戏剧性的庭审结果，但现实生活中却很少会出现这种情况。事实上，双方的较量通常并不是在法庭上进行的，而是在庭审前的预备阶段。如果可能的话，双方都不愿意真的走上法庭，最终的胜利并不在于在庭审中胜诉；通过庭外和解，让对方满足你的要求是更理想的解决方案，这样还可以节省庭审需要耗费的时间和金钱。不过，想促使对方按照你的要求采取行动是需要"利器"来撬动的，我认为我终于将它紧握在手了。现在，只需让对方知晓：农民请来的律师已经查出了真相，并且准备在法庭上详细讲述这几十年间有关全氟辛酸的所有故事。

正常情况下，有一份标准的案件调解摘要就足够了。摘要是实力的彰显，诉讼中的一方会在摘要中列明，如果双方对簿公堂，自己将会出示哪些证据，以此劝说对方庭外和解。但我这次遇到的不是正常情况。眼下，比起简单地让对方接受他们应对厄尔及其家人所遭受的一切负责，整个案件还有更多的利害攸关之处。我不仅需要为坦南特一家求得正义，更需要采取行动，将周围社区的水中有全氟辛酸的事实公之于众。仅仅打赢厄尔的案子并不能阻止全氟辛酸给公众造成更为广泛的危害，厄尔家的农场有自己的水井提供饮用水，并不使用公共供水。不光是厄尔家的牛，华盛顿工厂下游的社区里有那么多毫无戒备的居民，他们也都会陷于危境。我在过去的几个月中一直都竭尽全力，希望把厄尔一案的方方面面串联起来；同时，我也在反复思考如何能设计出一个周全的办法，既让坦南特家的案子胜诉，也能牵一发动全身，帮助所有受到影响的社区。如此一来，如果杜邦公司和厄尔达成庭外和解，他们也不能简单地把整件事遮掩住。

我决定按照如下的方法去做：我会起草一份类似于调解摘要的东西——清楚地陈述我掌握的证据——但我并不会采用传统的方式来做这件事。取而代之的是，我会用信件的方式把一切都讲清楚。这封信将被寄给相关监管机构——既包括州级的，也包括国家级的——再复印一份，专门留给杜邦公司。我这么做是想一箭双雕。首先，这会向杜邦公司昭示风雨欲来，促使他们接受坦南特一家因其而受害的事实；其次，这还会警示相关政府部门注意全氟辛酸问题。这样那些监管人员做起事来就方便了。我会向他们陈述事实，并指明相应的法律法规，以便他们依法采取行动。既然我已经完成了最为繁重的前期工作——整理并理解一万多页技术含量极高的文件——我就干脆把其中最为重要的百分之一寄给他们，为他们省去麻烦。

*   *   *

作为坦南特一家的律师，该是我出手的时候了，我要向杜邦公司表明他们必须要还我的委托人一个公道；否则的话，他们将会面临庭审，这样会导致更为严重的后果。考虑到我是唯一一个既不为杜邦公司工作，和它没有任何隶属关系，又知道全氟辛酸存在，且威胁到华盛顿工厂周边居民健康的人，我觉得作为一名公民，我有责任敲响一记警钟。既然自己已经知道了真相，就不能再袖手旁观了。我当时并未意识到，给杜邦公司寄那封信其实就意味着我的第一次行动，此举不仅出自一名处理案件的律师，也代表了一个忧心忡忡的公民，我觉得自己应该履行公民义务，把全氟辛酸的真相昭告天下。这一步将会改变我的整个人生轨迹。

关于杜邦公司与全氟辛酸几十年间的事实，我已经积攒了太多，我将通过一封信陈述清楚，这样才会使事情清晰明了。这可真的不是小菜一碟，我花了好几个月的时间才把十万多页的文件减缩，取其精华。我的同事们日后会把这封信称为"来自罗布的著名信件"，不过 "信件"这两个字太过轻描淡写了：它重达十二磅，有长达十九页的正文，另附九百五十页文件材料。

我这么做是因为我知道，一旦杜邦公司拒绝为坦南特一家遭受的损失承担责任，我们势必就要走上法庭，那么我要做的准备与组织工作将多到不可估量。于是，我着手罗列出我在文件调查阶段掌握的所有内容，把时钟拨回更早的时间，试图向环境保护局说明，厄尔家的问题要回溯到十五年前。

* * *

大约在1984年前后，杜邦公司进行的水样检测证实了全氟辛酸已渗入华盛顿工厂下面的含水层，而该含水层为整个工厂供应饮用水；而早在1978，杜邦公司的科学家就已得出结论，全氟辛酸会使实验中的猴子死亡。科学家们推断，全氟辛酸是通过工厂名下的三个未密封的蓄水池渗入地下的，杜邦公司在这几个蓄水池中处理了成千上万吨浸有全氟辛酸的工业污泥垃圾。池中污泥的全氟辛酸浓度高达61万ppb。更加糟糕的是，这些垃圾沥滤液通过地下水，流进了卢贝克的饮用水井中，当时那些水井紧挨着俄亥俄河沿岸的工厂。

卢贝克公共服务区已在1989年把受污染的水井区出售给杜邦公司，在那之后就开始使用位于华盛顿工厂下游约两英里处的新水井。显而易见，卢贝克的居民不知道杜邦公司买下水井区的真实动机。对杜邦公司更有利的说法是，早在几年前，公共服务区就在寻找更为广阔的水井区。当杜邦公司发现紧邻工厂的水井受到污染时，就根据服务区多年来的需求，主动提出要买下这片地，这样服务区就有充足的资金到下游更远的地方，购买他们更想要的大型水井区。由此，卢贝克公共服务区得以扩建，杜邦公司也可以告诉过问全氟辛酸问题的监管机构和公众，"在工厂之外"不存在全氟辛酸，因为卢贝克原先的水井区已经变成了华盛顿工厂的财产。那次交易之后，杜邦公司就命令员工们停止采集水样，同时还毁掉了从卢贝克的老水井区提取的尚未分析的样本。杜邦公司后来坚称他们并不是要毁灭证据，只是想让员工知道，不需要再付费保存从前的样本了。

1988年，杜邦公司的科学家首次推出了水中全氟辛酸浓度不超过0.6ppb（取整为1ppb）的社区接触参考原则。同年，杜邦公司试图清理他们所认为的全氟辛酸污染源头，他们从工厂的三个大水坑中一共挖出了七千一百吨污泥，并用卡车运送到大约六英里之外的干淌河垃圾填埋场。当时，杜邦公司已经取得了州里的许可证，可以把这些污泥倾倒在用于处理无害垃圾的非密封性垃圾填埋场中，而该填埋场渗出的液体最终流入了厄尔家附近的小河。为什么杜邦公司能够把危险化学物质倒入处理无害垃圾的填埋场呢？因为全氟辛酸并没有作为一种有害物质被登记在册，或是接受监管；这至少部分是由于杜邦公司并未向监管机构尽数提供他们所掌握的数据，以揭示这种化学物质的有害性质。正是这种疏漏使杜邦公司获准将工厂大水坑里的有毒污泥转移至他们从厄尔家买下来的那块地。

倾倒污泥之后不久，杜邦公司就通过自己的水样检测得知，干淌河垃圾填埋场的污水正渗入干淌河，污水中全氟辛酸的浓度高达1600ppb。公司的科学家曾经给出人类饮用水中全氟辛酸浓度不超过1ppb的社区接触参考原则，而水样检测得出的数值是标准值的一千多倍。之后的五年里，杜邦公司对此没有采取任何行动，也没有向任何一个公司以外的人透露此事。直到1993年夏天，政府的检查员才注意到干淌河垃圾填埋场的人造集液池中堆积了超量的沉淀物并出现变色的现象。不久之后，杜邦公司就打开了集液池的排水沟，这样沥滤液就流出集液池，直接排入干淌河——这种做法持续了两周多的时间。杜邦公司在文字记录中并未披露他们为什么要这么做，不过我可以推测，这样做是为了在环境保护局的检查员下一次突然造访之前，淡化采样点处可测且可见的问题。为了应对环境保护局进行进一步检测的要求，杜邦公司就这样把污水排入干淌河，之后又等了四个月，他们才再次采集水样送给环境保护局，水样中没有出现什么值得关注的问题。至少在当时，问题都沿着河水流到下游了。

在那个时候，厄尔·坦南特家的牛开始在干淌河边一只接一只地死去。更糟糕的是，杜邦公司本想通过购买卢贝克的旧水井区，将公共水井迁移到河下游更远的地方，以此来解决卢贝克饮用水的问题，可该计划最终适得其反。就在杜邦公司的科学家一致确认水中全氟辛酸浓度的社区接触参考原则是不超过1ppb后不久——该参考原则首次提出是在1988年，卢贝克新建水井区的水样检测结果出炉了。新水井区离华盛顿工厂更远，隔着两英里的距离，井水中全氟辛酸的浓度超过了2ppb——是杜邦公司内部参考原则中限值的两倍。他们当时心知肚明，在公共供水系统和厄尔家牛饮用的河水中都出现了全氟辛酸。但在当时，没有外人被告知此事，也没有外人发现这个问题。

*   *   *

1994年秋天，杜邦公司开始定期把一种新型工业废物从华盛顿工厂倾倒至干淌河垃圾填埋场：这是一种被全氟辛酸污染的"生物块"——其实是液体污泥的沉淀物，它们被过滤挤压后，形似固体硬块。到第二年春天，也就是在1995年，垃圾填埋场集液池中臭气熏天、污浊变色的水被排入干淌河，让河水中的泡沫堆积到几乎及膝的高度。

后来——文件中并未明确提到具体日期——杜邦公司终于停止将生物块倒进干淌河垃圾填埋场。在呈交给州政府的报告中，他们声称正在从垃圾填埋场中收集沥滤液，会运回华盛顿工厂进行处理，并最终排放到俄亥俄河中。不过报告并没有说明到底是哪种沥滤液，也没有提到"处理"又包括什么具体内容。

无论如何，对于厄尔接连死亡的牛来说，这一切都来得太迟了。

那个时候，厄尔正在向他能想到的所有机构求助，其中包括西弗吉尼亚州环境保护部、国家环境保护局、西弗吉尼亚州自然资源部。这些机构依次联系杜邦公司讨论这一问题。尽管面对这些投诉，杜邦公司依然对坦南特一家闭口不提干涸河中存在全氟辛酸，也不以任何方式暗示他家养的牛不能再饮用河水了。相反，他们在全氟辛酸的问题上继续保持沉默，并且向公众和监管机构表明，河水中的所有情况都是硫化铁浓度过高引发的，而这一问题他们已经解决了。

1996年的秋季，环境保护局通知杜邦公司，他们接到举报，在干涸河附近出现数百只牛和鹿死亡的情况。为了对该情况做出回应，环境保护局发起了对干涸河垃圾填埋场的调查。大部分投诉来自厄尔，不过其他农户也有投诉的。就在通知发出的同一天，西弗吉尼亚州职级最高的环境监管员伊莱·麦考伊火速发给杜邦公司一份文件，该文件可能有助于杜邦公司转移环境保护局的注意力。这是一份"同意令"——政府监管机构与被控违法者达成的具有法律效力的和解协议。作为一名辩方律师，我对这种高明的法律策略非常熟悉。我利用这种策略在八年间成功地帮助一些大公司摆脱了和联邦监管机构之间的麻烦。和州政府签订同意令——其监管机构是杜邦公司熟悉且信任的——是一种先发制人的招数，可以避免联邦政府的工作人员参与其中。按照政府监管的优先顺序，一旦州级机构已经在"处理此案"，联邦政府的工作人员就会回避了。

毫无疑问，杜邦公司和州政府达成的协议声称，会提出并解决垃圾填埋场在监管方面悬而未决的所有问题——作为交换条件，杜邦公司要付二十万美元的罚金（缴付给州政府），且须为提升垃圾填埋场的运营水平而采取一系列补救措施。

　　同意令是1996年10月正式签订的，彼时正是厄尔·坦南特向监管机构（包括联邦层面的）大声疾呼，提出投诉的时候。紧随其后，伊莱·麦考伊放弃了在州政府的工作，入职了一家收益颇丰的咨询公司。想知道他的新客户里有谁吗？杜邦公司。杜邦公司雇用这家咨询公司来驾驭麦考伊先前帮助创建的那份协议。拉里·温特早就提醒过我，在西弗吉尼亚州，政府和企业之间存在一种"旋转门策略"。不过，我还是感到震惊——这种情况显然从未引起关注。

　　多亏了某位养牛农民坚持不懈地投诉，那纸同意令最终未能成功转移环境保护局的注意力。不过，也没有出现任何一条补救措施来拯救厄尔的牛群。在这期间，厄尔正忙着解剖尸体和录像呢。他养的动物接二连三地悲惨死去，而他只能眼睁睁地在旁边看着一切发生，他束手无策，心头的怒火越烧越旺。我不禁回想起他带着纸箱走进我办公室时的样子，我当时心中还满是怀疑。现在我已经知晓了所有事实——厄尔求告无门，孤军奋战，却一直都在为找出真相而努力——这一切让我自觉羞愧难当。

　　看到厄尔几年来都没有偃旗息鼓，环境保护局终于介入了。1997年秋天，他们派遣了一个调查小组进入坦南特家的农场，就干涸河垃圾填埋场及其周边区域展开了一次大张旗鼓的调查。该小组还寻求美国鱼类和野生动物管理局的帮助，检查了鹿和其他野生动物的健康情况。研究人员并没有多向厄尔做什么解释，他们热热闹闹地凑在一起，用铲子取了土壤和沉淀物的样本，又把小河和井里的水装进小瓶。他们用干净的小刀割下草和其他植物。在小河边，他们还用网捕捉了甲壳纲动物、昆虫和其他一些无脊椎动物。他们用一种双肩背包大小的电击设备，在小河中击昏并捕获扇尾镖鲈和其他鱼类。他们设置陷阱，用燕麦和花生酱作饵料诱捕草甸田鼠、短尾鼩鼱、白足鼠和草甸跳鼠。他们还从泥土里扯出蚯蚓来。他们从五个样本采集区共采得大约二十七种样本。研究人员逐一解剖了这些样本，想要找出异常之处，他们还检测了各种生物的组织样本，看其中是否存在砷或锌等化学物质。

　　　　　　　*　　*　　*

　　环境保护局的调查结果显示，干淌河附近的多种动植物很明显受到了某种负面影响。但是，调查小组在所有已知的、接受监管的化学物质中，却找不到任何一种能够造成这一问题的元凶。

　　检测化学物质真的不是简单到把样本直接倒入一种神奇的机器，然后就能得出一张打印单，上面列明其中存在的所有化合物。化学家通常会按照已公布并获得批准的分析方法工作，去寻找某些预先确定的化合物；而这样的方法只适用于少数已知的化学物质。在使用更加成熟的高级设备时——例如质谱仪——整个过程会生成一个图表，看上去很像地震监测仪得出的图表。每一种化学物质都具有独一无二的峰值与谷值的信号特征。实验人员将峰值图像与已知化学物质的重要信号特征进行对比，就能够大大缩小鉴别的范围。但是，许多化学物质的重要信号特征并不为人所知，或是未被我们完全掌握；这时，想要全面地识别样本中所含的化学物质就变得极其困难了。对于重要信号特征出现时，专家们无从识别，或是不能百分之百识别的情况，学界甚至还有一个专门的名称，他们把这种情况称为"TICs"（其读音和"ticks"相似），用来表示"初步确定的化合物"。这似乎是一个很怪异的名称，因为这些化合物根本未被识别——不管是"初步"，还是在其他程度上。

　　鉴于这种情况，环境保护局在分析中生成了特定的"峰值"，用来表示存在"初步确定的化合物"。

　　干淌河的生态调查结果以长篇大论的报告书形式给出，在1997年年末终于发布了初稿。报告书证实了当地有多种动植物死亡，以及垃圾填埋场散发出恶臭气味，最后的结论为："风险评估结果支持［厄尔·坦南特的］主张，即干淌河垃圾填埋场排出的污水会对周围的生态环境产生负面影响……体现在［农场中］。"厄尔的怀疑终于被证实了，不过不幸的是，事情也就到此为止了。

　　由于杜邦公司始终把调查人员蒙在鼓里，没有坦白交代他们到底都往垃圾填埋场中倾倒了什么化学物质，调查小组得出的最聪明的猜测也只是牛和鹿可能是被"垃圾填埋场排出的污水中浓度过高的金属元素、氟化物和三氯氟甲烷"毒死的。最让我好奇的是，报告书指出，在厄尔的牛身上观察到的症状竟然属于典型的氟化物中毒，并且在当地的河水中存在"好多种"无法识别的其他化合物（即"初步确定的化合物"）。调查结论认为，这些化合物中的任何一种都是有害的，并呼吁做进一步的调查。结论中的部分内容还指出，进一步的调查应当从杜邦公司那里获取更多的信息。

这份报告书中没有任何一处直接指向全氟辛酸，但是提及了神秘的"初步确定的化合物"，并推测性地谈到氟化物——全氟辛酸中的氟化物的无机形式——这应该已经把杜邦公司的管理层吓得脊梁骨发抖了。

就在环境保护局准备深入调查，完善其报告的时候，杜邦公司迫不及待地采取行动了。他们提出了一个具有帮助性的新方法：成立一个牛群调查组。他们主张说，如果所有的不愉快都是从关于牛的投诉开始的，为什么不集中精力在牛身上找出问题的根源呢？杜邦公司可能领悟到这是一个富有魅力的思路。分析化学物质需要花费相当大的代价，而且环境保护局需要为这一切来买单。而杜邦公司提出的是一个更加有实用意义的办法——直接在牛身上进行研究，而不是对整条干涸河进行更加宽泛的（也更加昂贵）化学与生态方面的分析研究。杜邦公司会分担总账单中相当大的一部分，这对于联邦机构而言有着无比巨大的诱惑力。这一招终于奏效了。于是，那份刚形成初稿的报告书就被束之高阁了。没有人告诉厄尔某些专家因水中存在氟化物和无法识别的神秘化学物质而担忧不已。他所知道的就是政府的那帮人继续对他爱莫能助。他养的牛还在不断地生病和死去。于是，他不得不拿起电话，拨通了我的号码。

在厄尔毫不知情的情况下，牛群调查组在1998年开启了他们的初步工作。

一共有六位资深兽医被指派到调查组（三位由杜邦公司选出，三位由环境保护局选出），其中一位名叫格雷格·赛克斯。他是杜邦公司的雇员，多年来直接负责在公司内部研究全氟辛酸对动物的影响，包括利用接触过全氟辛酸、患上肿瘤的动物进行癌症研究。尽管杜邦公司心知肚明，河水中的全氟辛酸浓度远高于他们自己的科学家制定的标准，但赛克斯在帮助撰写报告时却对此只字不提。我能得出的结论就是，赛克斯并没有把杜邦公司掌握的情况全面地提供给环境保护局选出的兽医专家。如果说这一遗漏是疏忽造成的，那实在是令人难以置信。

1999年12月，牛群调查组的报告终于出炉了，他们将问题归咎于厄尔家饲养牲畜不当，接着，环境保护局就转而关注别的事情了。牛群调查组成功做到了同意令未能做到的事情：转移了政府人员的注意力。环境保护局再也没能完成他们在1997年草拟的生态报告，该报告得出的结论是，在干涸河垃圾填埋场中存在毒物问题。他们也再没有回到这个地方进行进一步的研究。环境保护局什么都没做，没能改善厄尔家农场的情况。

几乎可以肯定的是，他们不会花时间去分析识别那些神秘的"初步确定的化合物"了。

1999年夏天，就在我和拉里参观厄尔的农场时，根据杜邦公司内部的文件，干涸河中的全氟辛酸浓度已经高达87 ppb —— 是他们制定的、适用于人类的社区接触参考原则的八十七倍。

到2001年3月初，关于全氟辛酸和它给不幸喝下它的人带来的危害，我已经掌握了最大程度的信息。我把各种文件的信息整合起来，给州和联邦的监管机构分别写了申请信，清楚地列举了所有证据，并请求监管机构介入调查；并指出应该广泛告知民众，垃圾填埋场中渗出的全氟辛酸威胁了公共健康，并带来饮用水污染的问题；还要求他们"采取行动，开始监管被释放到环境中的C8"。在信中，我大量引用联邦与州的法律条文，我坚信这些会为相关机构提供解决问题的职权，包括联邦法律可以赋权给环境保护局，责令杜邦公司"立即停止和全氟辛酸有关的一切生产活动，除非能通过恰当的科学研究证明，使用全氟辛酸不会对环境与健康造成威胁"。

最后我亮出了自己的底牌："此信函谨代表坦南特一家和其他陷于相似情境的民众，同时也通知上述人群，他们作为公民，享有向杜邦公司提起诉讼的权利。"

这是一次非常重要的战略行动。根据公民诉讼法，当监管机构不作为时，公民个体可以追究制造污染方的违法责任，而这种事通常只由监管机构来做。为了鼓励公民个体参与此类案件，联邦环境法专门对这种诉讼进行授权，允许公民在胜诉后要求违法一方负担案件产生的所有律师费用。在这封信中，我还通知收信人，若他们未能在收到该信的九十天之内，将卢贝克公共服务区及其周边社区受到全氟辛酸污染一事告知公众，我就会追加原告方，使该诉讼不但代表坦南特一家，还代表所有在饮用污水的居民。换言之，我不但会在坦南特的案子中添加公民诉讼索赔，还会把该案件扩展成一次集体诉讼，为所有饱受毒水伤害的居民寻求司法救济。集体诉讼的立足点不仅在于为遭受伤害或损失的个人索赔，还在于杜邦公司涉嫌违反联邦环境法。如果最后我方在公民诉讼中取得胜利，杜邦公司不仅要为整个社区解决问题，还得为我方的所有律师费买单。

我为杜邦公司设置好了一个类似于陷阱的东西。多年来，我在各种案件中代表的都是公司一方，因此我知道，杜邦公司的律师为了应对我的威胁，有可能会给公司提出这样的建议：他们会与州级监管机构达成另外一项同意协议，该协议声称会解决我方提出的污染问题。在公民诉讼法中，签订同意协议通常会被法庭视为"监管机构有所作为"的证据，从而并无必要让公民本身去执行法律。我希望把杜邦公司推入州级监管机构的怀中，也想让政府看到该公司数以千页的关于全氟辛酸的文件。我写的信事实充分，条理清晰；我确信，监管机构至少会要求杜邦公司进行进一步的水样检测，并处理好这个烂摊子。对于全氟辛酸的数据和如何对其做出解释，杜邦公司再也不能独掌发言大权了。

在提到把诉讼扩展至代表"其他陷于相似情境的民众"时，我还想让杜邦公司意识到，如果他们继续拒绝为坦南特案负责，后果将会非常严重。他们可能会得出结论：提出合理的和解条件应该是最好的解决方式，这样能防止我把坦南特案扩展成集体诉讼，而一旦发展为集体诉讼，杜邦公司要负更大的责任，这可比应对单个农民的起诉棘手得多。他们也许更倾向于庭外和解，而非对簿公堂，因为一旦上了法庭，所有的文件就更有可能被公之于众，而不是只呈给杜邦公司熟悉的监管人员——也许有的监管人员日后会出现在杜邦公司的工资名单中。

我在3月6日寄出信件，当时离重新安排的开庭日期只剩六个月了。同时，我还把信的复印件寄给了几个联邦或州级机构的领导，其中包括国家环境保护局和西弗吉尼亚州环境保护部的管理人员、州与联邦的首席检察官，还有美国司法部的相关人员。

与此同时，一份重达十二磅的"副本"也砰的一声落在了杜邦公司的某张办公桌上。

9
会议

　　信件寄出几周之后，我就接到安排，要在华盛顿哥伦比亚特区的一次公共会议上讲话。环境保护局正在酝酿全氟辛烷磺酸的监管措施，该化学物质是全氟辛酸的堂兄弟，已经被3M公司承诺停止生产了。3M公司最近报告了一些全新的实验结果：实验室里接触全氟辛烷磺酸的小白鼠出现了令人不安的反应。这一报告使得环境保护局认为，限制全美所有公司使用该化学物质定会功德无量。尽管3M公司已经同意停止生产全氟辛烷磺酸，但其他一些公司已从3M公司购买该化学物质并大量囤积，又或者自己也可以制造该物质。此次会议旨在确定处于何种情况下，为了何种目的，全氟辛烷磺酸才可以被继续使用。会议内容的一部分就是邀请公众——科学家、企业代表、市民代表——各抒己见，一同商讨支持还是反对监管政策。

　　这个公共讨论会似乎为我提供了绝佳的时机与场合，我可以在此提出自己对全氟辛酸的担忧。我意识到继续向杜邦公司和政府监管机构发起攻击的重要性，期望由此实现两个愿望：（1）政府的人最终能够做些什么帮助厄尔。（2）杜邦公司最终为坦南特农场的损失负责。然而与此同时，我心中也升腾起一种全新的责任感，我要唤醒人们，让他们意识到令人警醒的事实：我所发现的一切揭示了一种大规模的公共健康威胁。作为军人的后代，我先后在多个城镇成长，在美国的任何一个地方，我都会不假思索地饮用自来水。那些单纯地认为用玻璃杯在厨房水龙头下直接取水很安全的人遭到了背叛，一想到这一点我就寝食难安，如芒刺背。

　　但是我还不确定自己是否会被允许在会议上，或是其他什么地方，直接谈论全氟辛酸。那份十二磅重的信件副本刚"砰"的一声落在杜邦公司的办公桌上，他们就马上给予了有力回击。他们针对我申请了一个禁言令。我表示反对。负责监督坦南特家案件的西弗吉尼亚州查尔斯顿联邦法院的法官要求在两周之内进行一次紧急听证会——召开听证会的时间只比我在公共讨论会上发言的时间早不到二十四个小时。当我再一次读到杜邦公司那些颇具进攻性的言辞时，尴尬、屈辱，最重要的是愤怒，交织在一起，深深刺痛了我。这完全就是一种人身攻击。杜邦公司的律师引用了我信函中的原文，他们说我缺乏职业道德，说我是一个低级庸俗、哗众取宠的律师。我一收到信就打电话通知了拉里·温特，还报告给我的老板汤姆和金姆。他们都认为我所做的一切都合情合理。萨拉还和以往一样镇定自若，头脑冷静，让我很是安心。她说："这实在是太荒唐了！我相信法官会明辨是非的。"不过，在收到禁言令的当晚，我还是夜不能寐了，其后的很多个夜晚也是如此。我在脑海中一遍又一遍地"重播"自己写的信，还逐字逐句地进行分析。

　　我被通知去参加听证会，这其实已经是一定程度的胜利了。杜邦公司曾试图在保密的条件下进行单方面听证。单方面听证就意味着法官可以在相关方未到齐的情况下做出裁决。这种情况非常少见，通常只适用于某人需要接受保护、避免迫近危害的情形。保密意味着禁言令并不会进入公开记录。换句话说，杜邦公司千方百计地想背着我和法官会面，在一次我无法参加的听证会上拿到一份秘密禁言令。法官最后拒绝了单方面听证的申请，这样至少我和拉里可以接到通知，并被允许出席听证会。

　　从辛辛那提开车去查尔斯顿的联邦法院要三个半小时，一路上我都无法压制心中愤怒的火苗，同时也担忧不已。一旦法庭支持杜邦公司，不仅我会被禁止在会议上发言，无法与政府的监管人员交流；杜邦公司还会利用这一裁决，以某种方式取消我代理厄尔案件的资格。所以，我既焦虑又紧张，完全不知道接下来会发生什么。虽然约瑟夫·古德温法官从一开始就被指派来负责我们的案件，但调查工作一直由法院的治安法官处理，因此我们和古德温法官并没有太多的直接交往。

法院新建成不久，气势恢宏，呈现出新古典主义风格。在听证室内，杜邦公司的三名律师已经一字排开坐在我对面了，他们都是拉里以前在斯皮尔曼律师事务所时的同事。他们指控我，说我公开攻击他们是违背职业道德之举，而我则在听证室的另一端怒视着他们。古德温法官戴着金丝边眼镜，满头白发修剪得很整齐，他没有浪费时间，立刻就开启了听证程序。

"我已经仔细阅读过你们双方交上来的材料。我也看了原告一方的回应。情况并不是很清楚……"他开始说话了，不过很快就有了短暂的停顿，似乎是要告诉杜邦公司的律师他对于他们的诉讼摘要的看法。我希望自己没有过度解读法官的意思。

杜邦公司最资深的律师约翰·廷尼应该已经感受到法官话里的意思，于是他继续控诉我处心积虑地写了那封信，企图"引起负面且带有偏见的反响"。他说我在努力地用一些资料"给水井投毒"，这些资料意在误导可能会出庭做证的公职人员，使他们产生偏见——考虑到杜邦公司正在处理毒水井的问题，这种措辞真是好笑。他指控我违反了职业守则，其中规定"律师应避免在法庭外发表不利于证人品格或可信度的言论"。

法官随即发问："在这一点上，他们发表了什么样的言论是你方想要阻止的呢？"

"例如，'杜邦公司伪造结果'；例如，'杜邦公司卷入不正当行为'；例如，'由此可以得到的唯一合理推论是，他们通过伊莱·麦考伊拿到了同意令'。"

伊莱·麦考伊就是那个从州政府辞职的监管员，他转身入职了一家咨询公司，围绕自己的同意令开展工作，这家咨询公司的金主是杜邦公司。我在那封十二磅的信里描述了这层关系。

"推论就是杜邦公司有过不正当行为，他们曾经向某人行贿。" 廷尼说道。

我从来没有讲过行贿之类的话，我只是清楚地陈列事实而已。

"那种化学物质，"——杜邦公司的律师倾向于把它称作C8——"是一种未被监管的化学物质。" 廷尼继续慷慨陈词，"要求环境保护局对C8进行监管将对杜邦公司造成严重的伤害。"

我只好保持缄默了。事实上，我只是要求环境保护局完成他们分内的工作而已。

廷尼语气冷静地继续往下说：如果杜邦公司被迫在生产过程中停用全氟辛酸，即使只是从现在到正式开庭这么做，"其结果将会是……灾难性的，工厂可能要关门大吉了"。

我意识到这是一种制造恐慌的策略。我也知道这一切都是假的。我亲眼看过文件，其中提到杜邦公司的科学家说，他们已然找到了全氟辛酸的替代物，并且正在进行测试。

法官把这一切都听进去了。他稍微顿了一下，问道："那么，你是想要求我不允许公民向有管辖权的联邦机构投诉？"

"尊敬的法官阁下，我们在这里谈论的并不是公民，我们谈论的是诉讼当事人。同时……"

"他们也是公民。"法官回答道，"我提醒你注意，公民享有充分的公众权利，他们可以向政府请愿，并且在他们认为适宜的时候，向合适的机构投诉。"法官继续说道，"此外，我也不认为有任何迹象表明本案的被告方会因此遭受无法挽回的伤害。"

他拿起小木槌敲了一下："我将否决杜邦公司的动议。"

"真漂亮。"这是拉里钻进他的车子发动它的时候给出的评语。交战中的一天又过去了。不过，我一点都不觉得厌烦。返回辛辛那提还有三个半小时的车程呢，我可以慢慢让自己轻松下来，不过我也在想，在一切都结束之前，我们和杜邦公司之间还会发生多少糟糕的事情。

* * *

第二天一早，我先飞往华盛顿特区，然后开车去喜来登酒店（现在变成了威斯汀酒店），这是一家距五角大楼约五分钟车程的超高层酒店。酒店宴会厅里陆陆续续地聚集了大约一百人，他们都对全氟辛烷磺酸的未来治理有着浓厚的兴趣。作为全氟辛酸的堂兄弟，全氟辛烷磺酸也被用于一系列令人眼花缭乱的产品和行业。全氟辛烷磺酸存在于清洁用品、消防泡沫、织物处理剂、金属镀层等日用品中，并被用于制造飞机和半导体。与会者中不乏各领域的商人、政府职员，以及一些律师、科学家和环境保护主义者，这也反映了全氟辛烷磺酸的用途之广。那些商人中，有三分之一来自化工行业。

主持此次会议的是查尔斯·奥尔，他是环境保护局污染预防与毒物办公室的主任。根据我的发现，杜邦公司提及全氟辛酸的首份文件的收件人就是奥尔。作为化学家，他在环境保护局已经供职了二十四年。他在局里主要负责依据《有毒物质控制法》（TSCA），对新发现的和已存在的化学物质进行评估和管理。

在1976年的《有毒物质控制法》被通过之前，新的化学物质实际上都被认为是安全的，直到有证据证明它们有毒。《有毒物质控制法》规定了更为严格的前端监管体系，并赋予环境保护局权力，在美国推出任何新化学物质，均须该机构审查并评估其安全性。这就需要有一种严格的生产前的审查机制：生产商必须向环境保护局提供拟生产的新化学物质的各种信息；诸如毒性、接触程度，以及对环境的影响。

此时，我才意识到自己先前漏掉了一个重要的事实，我一直在困惑，为什么我没有找到干淌河垃圾填埋场的有毒化学物质报告。《有毒物质控制法》主要聚焦于新的化学物质。该法案被通过的时候，全美已经有数以万计的化学物质用于商业用途，其中就包括全氟辛烷磺酸和全氟辛酸。对于这些已经存在的化学物质，只能用不追溯条款来处理了。至于这些化学物质——比如，全氟辛酸和全氟辛烷磺酸——的监管情况，各方基本上是遵循诚信制度各行其道。根据环境保护局的要求，如果企业获知了某些信息，而这些信息能说明某种化学物质"存在巨大的健康和环境风险"，那么企业需要向环境保护局汇报。但这种要求实际上没有任何威慑力，它基本上只是一种自我监管。至于企业如何检测已存在的化学物质并评估健康风险，环境保护局没有给出任何具体要求。如果企业碰巧这么做了，也发现了巨大的风险，并且汇报了这一情况，环境保护局就会因此制定指导性规则，依据《有毒物质控制法》限制甚至禁止使用该化学物质。

我意识到，对未登记在册的化学物质来说，整个监管机制其实是建立在一种假象的基础上，即企业会心甘情愿地进行自我报告和自我监管。除非企业自愿分享所有相关数据，并在发现重大潜在健康风险时通知监管机构，否则整个监管机制就起不到任何作用。要知道，企业这么做的话，可能会触发对该种化学物质的监管措施，这样会让企业付出几百万，甚至几十亿的代价。杜邦公司对于全氟辛酸的处理就是一个活生生的例子，反映了本该保护我们的法律如何无法实现其功效，不过这是一个尤为恶劣的个例。阅读了数千页的文件，我可以肯定地说，尽管杜邦公司内部的担忧与日俱增，他们却没有向监管机构尽数提供他们所掌握的、有关全氟辛酸危害性的数据。他们拿出来的只是经过筛选的信息，而不是事情的全貌，不足以令监管机构警醒，从而了解整个问题的波及面有多么广泛。

我以前一直认为，在美利坚合众国，只要制度有条不紊地得以实行，我们就能免受任何危险商业行为的伤害。作为企业辩护律师，我把自己看作制度中的一部分，我帮助并确保企业理解、遵循复杂的监管规定。如今我意识到自己对于底线的想法竟然如此天真，这实在是令人深为不安。更让我感到无所适从的是，我意识到我所发现的全氟辛酸和杜邦公司的问题，可能并不是一次性问题，而是一种社会框架中的制度缺陷。我们的制度本来应该保护华盛顿工厂下游的社区——不只是那些社区，而是我们所有人。最重要的是，对具有潜在危险性的化学物质进行全面监管犹如爬山一般艰难，前方的山路陡峭险峻，重力和惰性让我们所有人都赤裸裸地暴露于危险之下，更别提一些企业管理人员本来就唯利是图了。这将是一个非常漫长、充满争议的过程，而且还会被高度政治化。只有当这个过程接近尾声时，某种受不追溯条款庇护的化学物质才会在《有毒物质控制法》的约束下接受"监管"。这是一个充满艰辛且进展缓慢的过程，所以，适用于不追溯条款的化学物质中几乎没有几种接受监管也就不足为奇了。

在这个案子中，当环境保护局搞出动静，示意有可能对"适用于不追溯条款"的全氟辛烷磺酸启动监管程序时，3M公司提出把全氟辛烷磺酸踢出市场即可，试图通过此举先发制人。现在，在来华盛顿特区参加会议，谈论全氟辛烷磺酸该何去何从的人中，大多数人的工作和现存的全氟辛烷磺酸供应链有关。即使3M公司计划逐步把该物质淘汰出局，剩下的这些公司也会继续提出理由，要求日后使用全氟辛烷磺酸时免受监管限制。发言者逐一走到大厅前端的讲台上发言五分钟，此时我才意识到这一问题涉及的范围之广。全氟辛烷磺酸被应用于工业生产的诸多方面，因此所有公司都认为它是不可或缺的。一位化学公司的管理人员称，全氟辛烷磺酸对制造飞机液压油来说"非常关键"，飞机液压油可以预防舱内起火。一位胶片生产商称，全氟辛烷磺酸在制造和处理摄影胶片与X射线胶片时"至关重要"。来自半导体行业协会的某位代表公开宣称，全氟辛烷磺酸等化合物"对我们最新的尖端技术有着重要的影响力"。

发言者们反复强调同样的观点。一位来自硅谷的微电子公司代表说道："全氟辛烷磺酸没有可接受的化学替代品。"一位化学博士紧接着说："没有证据表明存在可行的替代方案。"飞机液压油生产商则表示："据我们所知，没有哪种替代品能为飞机整体提供如此充分的保护。"一家专做化工用品的公司坦言，全氟辛烷磺酸的化学替代物是存在的，但是要特别小心的是，它们之间会出现极其微小的变异，而这些变异会给使用者带来巨大的问题。他说："即使是最小的改变……也会给我们的客户造成数百万美元的损失，直到他们最终修正了其中的问题。"听说3M公司将停止生产全氟辛烷磺酸之后，他的公司储存了十年的供应量。

在会议现场的所见所闻让我清醒地意识到自己面对的是什么；或者说，当一个人想叫停某种化学物质，但该物质却被视为提升人类福祉的现代奇迹时，这个人面对的是什么。抨击全氟辛烷磺酸等于抨击我们的生活方式，更不用提这还会阻滞整个国家的经济发展了。

工业界的担忧占据了整个发言环节，直到会议进入到提问环节。一位先生走向话筒，自我介绍是一位参与消防事项的机场工作人员。"我知道，消防员一直都在使用这种表面活性剂，而且毫不夸张地讲，他们多年来就泡在这种东西中。"他说，"那么对于消防员来讲，会有什么样的长期影响呢？"

奥尔看着他，问道："这是在反问吗？"

"我希望这是一个你能回答的问题。"

但这并不是。

"我不确定我们是否掌握接触该物质会导致什么后果的相关信息。"奥尔回答，"我们只掌握全氟辛烷磺酸在动物身上的毒理学信息，同时我们了解已检测的血样中该物质的浓度。除此之外，我真的无法回答你的问题。抱歉！"

* * *

按照安排，我是最后一个发言的人。听众本来就不多，到这个时候又走了一大部分。我对着空了一大半的会议室开始了我的发言，我的主要听众是散坐在前排的几位环境保护局的工作人员，他们也正是我去那里发言的真正目标。我注意到，至少有一位杜邦公司的律师留下来等着听我发言。我先是快速介绍了全氟辛烷磺酸和全氟辛酸的关系。接下来，我描述了喝了含有全氟辛酸的水后，厄尔的牛的身体起了什么变化；我同时还说明，人类在不知不觉间也通过被污染的水井，饮用含有同样化学物质的水。既然环境保护局评估过全氟辛烷磺酸，他们应该兼顾这两种物质："我们请求相关机构扩大现有的监管范围，把全氟辛酸也登记在册。"

　　鉴于现场听众人数不足且面无表情，我实在感受不到我到底把球发给对方没有。尽管如此，我还是要身体力行，重复一遍我在那封长信中传达的信息。这次会议也让我了解到一些可能十分重要的情况：奥尔提到，有可能会出台对于全氟辛酸的检测措施，其结果将进入公共记录。

　　这就意味着环境保护局已经生成了一个公共事件备忘录——一个储存相关文件的资源库。我决定把自己调查到的关于全氟辛酸的非涉密信息传送给这个资源库，我觉得这是一个好主意。通过这种方式，不仅是环境保护局，普通民众也能了解到越来越多的证据。走出会议室的时候，我感受到了一种满足，在杜邦公司试图让我封口的二十四个小时之后，我成功地把威胁公共健康的重要信息传递给了环境保护局。当然，环境保护局现在该出手做些什么了。

＊　　＊　　＊

　　在那次公共会议之后，我总是忍不住想起3M公司要把全氟辛烷磺酸撤出市场的决定。这无疑为我传递了一条重要的消息。这个消息不但让整个化学界震惊，还在华尔街掀起了一股巨浪。3M公司告知其持股者，停止生产全氟辛烷磺酸会为公司带来两亿美元的一次性费用。同时，逐渐淘汰全氟辛烷磺酸也会影响公司一百六十亿美元的年销售额中的2%（大约是三亿两千万美元）。此外，公司的员工也会遭受巨大打击。3M公司中约有一千五百名员工从事着和全氟产品相关的工作。

　　但即便是站在冷漠的商业角度看待这件事，我们也会发现，虽然停止生产全氟辛烷磺酸会付出巨大的代价，但如果3M公司不停止生产该物质，损失会更大。我所说的并不只是3M公司会在诉讼，甚至是集体诉讼中承担责任。集体诉讼确实是桩大事情，不过即使是最昂贵的和解方式或惩罚性损害赔偿金，和3M这样的大公司的收入相比也不过是九牛一毛。真正的威胁在于：如果某种化学物质进入了"登记在册并且接受监管"的物质之列，那么根据严苛的联邦环境法，该物质会自动被划为"有害物质"，根据《超级基金法》，该物质要接受清理。《超级基金法》所规定的责任，即便是有限的，也将是个天文数字。《超级基金法》规定，企业有责任清理有害物质，而且不受诉讼时效限制。这是一种极其严苛的追溯性责任——不需要举证任何"过错"、"意图"，或是"危害"。现在的情况是，一种人造的、具有生物持续性和生物累积性的化学物质被倒入环境中，并持续了半个世纪之久，所需的清理和补救费用有可能足以让一家世界500强企业破产。

　　这种事后监管威胁令许多企业积极地在某种化学物质进入市场之前，就进行严格的前端检测。企业举措的力度通常远远超过《有毒物质控制法》所要求的最低限度。像杜邦和3M这样的行业巨头都拥有庞大的内部组织，专门研究毒理学和工业医学。他们负责评估每一种产品的安全性，并定期对员工进行医学检查，以探知任何影响健康的早期信号。这样的制造商是研究自己化学产品毒性的一流专家。然而，《有毒物质控制法》体现出来的自我监督本质也带来了一种内在的冲突，特别是对那些在《有毒物质控制法》出台前就已经在市场上流通了数年的化学物质来说。对于这些"受不追溯条款庇护"的化学物质，企业自身负责生成、报告相关数据，而这些数据日后可能会被用来对付他们。可以这样来理解，企业的毒理学专家和业务部门之间总是存在着紧张的关系，业务部门要为研究买单，然后还得承受研究数据带来的一切经济后果。这样一来，3M公司停产全氟辛烷磺酸的决定更加显眼了。他们肯定在全氟辛烷磺酸这种物质上发现了什么，认为自己可能面临巨大的经济损失，日后可能还会被《超级基金法》找麻烦。他们肯定发现了一些糟糕的东西。

10
无休无止

厄尔刚从医院回到家，就突然听到农场上方传来一阵轰然巨响。他眯起眼睛，抬头看向晴朗湛蓝的天空，原来是一架直升机。直升机飞得很低，和他的距离近到他都能读出机身上的数字来，不过他看不清是谁坐在里面。于是他一把抓起了步枪，把瞄准器放在眼前，当作双筒望远镜来用。他看见一个男人正在用照相机给他的农场拍照。驾驶员看见有人拿着步枪指着他的飞机，赶紧倾斜转弯，轰鸣着飞走了。黛拉打电话到我的办公室，但是我当时不在。拉里·温特接听了杜邦公司律师的电话，对方心急火燎的。她还和拉里讲，你最好让你的当事人冷静下来。

后来律师们又通了电话，这时我们才得知，原来杜邦公司派了一位摄影师去农场拍航拍照片，这是他们财产清查的一部分，此举显然和那桩悬而未决的诉讼案不无关系。"对搭载乘客的飞机进行武力威胁是违背国家法律的，"杜邦公司的律师在一封电子邮件中提醒我方，"请注意，直升机驾驶员已经表示，他要求相关国家机关追究今天的事件。"

从坦南特家提起诉讼的那一刻起，他们全家就遭受了一系列的侮辱和无礼冒犯，这只不过是最近发生的一次而已。作为财产清查的一部分，杜邦公司的代理人对坦南特家在农场的出租财产进行了一场清查预演，其中包括他们为了赚取收入而出租给租户的一辆拖车与两处房屋。

代理人有权为了估价而进行财产清查，但是坦南特一家认为，这些代理人逾越了职权范围，因为他们随便翻动租户的橱柜，而且还把人家的私人物品拍了照片。愤怒难耐的不仅是坦南特一家人，还有租户。为此，他们家还损失了一位租户。

让坦南特夫妇疲惫不堪的除了杜邦公司，还有他们（以前）的朋友和邻居。自从得知他们家打官司的消息，周围的邻居对他们家的敌意与日俱增。许多人认为坦南特家和杜邦公司打官司是出于个人恩怨。竟然有人控告一家"让社区广泛受益"的公司，这实在让他们愤怒不已。

为了不用面对别人的阻力，厄尔和桑迪几乎不去镇上了。他们去当地的自助餐厅吃饭时，感受到的是人们的白眼。在杂货店里买东西时，他们的熟人为了避开他们，竟然会立刻消失，跑到旁边的货架通道里去。更有甚者，过去相亲相爱的好邻居现在竟然看都不看他们一眼，就当他们不存在。有的时候，只要坦南特夫妇一走进来，人们就会纷纷起身离开。即使他们去教堂，也能感受到被排斥。在一个星期日的祷告中，一位祷告者还说了一段很奇怪的话："会众中的某些人应该知道，他们的牧师也是杜邦人。"坦南特夫妇不得已转向了另外一家教堂，不过那里的待遇也好不了多少。他们最终至少更换了三家教堂。

杜邦公司在全球范围内都在削减工作机会，但华盛顿工厂仍然是伍德县最大的企业雇主。他们持续在为大约两千人发薪水，这相当于每年以数百万美元来支持当地的经济。似乎帕克斯堡的每一个人，要么自己就职于杜邦公司，要么有家人在那里工作。公司长长的触角已经伸到了附近社区的每一个角落。他们为公立高中提供资金支持，还给扶轮社[1]捐赠财物。在许多当地居民的眼中，杜邦公司绝对是褒义的大家长，是托起所有船只的永不退却的浪潮。有的人仍然对杜邦公司充满崇敬，他们尊敬地称它："杜邦先生"。

*　　*　　*

吉姆和黛拉请我帮助他们发起请愿活动，要求撤销杜邦公司对干涸河

---

1 依据国际扶轮规章成立的、以提供社会服务为宗旨的地区性社会团体。

垃圾填埋场许可证的续约权，这下情况变得更加糟糕了。他们沿着古纳伦路和其他街道挨家挨户地敲门，这些是他们在垃圾填埋场周围两英里的半径范围内能找到的所有住户，结果却发现每一家都当着他们的面使劲儿地关上门。不过，也并不是人人都支持他们。他们坚持不懈、厚着脸皮，成功征集到大约三百个签名。那些拒绝签字的人则讥笑他们，还把他们称作制造麻烦的人，甚至是背叛者。

他们越来越怀疑周围的人。黛拉时常感到自己被人盯梢。她发誓说，在庭院旧货会上和去镇上办事时，她都被身着正装的男人们跟踪过，他们总是开着没有牌照的汽车。夫妇俩还告诉我，不止一次，他们到家后发现私人文件和医学记录被散落着扔在屋子里，就好像有人洗劫过这里。我很难确定，是压力使他们变得偏执，还是真的有人骚扰他们。但是他们真是受够了。自那之后，他们继续征集请愿签名，同时也把私人文件都锁在汽车的后备箱里。

与此同时，厄尔的健康每况愈下。他的鼻子，特别是鼻窦，时不时就会堵塞，迫使他不得不用嘴巴来呼吸。他的耳朵一直都疼痛得厉害，而且脑袋深处抓挠不到的地方还奇痒无比。在他一趟趟跑医院的过程中，医生们给他配了药，是帮助他呼吸的强效皮质类固醇，不过这些几乎都不能缓解他的不适。大部分的夜晚，他都无法入睡，于是他就坐在餐台旁边，在一本画满蓝线的笔记本上写下自己的想法，以此来熬过那些漫漫长夜。

现在是凌晨2：05，我没有合一下眼。咽喉肿痛，背部肿胀，每次用鼻子吸进和呼出空气、微弱喘息的时候，都感觉好像有什么东西要把眼睛顶出我的额头。

这几年来，厄尔就这样写满了几十个笔记本，记录下他所有的问题和回忆。他在写的时候用的是大写字母，好多拼写是他独创的，另外语法也有错误，但里面的字字句句都浸满了痛苦。

杜邦公司毁掉了我的牛群，它们现在情况很糟糕；但是他们毁不掉我对那些漂亮动物的爱。这也是他们无法从我身上夺走的东西。他们可能已经毁掉了我的健康，但是他们永远也不能阻止我继续向前。我希望那帮给地球造成这一切后果的混蛋遭到报应，也尝尝他们让我的牛和其他野生动物吃的东西、喝的水。他们破坏的是人类世世代代赖以生存的地球，我们生活在这里，吃住在这里，喝着这里的水。

厄尔还尝试用水槽里蓄满的泉水来喂他的牛，但是情况并没有好转。我们后来检测了农场水井里的水，发现也被全氟辛酸污染了。牛的数量不断减少，最后他完全放弃养牛了。他承受的痛苦无休无止。双眼剧痛，而且视物时经常无法聚焦。他日日夜夜都沦陷在用堵塞的鼻子呼吸和阵阵头痛袭来的痛苦里。有时早晨起来，他擤出的鼻涕能装满一个茶杯。他觉得有什么东西一直卡在喉咙里。有一天，他开着全地形车趟过小河，当时河水喷溅到他的脸和手上，从那以后他的皮肤也变得不正常了。河水像酸性物质那样让人有灼烧感。六个月后，一位医生诊断他脸上的斑点为恶性病变，不得不把它们全部烧掉。

他的全科医师告诉他，搬离俄亥俄谷一段时期，看看能否疏通他的鼻子。于是他和桑迪驾车往东，到山里度了两周假。他们驱车去往最喜欢的目的地，多利草地荒野，在那里可以看到阿勒格尼山脉在地平线上横亘起伏，绵延不绝。那里的空气很是凉爽，来自高地的西风吹过来，使得云杉树向东歪斜，并把它们塑造成奇形怪状的不对称模样。

和他们从前来多利草地荒野旅行一样，厄尔和桑迪开车行驶在铺满碎石的林间公路上，他们要去西弗吉尼亚州的最高点——斯普鲁斯峰鸟瞰全景。斯普鲁斯峰有着圆形的山顶，在将近一英里高的地方矗立着一个石头垒起来的眺望台。在那里，你仿佛永远能够看见在风中摇曳的云杉树，其间还散落着高山草甸和巨石场。但是，此情此景被顺着鼻窦流入厄尔咽喉的东西破坏了。他一次又一次地向车窗外吐痰。他的头部真的能被清理干净吗？

夫妇俩又步行到奇姆尼峰，这是一个从山上伸出来的岩架。在这里，厄尔期望能够感觉到敬畏和神奇。怎奈当时他的耳朵里满是黏液，他时而听得见，时而又听不见。他实在是没有办法欣赏任何东西。

不过，沉浸在大山的空气里两周确实给他带来了好处。他不再气喘了，眼睛也能够更好地聚焦了，有一天下午，他竟然还瞥见了一只美洲豹。然而，他仍然感觉自己再也不是过去的样子了。很快，旅行结束了，他和桑迪又踏上了孤独的归家之路。当他们的车行驶在US 50高速公路上，离帕克斯堡越来越近的时候，厄尔注意到他又能闻到空气里的那种味道了，即便他的鼻子已经严重堵塞。在某一方面，这也是个好消息。他之前已经有好几个月闻不到任何气味了，更闻不到空气中的味道。

坏消息就是：空气里散发着难闻的气味。

当然，帕克斯堡的空气总是让人闻起来不舒服，特别是逆温现象令化工厂的刺激性气味无法消散的时候。这个地方被称作"化学谷"可不是浪得虚名的。

* * *

厄尔的女儿们都已长大成人了，所以她们得以远离冲突。她们要求在这个紧要关头承担一切，但是厄尔坚持认为，这应该是他自己要进行的战斗，他不愿意女儿们卷入这场麻烦。此外，她们还都有贷款要偿还，有孩子要抚养。

二十五岁的水晶刚离婚，独自在镇上抚养两个小孩儿。她坦率又自信，一双淡褐色的眼睛热情似火，闪耀着光芒，仿佛会笑的样子。她喜欢家里养的牛，渴望有一天也能养几只属于自己的牛。当时，她在帕克斯堡的一家医疗中心工作，主要负责检查病人的核心功能。她服务的那位医生，家里也有在杜邦公司工作的人，因此水晶很谨慎，从来不提打官司的事。多亏了她在婚后被冠上了"戴"这个姓氏，所以老板和同事们都没有意识到她也是坦南特家的一分子。

二十二岁的艾咪是一个安静的女孩子，长着一头红色的头发。她的工作是为老人提供家庭医疗保健服务。她住在老宅子里，她的父亲就是在那栋房子里出生的。那栋房子其实是她叔叔杰克的，早已通了电和自来水。杰克一家搬到了山里的另一个地方住，那里离厄尔和桑迪的家走路很近。艾咪非常喜欢农场里一切：夜晚由牛蛙和蟋蟀共同演奏的音乐，小河边泥土的清香。她打算有朝一日就在这里养育自己的孩子。

姐妹俩的心都紧紧地牵系在这片土地上，这里勾勒出她们最美好的童年记忆。随着她们一天天长大，她们恳求父亲让她们帮忙料理农场的事物。

她们也近距离地见证了父亲为这片家园付出的汗水和忧虑。农场里没有任何一样东西不需要花费时间去打理，凡事都要亲力亲为，从来没有一个周末可以偷懒，到了报税季节也一样忙得不可开交。总是有一些东西坏了需要修理，还有些修不好又没有足够的钱买新的。一个农场的成功不是靠利润来衡量的，而是用不亏损来衡量。同时，成功也基于好些他们根本控制不了的东西。丰年和荒年的区别就是简单地看天气，天气既不能太干也不能太湿，或者要看干草中是否长了霉菌。

即使已经成年，水晶和艾咪还是把她们的父亲看成世界上最坚强的人。他用手提钻为公路管理处修路，用手枪把天然泳池里的蛇一枪爆头。他能够像电视中的牛仔那样拉绳子，他的右手就是这种手艺危险性的最好证明。一天，他从自己的全地形车中抛出套索，套捕一只公牛，接着，他用拇指启动车子，却发现拇指竟然不见了。它肯定是被绳子套上了，然后在绳子收紧的那一刹那被扯掉了。厄尔知道，他不是第一个也不是最后一个这样丢掉手指的牛仔。他用绳子绑住残肢，搭乘直升机去了医院。手指的缺失并不能阻止他采集浆果，不过他自嘲说，他要训练自己使用不常用的左手来拿手纸。

　　疼痛正是生活中的一部分。姐妹俩记得1985年的一天，手提钻突然冲上了厄尔的背部。一位邻居开着他的雪佛兰汽车把他送回了家。车门刚一弹开，厄尔就一下子滚出座位，四脚着地趴在泥地上。他用手和膝盖一点点爬回家，告诉桑迪去喊来杰克和吉姆，让他们帮忙喂牛。经过两周的康复治疗，他终于又回来工作了，他们只让他干些"轻省的"活计——往卡车的后栏板上装载重达一百磅的钙。当时他的腰部还没有完全恢复好，有好几天他的腰部以下都没有知觉。

　　姐妹俩看过太多父亲受伤的样子，可是她们很少看到父亲生病。在她们眼中，父亲以前除了骨折或是流血，几乎从来都不去找医生看病。直到几年前，呼吸问题把他送进了医院。现在，他变得经常跑医院了，因为他的肺无法呼吸到足够的空气。看着父亲咳嗽、抽鼻子、气喘，姐妹俩心中满是担忧。

　　尽管健康出了问题，可是厄尔没有选择离开，没有放弃或让步，更没有让自己的生命就此完结。他坚信杜邦公司低估了他，每念及于此，他就会感到一种心酸的满足。他说，当地在杜邦公司工作的人每次谈到他时，其表现都介乎于怀疑和不得不尊重之间。他在笔记本上记下了他无意中听来的流言蜚语——也可能是他杜撰的，其中肯定被添油加醋了。

　　邻居告诉我，他和几个杜邦的员工谈论对我的看法，他们一致认为老兄我肯定长着一副比别人更厉害的肺，肯定和先前骑马骑得好有关系。如果不是这样的话，我早就死翘翘了。他们不知道我为什么现在还活着，因为我的肺老早之前就不好好工作了。

　　然而时至今日，不论厄尔的邻居们是喜欢他，还是因他威胁到造福他们的杜邦公司而讨厌他，都变得越来越无所谓了。所有的人都在摄入水中的同一种东西。

* * *

　　离开庭还有五个月的时候，我试图把杜邦公司推进监管机构视野的策略开始起作用了。依照《信息自由法》，我尽自己所能，最大限度地监督着杜邦公司的所有行为。确凿无疑的是，在收到我的信件之后不久，他们就安排了和监管机构的会面。我心中对于这种会面的议题再清楚不过了，无非就是签署同意协议罢了。不过，在我的信件寄出去两个月内，我没有从州政府或是环境保护局收到任何直接回复；关于卢贝克的污染事件，我并没有看到有关方面采取任何行动。我感觉自己好像在流沙中行走。同时，我仍然怀疑杜邦公司隐瞒了大量与水样检测有关的文件。至少我可以从这里来入手。

　　从我已经看过的文件中，我获知杜邦公司的水文地质学家安德鲁·哈顿是全氟辛酸污染检测的负责人。想要发现杜邦公司在水样检测这件事上到底隐瞒了什么文件——如果他们是刻意为之的话，结果应当是非常糟糕的——最好的办法就是去问哈顿了，让他在宣誓之后公开发言，并留作证词。

　　5月2日一早，哈顿、两位杜邦公司的律师、我和拉里·温特在位于特拉华州威尔明顿市的杜邦公司总部会面了。我们一起坐在法务部的办公室中，旁边不远处就是哈顿办公的地方。和向科学家和工程师收集证词类似，我当时的提问也是一通费时乏味的苦干，涵盖了一系列复杂的技术问题，耗费了双方在午饭前后的好几个小时。我坐在那里抛出一个接一个问题，不过对方的律师更加不容易，他们全程都在仔细聆听，而且还时刻保持警觉。通常情况下，他们可都是神情恍惚地坐在那里，时不时地往记事簿上随意地划上几笔。

　　收集证词最好是慢慢加码，最好提前准备要向被取证者提出的各种问题，诸如他的背景、工作履历，还有职业资格。按照这样的取证方法，到午餐之后我就可以直接触及我真正想了解的内容了。

在20世纪90年代中期，由于担心政府有可能实施监管措施，杜邦公司开始将干淌河垃圾填埋场中的大部分全氟辛酸废物转移至莱塔特垃圾填埋场。后者在干淌河垃圾填埋场下游约二十英里处，离俄亥俄河要更近一些，而且也紧挨着为周边居民供应饮用水的公共水井，附近还有几口私家水井。正如我怀疑的那样，哈顿在记录中证实，杜邦公司在那些私家水井中取样检测全氟辛酸，而且被全氟辛酸污染的水从垃圾填埋场泄漏进了俄亥俄河。

这些正是我需要的。我们已经为坦南特家的水井做过付费检测，并证明其中的水确实被污染了，坦南特一家对此一点也不感到奇怪。现在又有了证据，证明倒进垃圾填埋场的全氟辛酸会污染附近的水井，而杜邦公司对于这一切一直心知肚明。

我对于自己注意到的另外一件事充满好奇：杜邦公司更换了他们几年来一直使用的水样检测实验室。新实验室产生的结果和先前的结果根本无法匹配。一些变化是意料之中的，但这些差异没有什么意义。新实验室的检测结果总是比老实验室的要高一些。我并不清楚到底是什么原因，但对我而言这似乎显得十分怪异。

我提出一个问题："[和旧实验室相比，]兰卡斯特实验室是否使用了完全不同的方法来检测全氟辛酸？"

透过眼角的余光，我看到杜邦公司的首席诉讼律师约翰·鲍曼猛然间挣脱困倦，潦草地写起笔记来。虽然他是一位经验丰富、训练有素的诉讼律师，不会在提供证词时回应或是披露任何有可能伤其要害的信息，来让对方抓住机会，但我在感受和捕捉别人行为举止中微小却重要的变化上也是功力深厚。我似乎已经用一连串问题击中要点了。用不了多久，我就可以看到这是一个多么重要的敏感点。

证词收集工作一结束，鲍曼就示意我和拉里去他那里。毫不夸张地说，这可是件怪事儿。一般情况下，如果在提供证词后有任何要和我们交流的情况，他会在我们离开时大步流星地追上我们，然后边走边聊。这次和以往真是有明显的不同。他领着我们穿过大厅，走进了杜邦公司法务部的一间办公室，在那里我们都坐了下来。我们之间的对话并没有被录下来，因此我的记忆未必是一字不差的，但是我和拉里对于其内容的理解是一样的：怎么样才能停止这一切？

其实，我们当时都不敢确定这问题到底是什么意思，我们只能坦言并不愿意讨论这个话题，而且我们需要赶去机场了。坐在去机场的出租车里，我和拉里一路上都在纳闷，鲍曼到底想和我们展开一种什么样的对话。

接着，正好两周之后，一份《华尔街时报》放在了我的办公桌上。在头版的最下方，一则新闻标题让我想起了我和鲍曼的最后一次会面："某些律师因接受企业的钱财而放弃起诉"。

新闻内容主要是关于一种令人不安的趋势：有些公司通过付钱给原告律师而使其销声匿迹。实际上，有些公司甚至付给对方律师一大笔钱——这并不是付给委托人的清偿费用——它更像是一种付给律师的酬金，从而使其撤回诉讼。文章中讲，这种事情接二连三地发生，非常隐晦，而且处于职业道德准则的临界处："请原告律师担任'顾问'，由此产生利益上的冲突，使其无法再起诉公司。"

想知道文章中提到的采取这种做法的公司吗？其中之一就是杜邦公司。

作为例证，文章中谈到杜邦公司苯菌灵产品的案例。作物杀菌剂苯菌灵的官司打了十年，代价十分昂贵。据说，杜邦公司支付给原告律所六百四十万美元，这并不包括原告律所因诉讼和解而赚得的接近两百万美元。为了回报这笔额外的酬金，原告律师同意将所有机密文件返还给杜邦公司，并且不对法庭文件的封存提出异议——包括法官因杜邦公司隐瞒证据的不当行为而签发的制裁令。因为额外的六百四十万美元被称为"咨询费"，律师们都变成了苯菌灵的安全专家，而该产品会严重刺激使用者的呼吸道和皮肤，使鱼、鸟和蚯蚓中毒，还令少数孕妇产下眼部畸形，或完全缺失眼睛的孩子。这些律师已经陷入了利益冲突之中，这将阻止他们再一次起诉杜邦公司。

对于这一切，我越想就越愤怒。文章中陈述的这种情况本身就是令人震怒之举，是对法律制度的颠覆和破坏。如果有人期待我背叛委托人，加入这样一桩交易中，他就大错特错了。我是不会背弃厄尔和他的家人的。

不到一周之后，我收到一通来自杜邦公司法务办公室的电话，想和我谈谈关于和解的问题。如果要讨论让律师拿钱退出的话题，想都别想。

幸亏后来我又从杜邦公司套来一份内部备忘录，它使我搞清了这通电话的来龙去脉。我向哈顿提出的关于水样检测的问题似乎击中了他们的要害。在一份给律师团队的备忘录中，鲍曼写道："我们知道比洛特已经向卢贝克水务公司索要信息了。如果他利用这一点，就可以修改他的起诉状，或者提起一次独立的集体诉讼。"

其中出现了可怕的字眼："集体诉讼"。坦南特案的威胁与日俱增，有可能导致相当恶劣的结果，为什么不试图"止血"呢？当你明知这是一场注定要输的牌局，就干脆直接放弃吧；否则也只能是虚掷赌注，于事无补。在另一份案情摘要中，杜邦公司的律师指出他们有两个明显的弱点。如果坦南特案进入庭审，这两个弱点足以让整个公司垮掉。他们简洁、务实地描述了这两个弱点，前面还加了黑圆点：

· 河水中有C8，我们从未告知他们。
· 从未告知牛群调查组和环境保护局河水中有C8。

换句话说，杜邦公司知道厄尔的牛一直在喝含有全氟辛酸的水。关于这一点，他们不仅无所不用其极地隐瞒牛群调查组和环境保护局，同时也一直不让我和厄尔知道。多年以来，他们竟然眼睁睁地看着厄尔让他的牛喝那些狗屁污水，之后竟然还保持沉默。

＊　＊　＊

我们开始在电话里谈和解方案，并打算等双方拉近关系就在查尔斯顿见一面。最后的结果证明，我们的关系根本没有近到我预想的那种程度。作为一名律师，我绝不能披露谈判的实质性内容，但我可以说，达成彼此都能接受的协议多花了几个月的时间，谈判中存在很多争议，有时甚至惹得人愤怒至极。在我看来，我们之间的交谈不止一次陷入不可挽回的崩溃境地。而且我明白这其中的情绪，至少明白我自己这边的。给再多的钱也无法换回厄尔的土地、牛群，还有他的健康。不过最起码，杜邦公司得面对因他们的所作所为，或因他们的不作为而产生的后果。我深知，对厄尔来说，迫使杜邦公司坦白他们对他所做的一切是非常重要的；不过我也知道，在这类案子中，和解不是通过这种方式达成的。我想提醒坦南特一家考虑一下，即使杜邦公司不肯承认自己有任何过错，和解也会给他们一家带来一种问题得解的感觉，他们甚至有可能感到自己的主张是被认可的。但是对厄尔而言，这一切也许远远不够。按照他的意思，诉讼的目的是要让杜邦公司承认排放了有毒物质，并毒害了他的土地；而且还得是当众承认这一切。

厄尔清楚，全氟辛酸会伴随他的余生。先前为了打官司，坦南特一家接受了全氟辛酸检测，检测结果表明，该物质不但在坦南特家的水井里，也在他们的血液中。他们全家人遭受污染的程度比3M公司通过血库实验发现的普通美国人体内的全氟辛酸"本底数值"高出三到十倍。全家人尽皆如此。当我打电话告诉厄尔和解结果的时候，他还是像往常一样寡言少语。不过我怀疑，除了担心妻子和孩子们，他肯定已经确定了一点：再也不会有人声称这一切都是他的臆想。

家庭医生也不能明确地说出他血管中的这种化学物质会给他造成什么后果，家庭医生自己也从来没有听说过这种东西。但是他也确定，这一定不是什么好东西。厄尔给牛做尸检时翻出过它们的内脏，他亲眼见过全氟辛酸会带来什么样的后果。一想到这一点，他几乎无法呼吸了。

　　他深知，想恢复健康对他来说也许已经太迟了，但他想让其他人都知道真相——让他们看看杜邦公司对他做了什么。

11
和解

距离新的庭审日（10月2日）还有三个月的时候，坦南特一家——厄尔和桑迪，黛拉和吉姆，还有他们的弟弟杰克——开车三个半小时来到了塔夫托律师事务所。那是一个夏季的星期五，阳光灿烂，气温不到摄氏30度，但是在没有窗户、开着空调的盖博会议室里，你是感受不到外界的。我们又坐在了同一张会议桌旁，正如三年前我们第一次会面，当时我们也是在这里传看着牛尸体的照片。墙上挂着的，还是那位早已辞世的合伙人的照片。坦南特一家都身着正装，也许是因为想起我们到农场的时候穿的是正装，也可能只是因为他们意识到今天这个场合的重要性。我们都明白，事情也许到了终点，我们几年以来不懈努力的终点，也是坦南特一家遭受痛苦折磨的终点。和解方案现在就放在桌上。

我和拉里·温特将两个选择摆在坦南特一家面前：接受和解，而后放弃有陪审团参与的庭审；拒绝和解，尝试把案子交给陪审团。

我为当事人就和解选择而提出的法律建议必须保密，所以在这里我无法重述自己在这方面都说过什么，连概括一下都不可以。不过以下是我可以说的：会议室里凉飕飕的，但气氛却无比热烈。房间里，各种截然不同的性格在不停地冲突碰撞，而且常常无法达成一致意见。厄尔要让杜邦公司接受正义的审判；吉姆和黛拉则深切地感受到来自社区的压力，他们更加愿意让整个事件翻篇儿，一切向前看；杰克的表现最超然，我很难看透他内心的真实想法。杰克和吉姆更倾向于尊重厄尔的意见，尽管吉姆会花费大量的时间，在电脑上研究一种又一种化学物质。杰克总是保持沉默，但一旦他开启谈话模式，就滔滔不绝停不下来了。黛拉经常开口发言，态度强势且长篇大论，看得出来，这让厄尔很是不爽。

我特别感谢拉里也在这间会议室中，情绪躁动的房间里因此保持着一种平衡。在清楚陈述过每一种选择的利与弊之后，我和拉里就走出房间去图书室了，我们等待坦南特一家人关起门来商量出最终的结果。需要拿主意的人是他们，不是我们。

虽然和解的条款需要严格保密，但我可以解释一下在决定是和解还是上庭时，律师一般会指导自己的当事人去考虑哪些事情。做这样一个决定可不像看起来那么简单。

首先要考虑的是：你的诉求是什么？在案件中，你主张自己受到了何种伤害？假若你在法庭上胜诉，得到了你想要的一切，你能够在最大程度上追回的是什么？比方说，你针对当前和未来的财产损失和健康问题索赔。你将如何评估这些损失？

对于财产，你可以请一位不动产专家对土地和一切东西的市场价值进行评估，包括牲畜这种具有市场价值的商品。比如说，你的土地和牲畜的市价是一百美元，这就是你通常能够追回的最大值——当且仅当陪审团裁定你的财产已经完全贬值时。如果陪审团裁定财产只是部分贬值，一百美元的价值通常就只有一种处理方法了：贬值。一种有可能的解决方案是，让被告以当前的（未被损害的）市价购买该财产。但是，如果当事人想要保有该财产，并希望将其清理干净又该怎么办呢？若清理所需的花费超过了财产的价值又该怎么办呢？作为提起诉讼的原告方，你通常有义务根据一些现行的法律或指导文件来提供证据，证明污染物足够危险，已经到了必须要清理的程度。接下来你还得提供证据，证明清理要怎么做，要花费多少钱。如果你要处理的是一种未被监管的化学物质，没有相应的清理标准，事情就变得尤为棘手了。

现在轮到考虑健康问题了。是的，你出现了呼吸问题。假设你在法庭上证明了这种有问题的化学物质能够导致你出现呼吸问题，同时也证明了正是该物质（而非别的物质）引发了你的呼吸问题。那么法庭最多能判决你有权得到多少补偿？由于健康出现问题，你自己实际上掏腰包付了多少钱呢，例如医疗费用？当然，陪审团也可能就你遭受的身心痛苦而判决补偿性赔偿，如果案件真的走到那一步的话。

一旦你计算出如果打赢官司，你最多能获得多少健康和财产赔偿金，你就需要评估你在这起案件中的说服力和你的胜算有多大。像这种事关接触有毒物质的案子，大多会归结为基本的疏忽索偿。这样的案件要求你必须能证明以下四种要素：（1）被告确有管理义务（例如说，有责任不造成水污染），（2）被告以非理性的方式行事，从而违反了上述义务，（3）你确实受到伤害，（4）你所受的伤害是对方失职造成的。

如果你无法证明以上四种要素中的任何一种，你的诉求就会被推翻，最终将一无所获。被告方通常无须提供任何证据。他们要做的就是攻击原告方，和原告方唱反调。

至于你打官司的说服力，则取决于目前的科学技术水平。有时候，需要面对的东西可谓千头万绪。一般情况下，监管滞后于科学，科学又滞后于技术。在毒物侵权案中，原告总是被告知，需要科学界认可你所提及的化学物质能够导致你患病。但如果科学界根本没有彻底研究过该物质呢？你又该如何圆满完成自己的举证义务？如果现有的科学水平能够支持你打官司，你又该请什么样的专家出庭做证呢？如果熟知该化学物质的顶级科学家碰巧是为被告工作的，你又打算如何呢？如果被告方掌握了你履行举证义务所需要的关键数据，你该怎么办？

即使你的证据确凿，案情也对你有利，打官司要花的钱又得有多少呢？你需要聘请专家作为证人，他们都得是能够出庭做证的科学家。他们不必是知名的大科学家，但需要有悟性且善于和人沟通，能把他们的科学知识（通常是深奥难懂的）转换成法律用语，让陪审团能够理解。如果被告是一家跨国科技公司，还雇用了众多世界顶级科学家，你的专家相比而言就处于弱势了。于是你只能聘请最好的科学家，这样费用就会非常昂贵了。他们的开价可能接近，有时甚至超过每小时一千美元。而且，需要按小时付费的不仅仅是他们出庭做证的时间；为出庭做准备、做研究和写专家报告，以及做其他相关工作的时间，你也得记录下来。你还要承担他们的差旅费、餐饮费和其他杂费。

但是，即使你找到了合适的专家（且负担得起），也无法保证他们会出现在证人席上，或能够在陪审团面前发表证词。如果你去的是联邦法庭，在案件上庭前，法官作为把关者，通常有权决定科学专家提供的证词是否是可采信的。你的专家（还有他们的观点）通常要经过所谓的多伯特标准（Daubert standard）的核准，该证据标准旨在过滤"垃圾科学"（指未被科学证明，却被当作科学事实呈堂的理论或观点）。作为把关者，法官要确保专家证词"和手头任务息息相关"，并且"建立在值得信赖的基础上"。换言之，该观点是否有科学依据？它是否和你的诉求有关系？

这个标准看似没什么不妥；然而，当你的专家就尚未被全面研究的事物，提出相对前沿的观点时，你就不会这样认为了。在科学界，做提出某种新观点的"第一人"是极其困难的事情；有些既有观点"在科学上已被接受"，提出新观点的专家必须打破这种藩篱。你的对手会使出千方百计，游说法官把新观点视为垃圾科学。那样的话，你的专家在庭审开始之前就会被法庭否定，同时被否定的还有你的诉求。

你还必须考虑到上庭带来的个人化无形成本。它会让人身心俱疲，承受很大压力。庭审就像一块吸食灵魂的海绵，榨干你的时间和精力。即使你没有亲自出庭做证，你可能也得花几个星期甚至几个月的时间坐在法庭里，一次次重温那些你不愿再提及的经历。你会时常听到有人诋毁你或你在意的人。有些人的日常工作就是攻击你的信誉，不择手段地使你难堪。而且他们还精于此道。

你为了证明自己有权获得最大限度的赔偿而花费了越来越多的金钱，但赔偿金的上限并不会因此提升。所有的开支——不光是你自己的，还包括你的律师和专家证人的（还不算付给他们的酬金）——都会从你的赔偿金中扣除（前提是你最终胜诉）。如果你不幸打输了，而这又是一个胜诉酬金分成式的官司，你的律师就得扛下这些费用了，但是花时间、烦心、受辱的是你自己。

所以，也许你能熬到终审判决的时候，但在庭审过程中，随着时间的推移，终审判决有可能给你带来的益处也在缩水。被告方深谙其道，所以把它用到了极致。他们为了实现自己利益的最大化，故意把庭审的过程拖得很久，以至于最后你即使胜诉，其实也一无所获。

被告方也会产生巨大的花销。他们要支付给律师大约每小时五百到一千美元的酬金（另外还有住宿费、专家费，等等）。他们计算出所有的数字，估计好自己在审判中最坏的情况。他们要花多少钱才能推翻你的诉求？如果他们最多有一百美元，而出庭为自己辩护得花二百五十美元，那么这将是一个简单的决定。如果他们最多有一百美元，而上法庭只需要五十美元，他们可能还是会选择庭外和解，而不是去面对庭审可能会带来的风险。这最终会演变成一种经济决策。正如《教父》中说的，一切都是生意。

然而对你而言，如果不是纯粹为了金钱——你只是想追究被告的责任——情况又会如何呢？你可能会这么想：我只是要把他们送上法庭，向全世界证明他们是错的。好吧，即使你胜诉，你也不能指望这一点。你无法强迫被告承认错误。他们可能被追究责任，他们可以支付赔偿金，但是他们也可以继续否认犯错。

另外，假设你最后胜诉，并且陪审团认可你提出的赔偿金数目，这也并不意味着你真的就能获得赔偿。你们可能赢得了这次裁决，但输掉的一方通常会上诉。上诉的过程一般还要花费一年或更长的时间。在此期间，你的花费还会继续增加，多到完全侵蚀了你的赔偿金。而且，你还有可能在接下来的诉讼中败诉。

鉴于以上所有原因，大约90%的案件最后都庭外和解了。经过初始的诉讼过程——调查、交换专家意见——双方对于案件最后在法庭上会如何收尾都有了更好的了解，也了解将会面临的损失，特别是当法官开始裁定他／她将允许哪些专家、证据，以及主张上庭的时候。

传达这种复杂，有时甚至违反直觉的演算是一个令人痛苦的过程，尤其是对当事人而言，他们有可能会满怀那种好莱坞影片式的期待。这种决定是非常难做的，因为不会有反悔的机会。不管坦南特一家做出什么样的决定，这个决定都会在接下来的几十年中影响他们的生活。我不愿意催促他们。

我和拉里在律所的图书室里等待着，我想起了怀孕九个月的萨拉，她现在肯定正在家里追着我们那两个蹒跚学步的儿子到处跑呢。她已经进入了"筑巢模式"，整个星期五都在整理玩具和衣物，以便第二天拿出去做宅前旧货出售。我没法亲自帮她整理、贴标签，再把东西拖进拖出。孩子们每次和小伙伴聚会，或是去水族馆玩儿，我也统统缺席。然而萨拉从来没有因为这点记恨过我，她一直以来的支持和理解正是我能得到的最好礼物。不论是以前还是现在，我都满怀无以言表的感激之情，不过我最不愿意做的就是折煞我的好运气。因此，尽管我不能把自己的期望掺杂到给当事人的建议中，我也还是极其渴望看到坦南特的案子结案的那一刻——不论是庭外和解还是庭审宣判——到那时，我就能多花些时间来陪伴日益壮大的家庭了。

我和拉里时不时地去会议室，想看看我们的当事人商量出了什么结果。几个小时过去了，我们每次进去的时候，都会看到几个人正在进行激烈的讨论和争辩，而且情绪变得越来越激动。在接近傍晚的时候，我们又一次走了进去。这时的氛围和先前不同了，面红耳赤和粗声大气已经退去，暴风骤雨般的发泄让他们筋疲力尽，看来他们马上就要做出最后的决定了。我和拉里交换了一下充满希望的眼神。他们果然没有让我们失望。在场的五位最终达成了一致意见：他们接受和解。

吉姆和黛拉的脸上洋溢着一种混杂着高兴和轻松的表情，他们快步走上前，抓住我的胳膊和我握手，一遍又一遍地感谢我"所有的辛苦付出"，我则对他们表示祝贺。但是在整个过程中，我一直用眼角的余光向厄尔那边看，他一言不发、神情愤懑地坐在会议桌的另一端。显然，与其说他参与了这个决定，不如说他向其他人让步了。厄尔深深吸引了我的关注，以至于我几乎没有听到吉姆和黛拉邀请我共进晚餐。

　　我正打算接受他们的邀请时，我的黑莓手机突然响了起来。

　　萨拉要生了。

第二幕
城镇

12
十字路口

　　生活有时候会显露出一种笨笨的象征意义。在坦南特家漫长的案子宣告结束的那一刻，我得知萨拉即将分娩，这一切似乎太明显了。不过，我花了好长时间才反应过来。我拔腿冲向医院，及时见证了一场不可言喻的生命奇迹。接着，我留在医院陪护妈咪和新生儿直到凌晨。护士小姐们从暗示到明示，提醒我需要让萨拉好好休息一会儿，最终顾不得礼貌，把我撵出了病房。睡眼惺忪却开心不已，我在太阳升起之前终于到家了。我得做好旧货出售的准备工作，还得把另外两个小家伙接回来，他们正在萨拉的母亲家。我们拿了几个甜甜圈，在去医院的路上正好看到"冰雪皇后"（DQ）冰激凌店；萨拉想吃这里的"巧克力岩石"——一种带着巧克力糖浆和扁桃仁的香草冰激凌。怀抱着我们的第三个儿子，我把泰迪和查理介绍给他们的小弟弟托尼。泰迪还给了弟弟一个甜甜圈。

　　这时，我突然明白了奇妙的时间巧合对我而言有什么意义。家里刚刚添丁进口，手头负责的案件也进入了轻松的收尾阶段，生活似乎是在提点我。这应该是我把更多的时间和精力重新投入家庭的时候。我每天沉浸在家的温馨中，第一次感受到喜悦和轻松，真希望能够永远都这样。

　　我尽情享受着快乐的家庭时光，但前面的道路却无法像我希望的那样清晰和简单。要和解坦南特案，仍然有一个悬而未决的重要问题：周边社区的饮用水也受到了全氟辛酸的污染。

　　回想起那时我们和杜邦公司的和解谈判进行得拖拖拉拉，我经常打电话给厄尔，告知他具体情况，但是他对公共水源受到大范围污染一事气愤不已，以至于每次我打电话和他商量和解事宜，他唯一想知道的就是和解是否也会使周围居民的情况好转。我发现自己必须不止一次地向他解释，杜邦公司答应为他和他的家人所做的一切是不会解决社区问题的。即使我们走上法庭并且胜诉，也无法将公共用水中含有全氟辛酸的事实广而告之。厄尔用的并不是公共水井，所以他没有立场那样做。这一法律细节对他并不友好。"这可不行！"他用粗哑的声音慢吞吞地说道。"罗布，我得跟你谈谈这件事了。"他继续说道，声音中透露出一种不服输的力量，那是一种用毕生的意志和怪事儿抗衡的力量。然后，他就会侃侃而谈，就正义这一话题发出抑扬顿挫的声音：你自己搞砸的，自己清理；你伤害了别人，你来弥补。我明白这是一种有错必究的正确方式。"你看吧，"他说，"那些人做了错事，他们必须得负责任。不是我用的水井又怎样？很多法律条文就是较真儿。"

他说得对，我没法跟他争论。我能做的就是保持冷静，向他重复事实：法律就是如此，就是这么较真儿，不论我们喜欢与否。我们就这样来来回回地拉扯，直到厄尔最后喊停，他仿佛终于厌倦了对不公正的纠结，他说："先这样吧，我回头再和你联系。"然后我就听到咔哒一声挂断电话的声音，郁闷一下子就淹没了我。虽然我根本无法改变事实，但我还是觉得自己让他失望了。

于是，我发觉自己走到了一个十字路口。我可以把它称作一场胜利，我终于让坦南特一家带着和解方案回家了，纵然他们并不完全满意。接下来，我就可以继续为企业客户辩护了。生活真的可以回归正常了，这听上去就很诱人。

我已经做了自己应该做的一切。我寄出了一封十二磅的信，目的是提醒监管机构注意全氟辛酸，同时也让杜邦公司除了接受监管之外别无选择，否则我就要提起集体诉讼了。

一切似乎在按照我的计划进行。由于我不断地根据《信息自由法》提出诉求，杜邦公司正忙于安排和监管机构开会。毫无疑问，他们认为和跟我打官司相比，与一个心不在焉的公共机构合作是更好的选择。他们两方很快就会成为连体婴。但这足以解决问题吗？

我不禁想到，在厄尔一案中，当杜邦公司和联邦监管机构在牛群调查组里结成同盟时，事情发展成了什么样子。如果牛群调查组的情况重现了，又该怎么办呢？与之前相比，监管机构确实掌握了更多的信息，但这并不意味着他们会采取行动；又或者，杜邦公司有能力把他们引入歧途。就在我等待相关机构采取行动的同时，又会有成千上万的人接触到全氟辛酸，多半是在不知情的情况下。难道我能明知道这一切，还安之若素地继续我的家庭生活和职业生涯吗？

我开始很严肃地考虑是否应该代表整个社区采取法律行动。这就意味着我要在更长的时间里，继续扮演自己偶然得来的原告律师角色，而此时我的律所可能正感到松了口气，因为这个试验性的原告代理案终于结案了。我非但没有重新融入这家为企业辩护的律所，反而激进地走向了对立面。

* * *

我真的身心俱疲了，我已经耗在坦南特的案件里将近三年了。每一位律师都在深夜和周末忙着处理大案件，这份工作就是这样。但是我除了要忙厄尔的案件，还一直都满负荷地为塔夫托律所处理常规的企业辩护工作。我不由得想起，自己花了数千个小时斜靠在堆成山的文件旁，而那些时间本应用来陪儿子们摆弄玩具火车。我确保在家人的生日、节假日和发生特殊事件时陪在他们身边，但等孩子们都上床睡觉后，我往往又回去工作。

我本该在庆祝新宝宝到来的同时走上一条家庭和事业都一帆风顺的全新道路，但我却在权衡一件事，它不仅会把我，而且会把我的家人推入动荡之中。我惧怕晚上上床睡觉，因为我知道自己会因为两种冲动互相较量而夜不能寐。是跳出这场无止境、不切实际的战斗呢，还是转身回去——为自己残酷地套上一条枷锁？我是杜邦公司之外唯一一个看过全套全氟辛酸文件的人。诚然，我已经把文件中最为重要的百分之一传递给了监管机构，但是我怀疑看文件的人——如果真有人看的话——是否会抓住其中的重要性。我甚至怀疑，杜邦公司目前的决策者是否真正理解其中的重要意义。

当我还在纠结到底该走哪条路时，一个叫乔·基格的人打来电话，给我讲了一个起决定性作用的故事。乔的故事让我几乎无法再说不。

九个月前的2000年10月——彼时距我打电话给伯尼，警告他我已经搞清了杜邦公司的全氟辛酸-特氟龙问题仅仅过了几周时间，而坦南特一家和杜邦公司就案件进行的和解谈判还将再过几个月才开始——乔正在他位于卢贝克的家中。那是一栋被树荫遮蔽的二层小楼，乔在后院白色尖桩篱笆围成的花园里悠哉乐哉地荡着秋千。他看着自己的妻子达琳正在给她的玉簪花和萱草花浇水；突然，他们听到邮差的车停在他们家门口。达琳走出去检查信箱。她走回院子里，开始分拣垃圾信件和账单。拿出水费单时，她发现一同寄来的还有一份看起来很正式的通知信。

"亲爱的，我们收到水费单了，"她告诉乔，"上面在讲水中有什么东西的事情。"

"把它拿过来。"乔说道。

这封信只有一页，来自卢贝克公共服务区，是在杜邦公司的授意之下写的。信里有大量技术名词，它们对于一位小学四年级的体育老师而言几乎没有任何意义。信里在说什么ppb、安全水平与参考原则、化学物质在水中的浓度。乔把信反复读了好几遍，还是不能完全搞明白它在讲什么。不过，信中的语言温和平淡，让人心安，所以他当时并没有感到恐慌。他把信随手扔在地下室的书桌上，后来它被压在其他纸张下面，被彻底遗忘了。

几周之后，乔和达琳与一位朋友一起吃饭。这位朋友提起她五六岁的小孙女牙齿出了问题。她的牙齿变黑了，没有人知道为什么。

又过了一周，乔得知住在城镇另一头的一位朋友被诊断出了睾丸癌。这个消息让他不由得想起他家邻居中的几个年轻人，都是二十来岁的男子，也得了睾丸癌。这不是一种不太常见的癌症吗？后来他又得知，住他家隔壁的一位年轻女士，也是一名老师，正在和另外一种癌症抗争。他们开始思考，附近的狗狗也有得癌症的。街对面有一户人家，家里的两只狗身上都长了肿瘤。这一切难道是巧合吗？乔·基格想起了水费单里的那封信，信上说他们的饮用水中有某种化学物质。

他去了地下室，在他书桌上的纸堆里翻找，找出了来自水务公司的通知信。这次他仔仔细细地又读了一遍。里面的好多单词和术语他都不明白是什么意思，这让他感到了一种不安。通知信里说，这种被称作C8的化学物质在他们的饮用水中以"低浓度"的形式而存在，不过"其浓度低于杜邦公司的参考原则，而且杜邦公司告诉水务公司，他们确信该浓度是安全的"。

乔的脑袋里画满了问号。这到底是一种什么东西？如果它是安全的，为什么还会出台接触参考原则呢？为什么水务公司会给他写这样一封信？还有，究竟为什么是一家化学公司给水务公司献言献策呢？

乔·基格拿起电话打给了杜邦公司的工厂，想要和能够回答他问题的人对话。他的电话被转给了道恩·杰克逊，道恩是华盛顿工厂的公共关系发言人。他们聊了半个小时，他觉得心里更不踏实了。他感觉他在被人牵着鼻子走。道恩建议他联系杰瑞·肯尼迪，他是位于特拉华州威尔明顿市的杜邦公司总部的毒理学家。肯尼迪似乎非常乐意和乔交流，并和蔼地向他保证水没有问题，没什么可担心的。他们聊了有四十五分钟之久。乔挂断电话的时候，达琳正站在房门口。

"我说，"她问，"他解答了你的疑问吗？"

乔皱起了眉头："我好像听到了长这么大以来最扯淡的屁话。"

"什么意思？"

"肯定出问题了，"他说，"他们正在遮掩什么，我得把真相找出来。"

这件事一直困扰着他。他天天都在想这件事。于是，他开始打更多的电话，想要了解C8的所有情况。他尝试着给西弗吉尼亚州的环境保护部打电话。他又一次被告知"没什么可担心的"。这就让他更担心了。他又给健康和人力资源部打电话。"我只是想问问，"他说，"他们就差点把我骂死。"他估计自己想找麻烦的传言肯定已经到处乱飞了。他告诉我："杜邦公司的触角伸得到处都是。"他意识到，他的很多邻居都在杜邦公司工作，所以他得小心谨慎了。

接下来，乔又给国家环境保护局位于费城的地区办事处打电话。

"我这里出了一些状况，"他说，"可我又不清楚到底是什么问题。"他给环境保护局寄去一份通知信的复印件，就是那封说他们的水中有C8，但浓度水平安全的通知信。环境保护局的人答复他："乔，我不知道这种化学物质会使你们的饮用水怎么样。这是一种未被监管的化学物质。这件事我稍后再答复你。"到了这一步，乔估计这不过就是一种官场上的推诿。他再也忍不下去了。

两周之后，当环境保护局真的有人给他回电话的时候，他吃了一惊。"我打算给你邮寄一些文件，"那个人告诉他，"你应该认真读读这些文件。"

然后，在他挂断电话之前，那个人又说："你愿意的话可以请律师。"

乔第二天就收到一大包文件。其中一份文件引用了我那封重十二磅的信中的内容，包括塔夫托律师事务所的抬头，还有我的电话号码。在数月间已经打过无数次电话的乔又一次拿起了电话。

* * *

乔和他的妻子尚未感觉自己因饮用这种水而患病。不过他们必须接受这样一件事：这种可能令他们在今后患病的水，他们已经喝了很多年了，而且目前仍然在喝。基格一家的困境打动了我。它让我一直左思右想的抽象问题变得有血有肉了。关于接手这样一个案件会给我的生活带来怎样的影响的思虑慢慢退去了。事情很简单：乔和他的邻居们需要我的帮助，而我也很想帮助他们。经历了那么多个不眠之夜后，答案终于清晰了：我认为自己有责任再努力一次！

我的想法很实际。这桩案件和坦南特那件大不相同，它会更加耗时，成本更高，风险也更大。一想到我会因此令我的律所承担什么，我就羞愧不已。在任何人的记忆中，塔夫托律所都从来没打过集体诉讼的官司。我恐怕也要承担风险，以后也许不能再为企业客户服务了。风险不只降临到我自己头上，为处理这种未被监管的化学物质的案子，我会把律所拖到未知领域里冒极大的风险，并有可能因此"站错队"，疏远了企业客户群。

杜邦公司猛烈回击过一个农民及其家人提起的诉讼，但跟集体诉讼案的辩护相比，那次回击更像恋人间的口角。集体诉讼的原告可不是一家人，而是成千上万人。杜邦公司就接触全氟辛酸给人体健康造成的影响进行过一些调查，但由于他们一直在遮掩，行业外的人对这种化学物质知之甚少。这也就意味着，除了面对艰巨的法律挑战，我还要在某种程度上负责推进开拓性的科学研究。要证明全氟辛酸威胁人类健康可能需要世界顶级专家的大力相助，这就需要律所按小时来支付费用了。还有就是我自己的时间，其实它们也是属于我所在的律所的。如果接这个案子，我就无法承担太多案件之外的工作。坦南特案已经产生了像小山般堆积起来的无法计费工时，一桩集体诉讼案则会让它们变成马特峰[1]。

这一切对我而言都极不合适。我从来都不是那种有使命感，要去扶助弱小或匡扶正义的斗士。在过去的人生经历中，我目光相当短浅，只专注于取得好成绩、找工作和实现人生期望。但是现在我发现，机缘巧合之下卷入厄尔一案完全改变了我。我发觉我与厄尔之间有一种联系，这种联系可能源于我和祖母之间的亲情，以及我童年时代的美好回忆，后来它升华为我对厄尔不屈斗争的关心和同情。我终于看清了我以前从来不敢相信的

---

1 又译"马特洪峰"。

残酷现实：经济权力被无情地行使着，不惜牺牲弱势群体。

　　此时我突然有了一种施以援手欲望，一种冲破一切的责任感，想去帮助像乔这样的人；同时还感受到一股动力，它来自厄尔那不可撼动的决心。即使厄尔和他的家人不会再获得什么私人的好处，但他仍然是呼声最高的正义卫士。他希望看到正义被伸张。"他们不能脱责！"我每次给他打电话，他都会低吼着说出这句话，说得实在是太频繁了，以至于我对它非常熟悉。

　　我和厄尔的感觉完全一样，不仅是作为律师和公民，作为一个男人，我越来越笃定自己的家人也可能受到直接伤害。祖母的两位好友，弗洛和伯尔，多年来一直喝着含有全氟辛酸的水，直到双双死于癌症。我的曾外祖父于1977年辞世，他也一直饮用当地的水，最后患上了前列腺癌。我看过一些以接触全氟辛酸的工人为研究对象的报告，其中列出前列腺癌的患病率上升了。

　　我和厄尔在另外一点上也非常相似：我厌倦了被忽视。我已经竭尽全力促使联邦和州的相关机构采取行动；到那个时候为止，他们没有采取任何行动去清理那种东西，阻止它流出，或是保护人们免于进一步接触。毫不夸张地讲，我的心在滴血。我当然没有什么英雄情结，但是我无法忘却我已经知道的事实，我不能就这样走开。

　　我一直在回想我们最初为什么要接坦南特的案子：因为别人不会帮助他们。眼下，对于那些喝着毒水的人而言，同样的事情再一次发生了。每一次他们煮好一壶咖啡，炖好一锅肉，告诉孩子们睡前去刷牙，或是半夜醒来口渴去水龙头那里喝水，就相当于让自己和家人如豚鼠一般，卷入一场失控的人类毒理学实验。杜邦公司、水务公司、政府，谁也不会对他们伸出援助之手。

　　这也正是我假设自己会碰壁受阻的地方。鉴于上述事实，我不确定在这种情况下，一起民事诉讼是否可以帮到他们。在大多数情况下，只有当有明确的证据表明社区成员接触了某种超标排放的被监管物质，且科学团队一致同意该物质存在严重伤害风险时，人们才会提起集体诉讼。我们面对的是一种未被监管的化学物质，因此也就没有适用的官方或政府标准去界定超标与否。而且，由于行业外的科学家对全氟辛酸这种物质几乎一无所知，因此在杜邦公司之外，我们无法就该物质会造成何种伤害达成共识。这不是简单的概率问题。据我所知，针对某种未被监管的化学物质的潜在伤害性而提起集体诉讼，这种事还从未有过。尝试打这种类型的官司绝不仅仅是更难，它真的会让人濒临崩溃。

如果没有任何确凿的事实，任何一位律师，包括我自己，都不知道如何打这样的官司，更别提胜诉了。想让杜邦公司为这种糟糕的局面承担法律责任可能要拖上数年时间，而且还无法保证成功；但在不知情的情况下饮用这种物质的人（有些人已经饮用了几十年）仍暴露在风险中。律师、监管者、科学家多争论一天，都是在继续伤害那些人。即使我们还不确定全氟辛酸会带来的全部后果——因为我们尚不清楚这种东西都被用来干什么了——人们也有权利知道自己到底在多大程度上接触了该物质。

乔已经征求过邻居们的意见了，在和他的交谈中，我十分确信社区居民真正需要的并不是钱，至少钱不是主要的。和厄尔养的牛不一样，这些人中的大多数还没有遭受他们所认为的、全氟辛酸可能导致的典型症状的折磨，不过他们不得不充满恐惧地等待症状出现的那一天。基于这一点，他们只是想搞清楚自己面临的风险，并希望水源得到清理。这些并不是法律诉讼的典型目标，法律行动是否能实现这些目标？这个问题我考虑了很久。我做了律师该做的事，用功研读法律书籍，仔细搜索可以借鉴的有用先例。

在接下来的好几天里，我都像掉进了法律决策的无底洞。一天深夜，睡眼惺忪的我忽然读到了一桩来自西弗吉尼亚州最高法院的案件。案件就发生在几年前（1999年），它一下子就吸引了我的注意力。案件中的观点比较新颖，看起来就像一个快要渴死的人幻想出来的沙漠绿洲，它和我们目前的情况是如此契合，以至于看上去都不够真实了。这是一份州最高法院的决议，它承认并许可在西弗吉尼亚州执行一种全新的、名为"医疗监测"的普通法侵权索赔。从本质上说，这种新型索赔允许那些接触过有毒物质，但目前尚健康的人享受免费的医疗检查，从而探查是否可能因接触毒物而引发疾病。这就完全不同于传统意义上的简单金钱赔偿——以往，只有当你被诊断出因接触毒物而患病或受到伤害时，你才能获得赔偿。

决议中提出的证明标准主要包括五个要素，若要提起诉讼必须满足以下条件：显著接触（1）一种经证明有害的物质（2），从而导致罹患某种严重人类疾病的风险显著升高（3），公正的医生就此建议进行诊断检验（4），且该检验程序确实存在（5）。换言之，如果你能证明因接触某种化学物质，你未来罹患疾病的风险明显增加了，那么你马上就能依法获得对该疾病进行持续医疗监测的权利。这一决议的主导思想是及早洞悉接触化学品有可能引起的疾病，以避免疾病被发现时已发展到无法救治的地步。

根据西弗吉尼亚州的法律，想要成功提起这种新型索赔还要满足第六个要素。州最高法院指出，过量接触化学品必须是由被告的侵权不法行为引起的。我有信心能够证明，杜邦公司泄漏全氟辛酸，并导致其流入社区一事满足全部六个要素。事实上，我手头已经掌握的坦南特案的材料就是强有力的证明。杜邦公司自己的科学团队已经承认全氟辛酸会对健康造成威胁，并且提出了1ppb的接触参考原则。而他们自己进行的水样检测显示，社区用水中的相关数值远高于接触参考原则的上限。公司内部的医生们非常担心人类因接触全氟辛酸而罹患严重疾病，并从20世纪70年代就开始对接触该化学物质的工人开展医疗监测。至于最后一点，杜邦公司明知道存在风险，却仍然非法地将全氟辛酸持续释放到社区用水中。

这一不同于以往的、进步性的医疗监测决议就这样突然出现了，而且是在西弗吉尼亚这样一个保守的州——五十年前，杜邦公司碰巧选择了这里兴建华盛顿工厂——真是天降惊人好运。不过还是有障碍。首先，这是最近的决议，我无法找出任何证据证明在我之前，曾经有人据此去打未被监管的化学物质的官司；我将会是第一个吃螃蟹的人。根据各种商业与"侵权补偿改革"团体的说法，这一决议公然违背了美国数百年以来的侵权法，该法律规定，只有疾病或伤害在事实上被确诊了，才能提起诉讼。化工行业的许多公司已经把矛头对准这一决议，声称它为化学产品制造商打开了承担巨大法律责任的闸门。西弗吉尼亚商会召开紧急会议，试图寻求立法上的解决办法。我对情况的解读是，这一决议受到很多人的蔑视，很可能在联邦法院被抨击，以至被推翻（事后证明确实如此）。

但是对于乔·基格和他的邻居们而言，这是一扇带来机会的窗子，不过也是一扇很快就会被关上的窗子。

到了该采取行动的时候了。

* * *

我整理好笔记，把这个案子报告给律所。是的，我在汤姆·特普的办公室里向他陈述了案情。如今在塔夫托律所，处理这种激进案子的方式完全不同于以往了，你得在管理委员会面前进行正式陈述。回想当时，我们的律所还没有现在规模的三分之一大，而且一般情况下总是不那么正式。我告诉汤姆我所有的想法。他清楚此案可能会——其实是肯定会——带来巨大的成本，我很可能要用几年的时间，还要花天文数字的费用给各种专家付咨询费。他也清楚这次我没法单兵作战；我需要和其他律所的律师组队，他们在集体诉讼方面更有经验，还得愿意和我一起冒险。

但如果能打赢官司，我们得到的回报也是巨大的。对数千人进行医疗监测会产生几百万美元的开销。我们还可以设法迫使杜邦公司提供干净的、不含全氟辛酸的水，这也是一项耗资巨大的工程。如果能够以集体的形式提起诉讼，并且依据集体的得益来收取律师费，我们可以获得一笔庞大的收入——通常是原告受益额的25%到30%。另外一个有利的方面是：作为一家主要做辩护业务的律所，我们有足够的资金，可以在没有任何收入的情况下维持几年时间。而做原告代理的律所则会有前期成本，以应对许多突发事件，他们不太可能为这样一个极其复杂又代价颇高的单一案件投入人力和时间。

　　尽管这个案子没有先例可循，汤姆还是认为它比坦南特的案子更容易上手。回想1999年，我们当时只知道厄尔的牛正在一只只死掉，以及他家附近的河水看上去很不寻常。我们并不知道这一切因何而起，也没有任何证据证明杜邦公司与之有关。现在我们了解情况，还掌握了大量的证据：全氟辛酸是一切的根源，社区用水中全氟辛酸的浓度甚至远超杜邦公司自己的科学家推出的安全参考原则，杜邦公司在若干年前就意识到该物质泄漏，却并未采取任何行动告知或保护居住在下游的人。诚然，我们俩都知道杜邦公司会竭尽全力（雇用优秀的律师团队）抗辩所有指控，对我们陈述的事实进行攻击，使我们陷入程序困境。他们会拖延进程，竭尽全力地令我们多花钱、多受苦。（即便如此，我们还是低估了自己将要面对多么凶残和狡猾的反击。）

　　汤姆仔细又理性地进行了全盘考虑，我丝毫看不出他对我提出的这个赌局感到紧张。然后，没有任何豪言壮语，他只是平静地说"同意"。因为他站在我这一边，律所的其他合伙人一致同意冒这个险。

　　这无疑表明他们非常信任我。得到律所的许可我很开心，但是胃部却传来一阵绞痛。

　　我会让自己陷入什么境地呢？

13
初战告捷

从一开始我就知道，我接手的这个新案子需要外援来帮忙。该案在很多方面都没有先例可以遵循。我们不但要把这个案子做起来，而且还要公开科学证据，证明水中有全氟辛酸，以社区居民对其的接触量来看，他们的健康已经受到了严重威胁。不论在何种情况下，完成这一切恐怕都是相当困难的，而且几乎所有的既有研究都深藏在杜邦公司的内部文件中，这就更是加大了困难的程度，我们无异于坐在飓风中的小船上穿针引线。

我们的律所在许多事情上都极富经验且颇具实力，但是代表数千个个体的利益，处理这么一桩不易实现的集体诉讼案实在不是我们的强项，况且对手还是西弗吉尼亚州一个如此重要的化学产品制造商。我需要一个才能一流的律师团队，帮助我处理这个庞大又复杂的案件。我还需要工作效率高、协作精神好的合作者，他们能够打开思路，出奇制胜。

位于团队名单之首的是我在坦南特案中的合作者拉里·温特。不仅因为他已经在西弗吉尼亚州执业数年，还因为他也来自负责被告业务的大型律所，其背景和文化为我所熟悉。我们在处理坦南特案的过程中建立了牢固的工作关系。在进入未知领域时，这种彼此之间的熟悉与默契就像一张安全的毯子围裹着我们。我们还需要和做原告业务的律所合作，他们处理过集体侵权诉讼案件，并且拥有丰富的资源来分担前期成本和不断产生的费用。我发现前景堪忧，因为自己要和一个陌生的团队合作，他们是真正"代理原告的律师"。对于这一领域我了解不多。我该从何处着手呢？幸运的是，拉里有一位合伙人，其配偶供职的律所主要受理集体诉讼和大规模侵权诉讼的案子。希尔&彼得森&卡珀&比&戴茨勒律师事务所曾经受理过西弗吉尼亚历史上的几件大型的类似案件，其中包括大烟草公司（Big Tobacco）一案。我和拉里把我们的案件提交至该律所在西弗吉尼亚州查尔斯顿的办公室。他们是全州最为成功的负责原告业务的律所之一，光看他们的办公环境就可以明白这一点。一栋被阿巴拉契亚山脉环抱的托斯卡纳风格的别墅，墙壁上镶嵌着漂亮的深色木板，会议室里安装了一个豪华的石质壁炉。露天平台上有按摩浴缸，地下室里还有装备良好的健身房。这一切都属于当时仅有六名律师的事务所。其中传递出的信息不言自明：如果你足够优秀，即使做原告律师也有可能逆袭成功。当然，肯定也少不了运气的成分在内。

这种豪华的办公室风格与塔夫托这类负责为企业辩护的律师事务所有很大差别，后者的奢华表现得更加严肃古板。当我走进这家事务所，感觉自己有点儿像刘姥姥初进大观园。事务所的合伙人埃德·希尔一看到我进门就主动打招呼，他看上去倒很像典型的企业辩护律师，仪态高贵，说话轻声细语，泰然自若，而且穿戴整洁到无可挑剔。他把腼腆把持在一个特别合适的点上，几乎与我心目中聒噪、咄咄逼人、以自我为中心的那种类型完全相反。我不禁想着：哇！和我想的一点儿都不一样呢。在深感诧异的同时我也如释重负，我终于找到了一个可以与之共鸣的伙伴。

那天我们离开的时候，双方已经就两个事务所如何划分酬金和花销达成了一致。埃德还把我介绍给他的合伙人哈利·戴茨勒，他是帕克斯堡本地人，正好是我们和当地社区之间的最佳联系人。

虽然我时常会和乔·基格通电话，但我还是请哈利和埃德负责与乔及社区的其他居民保持定期联系，以确定这个将来可能提出集体诉讼的群体知道我们每一步具体都在做什么，同时我们也可以了解他们的想法。作为帕克斯堡的街坊邻居，那些人尤其会和哈利联系。早前我们就知道，铁一般的事实令我们相互信任，这一点极为重要，特别是社区中支持集体诉讼的人受到杜邦公司的死忠粉抨击的时候。对于我们在西弗吉尼亚州的合作方而言，这件案子并不是他们的全部工作，他们同时还在处理别的案子；但是对我来说，它绝不仅仅意味着一份全职工作。

当律所接手新案件的时候，我仍然要和汤姆一起做超级基金项目的日常工作，和金姆一起做合规工作。尽管这次我得到了西弗吉尼亚州的律师团队的帮助，但归根结底这仍然是我的案子，我有责任确认我们打官司的策略从头至尾是合理的，而且可以被很好地执行下去。在坦南特案中，一切都直截了当，或者说最初看起来是这样的：我必须要识别出杜邦公司的垃圾填埋场泄漏了哪种化学物质，进入了厄尔家旁边的小河，并毒死了他的牛。从法律的角度来看，厄尔一案很是简单。可眼前这桩案件就棘手多了。这次我们已经知道排出的化学物质是什么，但同时也知道它是未被监管的物质，所以不会有任何限值或联邦和州的标准，甚至没有参考原则可供我们参照。对化学污染诉讼中原告方的律师来说，证明被告违反了标准或参考原则通常是一大难题。如果没有现行的官方限值、标准或参考原则，我们靠什么来指控对方违法？问题还不止于此。在传统的化学污染索赔案中，原告的律师必须得证明存在某种被法律认可的"伤害"（诸如被诊断出患病），且这种伤害是有毒的化学物质导致的。换句话讲，直到生病或受伤，你才能够控告对方。但我目前的情况还不一样：我手头有一大群人，他们在不知情的情况下已经接触到一种危险的化学物质，我们有充足的证据证明这种接触行为确实发生过，而且接触浓度超过了使用该化学物质的公司自己制定的参考原则。可是，这一群人不一定生病（就目前来说）。那么，我到底该主张被告违反了哪条法律规定呢？

所以说，州最高法院关于医疗监测的裁决来得真是及时：虽然我们开始了漫长而困难的诉讼过程，令人信服地证实了全氟辛酸是一般意义上的有害物质，而且当地社区饮用水中特定浓度的全氟辛酸会导致居民罹患疾病；但是，我们在索赔伊始阶段还是聚焦于水中全氟辛酸的潜在危害。

2001年8月30日，也就是坦南特案和解之后的一个月，我们为乔和他的邻居们提起了集体诉讼，主要指向西弗吉尼亚州颇具创新性的医疗监测索赔，乔是十三位记名原告之一。"十三"或多或少是个随意的数字。我们需要足够多的"替补队员"，确保在有人生病或是退出的情况下，整个官司也不会解体。乔和他的妻子把对该案感兴趣的邻居引荐给当地的律所，接下来由律所找出一些合适的人作为记名原告，代表整个社区提出控诉。这些被选出来的人必须心甘情愿地参与调查取证，包括提供自己的档案以制作证明材料，宣誓做证，甚至有可能要接受医学检查。一旦集体诉讼被法庭核准，就会有调解或讨论和解方案的环节，此时他们还要愿意为大家发声。记名原告被选定之后，他们提名乔作为该集体的主要联系人。

我们刻意避免在伍德县提起该集体诉讼，因为伍德县是华盛顿工厂的所在地，也是杜邦公司大家长制的权力中心。于是，我们选择了西弗吉尼亚州的卡诺瓦县，查尔斯顿就属于这个县。该县也在化学谷的中心，但至少我们可以避免杜邦公司在庭审中占据主场作战的优势（希望如此）。杜邦人的忠心令他们铁石心肠地面对毒水造成的痛苦与伤害，并刻意掩盖真相，这一点我已经领教过了。

* * *

2001年9月，就在我们提出诉讼后不到一个月，世贸中心大楼轰然倒塌了。携带炭疽病菌的匿名信件到处传播，使得接收信件成了一件极其可怕的事情。整个世界一片混乱。

在家里，我和家人的生活也由于个人危机而地动山摇。我妻子萨拉的祖母，家族中最德高望重的女性长辈因癌症辞世。在参加葬礼的那一天，我得知萨拉的母亲也不幸罹患癌症，是一种很严重的淋巴癌。除了照顾两个儿子和一个仅有两个月大的宝宝，萨拉还坚强地克制着祖母离世带给她的深切痛苦，同时还要克服有可能失去母亲的巨大恐惧，来全力支持、帮助母亲进行接下来的治疗。在完成这一切的同时，她还计划在我们家举办一次几代同堂的圣诞节聚会，其中会有九个不到四岁的小孩子参加。

我又在忙些什么呢？我肯定是在工作。但是不管怎样，我每晚都设法在六点半前到家，和萨拉还有三个儿子共进晚餐。然后我会带着儿子们在地板上爬来爬去，等他们筋疲力尽后，再一起集中精神阅读理查德·斯凯瑞的儿童绘本（这是我儿时最喜欢的读物——那时我就很喜欢鉴赏其中的细节，并且特别关注一些不重要的琐碎内容）。等忙完孩子们睡前的日常琐事，我就会径直回到办公室，开始考虑我一天中的第二部分。相较于我这种夜猫子，萨拉就像一只公鸡，每到太阳落山就累得不想动弹了。我大步流星地赶回办公室，这个时候没有电话铃声响起，没有同事的打扰，我可以专心致志地做我的事情。

　　本起案件的第一部分主要是获取证据，而对方则会极力阻止我们接触到这些证据。我花费了无数个小时，编制了问题清单——也就是"质询书"——和书面要求，把它们正式发给杜邦公司，以开启调查程序。这些问题就好比一张精心设计的细密大网，用来在杜邦公司浩如烟海的秘密中，捕捉所有对我们的案件有用的信息，这些信息足以显示杜邦公司是有罪的。倘若这些问题构思或设计得不够精巧，网上的洞就会变大，会令制胜的关键内容逃逸。为此我甚至还给3M公司写了一封信，告知其关于诉讼的情况，同时提醒他们不要毁掉任何有关全氟辛酸的现有数据。我仔细探查杜邦公司的组织架构，从而判定谁是这一连串污染事件的关键人物，并且给他们发出了提取证词的请求。

　　情况就像宣战后的头几天，双方都忙着调集军队和储备弹药。接下来只要第一颗子弹飞出，就会引起一场天塌地陷的大混乱。

　　在我们提起的诉讼被记录进法院待审案件表的那一刻，正如我们之前所怀疑的那样，杜邦公司的律师请求将审判地点转移至伍德县，那里是他们的地盘。毕竟，那里还是喷涌出全氟辛酸的华盛顿工厂的所在地。我反驳说，杜邦公司的业务遍布全州，包括我们提起诉讼的所在地卡诺瓦县。不过，我们同时也起诉了卢贝克公共服务区，因为他们和杜邦公司合谋给用户们发了一封信，信中声称他们的饮用水是相当安全的。卢贝克正位于伍德县，而且不跨界。公共服务区的律师争辩说，除非我们不告他们了，否则该案件应当被调派至伍德县。在这一点上，我从来没指望赢他们，只是觉得值得一试。更换地点的动议被批准了，这也是我们和杜邦公司的第一轮小规模战斗。

紧随这个动议，又有一系列动议排山倒海般向我冲来。他们的目的就是让官司陷入僵局；同时正如我所料，杜邦公司要实施策略，将我方的法律行动扼杀在襁褓之中。他们在拖延时间，我确切地知道接下来事情会怎样发展：他们打算利用尚未与监管机构签署的新同意令，令诉讼被驳回。然而，魔高一尺，道高一丈。不错，他们可以辩称，同意令可以使我向联邦法院提起的任何民事诉讼无效，但是根据我对法律条文的解读，这样的同意令根本无法阻止我们根据州普通法提起侵权诉讼。我们还会把新近出现的医疗监测索赔——杜邦公司也许根本想不到我们会利用这一点——提交给州法院。

等我们提出了这项索赔，杜邦公司肯定会意识到他们有大麻烦了，但是一切都太迟了。我提起集体诉讼的时候，新同意令正处在被最终敲定的环节，用不了几个月就会被公之于众，杜邦公司和州政府签订的新同意令会重演牛群调查组的剧本，新的科学调查团队将被组建起来，其成员包括杜邦公司内部的科学家：（1）一个C8毒性评估小组（C8 Assessment of Toxicity Team，CAT小组），负责为饮用水中的全氟辛酸研发一套全新的、得到政府批准的安全检查标准；（2）地下水调查指导小组（Groundwater Investigation Steering Team，GIST），负责监督针对全氟辛酸的全新大型水样采集项目，对俄亥俄河上下游的饮用水进行采样。因此，正如我之前所愿，杜邦公司急于阻挠我提起带有威胁性的民事诉讼，这意味着他们不再占有水资源数据的控制权。监管机构将深度介入此案，并对杜邦公司提供的数据进行调查。

果然不出所料，2001年11月，杜邦公司和州政府公开宣布签署了新的同意令；与此同时，杜邦公司的律师请求州法院的法官驳回我们的集体诉讼，辩称既然相关机构还在调查水中是否真有问题，该诉讼请求就应当不予受理。这一要求听上去合情合理，但是他们却射了空枪。正如我所希望的那样，法官拒绝了这一动议，并且表示该同意令不会影响我们主张的医疗监测索赔和其他基于州普通法的侵权索赔。

杜邦公司竟然认为我会相信他们和政府遴选出的科学家将合作进行一场中立的调查，因此我们双方均无须再就调查取证浪费时间和金钱，这想法听上去实在太过荒唐可笑。我先前见识过一次他们的招数了，绝对不会也绝不愿意第二次再中计。

于是我继续采取攻势，请求法院为杜邦公司提交相关文件设定严格的时限，以尽快推进这件事。不能再暂缓，也不能再拖延。法官又一次站在了我们这边。

当初，杜邦公司要求把我们的案子转移至伍德县，这件事他们做成了，但结果也许并不是他们想要的。从案件的第一次裁决就可以清楚地看出来，被指派负责本案的州法院法官乔治·希尔并不会遵循杜邦公司的游戏规则。希尔法官已年逾古稀，他原则性极强，而且是那种无论什么事情都做得相当出色的人。他出生在西弗吉尼亚州的费尔蒙特，毕业于耶鲁大学。就读大学期间，他曾是校橄榄球队的半卫，还是在高栏赛跑比赛中创造过康涅狄格州纪录的田径明星。在西弗吉尼亚大学法学院学习期间，他担任《法律评论》的编辑。完成那段学业后，他又作为海军驱逐舰的少校在军中服役。希尔法官每次上庭必定会做足前期准备，因此他丝毫不能容忍那些匆忙应战的律师。在我们前去进行口头辩论的时候，他已经条理清晰地研究过案情摘要，并且查阅了相关的判例法，在引述那些判例时，他简直如数家珍，一字不差。这位老先生非常精明，他抗忽悠的能力让我叹为观止。

希尔法官驳回了杜邦公司阻止或是推迟庭审的一切企图。2002年1月，他责令杜邦公司在月底之前给齐我要求查看的材料。截止时间到了，杜邦公司还是没有动静，其实他们已经不止一次这么做了。我的耐心终于被消磨殆尽了。是可忍孰不可忍？于是，我采取了以前从来没有尝试过的方法：我提起了法律制裁的动议。倘若该动议被准许，杜邦公司可能会被勒令支付律师费给我们，为我们迫使他们配合调查而花的每一分钟买单。

就在这种情况下，杜邦公司推出了几位大人物。世强律师事务所（Steptoe & Johnson LLP）是以擅长做复杂的诉讼辩护业务而声名显赫的全国性律师事务所，杜邦公司从该律所请来外援律师。外援律师开始和拉里·温特在斯皮尔曼律所的前同事们一起出现在法庭上。史蒂夫·芬内尔来自世强律所的华盛顿特区办公室，他受邀监督杜邦公司艰巨的文件披露任务。拉里·詹森是芬内尔的同事，来自洛杉矶办公室，他和年轻的助理利比·斯坦斯一起成为杜邦公司的"新面孔"，在希尔法官面前经历整个庭审程序。

我见到詹森的机会很多，他完全符合企业律师中的大腕应有的样子。詹森身材高大，头发花白，身着价格不菲的西服，擅于在赌公司存亡式的法律诉讼中为大公司辩护。他的专长就是大规模侵权诉讼和集体诉讼。我很羡慕他高贵的仪态。一旦走进希尔法官的法庭，他的表现就和其他律师不太一样；他安静地和协理律师一起坐在被告律师席上，专注地看着自己的笔记，还不时翻页。当他被要求对某一动议进行反馈时，他会往后挪挪椅子，优雅地站直身子，系好西服上衣的纽扣，把眼镜向后推一下，然后才开始镇定、直接地发表自己的观点。如果在争论中失利，他不会毫无意义地赘述、拖延时间，也不会表现出震怒或生气的样子。他只是静静地坐下来，飞快地在笔记本上写着什么。他永远都不会让别人忘记他正体面地代表着那些大公司和杰出的商业界人士。

在我看来，他的这种仪态还代表着另外一层意思。他会直视其他人，却避免和我有眼神的接触。即使有话要对我们说，他也会径直走到原告律师席，对着我的某一位协理律师讲话，从来不往我这里看一眼。可能这只是我自己的想法，不过我感觉到他并不赞同我"改变阵营"加入原告律师的行列，毕竟他和原告律师战斗了好几十年。

＊　＊　＊

　　由于杜邦公司加倍努力地实施他们的拖延战术，我不得不继续反击。我想让他们明白，他们的任何一次动作都会遭遇我方的有力回应。2002年2月1日，杜邦公司把我们拉回到法庭上，在那天的听证会上，他们又一次试图叫停调查取证，阻滞案件审理。我当时利用亲自出庭面见法官的机会，请求法庭敲定日期召开一次听证会，以判定该案是否被确定为集体诉讼，从而推进案件的审理。当然，杜邦公司反对我的提议。他们给出的反对理由让我不住地摇头：他们竟然说自己没有时间准备材料。

　　希尔法官和我一样沮丧。他指出，五个月过去了，杜邦公司竟然还没有开始准备材料。他把集体诉讼认定听证会的日期敲定在下一个月，即3月22日。

　　集体诉讼认定是一个程序上的，但又十分重要的障碍。集体诉讼为众多人提供了一种方式，这些人都通过饮用水接触到了同一化学物质，而这一情况是由杜邦公司的同一行为导致的，他们可以在一次集体诉讼中解决共同的事实性问题和法律问题，无须每个人单独提起诉讼。单独提起诉讼就意味着法官要审很多基本情况相同的案子。这种案件的第一步就是要请法庭来认定"集体"属性是否成立。如果我们的案子成功地被认定为集体诉讼，我们所寻求的最重要的补偿就是清理饮用水，并且面向集体开展医疗监测。

＊　＊　＊

　　我方所说的"集体"，指的是被华盛顿工厂的全氟辛酸污染了饮用水的每一位公民。我们并不知道确切的人数，但是至少包括俄亥俄河两岸的数千位居民。

　　一般来讲，辩护方肯定会质疑对集体诉讼的认定，他们会说，个体及其索赔诉求千差万别，不具有足够的共性，因而不适宜同时在同一案件中提起诉讼。我方最基本的观点是，我们集体中的所有成员都有着极大的共性：他们的水中都含有完全相同的化学物质，他们无一例外地想把它清除出去，并且他们也都希望因接触该物质而接受医疗监测。想要使集体诉讼的认定工作更加复杂、耗时、昂贵，有一种十拿九稳的方法，那就是引进很多持反对意见的专家证人。这正是杜邦公司想要走的路线。他们的律师团队告诉希尔法官，他们认为有必要请大量专家介入，因为医疗监测的需求是因人而异的，因为每个人的患病风险不同，现有的身体状况不一样，各家饮用水中全氟辛酸的浓度不同，每个人在不同时期对饮用水的消耗量也不同，以上种种因素导致集体中每个人体内的全氟辛酸总"剂量"并不相同。

希尔法官快刀斩乱麻地回应了他们的策略。"我不打算安排专家辩论。"他直言道，"控辩双方均可以提交案情摘要，我们会开一次听证会。"我扫了一眼坐在被告律师席上的那几位，甚至能看出他们的胃里正翻江倒海。我十分肯定，这并不是他们想象中案件应有的发展方向。

我方提交了我们的案情摘要，在没有专家在场的情况下陈述了我们的论点，法官很快就做出裁决：集体诉讼被认定。该案件将作为集体诉讼被推进，囊括所有被华盛顿工厂排出的全氟辛酸污染了饮用水的人。

同时，由于监管机构迫使杜邦公司采集更多的水样，我们集体中的成员数量似乎也与日俱增。集体诉讼认定令中指出，我和我在西弗吉尼亚州的协理律师被正式指定为集体诉讼的律师，由此，我们就可以正式代表这数以千计的人，为他们发声了。除了认定集体诉讼，法庭还裁决杜邦公司需要进一步披露文件。希尔法官不会再容忍他们拖拖拉拉了。

我们终于越过了一个巨大的障碍。裁决对我们有利，我似乎总算是没把我的律所拖入深渊。

14
特许保密

　　就在我被正式指定为这件关涉数千人的集体诉讼案的律师之前，我见到了一些我一直希望代其发声的俄亥俄州人。当时，公众认为只有卢贝克水井区遭到了全氟辛酸的污染。新闻报道显示，杜邦公司根据新的同意令，对俄亥俄州小霍金市的自来水做了抽样检查，发现水中的全氟辛酸浓度已经达到7 ppb。鉴于这一点，当地自来水协会召开了一次公开会议。来自西弗吉尼亚州环境保护部的代表们参加了会议，出席会议的还有杜邦公司的管理人员和俄亥俄州环境保护部的工作人员。我早先已从调查材料中得知，杜邦公司早在1984年就发现小霍金市的自来水中含有全氟辛酸。但是对于水务公司（或是饮用这些自来水的居民们）而言，这却是他们第一次听到这个消息。

　　我已经预见到了这一点。我渴望见到集体诉讼中的新成员。

　　就在公开会议召开的那一天，八百五十个人挤在小霍金市沃伦高中的大礼堂中。每一个棕褐色座椅上都坐着人，来晚的人不得不站在后面或是挤在过道中。二月的天气本就暖和，拥挤的人群更是提高了温度，而大礼堂里的讨论也是热烈无比。

　　舞台上，小霍金市自来水协会的经理罗伯特·格里芬先做了自我介绍，之后又介绍了来自杜邦公司和西弗吉尼亚州环境保护部的官员，他们面向大家，正襟危坐在折椅上。我特别注意到杜邦公司的使者，华盛顿工厂的经理保罗·博塞特，他看上去和蔼可亲，是一位大约四十岁的圆脸庞男士。他身穿驼色的便装上衣，内搭敞领的白衬衫，上衣显出他微微发福的肚子，看上去他已对公司提前商量好的说辞了然于胸了。当格里芬简要介绍全氟辛酸的情况，及水中发现全氟辛酸的事实时，空气中弥漫起一种愤怒不安的紧张感。接下来，一个个尖锐的问题迅速被抛了出来。

一名男子从观众席站起身来，朗声说他已经在网上做过一些研究。他说他看到一份报告，其中提到全氟辛酸对健康的危害；诸如，鱼鳃中长出肿瘤，肝脏功能明显改变，以及先天缺陷。

"我们从该报告中得知，化学产品制造商已经知道这种东西进入了水中。"他说，"我有一种感觉，我们大家并未被告知真相，而坐在台上的每个人都知道是怎么回事。这可是我们用的水啊。如果台上的诸位知道真相，请回答我们！"

观众中爆发出一阵阵喊叫声。

"你们不打算回答这些问题吗？"

"真是受够这些狗屁玩意儿了。直截了当地说吧！"

"我们的孩子在喝这儿的水呢！"

"我们的生命已经处于危险之中了！"

这些爆发的问题引发了欢呼声和鼓掌声。

格里芬试图抚平人群的情绪："我们也很难过。大家按顺序提问，可以吗？他们会回答你们的问题。"

"他们已经对我们撒谎了。"有人回答。

"真是受够这帮家伙了！"

格里芬建议先休息五分钟，然后由杜邦公司陈述他们的看法。可观众们并不吃这一套，他们不要休息。

"我们现在就想听到真相！"

"你们别休息了。我们要听到答案！"

接着有人提出了很重要的一点："我要向水务公司提一个问题。当他们发现这种化学物质，一种未被监管的化学物质，会对人类造成危害时，为什么没有对我们当中的任何一个人提起过？"这位发言者并未做自我介绍，他继续说道："你们派发了那些关于今天会议的小卡片，但为什么没有任何一张卡片上写明并不确定该物质是否有毒呢？也许我们可以自己决定到底让不让孩子们喝这种水，或是我们自己要不要喝。在你们水务公司发出通知前，你们已经知道多久了呢？等等，其实你们根本就没有把真实情况通报给任何人。我的意思是，我们是从报纸上的新闻里看到的。"

格里芬回应道："据我们所知，杜邦公司把这种物质排入河水中或许有五十年的时间了。我们之前对于水中的全氟辛酸一无所知，直到1月15日（2002年，大约是此次会议召开的四周之前）我们收到了检测结果。这些检测结果是杜邦公司和西弗吉尼亚州的环境保护部提供给我们的。我们当天就发布了新闻稿，说明了这件事。"

"五十年呀？"观众席上有人说道，"为什么到现在才进行检测呢？"

"我们只知道杜邦公司在排放这种物质，"格里芬回答，"但并不知道我们的水中也有。"

"先生，"有人说话了，"我们在座的好些人都记得滴滴涕（DDT）杀虫剂！我们看过这样的影片，里面有人躺在沙滩上被喷射滴滴涕，还说滴滴涕是安全无毒的。你明白的，我想我们每个人都厌倦了这一套东西。我们并不是在指责你，但是让杜邦公司站出来说些什么吧。让他们好好解释吧！"

我在一旁看着这出戏高潮迭起，我清楚地知道，在座的人不仅愤怒，还很聪明。他们并不打算接受任何做表面功夫的答案。他们自己也在研究这件事。我真想知道，杜邦公司是否想到事情会发展到这样的地步。

终于，博塞特要发言了。他站起身来走向观众。我认为他这是想要显得开诚布公——这没什么可隐瞒的！——不过，我发现他的姿态似乎有些高人一等。他先是以一些陈词滥调开场，讲述了他们公司"有义务捍卫安全、健康和环境"，接下来介绍了全氟辛酸。他承认该物质具有生物持续性，并解释说这意味着"一旦接触到它，它就会在人体中停留一段时间，然后再被排出体外。它并不会造成任何伤害，只是当你接触到它，它就会在你体内待一小会儿而已"。

他用这种裹着糖衣的辞藻，想轻描淡写地将危害敷衍过去。这种行为着实激怒了我。

我所能做的只有强忍着不喊出声来，不过我也正想听听杜邦公司到底要怎样来编这个故事，所以我闭紧嘴巴，就等着听他们的说辞。

博塞特继续倒出一连串的断言，基于他的这些断言，他就差直接讲出来："它不是一种发展性的毒素。它不是一种生殖性的毒素。它不是一种基因毒素，意思是说它不会影响生殖。它不会影响生育。它也不会影响人类的基因组。可以了吧？"

他接着又谈到，根据他们公司和州政府新签署的同意令中的部分条款，工厂承诺到2003年一定会将全氟辛酸的排放量减少50%。他还列举说，杜邦公司从1988年开始已在"控制设施"和化学物质的"控制、回收和销毁"等事项上花费了一千五百万美元。据他讲，这些举措已经将"排放量降低了75%"。他提到他们会追加拨款九百万美元，希望到2004年减少90%的排放量。

"迄今为止，我们使用该物质已经超过五十年了。"他说，"我们在工作场所和社区环境中都做过调查研究，没有发现任何值得担心的事，更不会对人类的健康造成危害。"

人群中有一位女士大声说道："如果这种污染物不会造成任何健康危害，那为什么贵公司还要花费数百万美元来降低它的排放量呢？"

博塞特面无表情地回答道："我们一直在坚持不懈地降低我们对环境的影响。这是我们的核心价值观之一。"

但是这是一种"侵入人体的化学物质"，观众席上有人发言："你会把它吸进身体。它就存在于空气中。它就附着在你的皮肤上。它就在你的饮用水中。你甚至可能在食物中吃到它，因为土壤也被它污染了。它总是会以某种形式影响到我们。我希望看到研究结果。"

博塞特承诺会将结果公开。

人群中的一位秃顶男士站了起来："我没有头发是因为我要去做化疗……某种东西让我得了癌症。这种东西让我的羊都死了，还夺去了我养的兔子的生命。"

博塞特只是不停地重复着公司的原话：没有任何证据显示该物质会对人的健康造成不良影响。但是大家伙儿并不买他的账。有那么一刻，他丢掉了冷静，在我看来，他似乎偏离了讲话的要点，说了些并非事先编好的大实话："如果我真的认为有什么不对劲的地方，我就不会站在这儿说这些了。"

我忍不住纳闷：他说的有可能是实话吗？有没有可能连工厂的管理人员也被蒙在鼓里，他对于杜邦公司就全氟辛酸所进行的研究真的一无所知吗？

到会议接近尾声的时候，我站起来发言。我首先表明身份，讲明自己是新近在和杜邦公司打官司的律师。接着，我把自己的问题指向了公司之外的其他官员："针对全氟辛酸，杜邦公司内部有1ppb这样的标准，并使用了十年之久，我们并未看到任何相关信息，我想知道为什么对这一标准秘而不宣？"

博塞特把问题揽了过来。"这是最大量的参考原则，"他说，"并不是安全检查的标准……"

人群中传来一个因愤怒而颤抖的声音，打断了他的回答："你们不愿意让自己的雇员超过这个参考原则，难道周围社区的居民超过就可以吗？"

自来水协会的代表、州里来的官员，还有杜邦公司的管理人员都坐在那里，看上去就像刚刚吃下了不合胃口的某样东西。他们中没有一个人表示要回答这个问题。

*　*　*

2002年春季，俄亥俄州辛辛那提。

4月19日那天，一个看似整齐的包裹被送到了我的办公室，里面是三十二张电脑光盘。我之所以说"看似整齐"，是因为这些光盘中包含了来自杜邦公司的二十四万八千页新文件。若是在刚刚过去的20世纪，那些文件恐怕得用上数以吨计的纸，然后被一长列行李车拖入我们的办公楼。这些光盘是我就披露需求，和杜邦公司斗争了好长时间的成果，在这一点上他们已经回避躲闪了差不多一年的时间。他们最终屈服了，因为连我都能看出来，他们的律师团队面临着被制裁的威胁。法官的立场十分坚定。他延长了杜邦公司提交材料的最后期限，不过也明确说，一旦他们错过新的时限，我提出的制裁诉求就会被强制执行。杜邦公司除了顺从之外别无选择。即便是现在，我也不敢相信这个巨大的文件包中储存了我要求查看的所有信息。我希望它能给出更多的信息，关于全氟辛酸的污染程度，对人体健康的威胁性，以及当初杜邦公司得知一切时，为什么一直秘而不宣。

我立即又一次开始了我的挖掘调查。这批最新文件中包含了一种相当新的内容：电子邮件。调查取证现在要求公司保留并生成电子文件。在早些时候，许多员工意识不到他们在黑莓手机里或是在公司笔记本电脑中输入的文字信息都会被储存在公司的服务器中，而与被写入备忘录或正式文件相比，这种储存方式受保护的程度较低。各种新设备的普及，加上写电子邮件愈发便利，导致调查中要查阅的文件数量飙升到天文数字。因此，杜邦公司雇用的律师团队不断扩容，以应对整个诉讼程序。对我而言，这一切就是浩如烟海的纸质材料。我不喜欢在电脑屏幕上阅读文件。不知为何，屏幕上短暂闪烁的像素根本无法停留在我的大脑中，所以我只得把所有的东西都打印出来。我必须要在纸上看到它们，即使它们加起来是一吨重的东西。

我又一次注意到其中的漏洞。我之前获悉，华盛顿工厂在荷兰和日本的姊妹工厂也在使用全氟辛酸，可是文字记录又在哪里呢？我之前要求的是有关全氟辛酸的所有文件——不只是和华盛顿工厂有关的内容——但是杜邦公司仍然拒绝提供数万份其他文件。这不是猜测，我知道他们是这么做的，因为根据披露协议中的部分条款，杜邦公司得把"特许保密记录"发给我，这是一种清单，列明哪些文件因被公司的律师归入"特许保密"范畴而没有被披露。合规的特许保密文件大多是律师和委托人之间受保护的沟通记录——比较典型的就是法律咨询意见——要不就是律师的工作成果。

杜邦公司的特许保密记录则像一整本大字典那么厚。我以前为企业辩护的时候也编制过很多特许保密记录，所以我的直觉告诉我不可能有那么多特许保密文件。我可以对特定文件的特许保密属性提出异议，但是我必须得一份一份地提。接下来，杜邦公司就必须把这些文件给我，或者去向法官证明它们确实属于特许保密范畴。但谁有时间把这几百页的清单都读完呀？大多数律师会把这些东西丢弃在角落里，或是拿它们来垫花盆。我推测杜邦公司就是想利用这一点。

但我偏偏就是那百分之一的律师，我不但把它们读了一遍，还注意查找与之有关的信息。我深吸了一口气，打开了一盒新的荧光笔，又倒上一杯淡咖啡——这是我喜欢的饮品。特许保密记录之争将是我和杜邦公司在漫长战争中的又一场"慢动作战役"，不过这场战役最终被证明是整个集体诉讼中最为关键的行动之一。我在这些记录中发现的东西足以改变一切。

同时，这三十二张光盘中还有大量非特许保密文件，这些文件本身就令人大开眼界。其中包括一封伯尼·雷利写给他已成年的儿子的电子邮件，当时我刚给他打过电话，告诉他我已经搞清楚了，坦南特案的关键不在于牛，而在于特氟龙。我当时说完就挂了电话，没一直等着他回应。眼下，多亏有文件披露工作，我才能看到他对这通电话的真实反应。

"那个令人讨厌的家伙打算在西弗吉尼亚州一夜成名呢，"他这样写给自己的儿子，"那个农民请来的律师终于发现了表面活性剂的问题……混蛋玩意儿！"

我失声大笑，然后抓起打印件几乎是跑着穿过大厅，把它依次拿给凯瑟琳、金姆和汤姆看，身后的他们也乐不可支地喃喃自语，同时也为如此这般洞悉了对方律师的内心而不住摇头。更为重要的是，这也成为进一步的文字证据，证明杜邦公司一直以来都知道全氟辛酸有问题。

我本以为杜邦公司的文件披露执行小组一定是在整理几万封电子邮件时，错把这封放进来了。但事实证明，这封电子邮件只是个开端——伯尼用办公电脑写了一些私人电邮，还在电邮里跟儿子和朋友聊了点大实话。

一般情况下，律师的大部分文件和电子邮件都享有律师-委托人特许保密权，很少有例外发生。正常情况下，上述资料不可能被对方的律师拿到。杜邦公司一直在文件披露方面对我们严防死守，还"慷慨"地划定了那么多特许保密文件，他们怎么可能搞出这么个疏漏呢？不过我很快就意识到，这些邮件是伯尼写给儿子和朋友的，并不是写给委托人或是律师同事的，所以它们不受特许保密权的庇护。由于这些电子邮件中包含我指定的搜索关键词，它们从公司电脑服务器中被恢复出来了。这一切都是公平公正的游戏规则使然吧。

读着伯尼的私人邮件，我还是感到有点怪。但是其中的信息却在我的进攻计划中发挥了重要的作用，暴露了他（连带着杜邦公司）在写邮件时就已经知道了一切——始于1998年10月，在那个月，厄尔第一次打电话给我，为他不断离奇死掉的牛求救。就在我们为坦南特一家提起诉讼后不久——当时牛群调查组否认杜邦公司的垃圾填埋场泄漏出有毒物质，反而还把牛群之死归咎于厄尔——伯尼透露给他的儿子说，他从始至终都知道全氟辛酸的问题，而且还很担心我们会发现真相。"我明天就要飞去帕克斯堡。"他写道，"又要开一次长会，我得跟工厂的人讲讲为什么那个在我们的垃圾填埋场下游放牛的家伙起诉我们，而且会在陪审团面前把我们钉死在十字架上……我们真的不能任由这样的情形发生，我们早就应该使用商业垃圾填埋场，让他们自己去处理问题。但工厂却总想着省钱，压根儿就不去考虑情况会如何发展。那家伙的牛正喝着从我们的垃圾里渗出来的雨水呢。"

*　*　*

千真万确，伯尼老早就知道全氟辛酸可能会毒死动物。1999年11月，就在具有误导性的牛群调查报告发表前的几个月，他又给他儿子写了一封邮件："帕克斯堡必须得向雇员们公布猴子实验的结果了。"这封邮件指明，摄入一定剂量的全氟辛酸后，可怜的动物们痛苦地死去了。与此同时，我发现了一份备忘录，其中有公布给雇员的实验结果。公告的措辞被精心"雕琢"过，所以我不确定它有没有在雇员中引起重视。其中的大部分内容是向雇员保证，现有的全氟辛酸处理程序是安全可靠的，而且可以保护人体健康。二十二只猴子中有两只死亡的坏消息则被一笔带过，并附上了"难以理解"的评论。

伯尼这种悄悄话式的解释使一切再清楚不过了，尽管杜邦公司一再否认，但其实他们早就知道——或者至少怀疑过——坦南特家出现问题的真正根源。我越发有信心能证明，杜邦公司采取了非一般的策略来掩盖一切。

15

替换数据

虽然我能够推动杜邦公司遵守同意协议，在州监管机构的监督下进行水样检测，但我还是很担心，因该同意协议而组建的所谓的C8毒性评估小组会得出什么样的结果。毕竟，正是这个小组负责提出饮用水中全氟辛酸的安全标准。在公众面前，他们是一组不带任何偏见的科学家，但其中却包括杰瑞·肯尼迪，他是杜邦公司处理全氟辛酸事宜的首席毒理学家；还有一位是约翰·维斯纳，是受雇于杜邦公司的外聘顾问。以上两位都在杜邦公司的工资表中。他们能有多么不偏不倚啊？在我看来，C8毒性评估小组不仅听起来，就连闻起来都很像坦南特案中杜邦公司和联邦政府共同组建的牛群调查组。

去年12月，我们就充分了解到西弗吉尼亚州政府的立场，当时西弗吉尼亚州环境保护部曾经召开过一次会议，向公众保证将制定出恰当的安全水平数值。西弗吉尼亚州环境保护部的科学顾问迪·安·斯塔茨博士——也是C8毒性评估小组的组长——试图平息公众因得知全氟辛酸使实验室里的小白鼠患恶性肿瘤而爆发出的强烈抗议。显而易见，斯塔茨和杜邦公司步调一致，她说小白鼠长肿瘤主要和啮齿动物的新陈代谢过程有关，因此和人类没有任何关联性。一派胡言！

我对于斯塔茨博士用这样的陈词滥调来应付公众深感震惊，她的意思是全氟辛酸在啮齿动物身上造成的令人不安的实验结果只关涉特定物种；然而我看到的资料却证明事实并非如此，其中还包括在猴子身上做的实验。看在老天的分儿上，这位竟然还担任C8毒性评估小组的组长。鉴于社区供水系统中的全氟辛酸浓度远超旧有的1ppb的参考原则，继续使用这一参考原则的赌注简直高得不能再高了。同意令规定，杜邦公司应该以工厂位置为中心，在半径一英里的范围内采集水样。一旦检测到其中含有全氟辛酸，测量范围就要延展一英里。如果在新展开的水样检测中，全氟辛酸的浓度高于C8毒性评估小组制定的全新标准——不论这一标准是多少，杜邦公司就得为价格昂贵的过滤系统买单，以提供干净的饮用水。

辛辛那提市伊登公园的树木都开始开花了，我却无法对地平线上那片C8毒性评估小组带来的乌云视而不见。我对科学公正清廉的信仰早就土崩瓦解了。我先前亲眼见过政府和私营部门在这些问题上"亲密合作"，我也知道结果是丑陋不堪的——切切实实证明了公司的利益与影响高于科学真相。

C8毒性评估小组本应在五月宣布他们的"安全标准"。埃德和哈利忙着和我们的十三位记名原告联系，为他们答疑解惑，帮助他们准备可能会用到的证词。与此同时，我和拉里发起了一次反情报行动，我们更多地依据《信息自由法》提出复杂难搞的资料诉求，还采用了老式的文件挖掘调查，目的是密切关注C8毒性评估小组的工作方法和进程。如果C8毒性评估小组在搞有利于我们对手的糟糕科学，那么这对安全标准来说就是一场灾难，也会在整个诉讼过程中极大地困扰我们。在科学上，我必须足够专业，才能识别出什么是虚假的，并用真相挑战它。

除去承担已然让我崩溃的工作任务，我还参加了一个有关水样检测、毒理学和风险评估的前沿科学速成班。我在这个速成班中的导师是戴维·格雷博士，他供职于科学国际公司，这是一家位于华盛顿特区外的咨询公司。作为毒理学家和风险评估师的戴维现在担任我们这方的顾问，我们几乎每天都有交流，而且还会交流好几次。想知道C8毒性评估小组最终得出的数字是否合理，我就必须先理解晦涩难懂的科学过程，它会把大量复杂的原始数据转化成一个数字，代表摄入多少全氟辛酸是"安全"的。戴维帮助我梳理在调查过程中需要什么样的文件，告诉我如何将难以理解的文字转换为浅显易懂、便于提起诉讼的东西。在他的引导下，我得以窥见神秘的风险评估科学，这种科学如果被恶人操纵，可能会产生看似可靠的结论，但其实只是反映了动机，而非事实本身。

几乎就在同一时间，卢贝克、小霍金和华盛顿工厂下游其他地方依照同意协议进行的新一轮水样检测的结果陆续出炉。许多采样点的数值超过1 ppb。在小霍金的几口水井中，全氟辛酸的浓度高于10 ppb。

越来越多的证据显示全氟辛酸的污染范围在扩大，污染程度也在加剧。我给国家环境保护局写了更多的信，坚定地主张社区迫切需要干净的饮用水源。我指出，杜邦公司和州政府犹豫不决，但不能让社区居民就这样等着。检测出的数值是杜邦公司自己制定的参考原则的十倍，这足够让环境保护局采取措施了。但是，这个机构从来都不会直接给我回信。在小霍金，检测人员在一口井里测出的数值高达35 ppb，是杜邦公司最初制定的参考原则的三十五倍。我完全可以理解当地居民的愤怒。报纸上说，瓶装水的售卖量激增。我看着这一切发生，心中积蓄着满满的怒火与挫败感。

不过在我的策略中，至少有一部分奏效了：让公众了解有关全氟辛酸的所有事实。我一直都把重要内部文件的副本归入我们的公共法庭卷宗，并且持续向环境保护局和州政府寄送重要文件，警告他们我们面临着公共健康威胁。终于，帕克斯堡以外的记者开始关注全氟辛酸的消息了。《查尔斯顿公报》是第一份对此事进行深度报道的外地报纸，调查记者肯·沃德采用了许多我通过法庭卷宗和致信监管机构公开的资料。全州最主流的报纸上的新闻标题唤起了大众的关注，并把警示提到了新的高度："相关记录显示：伍德的水祸可能更糟糕，污染危害或比杜邦公司所言更严重"。

沃德的报道令杜邦公司的新任公共发言人闪亮登场，他就是罗伯特·理查德博士。理查德个子很高，气色红润，秃顶。他讲话时表现出一种科学权威般的自信神态，还顶着一个让人印象深刻的头衔：杜邦公司哈斯克尔工业毒理研究实验室[1]主任。在沃德的报道中，理查德宣扬了公司的方针，听上去似乎是杜邦公司永不动摇的颂歌：

"我们从未发现全氟辛酸对健康有任何不良影响。"

* * *

2002年5月10日是一个星期五，那天我刚在办公室的椅子上坐定，哈利就给我发来传真，是《帕克斯堡新闻前哨》上的一篇文章。新闻标题映入眼帘的一刹那就刺痛了我："专家给出全氟辛酸安全限值：'杜邦浓度'远低于此值"。

新闻报道公布了C8毒性评估小组确定的饮用水中全氟辛酸的安全限值，该数值已经政府核准。他们有意在公开报道前不与我分享这一数值：

150ppb。

我惊得差点儿从椅子上掉下去。

这其中肯定有问题。我把这个数值重复看了好几遍，想要找到遗漏的小数点。也许它想表达的是一万亿分之一百五十，那就是0.15ppb。但那上面没写错。新的限值怎么可能是杜邦公司现行参考原则的一百五十倍呢？不论是在杜邦公司三十年来的内部数据中，还是在我研究的专业建议中，这个新限值都找不到任何先例。这一数量级远高于任何可能被视为合理的数量级。到底是什么使得C8毒性评估小组计算出一个高得如此荒唐的数值呢？我怀疑杜邦公司操控了整个过程，并制造出这一结果，由此摆脱污染社区用水的罪名和清理水源的责任。

低于该限值的水"不会对人类造成任何伤害"，州里的毒理学家迪·安·斯塔茨博士，C8毒性评估小组有名无实的组长，如此告诉《帕克斯堡新闻前哨》的记者。之前就是这位来自州政府的毒理学家，在卢贝克的公共集会上鹦鹉学舌般地重复杜邦公司的"无害论"。"我相信，本小组

---

1. 下文中亦简称为"哈斯克尔实验室"。

确定的人体保护限值是有数据支持的，"她继续说道，"这一结果将给伍德县和梅森县的居民带来安慰。"

杜邦公司的保罗·博塞特附和了她这种令人安心的说法，说C8毒性评估小组的发现"支持杜邦公司的观点，即到目前为止，在俄亥俄中部河谷地带的饮用水中检出的全氟辛酸浓度均属于低水平，不会造成任何伤害"。

我所能想到的只有三年前牛群调查组告诉厄尔的那一切：没有任何迹象显示杜邦公司的化学物质造成健康问题，牛群死亡全是他自己的过失。

历史再一次重演了，杜邦公司的台词披着科学的外衣，再加上州环境保护部的联署保证。博塞特甚至还觍着脸坚持认为河谷中的水是绝对安全的，因为迄今为止的每一次水样检测，甚至是小霍金市的那个高值都低于新的安全限值。随着这一全新标准的公布，人们所面临的威胁在一夜之间从令人惊恐变成了无伤大雅。同时，我打赢集体诉讼的概率也几乎为零了，如果150ppb以下的污染被政府的科学家宣告为"安全的"，我们还打什么官司呢？

就表面上来看，C8毒性评估小组的这一报告就是一场灾难。但是我深深知道，我必须抵制住试图击败我的绝望。我提醒自己事实就是事实，一切都没有改变。水中全氟辛酸的真实浓度并没有因之而改变。人们在饮用这种水的事实也未曾改变。唯一被改变的是标尺而已。现在该由我来证明这把标尺是歪曲变形的。

* * *

和我结婚之前，萨拉就时常认为我天生对任何事物都充满怀疑。我总是去挖掘字里行间的深意，寻找其背后暗藏的机关。教育一直告诉我们研究会产生数据。数据是不会骗人的，然而并不是所有数据都是在公平的状态下产生的。有的时候，研究方法中会出现错误，测量工具会出故障，或者有可能是被测量的东西出了问题。潜意识的偏见，或者纯粹的人为错误都会使科学结论被歪曲。有时候，科学结论和诚实毫无关系，数据可以被操纵，科学结论可以被颠倒黑白。

之前我曾请安德鲁·哈顿宣誓做证；我还留意到杜邦公司转换水样检测实验室的决定，这似乎触及了杜邦公司的痛处。在那之后，我就一直想搞清楚到底发生了什么，我到底惹毛了谁。伯尼曾在一份电子邮件中提到一个"新的检测方案"，并担心污水中的全氟辛酸浓度会因此变得"更高"。在他写那封邮件的时候，杜邦公司一直告诉当地公众水中的全氟辛酸浓度是安全的。2000年10月，卢贝克的自来水用户都收到了一封信，就是乔·基格收到的那封，信中声称2000年8月在卢贝克的自来水中发现的全氟辛酸浓度低于1ppb，可以放心。我曾看过杜邦公司20世纪90年代的内部文件，其中显示全氟辛酸在水中的浓度是2ppb到3ppb，如果上述信件中的话是真的，那就意味着全氟辛酸的浓度因某种原因显著下降了。倘若全氟辛酸可以缓慢地离开自来水系统，杜邦公司又为什么如此担忧新的检测方案会显示更高的浓度呢？

为了追根究底，我请教了曾经帮助我找到全氟辛酸和全氟辛烷磺酸之间的关系的那位专家。在浏览并研究过我发给他的原始数据后，他打来电话，给我讲解他拼凑出来的情况。他很认真地解释了杜邦公司怎样从20世纪90年代早期开始生成内部文件，使全氟辛酸的污染程度看上去只有实际情况的一半。似乎早在1991年，杜邦公司就在自己的实验室中发现，当地供水系统中的全氟辛酸浓度远超过1ppb，之后他们就把水样检测工作转移到外部实验室去做。这个新的外部实验室从1991年起为杜邦公司进行水样检测，它出具的报告有两个部分：第一部分由原始数据组成；第二部分则是分析报告，指出他们的实验方法有局限性，这意味着水中全氟辛酸的实际浓度远远高于（大约是两倍之多）报告中显示的情况。然而，当杜邦公司最终把检测结果发送给当地水务公司时，他们只发出了原始数据。在小小的西弗吉尼亚州，水务公司的工作人员不是专家，他们也根本意识不到出现了信息疏漏，因此在他们看来，新的卢贝克水井中的全氟辛酸浓度低于1 ppb，是安全的。所以，真实的测量值1.6 ppb——高于参考限值——就会魔幻般地变成0.8 ppb，低于参考限值。

这些数据并未被当地水务公司以外的人看到过。这也就是为什么迫使杜邦公司签署同意令，授权水样检测在监督之下进行是如此重要。目前负责监督杜邦公司的政府科学家们很可能看穿了这些误导人的原始数据，同时也意识到，实际的全氟辛酸浓度可能远高于报告给水务公司的数字。

但是，即使杜邦公司无法再掩盖全氟辛酸污染的真实水平，他们还是可以夸大污染的"安全"水平。这种思路使得他们成功组建的C8毒性评估小组疯狂地将安全限值提升至150 ppb。

杜邦公司在这一轮中获胜了。想要逆转C8毒性评估小组给出的限值已经为时太晚了，不过我仍然可以使它最终在法庭上不被采信。

这也是我花费数百个小时，试图通过自学来掌握科学知识原因，我不想依靠那些被提前简化过的总结资料。自学为我提供了必要的基础，在这一基础上，我和风险评估专家戴维·格雷一起钻研，专注地在所谓客观的科学推理中找出假象和陷阱，不被虚假的结果迷惑。我们花了很多时间通电话，格雷博士带着我了解评估风险的方法，以及提出安全限值要用到的科学计算法。格雷博士在毒理学领域工作了数十年，现有的许多工作范式都是在他的帮助下产生并日趋成熟的。

在以往的工作中，我接触到的只是风险评估过程的末端：标准数值本身。可现在我了解到，看似科学的过程中，竟然牵涉了那么多主观性因素。被称作"安全因素"或"不确定因素"的某些变量被插入标准化的风险评估模式中，计算出标准数值。每一个变量都被赋予数值，而数值则来自科学家的个人决定。

错误地调用一个或多个变量的值可能会使结果改变十倍、百倍、千倍，甚至更多。

格雷博士在不依靠任何外力的情况下，根据我们已经获得的数据，自己完成了对全氟辛酸的风险评估计算。他得出的结果使C8毒性评估小组给出的限值更令人怀疑了。在格雷博士看来，即使是杜邦公司最开始给出的1ppb也太高了。他自己的演算无法支持高于0.3ppb的安全限值，这和C8毒性评估小组得出的150ppb压根儿就不在同一个数量级上。

　　我相信格雷博士给出的数值更加接近真相，但是仅有这个估值是远远不够的。说到底，我得以令人信服的方式证明C8毒性评估小组给出的数值是错的，他们可是六个"专家"，不是一个。为了实现这一目的，我必须先搞清楚在C8毒性评估小组召集风险评估会议期间发生了什么事。他们看到的就是格雷博士研究的原始数据，可整个小组怎么会得出150ppb的结果呢？我认为，想要搞清楚这个问题，第一步是请州里指派的C8毒性评估小组的组长斯塔茨博士来做证。我要亲自向她提问，她需要宣誓，她的证词将被记录在案。

16

蓄意毁灭证据

　　我们在查尔斯顿市埃德·希尔的律所会面。埃德和拉里·温特都在座。斯塔茨博士坐在一张大会议桌的一端，一台摄像机的镜头正对着她。她旁边是州里来的律师和杜邦公司的外聘律师，他们分别来自世强律师事务所和斯皮尔曼律师事务所。杜邦公司的内部律师约翰·鲍曼则是从威尔明顿坐飞机过来的。整个面谈过程中，杜邦公司那头的律师们一直保持着一种毫不妥协且无动于衷的表情。

　　斯塔茨博士看上去四十几岁的样子，在一众人中，她的表情最难看，从头到尾几乎就是一块冰冷的铁板。她还不时地用手撩起齐肩的棕褐色头发，仿佛这个动作可以把我那些对她而言就像臭虫一样的问题统统抛诸脑后。格雷博士就坐在我旁边，以便帮我处理一些毒理学术语，或是解释风险评估方面的问题。我认为，从斯塔茨博士做过的记录入手是比较明智的，这些记录会帮助我们深入了解他们在计算过程中运用的方法和变量。以下是我们的对话：

　　您做过记录吗？

　　做过。

　　记录现在还有吗？

　　没有了。

　　那些记录怎么了？

　　我复印了那些记录，并且通过传真发给了特拉公司〔该公司是一家做风险评估业务的外部咨询公司，杜邦公司推荐州政府聘请该公司来协调C8毒性评估小组的调查工作]，在确认他们收到传真文件之后，我就毁掉了所有原始记录。

我没听错吧？我迅速扫了一眼拉里和埃德，然后又试图看懂杜邦公司律师的面部表情。简直不可思议。刚刚是一位政府雇员说自己毁掉了官方文件吗？她明知道自己说的话是要被记录在案的。

我继续跟进，询问斯塔茨博士在来做证的前一天和特拉公司的咨询顾问在电话里谈了什么。

您有无请求他们把您曾经传真过去的记录再发给您？

没有。

为什么不这么做呢？

因为我知道他们也已经销毁了那些材料。

难道特拉公司也销毁了材料？

嗯。

官司还没结束就销毁材料？法律中对这种行为有一个说法："毁灭证据"。如果遇到这种情况，法官可能会命令证人交出他们的电脑，以便找回被删除的材料。

斯塔茨说她的常规做法就是在每次会议后都销毁所有记录。这种行为就是一种简单的"习惯，出于经年累月处理官司的经验"，她强调说："我从不保留任何草稿。不保留记录文件。不保留电子邮件。"

销毁记录也不是完全不合规范。在许多公司，一旦记录文件不再有利用价值，作为规定动作，它们就会被毁掉。

然而，作为一名州政府的工作人员，销毁正在进行的诉讼案的官方记录材料则完全不符合规定。对"经年累月处理官司"且经验丰富的某人来讲，这尤其不该是她的第一表现。她知道我们会找她要记录，她也是这样承认的。

"我完全能预见到你们会传唤我做证。"她继续说道，就好像对着传票销毁记录是这世界上最自然、最合理合法的事。

* * *

在这次取证之后，我和埃德、拉里交换了看法。他们和我一样惊愕不已，这位斯塔茨博士竟然被州政府指派为代表，参与进行中的诉讼案之外（但与之密切相关）的政务流程。她肯定会被传唤出庭。作为科学家和政府雇员，她应该保持中立，或者说她有义务保持中立。她的证词摧毁了我残留的最后幻想，我本来以为州里的监管机构不会受到杜邦公司的影响。与其说我深感吃惊，还不如说我受到惊吓，而且怒火中烧。还有谁在销毁记录吗？其他监管人员？杜邦公司自己的雇员？我们必须要出快刀斩断这一切。我向法官提交了一份动议：一位来自州政府的专家本应以一种中立和科学的态度，对威胁公共健康的事物做出判定，但是她却亲手销毁了她明知和诉讼有关的文件，这实在是无耻之举。我请求法官颁布强制令，禁止今后有任何破坏文件的行为，同时还要求州政府交出电脑。我们的计算机取证专家会尝试恢复那些被删除掉的内容。

法院于次日召开了一次紧急听证会。我和我的团队，州政府的代表及杜邦公司的律师齐聚在希尔法官的法庭上。他看上去不太开心。

"如果不颁布强制令，环境保护部是否打算继续销毁文件？"他问克里斯托弗·尼格利，后者是代表西弗吉尼亚州的律师。

"我们会按惯例操作。"尼格利回答说。

很显然，他不是在说"不"。

尼格利辩称，斯塔茨博士销毁她自己的记录并未违反州里的任何政策，因为西弗吉尼亚州根本没有这样的政策。这种事由工作人员自行决定。虽然斯塔茨承认已经预料到C8毒性评估小组给出饮用水中全氟辛酸的新安全标准后，自己会被传唤；但不必介意她说的这些话，销毁记录只是她的"习惯做法"。

希尔法官对这个答案并不满意。"这都不算妨碍司法公正的话，那什么才算呢？"他又问道。

"尊敬的法官阁下，我相信她有权用她认为合适的方式，处理她自己的事情。"

"理查德·尼克松总统也这么觉得。"法官立刻回击道。

我忍着不让自己笑出声来。

"我认为这是明摆着的，"法官继续说道，"这是犯罪，我认为它应当被禁止。"

强制令：批准通过。

杜邦公司向西弗吉尼亚州最高法院提起上诉，试图撤销强制令。上诉被驳回了。关于电脑：没收并搜查其内容。关于被删除的文件：恢复。

正如我所料，有一份州政府的文件，一份他们恐怕真的不想让我们看到的文件显示，斯塔茨甚至在C8毒性评估小组开始启动工作程序之前，就得出了她自己的风险评估数值。那个数值是1ppb。

就在西弗吉尼亚州最高法院批准强制令的同一天，杜邦公司的律师团队透露他们"才发现"公司的全氟辛酸首席毒理学家杰瑞·肯尼迪，亦是C8毒性评估小组成员，也一直在销毁文件，其中不仅有小组会议记录，也有其他有关全氟辛酸的沟通记录。这一结果又让我大跌眼镜了。杜邦公司也在销毁文件。大错特错啊。倘若他们这么做是为了让我们搞不清楚全氟辛酸的风险，那他们不仅会失败，还会给我提供翻盘的机会，使我在最终的审判中占据优势地位。我修订了我的制裁动议，要求惩罚逾期披露行为。我指出，肯尼迪最新被曝出的行径迫切需要受到严厉的制裁，其中包含法官在日后向陪审团介绍案情时，应引导他们考虑全氟辛酸对人体有害是一个既定的事实，因为我们均已无从了解肯尼迪销毁的那些文件里说了什么。有时候，恰到好处的冒犯反而提供了绝佳的防御机会。

作为回应，杜邦公司的律师团队声称，肯尼迪的行为确实是一个错误，是疏忽造成的误解，这并不是他们的错。他们已经建议肯尼迪为这个案子保存他所有关于全氟辛酸的文件。他们把他刻画成一个上了年纪，不喜欢或不能完全理解这个电子化的新世界的人。他们说，肯尼迪只是误解了他们的指示。

杜邦公司的内部律师团队向法庭提交了宣誓陈述书来澄清问题，我认为他们这么做就是想巩固自己的主张：销毁文件只是一个错误，而不是什么卑鄙的法律策略。宣誓陈述书中详细说明了他们要求公司做什么，没要求公司做什么，甚至还附上了内部文件的复印件。杜邦公司这么做显然是经过深思熟虑的，同时也冒着极大的风险，此举暴露出他们非常担心会因销毁文件而受到制裁，毕竟希尔法官因斯塔茨博士销毁文件的事已然怒发冲冠了。杜邦公司的律师团队竟然心甘情愿地分享了律师与委托人之间的法律咨询建议，这些"特许保密文件"都是典型的"防弹衣"，我之前从没敢想过把它们拿到手。

但杜邦公司得付出什么代价呢？他们披露了律师团队告诉肯尼迪怎么做，怎么谈论自己的调查记录，这就等于破除了这些沟通文件的律师-客户特许保密权，继而令我有权过问杜邦公司对肯尼迪、对其他员工下达的所有类似的文件保存指令，由此为我打开了查看特许保密文件的大门。这还只是他们自作自受的一部分。通过了解杜邦人被要求说什么、不说什么，写什么、不写什么，我能够确切了解杜邦公司特别在乎哪些事。我还可以看到能够为我所用的邮件表头，由此了解哪些人是杜邦公司特别在乎的，他们可能知道些会让杜邦公司输掉官司的事。

这些人正是我想找来做证的人。

17
人鼠之间

　　集体诉讼最近才被核准，我估计审判日期会定在2003年年末。这样就还有一年半的时间，听上去还是蛮长的，但是在法律人的日历上，这就是近在眼前了。对技术问题的详尽研究令我筋疲力尽；我还要忙着就文件披露事宜和杜邦公司来回拉扯，每天都会有一连串的信件和通知要处理，我得努力了解在C8毒性评估小组、杜邦公司和西弗吉尼亚州合作的"黑箱"中发生了什么。杜邦公司不遗余力地令这两件事变得复杂，困难，耗时。这真的不是一项富有魅力的工作。我每天得在办公室中待上十个甚至十二个小时，浏览文件，和杜邦公司的律师团队通信，时不时还会被令人沮丧，有时甚至充满敌意的电话打断。

　　我几乎是一个人扛着研究和调查工作。在这个案子上，我不可能要求我的协理律师们像我一样熟知案件背景，毕竟我自己是用了三年的时间，才一点一滴把它们积累起来；而且即便是我，也仍要依靠我精心挑选的专家的帮助。现在，我已经能很熟练地运用毒理学方面的术语了。数值超标后会发生什么？对评估健康风险来说，这个问题是关键因素，我必须得证明自己的答案才能打赢官司。水中可能有几百万加仑的全氟辛酸，但如果它对人类无害，就谈不上打官司了。

　　杜邦公司的科学家用全氟辛酸在动物身上做实验已经有五十多年的时间了，其中包括致命的猴子实验，其结果正好就是问题的答案。因此我始终认为存在大量的相关资料，这也是我一直力争让杜邦公司把它们交出来的原因。现在我终于开始掌握这些研究资料，我需要时间来逐一破译、解读它们。它们会清楚地告诉我杜邦公司对于全氟辛酸的毒性到底了解多少，以及他们是什么时候知道这一切的。

在我挑出来的几百份文件中，有会议记录、备忘录、实验室报告、原始数据、信件、研究摘要等，它们提供了最重要的线索。即便是经过精挑细选，这批文件中也还是包含了太多的信息，以至于我根本无法立刻记住它们。要处理这些文件，我所知道的唯一方法就是把一页页纸按照时间顺序排列，再贴上我常用的彩色标注条和便笺纸，分门别类地全部堆放在地板上。

我每次做这些事情的时候，办公室的地板就变成了某种时光机器。单独拆开的每一页纸都是一帧照片，记述了杜邦公司漫长历史中的短暂瞬间。这些文件披露了在特定的时间点，公司已经知道哪些情况，或尚未知道哪些情况。但当我把它们按照顺序放在一起的时候，它们就合为一体，像卡顿的老式黑白影片中的一帧帧画面。相同的人物一次又一次地出现在画面中。

很明显，杜邦公司的第二个一百年建立在科学之上。杜邦先生最初创立公司，并不是想建立一个旨在污染全世界的邪恶王国。与之相反，数十年间，杜邦人一直致力于钻研科学方面的规范、方法与伦理。他们的研究人员曾备受世人尊敬，为建设更加广阔的科学世界做出过贡献。他们重视良好的实验设计、同行评议，以及发表研究成果。他们乐于分享自己的研究成果，因为他们希望通过科学推进智识的发展。他们认为自己有义务报告"不加掩饰的事实"，不仅面向其他的科学家，还要面向客户、雇员及公众。该理念源自公司高层，从上至下被贯彻实行。从20世纪50年代到70年代的三十年间，杜邦公司的高层管理人员推行了一种强有力的道德观念，即：任何化学物质一旦出现有毒迹象，都必须被公之于众。

"一切源自信任，"这一精辟总结来自在1952年至1976年间担任杜邦公司研究部门主任的小约翰·A.扎普，"你们必须赢得信誉，否则就是在浪费公司的钱财。"

自从接手坦南特的案子，我就一直在拼凑隐藏在文件中的多层叙事，这样的工作还将持续几年时间。整个过程冗杂无趣，令人疲累不堪——心理上、身体上、情绪上尽皆如此。你得花大量时间趴在铺满纸张的地板上，这有点儿像考古学，零碎的线索慢慢出土，工具是刷子而非铁锹。

我最终拼凑出一个故事，它讲述了一家公司用数十年时间铸就的科学传奇。该为水与血液中的全氟辛酸负上责任的，不是任何一个孤立的人、事件或决定；这么多年来，是许多杜邦人基于多种原因，做出了一系列决定，导致了这种后果。

在全氟辛酸问世之前，杜邦公司内部的科学实验室——一般被自己人称为哈斯克尔实验室——已在毒理学领域开展了十多年的开创性研究，这也是杜邦公司内部管控工作的一部分。到20世纪40年代末期，哈斯克尔实验室已经制定了一套常规的动物实验程序，以评估化学物质对生物的有害影响。大鼠和小鼠是实验的首选对象，因为它们成本低、寿命短，可以让研究人员在相对短的时间内研究"终身"影响。如果发现任何令人担忧的情况，实验会被拓展到更复杂、寿命更长的动物身上，例如狗，然后是猴子，实验成本也会直线上升。在1950年，一项动物肿瘤研究会耗资二十万美元，相当于今天的一百万美元，是当时哈斯克尔实验室一年总预算的一半。

不过杜邦公司一直认为这种研究值得做，这样做可以保护他们的工人和民众，至少能够保住公司的底线。1954年前后，他们的科学团队开始研究全氟辛酸的毒性，当时距离华盛顿工厂收到从3M公司发来的第一批相关货物只过了不到三年的时间。那时，杜邦公司已经有充分的理由提醒工人们接触该化学物质是有危险的。在我挑出的文件中，有一份那一年的备忘录，其中就建议该化合物的使用者应该"避免皮肤过度接触此物"，同时"不要吸入灰尘或刺鼻气味"。

然而，全氟辛酸的相关动物实验直到20世纪60年代才真正开始。毒理研究部门的负责人提醒说，务必"极其小心谨慎地处理"全氟辛酸，并开始在动物身上研究该化合物的毒性。不过最初的研究结果并没有缓解研究人员的担忧。

其中一次相关研究是1962年的大鼠实验，也是在同一年，特氟龙被批准用于制作炊具，并开始广泛流通；其潜在利益巨大无比。在这之前，杜邦公司一向非常谨慎，会经过全面彻底的实验才将产品推入市场，不过这一次他们却非同寻常地急于追赶不粘锅的竞争者。

在实验中，他们连续十二天，每天给六只大鼠各喂食十剂全氟辛酸。之后，他们解剖大鼠，有几只是立即进行解剖，其余的则是在十四天之后。两组大鼠都表现出肝脏中度增大和睾丸、肾脏及肾上腺轻微增大。研究人员指出，"低剂量的全氟辛酸可诱导幼龄大鼠产生累积性的肝脏、肾脏和胰腺变化"。在实验中，器官的任何变化都是毒性的强指示剂，是对未来可能产生的疾病的预警。

三年之后的1965年，一项对狗的研究表明，接触全氟辛酸的比格犬表现出了中毒性肝损伤。这次实验对象换成了狗，而不再是老鼠，这就揭示了一个简单的事实：杜邦公司非常担忧，因为用狗做实验比用老鼠昂贵得多，只有老鼠实验的结果令人惊慌时，他们才会用狗做实验。

杜邦公司扩大范围的动物实验中传出了坏消息，雪上加霜的是，《海洋保护、研究和禁渔区法》在1972年被通过，这令全氟辛酸的问题愈加棘手，因为该法加强了对海洋动物的保护措施，将监管向海水中排放化学品的行为。在多年之前，杜邦公司就意识到将含特氟龙的固体垃圾倒入工厂附近的垃圾填埋场会污染地下水，所以他们一直把这种垃圾倒入桶中，让它们沉入海底。这下，杜邦公司又得重启土地填埋法，尽管会出现渗漏问题。

一种已知的动物毒素从垃圾填埋场中漏出，渗进了水里；这个令人不快的消息不可避免地在杜邦公司和3M公司于1978年召开的一次会议上被捅了出来。就在那一年，3M公司告知杜邦公司，他们在自己工人的血液中发现了全氟辛酸。会议之后，这一糟糕的消息就传遍了公司的管理层，同时也被医学部主任布鲁斯·卡尔博士获知。他还收到了两年前盖伊和塔维斯研究血液中氟化物的论文，文章指出遍及全美的血库采样检测显示，有机氟化物在普通人身上出现。盖伊和塔维斯曾经严重怀疑这一切和全氟辛酸等人造工业氟化物有关。时年四十二岁的卡尔直言不讳地倡导工业医学界要公开、透明。一年前，他刚在职业医学伦理会议上发表了自己的论文：《论公司报告健康危害之责任》。20世纪50年代和60年代，他深受杜邦公司的影响，极力主张企业有责任"开诚布公地把所有事实都摆在桌面上"，而且这也是"唯一负责任且合乎道德的方式"。

　　杜邦公司是全美最大的化学公司，卡尔博士认为它处于"公众职业健康风暴的中心"。在风暴中引领行业的同时，他宣称杜邦公司旨在"达到或超越法律法规的要求"，其中包括完全披露"关于健康危害的未经修饰的事实"。彻底的诚实对于维护员工、客户，乃至民众的信任是非常关键的。他在论文中写道："如果不这么做，不仅在道德上不负责任，在很多情况下，还会令经济严重受损。"

　　该思想与卡尔博士对于3M公司的消息的积极反应相吻合：所有参与制造特氟龙的员工都会获悉最新的血样检测结果，公司之后还会对操作程序进行一次彻底的检查，确保安全的流程可以限制对全氟辛酸的接触。公司的研究人员会研究员工的医疗报告，并对有可能接触全氟辛酸的工人进行血样检测。为了获得检测基线，公司还会提取工厂里不接触全氟辛酸的员工的血样。如果身体检查和血样报告显示任何不寻常的趋势，他们会立刻考虑展开一次流行病学研究。

　　华盛顿工厂立即行动起来，工厂的医生扬格·洛夫莱斯·鲍尔博士负责执行这项计划。鲍尔博士的既定目标是"让人们活得更久，活得更好"。他查阅了十一位特氟龙操作员和十八位实验室管理员的医疗报告，认为他们应当被归为有机会接触全氟辛酸的人。

　　与3M公司的情况一样，上述员工血液中的全氟辛酸浓度较高。华盛顿工厂宣称在接触全氟辛酸的员工身上并未发现"任何不同寻常的健康问题"，但鲍尔还是"因为肝功能指标频繁徘徊在临界值而饱受困扰"。

1979年，杜邦公司在其位于新泽西州的钱伯斯工厂也对员工进行了一次类似的研究，结果显示，和没接触过全氟辛酸的工人相比，接触该物质的工人中肝功能异常者"明显更多"。然而，该结果却被认为"不具有统计学上的意义"。但杜邦公司还是把研究结果一股脑儿地发给了3M公司，还附文说："以报告或以其他形式公布研究结果是我们的惯例，即便我们没被要求这么做"。

尽管预警信号又出现了，尽管道德义务被反复讨论，公司也有透明、公开的文化，但杜邦公司没有向环境保护局报告他们的研究结果。

＊　＊　＊

我需要不时地停下来呼吸一口新鲜空气，同时厘清自己的思路。其他同事可能会呼朋引伴出去畅饮啤酒，而我则一头扎进辛辛那提市内的一个长期停车库，那里停放着我的车，是一辆1976年产的别克厄勒克特拉225轿车。黑色车身通体发光，上面找不到一处凹痕或是刮擦的痕迹。萨拉曾开玩笑说，乘坐这辆车就像浮游在一张舒服的大沙发上，但是我喜欢驾驶它的感觉。这辆车特别像我父母1973年在汽车展厅买的那辆，当时还是我帮爸爸做的选择。只要坐在这辆车里，我就感觉到进入了自己的舒适区。

接下来我得赶紧回办公室了，那里成堆的文件在不停地给我加压，提醒我不能忘记令人不安的时间轴：1978年，在确认工人的血液中出现氟化物后，3M公司、杜邦公司，还有他们的律师团队紧急举行会晤，商讨一个重要问题：他们是否应该将情况报告给环境保护局？彼时刚通过两年的《有毒物质控制法》要求他们必须上报现有化学品中的任何"实质性风险"。不过两家公司都相信这其中有空子可钻。他们辩称，如果环境保护局已经得知有关该问题的公开信息，他们就不再需要进行任何报告了。他们认为，盖伊和塔维斯已发表且能够被公众获取的研究报告能派上这个用场。此外，他们还可以指向杜邦公司的研究结论，该结论称在工厂中接触正常量的全氟辛酸不会对工人造成任何"实质性风险"。请注意，这一结论"主要基于我们并未发现它对健康有任何已知的影响"。

在杜邦公司的备忘录中读到相关内容时，我震惊到几乎站立不稳。对老鼠和狗的肝脏造成的影响该如何解释？而且对工人进行的研究不是也指出了对肝脏的担忧吗？杜邦公司到底有什么证据，能证明动物和人类的肝脏研究结果与此事毫不相关？这根本就不合理。他们似乎忽视了我的专家教过我的一条毒理学核心原则：一旦某物质在动物身上表现出毒性，你必须要推测它可能同样对人类有毒，除非你能够做出反证。

在杜邦公司检测工人血液的同时，3M公司也针对鼠类和灵长类动物开展了一次为期九十天的实验研究。研究结果于1978年11月正式出炉，在老鼠和猴子身上均出现了不良反应。猴子和人类在生物特征上最为相似，它们的结果比老鼠的更加糟糕。它们的肠胃受到影响，并表现出"造血障碍"的迹象，这说明机体制造血液和血细胞的能力出现了问题。甚至在接触量最低的猴子身上也有明显的临床中毒表现。接触量最高的猴子在一个月之内悉数死亡。

我在成堆的研究结果中翻找，直到翻到近二十年后的1999年，我才找到另一次猴子实验的资料。这到底是什么意思呢？在一次实验中发现猴子全军覆没，然后在接下来的二十年中把这件事完全抛于脑后？

此时我开始注意杜邦公司的管理人员屡次使用的口头禅，即便是得出令人担忧的实验结果之后，他们也这么说："没有任何证据显示该物质会对人的健康造成不良影响"。这句话在整个时间轴中反复出现。

动物实验的坏消息不断传来。1979年，杜邦公司的一份文件总结了全氟辛酸对多个物种的影响。鼠类肝功能退化，肝脏肿大，肝酶升高。皮肤接触过全氟辛酸的兔子体重下降，并表现出呼吸困难。两只狗在四十八小时内双双死亡。

风险系数在1980年又升高了。当时，杜邦公司确认全氟辛酸具有生物累积性，这意味着随着时间的推移，微量接触会在体内累积。这真是雪上加霜，因为在1979年，全氟辛酸被证实具有生物持续性——一旦进入体内，它就不会分解。它的衰变速度非常缓慢，因为身体不知道该如何代谢这些人造的分子。该化合物显示出与白蛋白——一种血液蛋白——结合的趋势，这使其滞留在血液中并且流遍全身。累积性与持续性叠加在一起，意味着即便接触很少量的全氟辛酸，时间久了之后也会导致其在血液中的浓度显著提升。

* * *

同年，也就是1980年，《综合环境反应、赔偿与责任法》（又称《超级基金法》）正式出台，成为整个事件中的一个重要里程碑。该法案通过规定大量的责任，提高了杜邦公司这种持续制造有害物质的公司的潜在成本。这样一来，杜邦公司不仅要为未来的毒物排放负责任，还要为数年前制造的污染负责。不过，该法案只适用于那些接受监管的有害物质。当然，全氟辛酸不在此列，因此没有触发《超级基金法》中的任何责任。制造或使用全氟辛酸的公司都极力希望该物质继续不受监管。此时，塑料产业已经成为一种商业上和文化上的主宰力量，塑料制品的产量已经超过钢制品的产量。全氟辛酸存在潜在危害的证据越积越多，而且正好赶上一个麻烦的时间。尽管很多令人担忧的证据是杜邦公司自己的科学团队提出的，但他们又声称自己对于全氟辛酸还有许多不了解的地方。一些制造特氟龙的工人肝酶升高，杜邦公司医学部助理主任对此表示担忧，指出这可能是一种肝脏受损的迹象。"虽然我们并未找到'确凿的证据'，"他这样写道，"但我们仍然无法解释这一现象。"一份公司备忘录的草稿似乎表明，杜邦公司甚至已然决定不再尝试做任何解释，这让这位医学部助理主任感到惊愕。"我很担心，"他继续写道，"这份草稿暗示医学部将不会继续围绕那些接触全氟辛酸的员工进行肝脏检测研究。"

与此同时，在我的地板上流传的故事表明，尽管杜邦公司似乎不愿对全氟辛酸的毒性进行更多的医学研究，但他们却开始把全氟辛酸视为对工人的潜在危害。他们召集了高层会议，商讨工人接触全氟辛酸的事。会议结果是建议操作工穿上防护装备，至少要包括手套、呼吸保护装置，以及一次性衣物。

杜邦公司在设备和基础设施上也进行了改变。在特氟龙工厂，他们将全氟辛酸的混合过程放到排气罩下进行，将烘干机的送风口抬高，以清除聚集在天花板下的全氟辛酸气体。他们把烘干机上的缝隙做了密封处理，还加装了监视窗口，以减少开门的次数。他们知道全氟辛酸最终会渗透到所有的防护材料中，因此所有使用过的手套都必须被丢弃。他们还建议可能吸入全氟辛酸的工人佩戴防毒面具和防护口罩。

上述举措在1980年7月31日的全氟辛酸交流会上被宣布实施，该会议根据当时最新的研究结果，对公司的即时方案和长期方案进行商讨。杜邦公司的管理人员依据不同的接触途径来描述这种化学物质的毒性：口服，"轻微中毒"；皮肤接触，"轻度至中度中毒"；吸入，"重度中毒"。

在会议期间，杜邦公司的管理人员回顾了其内部和3M公司最初的血液检测结果。他们已经获知，工人血液中有机氟化物的水平"通常与职业接触密切相关"。这就毫无疑问地让人担忧不已了。虽然会议纪要再一次重申全氟辛酸"不会造成任何健康影响"，但他们却得出了自相矛盾的结论："继续接触该物质是无法容忍的"。

荒谬至极。如果某种东西对健康的影响为零，为什么接触它会被认为无法容忍呢？杜邦公司在下一页中给出了答案。

"我们和全氟辛酸已经打了二十五年交道了，并没有发现工人因此受到任何损伤。"纪要中说，"然而可能性是有的，因为全氟辛酸已经沉积在血液中了。"

现在我明白了。杜邦公司的科学团队最担心的是全氟辛酸非同一般的生物持续性，再伴以生物累积性。每一次接触，不论多么微小的量，都会使全氟辛酸随着时间推移，越来越多地积累在血液或人体的其他组织中。

一旦出现就会停留数年；也就是说，该化学物质将在未来很长一段时间停留在人体中，带来数不清的潜在危害，但可能几十年内都不会发病。简而言之，身体内的全氟辛酸就是定时炸弹。

* * *

杜邦公司对全氟辛酸影响工人健康的担忧与日俱增，他们同时还担心可能会负上与之相关的经济责任，就在此时，整个化学工业迈进了一个问责制的新时代。紧随其后的1981年标志着纽约拉夫运河清理工作拉开序幕，这是美国历史上最早、最大的超级基金项目之一，该项目试图矫正四分之一个世纪以来一些公司的行为——他们将有毒化学废物倾倒进不具备相关资质的垃圾填埋场。蕾切尔·卡森，《寂静的春天》一书的作者，因让世人警觉滥用杀虫剂对环境造成的毁灭性影响，而被追授总统自由勋章。杜邦公司似乎也准备迎接新时代，哈斯克尔实验室又一次扩大规模，扩建三万九千平方英尺[1]，以供基因毒理学、水、工业卫生学、生物化学等方面的研究，此外还有一个图书室。

那一年的晚些时候出现过一次巨大的进展，当时3M公司的一次大鼠实验指出，全氟辛酸会导致大鼠胎儿出现缺陷。怀孕的母鼠通过胃部插管的方式被喂食全氟辛酸。母鼠在生产前被解剖，胎儿则被仔细检查与研究。它们都表现出一致的问题：眼睛缺陷。结果再明白不过了，必须对全氟辛酸采取行动了。根据《有毒物质控制法》的要求，3M公司向政府公开了他们的研究结果。1981年3月20日，3M公司与杜邦公司分享了该消息。

全氟辛酸可能和出生缺陷有关的证据使杜邦公司陷入了内部警报状态。在收到该消息的七天之后，他们的科学团队走访了3M公司，以求核实该研究结果。在核实了该结果的有效性后，杜邦公司用了数天时间准备内部流程，并酝酿了一份沟通方案把这一消息分享给员工，其中还预想了

---

1 英美制面积单位，1平方英尺约等于0.09平方米。

员工们会关心的问题，专门设置了三十九组问答。其中的一组问答如下：

你们是否知道杜邦公司有哪些员工……哪些接触全氟辛酸的人，他（她）们的孩子存在出生缺陷？

据我们所知，没有证据表明全氟辛酸会导致出生缺陷……我们会进一步调查研究。

该研究结果的警报是如此响亮，以至于在1981年4月1日，即收到3M公司研究结果的两周后，杜邦公司就把所有女性员工调离和特氟龙相关的岗位，重新安排工作，并开始采集她们的血样。4月6日，当时仍担任杜邦公司医学部主任的卡尔博士恢复了之前被叫停的、以怀孕女员工为对象的研究项目。该研究由杜邦公司的流行病学家威廉·费耶韦瑟博士筹划，目的是"确定华盛顿工厂女员工的妊娠结果是否与她们在工作中接触C8（即全氟辛酸）存在因果关系"。

就在同一天，员工们收到了来自公司的公报。公报中称，3M公司的研究发现，给怀孕的母鼠喂食全氟辛酸会导致胎儿出现缺陷。"目前，我们不确定这种初步的动物实验是否有意义，其结果可能关系到接触该物质的员工。"公报中说，"我们拟安排进一步的研究，以确定可能存在的生殖影响。"

接下来，根据费耶韦瑟的研究设计，杜邦公司以七位就职于特氟龙工厂，且不久之前生育过孩子的女员工为研究对象，收集她们的血液数据，并研究新生儿的出生记录。所有人的血样都显示全氟辛酸浓度升高。七个新生儿中的两个刚一出生就有很明显的畸形，且都是眼部畸形。费耶韦瑟在研究报告中明确指出，在一般人群中，眼部畸形的出生缺陷预期率是每一千个活产儿中有两例。眼下，杜邦公司在七个新生儿中就发现两例。

这可不再是老鼠的问题了，这是人类的问题。

杜邦公司没有完成他们的妊娠研究，也没有向政府监管机构披露他们的研究结果——在七个人类新生儿中发现两例眼部畸形。杜邦公司后来又进行了一次老鼠实验，没有发现同样的眼部畸形问题；于是，杜邦公司就把这作为证据，称3M公司最初的结果是错的。3M公司也对环境保护局说自己最初依据《有毒物质控制法》上报的老鼠出生缺陷的研究结果是无效的，不值得做进一步的调查研究。显而易见，环境保护局接受了3M公司浮皮潦草的声明，没有深究此事。甚至在1982年年底，杜邦公司就已经允许女性员工回到特氟龙部门工作。

虽然我知道回看这些文件，不断发现新的证据，会让我们在打官司时更加坚强有力，但是从个人感觉上来讲，我真的饱受折磨——日复一日地回到那些材料中，看那些实验动物的痛苦，和人类母亲与孩子遭受的苦难。我不禁在想：我多年之后读起这些事尚且如此难过，当年那些目睹事情发生的科学家又是如何自处的呢？他们一路向上提交报告，可是一切照旧，仿佛什么都没有发生过。诚然，公司在安全预防方面做了一些变革，甚至还把女性员工暂时调离了特氟龙部门，但显然没有一个人认真考虑停止使用这种化学物质，或者是把人体出问题的检测数据报告给监管机构。

七年之后的1988年，一次大鼠实验表明全氟辛酸致癌，这在杜邦公司内部掀起了一股新的恐慌浪潮。这项为期两年的新研究发现，全氟辛酸可以导致大鼠患上睾丸间质细胞瘤。基于这一结果，杜邦公司于同年在公司内部把全氟辛酸归类为"已证实的动物致癌物质"和"有可能的人类致癌物质"。但是他们并未把结论交给政府。到1993年，有关癌症的证据变得愈加有力。第二次为期两年的大鼠实验证实，全氟辛酸不仅会导致睾丸癌，还会导致肝癌和胰腺癌。1997年，也就是厄尔终于说服环境保护局对干涸河附近的野生生物进行调查的那年，杜邦公司的科学家们合著了一篇论文，证实除非有人能够证明致使大鼠患癌的化学物质不会以同样的方式致使人类患癌，否则科学界不能低估这种化学物质对人类的致癌风险性。

在厄尔的牛接连死去时，杜邦公司内部似乎也因全氟辛酸的事起了争执。公司的科学团队和医务人员已经警醒，并敦促公司谨慎行事，可是管理层仍然坚称没有任何迹象表明该物质会对人类的健康造成威胁；同时，法务部门越来越警觉，认为这两种互不相容的说法之间的冲突一触即发。

随着脑海中的画面逐渐变得清晰，我不由感到一种无法消散的恶心。压倒性的证据证明全氟辛酸会带来健康风险——"风险"二字太过轻描淡写了。然而几十年来，杜邦公司一直把它倾倒在自然环境中，而且从未提醒过政府和生活在下游的居民。我不禁想起我和家人在肯塔基州的家，从辛辛那提过了俄亥俄河就是我的家，就在帕克斯堡下游大约两百英里的地方。那里有我的儿子们，我的妻子萨拉，萨拉的母亲——她接受了一轮化疗，头发刚刚长出来。我们全都生活在全氟辛酸的下游。

18
特氟龙卒子

　　要想打赢这场集体诉讼官司，仅证明杜邦公司知道全氟辛酸有毒，并将其排放到饮用水中是不够的。我还必须得证明他们排进水中的那些恶心东西能够导致集体诉讼的原告们患上实质性的疾病，而且我得让陪审团感受到这种影响。因为要设法解决这个问题，我不断回到这一点上：七例中的两例。这个统计数字源自杜邦公司对怀孕女员工的研究，它反复出现在我的脑海中。七个新生儿中有两个出生时有眼部缺陷。杜邦公司的律师和统计人员可能会分辩说样本的规模太小，无法体现其统计意义，但是我却坚信，对于那些牵涉其中的女性员工而言，这个数字何止是意义重大，它是她们一生的梦魇。利用调查取证的权力，我迫使杜邦公司说出接触全氟辛酸后，生出缺陷儿的女员工的姓名。

　　她们是凯伦·罗宾逊和苏·贝利。1978年，凯伦·罗宾逊二十四岁，处于孕中期的她在距离特氟龙实验室几栋楼的地方工作。凯伦的工作包括爬进工业烘干机中清理残留物。两台一模一样的烘干机几乎占据了整个生产室。特氟龙浆料在防护罩上摇晃，烘干机为其加热，直到浆料干燥，变成一种细腻的白色粉末。凯伦觉得，擦除烘干机内壁的粉末残渣似乎是无害工种。这种东西甚至还很像她用的洗衣粉。

　　凯伦刚刚和丈夫庆祝了第二个结婚纪念日，她丈夫是高中的棒球教练，这对夫妻正在准备迎接第一个孩子。宝宝是男孩，预产期在夏天。她打算休完产假后继续工作，不过可能不会再回杜邦公司了。她一直都想当老师。拥有俄亥俄州教育学文凭的她仍然希望实现这个梦想。她并不喜欢自己这份在工厂里的工作，但是她很喜欢和她一起工作的同事们；还有这份工作的福利——医疗保险和产假使它更具吸引力了。

那时，凯伦加入杜邦公司也就大约一年的时间。和大部分的新员工一样，她刚开始得做"勤杂工"——给轨道上油，铲雪，为工厂经理洗车。新一批员工入职后，她就被分配到具体的部门。她选择了细丝组，在那里她需要将大卷的钓鱼线打包。又过了一段时间，她看到一则招聘公告，说特氟龙部门有一个空缺职位。"人人都说那个工作区最好，"她说，"你不需要再打包钓鱼线了，只要把粉末清理出来就可以。"

1977年10月，凯伦开始在特氟龙部门工作，那时她已经怀孕了。最初她只能"漂着"，在各种各样的任务中来回切换。特氟龙产品会以几种形态出现，细粉状、颗粒状，还有液体的，它们的用途多得令人吃惊，从使塑料成型，到润滑自行车部件，从使地毯具备防污特性，到制造在你牙齿之间来回滑动的牙线，再到制作衣物和耐油污的比萨饼盒；当然，还用来给炒锅做涂层。这些活儿凯伦都能做，取决于需要她做什么。一到生产线需要关闭进行清理的时候，凯伦等四区的操作员就得爬进烘干机，把它的内壁刮干净。她还负责清理反应釜，这是一种工业用的加压装置，用于混合各种原料。它看上去有点儿像做磁共振成像的机器，只是大了很多。"该清釜了！"有人大声吆喝，她就会滑到一张胶合板上，把釜中又湿又黏的东西刮进一个废物桶中，这些废物最后会被运走并进行处理。她时不时还得用水管冲洗注满液体的沟槽，有时候液体会喷溅到她的裤子上。

当了一段时间杂工之后，凯伦被调到细粉包装组，有了更加固定的工作。特氟龙粉末通过烘干机的垃圾滑道进入五十磅重的桶里。桶装满后，她需要把它们密封好，用滑轨把它们送入仓库准备运走。

随着慢慢积累了一些资历，凯伦可以去混合原料和操作釜具了。她按照工业配方，把量杯放入容器中，取用全氟辛酸等化学原料，把它们倒进釜里。在这个时候，全氟辛酸呈粉末状，操作起来就像舀白糖一样。反应釜被放置在二层楼厚重的钢门后面，几步之外是控制台。凯伦就在控制台前操纵按钮和仪表。

反应釜里就像变魔术一般，在高压高温的作用下，原有的电子键断裂，新的分子在化学反应中结合，于是就产生了特氟龙。全氟辛酸是其中的催化剂，可以加速反应并使混合物更稳定。杜邦公司坚信，倘若没有全氟辛酸，特氟龙的生产过程就会出问题，制作会更艰难，代价会更大，而且不能保证成功。整个聚合反应完成后，凯伦会摁下一个按键，把这批物料倒进凝结器中，使最初弥散状的物质变成潮湿的粉末。接下来，这些湿的浆状物会在一层的烘干机（谢天谢地！她再也不用清理这个东西了）中被高温加热，直至被烘干。一旦达到完全干燥的状态，粉末状的物质就会通过传送带，被运至包装组的滑道上。厂房的地面上有个洞口，有些时候物料凝结得不够理想，就会被倒进洞里，那里面有排水泵。

当时，大多数处理全氟辛酸的工人认为它"就像肥皂一样"。但是和凯伦共事的几个人也告诉过她，他们听说过多接触这种东西会让人生病。工厂严格的安全流程要求他们必须在能吸走烟雾的排气罩下取用全氟辛酸，这让她觉得同事们说的也许是对的。有些时候，跟她搭班的男同事会主动揽下接触全氟辛酸的活儿，这样她就不用碰这种东西了。

距凯伦的预产期只剩几周的时候，工厂的高层管理人员收到一份官方通知，称血液中出现氟表面活性剂。通知被发送到各部门的主管手中，其中涉及在什么时间，以何种方式将事件的细节告诉工人们。通知是这样开始的："通过3M公司提供的信息，杜邦公司获悉，在接触氟表面活性剂的工人的血液中，有机氟浓度明显升高。"

通知进而指出，杜邦公司购买了其中的一种化学物质，即全氟辛酸，用以制造特氟龙。

"我们的毒理学实验显示，杜邦公司的氟表面活性剂是低毒性的。在二十多年来参与相关产品生产的员工中，尚未发现任何人受到可能由这些化学物质导致的不良影响。"

通知宣称，公司设计的操作流程"将员工对氟表面活性剂的接触程度

降到最低"。同时，尽管尚未发现与之相关的"不良影响"，杜邦公司仍然
"采取预防措施"，审查了生产流程、医疗记录和毒理学信息。

　　附在后面长达三页的问答回答了员工可能会提出的问题，其中包括：
带特氟龙涂层的炊具会不会有问题（不会），公司所说的"低毒性"是什么
意思（"相比较而言，致死剂量约为8液量盎司[1]的一满杯"）。还有以下这
样的：

　　杜邦公司是否会把这个情况报告给相关监管机构？

　　目前，我们并未发现与血液中有氟相关的重大风险。早在十年前，血
液中有氟就已为人所知，并被发表在公开的文献中。

　　换句话说，不会。

　　按照通知要求，部门主管要在上午11点首先通知特氟龙生产线的主
管。1978年6月27日午餐之后，下午2点，所有在工资表上的工人都要
被通知到；这一层级的员工中包括凯伦·罗宾逊。

　　十八天之后的1978年7月15日，凯伦当了妈妈。她给儿子起名叫查
尔斯，不过她通常叫他"小东西"。对于凯伦来讲，儿子可爱无比，几乎
是完美的天使。他唯一的缺陷体现在一只眼睛上，他的左眼多出一层皮，
还有一个畸形的泪管。

＊　＊　＊

　　1980年春季，苏·贝利在特氟龙反应釜的楼下工作，紧挨着细粉干
燥机。她座位旁边的地面上就有一个大大的方形孔洞。她的左边有一条沟
槽，凯伦就曾经负责冲洗它。凯伦当时的工作地点在苏楼上一层，负责用
反应釜制造特氟龙。两位女士在工作中时不时擦肩而过，不过她们并不认

---

1 液体容量单位，1液量盎司为1/16美制品脱，即约0.03升。

识对方。

苏当时三十二岁，已经是两个孩子的妈妈了。她长着一对蓝色的眼睛，父亲是杜邦公司的老员工。她很开心自己能循着父亲的足迹在这里工作，父亲从她三岁开始就在特氟龙部门工作，一直干了三十年。他负责操作挤压机，把黏稠的聚合物压出各种不同的形状，就如同玩培乐多彩泥那样。

自打小时候起，苏便看到父亲遭受着工人们所说的"特氟龙流感"的折磨。不过它看上去和普通流感差不多——发烧、打寒战、疼痛，还有恶心——症状会慢慢消退。她知道公司给了爸爸一个小塑料盒子来装香烟，因为在20世纪60年代早期，杜邦公司在一项研究中发现，抽沾上特氟龙的香烟会导致流感一样的症状。工厂不希望任何人因为生病或受伤而缺勤。有一次，苏的爸爸被一样很重的东西砸了脚，脚趾被压碎了。他当时确实是不能工作了。他告诉苏，公司让他每天在医务室坐满八个小时，直到他完全康复可以继续工作为止。在爸爸看来，这种方式完美地保住了安全记录，因为他一直在出勤。

不过，这种事并没有浇灭苏想女承父业，继续为杜邦公司服务的梦想。她每天都会开车去接父亲，然后父女俩一起去上班。

苏喜欢在杜邦公司工作，不仅因为薪酬相对而言还算优厚，还因为这里的工作为她打开了一扇门，能够跨越到高于其他蓝领工人的阶层。"为杜邦公司效力会让你更具有影响力。"她说道。据悉，只要你说你在杜邦公司工作，就可以直接走进银行，成功获得贷款。它不仅仅是一家公司，还是一个拥有篮球队，能组织拖家带口的集体野餐的大社区。厂区就像个小镇，有自己的消防部门、医疗中心，还有餐厅，里面供应的罐焖鸡是苏最喜欢的食物之一。员工们还拥有带淋浴的更衣室，还可以使用冰箱和微波炉。如果苏需要加班，公司会为她提供加班餐，并报销的士的费用。这是一份待遇相当不错的工作呢。

虽然有父亲帮忙把她领入公司的大门，但她还是要和大多数人一样，靠自身的努力来一步步往上走。她1978年进入公司，最开始在尼龙工厂，主要负责把蛛丝一样细的钓鱼线一点点缠在头顶的小卷轴上。后来，她竞聘进入璐彩特[1]工厂，负责把聚合物放进一台机器，磨成球状物。她什么班都轮过——白班、中班，还有夜班；工厂一天二十四小时不停工。她甚至学会了昼夜颠倒，利用白天的时间睡觉。

入职璐彩特工厂没多久，她就被"借调"到特氟龙部门。因为没有任何资历可言，她也就没有发言权；但是公司承诺这只是临时性的。当时已经有传言，说特氟龙部门把一些东西往河里倒，被抓到了。"如果我们再被抓到一次，"有人跟她讲，"他们就会让我们关门大吉了。"那时候的她从来没想过到底什么东西被倒进了河中。她只知道她有一份工作要做，而且她还要把它做好。

特氟龙部门的工作很简单。苏只要待在排料区就行，那是一间装满大型金属箱的屋子，每只箱子里面都盛放着液体的特氟龙。她一般都是自己一个人在那间屋子里，因此会在排料的间隙靠读书来打发时间。每一次值班都会排几次料，控制室会打来电话，说马上就要"处理一次"了。她的工作就是堵住排水管。

她穿着便装，俯身靠近地上的大方洞口，用一个橡皮球般的塞子堵住管子，再用一个气筒给橡皮球打气，于是球就胀起来，将排水管封得严严实实。下一步她会打开污水坑的泵，将污物通过另一根管子排入厂区的坑中。她有时会路过那个坑，那里面都是绿色的、黏糊糊的污物。她不确定坑壁上有没有做内衬。

唯一的麻烦是，污物有时候从容器里冒出来，弄得满地都是。这会造成滑倒的隐患，是违反安全规则的。第一次发生这种情况的时候，苏喊来了自己的主管，向他请示该如何处理。他告诉她，"用橡皮刮把它刮进污水坑就可以了"。不过他警告她不要用水冲，因为那东西会起很多泡沫，

---

1 有机玻璃品牌。

就像加多了清洁剂的洗碗机一样。那次真是一片狼藉，那东西溢得到处都是，连她身上的衣服也未能幸免。她当时并没穿戴任何防护装备。

苏在特氟龙部门仅仅待了几个月就被调回了璐彩特工厂。那时她已经怀孕了。

这次怀孕，她从一开始就感觉和前两次不大一样。前两次都很顺利轻松。可是这次她体内的激素飙升，情绪也特别烦躁。"我总感觉哪儿不对劲。"她本身并不是容易焦虑的人，只是喜欢井井有条的感觉。可是当时她觉得自己简直处于失控状态。她没有生病，但就是觉得焦虑。她不知道自己为什么会这样。

进入孕晚期后，她莫名地感到心神不安。没有感染什么细菌或者病毒，也不像普通的疲倦。她就是觉得身体不能正常运转了。甚至在她和医生交谈的时候，她都不知道该怎么描述自己的问题。她只能告诉医生自己的肚子一直在尖叫：出问题了！

"我不知道自己是怎么了，"她告诉医生，"但是如果你不能给我开假条让我休息一段时间，我就要辞职了。"

"我也不知道该怎么做。"医生回答。

"我不管，"她说，"我就是上不了班了。"

医生想了个办法让她休假。但是每次看完医生，她都要跟工厂报备。就这样，感恩节过去了，圣诞节也过去了。然而那种不安的感觉一直没有离开她，反而越来越强烈了。

在一月一个寒冷的早晨，她感到了第一次宫缩。她的丈夫去上班了，不过她叮嘱他要时刻做好准备。宫缩带来的痛苦如潮水般一阵阵地向她猛烈袭来。在医院里，她整整折腾了一天一夜。她感觉自己的内脏要被撕烂了，可是医生说做无痛分娩已经来不及了。

但后来他们还是给她打了麻醉，因为她必须立即接受剖腹产手术。当孩子在产房冰凉的空气中被取出来时，她的意识还是清醒的。而当医生把新生儿放进她的臂弯中，一切都变得模糊了。一开始她没看清楚，但是透过护士们的说话声和机器的嘈杂声，她听到了医生的话："她得找一个好的儿科医生了。宝宝有先天畸形。"苏费力地从产后的迷糊中挣脱出来。她臂弯中的新生宝宝正在眨着一双不对称的眼睛看向她。和她一样，宝宝的眼睛是矢车菊那种幽蓝色的。但是那对小小的蓝眼睛却并不对称。他的右眼是畸形的，而且位置还有些靠下。宝宝的鼻子也缺了一半。他的左半边脸堪称完美，可右半边脸却像毕加索笔下的画作。苏审视着自己宝宝的面庞，眼泪如决堤的洪水般滚滚而下。

"不要太过伤神吧，"医生对她说，"他也许活不过今晚。"

医生在一旁解释新生儿的先天缺陷时，苏痛哭不止。他的眼睛位置不对，天生畸形，"眼睑是锯齿状的"。他的"瞳孔像锁眼一样"，就像虹膜上裂了个小口子。他的上颌高高地隆起。他的大脑发育得还好吗？医生还无从得知。一大群"白大褂"围在她儿子身旁，盯着他看，就像在看一件标本。

抱着这个小小的身体令她感到心惊胆战。她从来没有这般脆弱、这般恐惧过，她害怕可怜的小家伙会死在她的怀中。然而，她也感受到爱的潮水汩汩涌来。尽管她的视线因泪水而变得模糊，但作为妈妈，她俯身看到的是一个甜美可爱的小天使。她无法想象，这个孩子如果真能活下来，会遭受怎样的磨难。但是，这是她会为之付出所有热烈母爱的孩子啊。宝宝的出生证明上写着威廉·哈罗德·贝利三世，但是她会低声轻语，叫出自己给儿子的爱称："巴基"。

几小时之后，巴基就被抱离了她的怀抱，被送到俄亥俄州哥伦布市的儿童医院。那里的儿科专家应该知道如何帮助这个可怜的孩子。心碎的苏尚在剖腹产手术后的恢复中，留在医院没有同行。她天天以泪洗面，从前她都没想到一个人能有这么多眼泪："我哭得眼泪都干了。"

十天后，肚子上的伤疤还在疼痛，苏和丈夫一起走进儿童医院接回儿子。两人看到巴基靠在一张南瓜状的坐垫上。医生解释说，他一躺下就呼吸困难。

"他就那样看着我，好像在问'你是我的妈咪吗？'。毫无疑问，我的心一下子就融化了。"

但这并不意味着她把儿子从医院带回家心里就一点儿都不害怕。倘若真的发生了什么该怎么办才好呢？医生也无法给出诊断意见。"他们从来没有见过像我儿子这样的病例。"在家里，小家伙经历了一次癫痫大发作，他小小的身体直挺着，像纸板一样硬。这种情况只发生过一次，然而只此一次就足以让他的父母陷入挥之不去的恐惧中，害怕噩梦重演。

巴基出生的一两周之后，苏的母亲带给她来自杜邦工厂一位医生的口信。苏以为就是一通礼节性的电话，医生可能要祝贺她产子，并问问孩子的情况如何。

但在给医生回电话的时候，她立即就意识到，医生只是想了解宝宝畸形的细节。可是他到底是怎么知道这件事的？他说公司要立即上报出生缺陷的问题。她猜测应该是向政府报告吧。她告诉他巴基的眼部情况，也说了他的鼻子缺失了一半。巴基的眼部缺陷和苏血液中的全氟辛酸浓度都被记录下来，成为1981年费耶韦瑟博士研究女员工妊娠结果时的信息之一，不过这项研究后来不了了之，而且从未对外公布过。

*　*　*

在苏休产假期间，凯伦·罗宾逊被调离特氟龙部门。她还收到一份"员工沟通"备忘录，其中包含相当冗长的解释，提到了针对怀孕大鼠进行的全氟辛酸实验，并总结道：

> 如其他工厂有固定职位的空缺，本工厂处于育龄阶段的女性员工可以申请竞聘，调换至其他工厂工作。

特氟龙工厂中约有五十名员工属于上述情况，凯伦是其中之一。她是实实在在地在接触全氟辛酸，她负责量取全氟辛酸粉末，然后把它们倒进特氟龙反应釜。她曾在细粉烘干机中爬进爬出做清洁，在这一过程中吸入了微粒。她还用水管冲洗水槽中的液体，并刮擦反应釜的内部。而且她所做的这一切都发生在她怀"小东西"的孕中期和孕晚期。

"这种东西对女性员工可能会有影响。"有人这么告诉她，但是太迟了，"为了防患于未然，我们要把你调离现在的岗位。"

这则消息引发了极大的关注，后续面向女员工开展的血样检测则令情况雪上加霜。凯伦这时候才得知自己血液中有全氟辛酸，浓度为2500 ppb。她不禁担心不已。事实上，所有的女性员工都陷入了担心和恐惧之中。这种浓度到底是什么意思？这个数值很高吗？从来没有人告诉过她答案，不过杜邦公司的科学团队在1981年4月给出建议，说血液中全氟辛酸浓度超过400 ppb的员工应该调岗。而凯伦血液中的全氟辛酸浓度是建议值的六倍还多。她阅读了公告中的三十九组问答，心中越来越担忧；其中的一组让她尤其不安。

根据3M公司的调查，新生儿身上会出现怎样的出生缺陷？
据报告是眼部缺陷，但是仍需彻底地进行检查。

她一下子就想到了儿子"小东西"的眼睛。

她去见了鲍尔博士，告诉他"小东西"眼部畸形。"小东西"两岁半了，没有别的毛病。但是如果大鼠胎儿出现眼部缺陷，这会不会和她儿子的眼部缺陷有联系呢？凯伦和鲍尔博士一起就"小东西"的眼部缺陷画了一张草图，并把它放进凯伦的档案中；1981年，这份档案成为费耶韦瑟博士研究的一部分。

在1981年的研究中，杜邦公司在七例新生儿样本中发现两个孩子有眼部缺陷，他们的名字是：巴基和"小东西"。

19
实际恶意

苏和凯伦的故事足够撼动陪审团，不过我需要更多的证据，以证明杜邦公司在处理全氟辛酸时不仅仅是"不够谨慎"。为此，我需要一些东西来证明杜邦公司实际上意识到了全氟辛酸的问题，并且有意识地选择忽视该问题。我手头掌握着一份文件，是一份十八年前的会议纪要，它似乎能证明这一点。我几乎不敢相信自己读到的内容。一年以来，我不断挖掘堆积如山的文件，此时我感觉大地在我的鹤嘴锄下让出道路，阳光涌入了尘封已久的洞穴，那里面堆满了奇珍异宝。一切都会因此而改变。

这份文件讲述了这样一件事情：1984 年 5 月末的一个星期二，杜邦公司的高级管理层召开了一次闭门会议，商讨如何应对在特氟龙工厂出现的关键性的新情况。这次会议是在公司医学部主任布鲁斯·卡尔博士发布备忘录后举行的，在之前至少两年的时间里，卡尔博士一直很担忧，认为工厂排出的全氟辛酸"可能在当前或者未来给当地社区带来极大的接触隐患"。高管们之所以召开这次会议，是因为卡尔博士的担忧已被证明是有道理的。华盛顿工厂派了几名员工，悄悄地在工厂外的社区附近采集水龙头里的水样。他们带着塑料壶，按照指示从加油站、当地市场等地方的水龙头中取水，将壶装满。他们的取样范围是从工厂上游七英里半的地方到工厂下游七十九英里的地方。

杜邦公司的内部实验室利用气相色谱分析法对十一个全氟辛酸样本进行了分析；其中，从西弗吉尼亚州的华盛顿（当时使用的是卢贝克供应的自来水）和俄亥俄州的小霍金市采集回来的两例样本呈阳性结果。此时，事情就不再只是令卡尔博士焦虑的推测了，而是一个事实：杜邦公司已经污染了工厂周围的水。

这是一场生存危机。1984年，华盛顿工厂是杜邦公司在世界上最大的塑料制品工厂，特氟龙是其中最为主要的产品之一，且生产规模和创造的利润都在逐年递增（且远未达到巅峰）。全氟辛酸被视为特氟龙制造过程中一种非常宝贵的化学物质；三十二年间，它一直被华盛顿工厂使用并排放，同时也被位于荷兰和日本的两个帕克斯堡的姊妹塑料制品工厂使用。关于全氟辛酸毒性的警示信号越积越多。早在20世纪60年代，杜邦公司就已经获悉，接触过全氟辛酸的老鼠出现了中毒的迹象。其后的研究表明，该化学物质对狗和猴子也会产生类似的影响。彼时，距杜邦公司知道全氟辛酸会持续累积在工人的血液中也有五年时间了。他们也注意到，在特氟龙工厂接触全氟辛酸的七位怀孕女员工中，有两位生下了有眼部缺陷的孩子。此时，他们又得知全氟辛酸污染了当地社区的供水系统，他们打算如何处理呢？

星期二的会议在杜邦公司位于威尔明顿市的马蹄状大楼中举行，来自氟产品事业部的九位高管和公司内部处理全氟辛酸问题的首席毒理学家杰瑞·肯尼迪参加了会议。他们共聚一堂，讨论了种种可能性。不过，他们首先审查了工厂在职业接触方面的安全规定。自1980年起，他们采取措施，通过"工程控制与防护设施"来保护工人。在这一点上，这些措施似乎是奏效的：工人血液中全氟辛酸的浓度有所下降。高管们听取了如何进行进一步工程革新，以减少工人的职业接触风险的简报。细粉烘干机可以配上排气系统，汇集并排走富含全氟辛酸的气流。"首要目标是减少职业接触，其次是要具备治理这种气流的能力。"至少在当时，公司只是简单地将全氟辛酸污染从工厂转移到周围的社区。而且，特氟龙的预期产量还在不断增长，生产过程中的废物造成的全氟辛酸污染只会变得更加糟糕。

杜邦公司得知全氟辛酸已经进入周围社区的饮用水中，这令此事升级成了危机。参会的人发现，公司不同部门的人对如何治理全氟辛酸污染一事存在很大分歧。

医学部和法务部支持彻底停用全氟辛酸，因为他们担心该物质的潜在危险性会导致巨大的责任。而业务部门的领导则持相反的观点，他们认为毒性较小的化学替代物未必存在，如果停用全氟辛酸，"那么从长远发展看，杜邦公司的'生义'[1]将受到极大威胁"。

我费力地眨了眨眼睛，想确定我是不是看错了。

生意与科学似乎产生了矛盾。在我看来，起草这份会议记录的人，（1）在语法学校的拼写考试中肯定没有及格。（2）已经预见到公司内部的科学家、律师与那些善于算计的人之间的斗争会愈加激烈。

尽管高管们最后的结论是此事"很难有一个明确的'觉定'[2]"，但他们都认为，"这个决定将关系到公司的形象和责任"。谈及责任，他们一致认为，"我们已经要为过去三十二年间的操作负责，现在即便停工，我们的责任还是在增加"。换句话说，他们似乎是在问：如果你已经无法从长达三十二年的污染中脱身，那么为什么要放弃一个能创造巨额利润的业务板块呢？在这场争辩中最终获胜的是哪一方呢？鉴于杜邦公司不仅继续使用全氟辛酸，还在之后的十年中增加了使用量和排放量，一切都再清楚不过了，那些善于算计的人和业务部门的领导赢了，公司的科学家和律师团队输了。

* * *

我觉得自己已经展现了全氟辛酸的危险性，以及杜邦公司刻意漠视该问题的事实，这些情况十分可怕，因此我相信我们的医疗监测诉求会得到支持。在这件事上，单单是犯下过失（侵权行为）就已经成问题了：杜邦公司有责任不污染水源，但他们的行事方式完全不像一个有良知的企业。

---

1 原文bussiness，记录者想表达business（生意），但拼写错误。
2 原文dicision，记录者想表达decision（决定），但拼写错误。

想在这一点上取胜，我不必证明杜邦公司是蓄意作恶或知错不改，我只需证明他们做错了事，且违反了他们对社区最基本的关怀标准。

杜邦公司的律师反驳说：我们并未违背自己的职责，因为我们没有理由相信哪里出了问题。因此，我们也没有做违背良知的事情。总的来说，根本不存在不合法的侵权行为，因为没有迹象表明全氟辛酸出了问题。

然而我手上掌握着杜邦公司的档案文件，上面简明扼要地记录着他们自己说过的话：他们知道全氟辛酸有问题，还讨论了如何应对，并担忧解决问题要付出多大代价，以及特氟龙工厂的业务发展会被破坏。这无异于一扇敞开的窗子，在关键时刻显示出公司的本质，他们经过深思熟虑做出的决定，导致了我们今天的处境。他们随后的行为——我现在完全可以证明——表明，即便已经知道问题所在，他们还是不会停用全氟辛酸，甚至根本不采取会议上商讨出来的补救措施。他们没有清理污水管中的全氟辛酸，也没有把更安全的化学物质作为替代品更换到生产线上，更没有把他们的担忧报告给政府。都过了快二十年了，他们还在向自然环境中排放全氟辛酸。

此举恰恰消解了杜邦公司似是而非的说法——没有迹象表明全氟辛酸会造成危害——还令他们背上了更为严重的法律责任。如果我们现在走上法庭，我们要控诉的不仅是杜邦公司犯下的过失，还有刻意的漠视，在法律术语中，这种行为有一个骇人的名称：实际恶意。我们要证明杜邦公司存在实际恶意，就等于说我们得证明杜邦公司意识到了全氟辛酸的问题，并带着这种意识继续行事——那次会议的记录恰恰描述了这些骇人的细节。如果能打赢官司，我所代表的社区将有机会在接受医疗监测或其他救济的基础上，寻求惩罚性损害赔偿。作为曾经代表化学公司的律师，我深知他们最害怕的就是惩罚性损害赔偿——简要地说，就是"惩罚"，这种赔偿会让他们负上巨大的责任。和坦南特一家在他们的案件中估算的"实际损失"不同，惩罚性损害赔偿的金额可能远远高于实际的损失，甚至是数倍之多。如果陪审团发现杜邦公司是在刻意漠视此事，那么法官可以组织一个全新的审判阶段，这一阶段的唯一目的就是确定杜邦公司有多少钱，以便陪审团判定足够大的额外赔偿数目，充分惩罚被告，确保他们以后不会再琢磨做这种没有良知的事情。

对没有良知的行为追责，这是厄尔一直渴望看到的正义。惩罚性损害赔偿不仅关系到钱，更关系到让企业为其有意识的错误行径负责。

我感到一阵头晕；看到文件中的内容，我惊呆了，都没有意识到自己几乎是屏着呼吸读完了这些东西。

这份备忘录证明了我一直以来坚信的事实，证明了我用了将近六年的时间希望证明的事：全氟辛酸会造成严重的危害，而且杜邦公司早就知道这一切。在厄尔的牛接二连三地被全氟辛酸杀死的时候，杜邦公司就知道是怎么回事，可他们竟然把事情赖在厄尔身上。早在十八年前，杜邦公司就知道这种"永久的化学物质"正在污染公共用水，而且会对公众构成威胁。

20

万福马利亚

经过一年多的时间，我和小团队的同仁终于等到了这一刻—— 法院多次指定截止日期，可杜邦公司一次次失约；我也一直在向杜邦公司施压，要求他们提供更多文件，直至向他们发出制裁的威胁。这让我想起一句古老的谚语："许愿须谨慎，梦想会成真。" 新收到的材料多达四十五万页，查阅这些新文件将是一个规模相当浩大的工程。杜邦公司隐藏了如此多的文件，以至于他们征募了最少五十六位律师来进行审查与披露工作。

杜邦公司急于赶在法庭指定的截止日期前交出文件，在审查文件时，他们有了一点疏忽。我意识到了这一点，因为他们要求我把一些文件退回去。他们声称，有一些特许保密文件被错误地提供给了我方，其中包括一些电子邮件和备忘录，记录了杜邦公司的律师之间如何谈论全氟辛酸，以及杜邦公司与客户如何谈论全氟辛酸。公司想把这些文件召回。立即，马上。

在诉讼过程中，我们一般都能够以友好的方式来解决这种问题。但是这一次，杜邦公司的律师们却火冒三丈。

我告知杜邦公司，我们不打算归还其中的部分文件，因为他们已经放弃了对这些文件的特许保密权—— 要么是通过信函表示的（在我们质疑有些文件为什么享有特许保密权之后），要么是向我们披露过相同主题的类似文件。不仅如此，我还要求杜邦公司把相同主题的其余文件也一并移交给我方，包括和本案相关的，以及和坦南特案相关的。新一轮战火又被点燃，又是一个需要希尔法官做裁决的问题。

我可以想象到，杜邦公司内部一定因为弃权的问题乱了套。在杜邦公司通过律师移交的文件中，我们可以清楚地看到他们内斗不断，法务部、医学部和业务部门之间的斗争一天比一天激烈。

我要等很长时间才能知道这些有争议性的文件是否可以用来作为呈堂证供。这些证据非常能说明问题，但是如果不能作为证据呈堂，或不能被引用，它们的实用价值就不是特别大了。不过，那些没有争议的文件也很能说明问题了。其中有一点尤为清楚：之前代表杜邦公司的几位斯皮尔曼律所的律师眼下已经是西弗吉尼亚州环境保护部负责监管的公职人员。在处理过全氟辛酸问题之后，他们就离开了律所，接受了在政府部门的新职务。在最新的州同意令的磋商过程中，斯皮尔曼律所担任了杜邦公司和州政府之间的联络员，也正是该同意令组建了C8毒性评估小组（我们现在叫这个小组"CAT骗子"）。事实上，正是斯皮尔曼律所的律师团队帮助起草了那份他们的新雇主正在实施的同意令。

我曾听埃德和拉里调侃过西弗吉尼亚州政府和企业之间的旋转门现象，不过，通常都是公职人员离开监管机构，到薪资更高的私营企业任职。显然，在我们这个案子中，旋转门是在反向转动。沉浸在杜邦公司的文化中，和这家公司持同样观点的人可不适合去敦促监管机构，和自己的老朋友、老同事作对。

杜邦公司和西弗吉尼亚州环境保护部之间原来有这样见不得光的关系，搞明白这一点之后，我敦促该机构招募一个独立的组织，以监督杜邦公司和州政府仍在运作的、与同意令相关的工作；可他们对我的请求充耳不闻。我还提醒环境保护部，他们曾经承诺会对杜邦公司销毁文件一事开展独立调查；这个提醒也石沉大海了。我其实也不指望他们真会这么做。到目前这个阶段，我已经得出结论：我写给州政府的许多封信都被他们扔进了废纸篓。哈利、埃德和拉里都提醒过我：西弗吉尼亚州的情况就是这样。

我感到非常沮丧，不仅是因为这种旋转门现象。在C8毒性评估小组的战场上，杜邦公司用150ppb的安全标准给了我们迎头一击。这个高得荒唐的安全标准被宣布之后，西弗吉尼亚州的相关机构似乎有了完美的借口，不再采取任何行动。没有问题嘛！我又给联邦政府发去一封信，请求他们否决C8毒性评估小组给出的安全标准，并立刻采取行动。

我得到的只有沉默。

与此同时，我不断把有关全氟辛酸毒性和环境扩散的文件补充到我们的公开庭审摘要中，并将它们递送至环境保护局设立的公共事件备忘录。虽然我认为自己为这宗集体诉讼案所做的准备已经令案子越来越有说服力，但我仍感到惭愧，觉得自己有责任替原告们敦促政府监管机构向杜邦公司施压，责令他们采取行动，停止危害公众健康，至少要立刻为受害者提供干净的饮用水。案件推进得很缓慢——这之后不久，法官就把开庭日期定在次年七月——我越来越觉得自己陷入了厄尔当初的境遇，就像他看着自己的牛群死去时那样。毫无作为的每一天，就是社区居民接触那种化学物质的每一天。这种想法啃噬着我。我很想问问那些拖拖拉拉的监管者：你们的孩子喝那种含全氟辛酸的水吗？现在我的证据这么充分有力——四十五万页的文件，揭露出一幅使人惊恐的画面，杜邦公司的所作所为影响甚广——就像当初厄尔抱着他那个装满各种证据的纸箱一样，但是没有人愿意看上一眼。

杜邦公司的对抗手段奏效了，我明白自己丢失了阵地。他们放出了150ppb这个烟幕弹，尽管很离谱，但他们占了上风，成了强势的一方。我必须要做点什么来扭转局面。总要有人采取行动，特别是在监管机构竟然无动于衷的情况下。我考虑着基于已经发现的事情，我能够证明什么。突然，我想到一个大胆的计划：显著接触，有害的化学物质，急剧增加的疾病风险，杜邦公司的错误行为——根据西弗吉尼亚州的法律，仅仅利用我手上杜邦公司的文件，我就能证明我的原告们需要医疗监测。如果我现在就可以依靠法庭采取行动，收拾眼前的烂摊子，那为什么一定要等到宣判的时候呢？依靠杜邦公司的内部声明、研究资料和情况陈述——他们无法否认的事实——我可以直接向法官提交动议，申请简易判决，以缩短整个审判的流程。

在这样一个复杂的案件中，申请简易判决将是一个不同寻常的动议。但是我越考虑，就越觉得这条路走得通。当一名律师确信在案件的重要事实上不存在真正的争议时，他/她就可以申请简易判决。对事实的争议总是会存在的，不论争议的基础是多么薄弱。在"重要事实"上不存在"真正的争议"是非常高的门槛，所以简易判决并不常见，在事实庞杂的复杂案件中更是少之又少。

但那些文件是关键。我计划的美妙之处在于，我不需要引入专家证词，也不需要聘请专家写报告——反正杜邦公司会雇人反驳我方专家的任何观点。他们可以批评外部专家，但他们如何对公司的内部文件提出异议呢？经过这么多年，杜邦公司靠一己之力把法律上的必要信息都集齐了。存在显著接触吗？当然，他们做的水样检测和血样检测都是证据。是有害的化学物质吗？这是一种值得做二十五年实验的化学物质，而且杜邦公司内部已经认定它对动物来说是致癌物，对人类来说可能致癌，这些足够符合要求了吧。显著接触会急剧增加人类患病的风险吗？杜邦公司多年来一直以工人为对象，深入研究这个问题。医生会建议对相关疾病进行医疗监测吗？从20世纪70年代开始，杜邦公司的医生就在为工人们做这件事。

我想告诉希尔法官的事情很简单：工人们的血液中出现了全氟辛酸，这令杜邦公司非常担忧，以至于公司自己组织了医疗监测，其内部科学团队也开始研究这个问题；那么，社区居民也接触了同样的化学物质，接触程度远超杜邦公司内部制定的参考限值，他们有权被施以同样的预防措施。杜邦公司难道要质疑自己科学团队的研究结果吗？

我于2003年3月提交了该项动议，法官将听证会的时间设定在4月18日。我用了好几天的时间，仔细研究手头的卷宗，挑出能证明我观点的文件。我觉得这个案子很有说服力，即便我失败了，我也可以由此提醒法官，全氟辛酸造成的伤害仍在继续。这种化学物质仍然在往水里流，在空气中扩散，在我当事人的身体中累积。法官手中握有大权；如果我能证明污染不仅在持续，还变得越发糟糕，他可能会被触动，即便不能同意进行简易判决，也会采取一些行动。

在听证会之前，我打算先给自己的衣柜来一次大换血。好几年了，萨拉总是拿我的鞋子开玩笑。我不是很在意自己的穿衣打扮，更不在乎脚上的鞋子。我一共就有两套西服、几件正装白衬衣、几条领带和一双已经磨损的正装皮鞋。萨拉曾经提醒我说，如果穿着这种鞋子，我永远也不会成为塔夫托律所的合伙人。但我早在几年前就当上了合伙人，所以我猜鞋子没什么大的影响。但这次我可不想让任何事影响我的运气，这毕竟是一个重要的时刻。人是衣服马是鞍，所以我为自己添置了新的西服和皮鞋。

我又一次熟门熟路地驱车从帕克斯堡来到伍德县的法庭，这是一幢20世纪50年代的混凝土板建筑物，距离俄亥俄河只有两个街区。我沿着水泥通道一路来到入口处，情不自禁地望向了河流的方向，脑海中想象着被湍流裹挟着一路流向下游的全氟辛酸。

这类听证会上完全没有电影中描绘的那种干脆利落的戏剧化场面。你不必花费心思给陪审团留下好印象，因为这里没有陪审团，只有分坐在法庭两端的双方律师，他们故意避免彼此之间的眼神接触。和法官的对话中充斥着专业用语，通常不带任何感情色彩。人们发言时不会大声说话，也不会手舞足蹈，而是会有礼貌地清清嗓子。然而控辩双方律师的心中都波涛澎湃。我没有猜错，杜邦公司的律师团队——这次还是王者般的拉里·詹森带队——对于我提出简易判决的动议既惊诧不已，又火冒三丈，他们恨不得把它踩成渣渣。杜邦公司仍然受到威慑，因为我要求法官对他们施以制裁，其中既包括经济制裁——因为我方花费了大量时间敦促他们提交文件；也包括法律制裁——我要告诉未来的陪审团，他们应当假设那些被杜邦公司的毒理学家肯尼迪毁掉、无法呈堂的文件能证明全氟辛酸有害。我很开心自己能够连环出击。

我首先起身，继而历数我们认为全氟辛酸有毒的理据。本来我以为自己能一击即中，然而希尔法官马上就打破了我的幻想："为什么你不去证明至少有某个人曾经遭受到C8的不良影响呢？"

"尊敬的法官阁下——"我开始回答他的问题，但是他用一句平淡的陈述打断了我，如果我不能进行反驳的话，我的动议就相当于被否决了。

"C8是一种有毒物质并不是一个既定事实。"他说。

"我们相信它是。"

"怎么得来的呢？"

我赶忙开始下一步：展示动议申请中附带的所有支撑性文件。

我展示了许多材料，它们都表明杜邦公司担心全氟辛酸可能会使工人生病。此时，希尔法官提出一个问题打断了我，问题与之前的一次研究有关。那次研究表明，接触过全氟辛酸的工人们出现肝功能异常的现象，同时还显示研究人员担心这也许是肝脏疾病的前兆。

"等一下，"他说道，"这是申请司法救济的充分理由吗？说'也许如何'就行？不应该是'很可能如何'吗？或者说，至少应该是'很可能如何'？"

这是一个关键时刻。法官关注的是西弗吉尼亚州最高法院之前的那次裁决，其中认可了医疗监测索赔的可行性。我需要帮助法官了解，为什么这次的医疗监测索赔和他平时听到的索赔诉求不太一样。在本案中，我主张司法救济不是为了帮助因接触某种化学物质而被确诊患病的人，而是要帮助人们尽早了解接触这种化学物质令他们患病的风险不断增加。通常情况下，如果科学家们一致同意某种化学物质存在重大风险，能够引起严重疾病（我认为杜邦公司在自己的记录中已经明确了这一点），就足以启动医疗监测程序了。我无须证明该化学物质令什么人生病了，或者将给什么人带去疾病。

"医疗监测不是为了弥补实际损失，"我告诉法官，"而是要回答：该物质引发的风险是否会显著增加。"

然而正如我所料，杜邦公司的律师团队反驳了我，他们提出C8毒性评估小组给出的那个恶名昭著的数值：饮用水中全氟辛酸的"安全"标准是浓度不超过150ppb。詹森的协理律师史蒂夫·芬内尔接过话茬，试图把问题讲清楚。

"2002年5月，西弗吉尼亚州选出十位毒理学家，负责解决这个涉及医学和州际毒理学的问题。专家们在看完所有证据之后达成共识，认为对人类来说，150ppb是安全水平。而我们现在谈论的、在当地发现的全氟辛酸，其浓度很低，只有1ppb或2ppb。"换个说法，依照受人尊敬的C8毒性评估小组的看法，即使全氟辛酸会造成某些疾病，但它在当地的水中浓度如此之低，根本就不可能带来任何疾病风险。

当然，他没有提及C8毒性评估小组的成员中有杜邦公司自己的科学家，不过也没有必要提了，因为法官打断了他的话。

"我认为双方律师就这些问题进行争论时，始终有一个麻烦，就是他们不是技术人员，也不是科学家，他们并不懂这些问题。我无从知道他们在这里讲给我听的究竟是不是事实，甚至他们自己都搞不清楚。所以鉴于本案的特殊性，简易判决似乎……"他停了一下，我不由得屏住呼吸。看上去他马上就会说我的动议被否决了，可他话锋忽然一转，转到了对我方更有利的方向："像这样的案子，通常不考虑简易判决，还是得按照流程推进，而且我也不确定陪审团会不会比我更严厉地对待杜邦公司；但是又要考虑到工厂还在释放这种危险的，或有可能带来危险的化学物质。"

我的大脑在急速地转动着。时间似乎过得很慢。我看似就要失败了，却又有一种惊人的成功潜力。显然，希尔法官并不认为事实不存在争议，至少控辩双方在伤害风险是否在增加这种基本问题上意见就不一致，所以并不符合申请简易判决需要满足的条件。即便是将杜邦公司内部科学团队的研究结果与C8毒性评估小组的结果做对比——不论后者有多么龌龊，两组事实仍然是相互矛盾的。因此我也明白进行简易判决是没什么希望的。但与此同时，我的次要策略奏效了，我成功地让法官明白他的邻人每时每刻都面临着持续不断的潜在伤害。我看得出来，他很同情我那些身陷困境的当事人。我必须尽快想出一个办法，即便做不了简易判决，也能让他应允我们一些司法救济措施。紧接着，我莽撞地想到一个疯狂的办法：如果因为事实仍存在争议而无法进行简易判决，我也许能换一种方式，请求法官颁发一份强制令，要求杜邦公司做些什么，将全氟辛酸正在产生的危害昭告天下。

"如果法官阁下担心本案的情况不符合简易判决的标准，"我说，"我方认为进行强制救济是可行的。"

"这也正是我一直在考虑的。"希尔法官说道。这简直是充满魔力的语言。

詹森又站了起来。他感觉到情况急转直下，想赶在法官一锤定音之前扭转一下局势。

"法官阁下，我可否再用一点儿时间，回到基本问题上？"

对他而言，基本问题就是杜邦公司在所有辩辞中反复提到的底线：没有任何证据显示全氟辛酸会危害人类健康。如果西弗吉尼亚州政府已经认定，水中的全氟辛酸浓度只有超过150 ppb时才不安全，那么在我们的集体诉讼中，所有当事人通过水这一途径接触全氟辛酸时，都没有超过这个数值，也就是一点儿都不"严重"，不够资格申请医疗监测。

我不得不插句话。问题不仅仅是水中的全氟辛酸，还有当事人血液中的全氟辛酸。我指出，杜邦公司的科学家在2001年构建了一个内部模型，基于大气和水中的全氟辛酸浓度，来估测人类血液中的全氟辛酸浓度。该模型预测，那些生活在华盛顿工厂附近的居民，其血液中的全氟辛酸浓度高达几百甚至几千 ppb，这真是个天文数字，远高于1999年3M公司报告的普通人血液中4 ppb到5 ppb的全氟辛酸浓度。

詹森反驳说，我们不应该用杜邦公司的模型来实现自己的举证责任。他说那不过就是一种数字上的估计，根本说明不了什么。如果我们继续基于血液水平（而不是水中的浓度）主张"显著接触"，就必须拿出证据，证明我们的当事人血液中的全氟辛酸浓度急剧上升。

但问题是，据我了解，全美国只有一个实验室有条件检测血液中的全氟辛酸。这个实验室和杜邦公司签了独家合同，没有杜邦公司的许可，它不会为我们做任何检测，杜邦公司当然不会允许我们做这个检测了。

没有实验室，我们就无法得到杜邦公司要求我们提供的数据。这又是一个矛盾的窘境。

"法庭有权通过强制令要求进行该项［血液］检测。"我重申道。

詹森的眼睛里跃动着愤怒的火苗。"我方不同意。"他说道。

希尔法官眯起眼睛，目光里透着不悦与困惑。詹森为什么不同意呢？他很想知道答案："你认为我没有这个权力吗？"

詹森知道他现在处于一个进退维谷的两难境地。他轻轻地向后靠了一下，幅度很小。"我真的要考虑一下自己说的话，"他说，"我不想说任何法官没有权力……"

"你不会这么跟联邦法官说话，是吧？"

事情显然没有按詹森预想的方式发展，他把法官惹火了。希尔法官当然不吃他这一套。

"我会下令开始这项检测，"希尔说道，"然后你们可以到州最高法院提起加急上诉，看我的裁决是否合理。与此同时，这种物质正在被排到水和空气里。"

这就对了。我没有搞定简易判决，却赢得了强制救济。我已经成功让案件调转势头，又变为对我方有利了。现在，杜邦公司又要进行防守了。强制令要求对接触全氟辛酸的人群进行血液检测——至少在等待上诉判决期间要这么做——这样就会为我的当事人提供一种补偿，这种补偿是他们得知自己喝的水被污染之后就一直渴望得到的。他们最终会得知自己的身体是否已经受损，如果是的话，严重程度如何。检测还可以提供必要的血液数据，如果我们拒绝将C8毒性评估小组给出的150ppb作为判定"显著接触"的标准，那么杜邦公司就会要求我方提供这些血液数据。我还提前获取了一些非常重要的情报，是关于杜邦公司打算如何在审判中攻击我方的。如果我没有提出简易判决的动议，我可能现在都不知道杜邦公司打算在血液数据这个问题上卡我们，如果真等到正式开庭才知道他们的路数，那就太晚了，根本来不及去采样。

在听证会结束之前，希尔法官解决了另外几个悬而未决的问题，包括我们对杜邦公司的投诉，指责他们一直拖延上交调查所需要的文件。希尔法官同意了我的制裁请求。作为对肯尼迪之前在 CAT 骗子小组中销毁证据的"惩罚"，他要求杜邦公司为我方律师团队因处理相关问题而花费的时间支付费用。钱虽然不多，但这是一种象征性的胜利。更为重要的是，他裁定杜邦公司将在法庭上面临"陪审团消极推理"。陪审团将受到引导，假定那些被毁掉的文件中含有能给杜邦公司定罪的内容。

我方取得了两个重要的胜利。

不，是一个半的胜利。在抽取第一滴血进行检测之前，杜邦公司竟然接受法官的"邀请"，对强制令提起了上诉。西弗吉尼亚州最高法院将会就此进行裁决。血液检测被迫暂停了。

21
兵戎相见

血液检测被迫暂停，我对进展缓慢的司法程序和监管机构的所作所为逐渐失去耐心，我决定为我的当事人做些什么，做些打官司之外的事情。争取简易判决是一个有力的举措，此举起到了作用。案件的主动权显然又回到我们这边，可眼下我的当事人能得到什么实际的好处呢？我曾经向数以千计的人承诺要帮助他们，这些人对诉讼迟缓的进程越来越不耐烦。他们接二连三地给我在西弗吉尼亚州的协理律师打电话，表达自己的愤慨，更为糟糕的是，他们一旦觉得哪儿有点疼，或是胃部不适，都会怀疑是他们仍在饮用的水造成的。他们都不是有钱人，瓶装水太贵了，相比之下他们只能选择扛下在未来患上未知疾病的风险。他们不得不做出这种选择，而且在监管调查和法律诉讼阶段，相关机构也没有要求杜邦公司支付瓶装水的费用；这一切令我无法忍受。

环境保护局没打算尽力帮助这些人，他们甚至都不质疑 C8 毒性评估小组伪造的数字，这令我非常沮丧。假如该机构的工作人员读过我写的信，看过我精心准备的证据和附件说明，就该知道 150 ppb 是个多么荒唐可笑的参考限值。

随着心中积聚的恼怒越来越多，我不由得想起了泰迪、查理和托尼，他们现在分别是五岁、三岁半和不到两岁。泰迪再过短短几个月就要上学前班了。除了我自己的家庭，我还和坦南特一家、基格一家，以及他们的邻居保持着联系，这种情谊我在以前压根儿没想过。不论要付出什么代价，我都要继续为他们而战。一天晚上，我和萨拉蜷缩在一张沙发上吃着黄油爆米花，我们商量来、商量去，一致认为这是我应该做的事情。

我决不言败。环境保护局不作为，那么我就给他们更多的压力。在2002年9月，我的坚持不懈终于得到了回报，他们开始有反应了。我在写给他们的信中列举了大量我辛苦梳理出来的水样检测数据和毒理学数据，并提了很多问题，足以使环境保护局意识到他们不能对此事坐视不理，不能不进行独立的核实工作，就接受C8毒性评估小组的结果。他们悄无声息地启动了内部调查工作，对全氟辛酸的毒性进行"优先审查"，还生成了新的公共事件备忘录，记录与全氟辛酸的风险和毒性有关的信息。

我必须利用好这个立足点。首先，我更加努力地推动环境保护局进行独立调查。我用更多的信件对他们狂轰滥炸，不断强调我辛苦得来的相关要点。在每一封信的后面，我都附上了支撑性文件，其中大部分内容来自杜邦公司的内部卷宗。这些内容都被收录进公共事件备忘录。虽然我经历了磨难，但我仍然被厄尔那种不屈的信念所感染。监管人员就该看到全部资料，我这样告诉自己。如果他们看到这一整套资料，就能和我一样明白这一切，就不会再对这么明显的危险视而不见。然后他们就会明白C8毒性评估小组错得有多离谱了。

毫不夸张地说，我认为自己连珠炮似的给环境保护局写信相当于在做公益服务。我东奔西跑，分享我可观（而且非常昂贵）的劳动成果，这就是在帮环境保护局的忙。某些政府职员走运了，我帮他们节省了获取、审查、整理资料的时间，得有几千个小时。如果单靠他们自己，能完成这些工作吗？我对此表示怀疑。我和他们分享的好多内容都是得来不易的杜邦公司内部资料，我跟杜邦公司较量了好几个回合才把它们拿到手，如果用公开的搜索方式，是搜不到这些资料的。我敢肯定，环境保护局里会有那么几位职员感谢我的贡献。不过可不是每个人都这样认为。多年之后，有位内部人士很肯定地告诉我，我当年凭一腔热血做的事激怒了他的同事们。对他们而言，我就是烦人的牛虻，给他们本已十分忙碌的工作增加了负担。

让这种想法见鬼去吧！

我给环境保护局施压，让他们采取行动；我还写了很多信，并定期往环境保护局的公共事件备忘录里添加文件；我为庭审准备呈堂材料；我做这一切还有另外一个重要目的：我要确保关键的内部文件——非涉密但未发表的研究结果、内部备忘录、会议纪要——不仅可以被法官和监管机构看到，更要被公众看到。我得让公众了解他们面临的健康威胁，而且我也希望这些资料能被与之利益相关的团体和组织注意到，以便借助他们的影响力。

这个办法还真奏效了。美国环境工作组（Environmental Working Group，EWG）挺身而出，接下了这个重任。美国环境工作组总部位于华盛顿特区，是一个非政府组织，由一些科学家、政策专家、律师和通信专家共同运作，他们搜集并审查与人类健康和环境相关的科学问题。该组织的成员善于汇总数据，能将科学术语转化成门外汉也能听懂的东西。该组织宣称自己没有党派性，不过某些批评者（特别是化学工业界人士）对此持异议。

2003 年，环境工作组开展了名为"污染入侵人体"的系列项目，将全氟化合物（perfluorochemicals，PFCs）作为关注对象之一，其中包括全氟辛酸和全氟辛烷磺酸。

该组织对我们的集体诉讼案和呈堂材料都有所耳闻。环境工作组表示，为了撰写报告，他们查阅了五万页的文件；其中一些是从环境保护局得来的，而另一些则取自"体量不断扩大的独立科学研究"，其中大部分是"正在进行的诉讼所披露的杜邦公司和 3 M 公司的内部文件"。

这说的就是我的案子。我提交的绝大部分文件——我把它们附在呈堂材料和写给环境保护局的信的后面了——都被归入公共记录，那么我就可以自由地使用它们，助环境工作组一臂之力。

2003 年 4 月 3 日，环境工作组在它的网站上贴出了一则消息，提要中写着:"人畜均受其害。从未间断。普遍存在于人类血液中。一种全氟化合物已被禁止,另外一种面临监管压力。是时候近距离观察……全氟化合物了:一个污染地球的化学物质家族。"

能有一个杜邦公司(还有政府)以外的组织充分利用我分享的材料,仔细检查数据,并且看到我一直以来所看到的事实,这真的是相当令人心满意足。科学开始为自己发声,它讲述的事情和杜邦公司的口径可并不一致。"没有任何证据显示该物质会对人的健康造成不良影响"无法再与不断涌现的大量反面证据抗衡。

环境工作组毫无保留地阐明了目前的危险处境。他们在报告中这样陈述道:"随着越来越多的研究成果纷至沓来,全氟化合物似乎注定会取代滴滴涕、多氯联苯、二噁英等化学物质,成为有史以来最臭名昭著的全球化学污染物。"报告中还说:"政府科学家对此非常担忧,因为和其他有毒化学物质不同,在全氟化合物中,毒性最强、散播最广的一种永远不会在环境中降解。"

"在未来几年中,化工行业产生的每一个全氟辛酸分子都会永远与我们同在,"报告中还提到,"不粘锅、家具、化妆品、家用清洁剂、衣物,以及包装食物的容器都含有全氟化合物,其中的很多种会在环境和人体中分解成全氟辛酸。"

只不过几天的时间,这则消息就在全国快速传播开来。全氟辛酸也从一个"地方性问题"正式发展为整个国家关心的问题。

有那么一个短暂而令人振奋的时刻,我感到如释重负。我不再是那个公然跟"专家"抬杠的"疯狂原告律师"。我并没有误读那些内部资料,我也不是妄想狂。

关于全氟辛酸的警示消息突然间像潮水般涌来,这让我在很长很长的一段时间里第一次感受到了乐观;不过,它们的作用远不止于此。似乎是在这些消息的推动下,环境保护局终于出手做事了;而在此之前,我在没有外部独立组织支持的情况下努力了三年,却根本推不动环境保护局。

环境工作组发布报告后仅十一天，环境保护局就在其网站上发布了一则公告："本机构将对 [全氟辛酸] 展开有史以来最为广泛的科学评估。"这一过程将"确保今后对全氟辛酸的任何监管行为都能保护公众健康，并得到最优的科学信息支持"。该公告还透露，环境保护局准备了一份计算"接触限值"的风险评估草案，此举表明全氟辛酸可能对人类健康，特别是年轻妇女和女孩子的健康构成威胁。

环境保护局的这则公告在全国范围内掀起了新一轮高潮，与之相关的新闻标题"遍地开花"：《环境保护局加紧研究特氟龙对人类的化学风险》（路透社）、《特氟龙因构成健康风险接受审查》（《华尔街日报》）、《特氟龙遭遇重创》（美联社）。

这次的目标不是那种没什么人听说过的生僻化学物质，而是几乎每一个美国人的厨房里都拥有的产品：特氟龙。

我感到冲击波在威尔明顿市回荡。我估摸着每一条提及"特氟龙"和"健康风险"的新闻标题，都会像迫击炮弹一样落在杜邦公司总部。杜邦公司的高层不会谈论特氟龙的利润，但是我曾于2002年11月向杜邦公司副总裁，氟产品事业部总经理理查德·安吉洛取证，那时他透露说，使用全氟辛酸制造的产品仅在2000年就创造出两亿美元的税后收益，大概占整个公司年度净利润的20%。这种来钱的方式恐怕是很难取代的。

甚至行业刊物都在猛烈攻击杜邦公司。《塑料新闻》的社论指责杜邦公司没有公开饮用水中的污染情况，称帕克斯堡的情况是"一个破坏社区信任的教训"。

此时，这件事不再是某个闭塞落后的州法庭里的小争执了，也不仅仅是一个妄想狂律师挑衅身披铠甲的巨人，更不再是与杜邦公司关系可疑的州监管机构可以控制的事。

联邦监管机构正在介入。敏感的媒体嗅到了气味，马上蜂拥而至。杜邦公司的高管们可能正聚集在某张桌子旁边，紧急讨论着，试图压制住慌乱的局面。眼下已经是不得不打碎玻璃的紧急情况了。我无法确定杜邦公司下一步的行动是什么，但我确信他们是不会轻易放弃的。

＊　＊　＊

在负面新闻的笼罩下，杜邦公司发起了公关反攻——甚至可以说是一场赌博。"对人类健康无任何不良影响"这种老生常谈在法庭上可能管用，但绝不能作为向消费者吹嘘的卖点。杜邦公司不想不打自招，引得人们关注健康和全氟辛酸的问题。但是要想应对问题，奠定舆论基调，引导辩论走向，这是他们绕不过去的风险。假若他们等到下一轮负面舆论来袭时再辩解，后果可能是毁灭性的。为了平息舆论，杜邦公司计划面向主流媒体的主力记者开一对一的信息发布会，所涉媒体包括《纽约时报》《华尔街日报》，还有电子通讯社和其他一些报业巨头。

杜邦公司及时又直接地用一篇新闻通稿回击了环境工作组和环境保护局。他们说，环境保护局关于风险的武断说法"明显是误读了数据"。

杜邦公司在新闻通稿中称，他们掌握了"丰富的科学数据"，足以说明"没有任何证据显示该物质会对人的健康造成不良影响"，其中包括"工人监测数据、通过同行评议的毒性与流行病学研究报告，以及专家组的报告"。此外，"许多关于全氟辛酸的毒理学研究使我们和其他人相信：该化合物对所有人来说都是安全的，包括育龄妇女和年轻的姑娘"。

每当杜邦公司提到他们有"许多研究"和"丰富的科学数据"时，我都会格外留意。如果这些数据确实存在，那他们为什么没在调查过程中发给我呢？杜邦公司每提及一次研究，我都会要求一份复印件。当所谓的无罪研究报告出现时，如果我直接跳到结论部分，总能看到同样的话：没有证据表明存在健康风险。后来，我请我的专家来评估得出上述结论的数据，这时他们往往会说：这些数据无法支撑该结论。

尽管媒体中的负面报道越来越多，但杜邦公司似乎也拉拢了一些媒体。帕克斯堡地方电视台就站出来为杜邦公司说话（并抨击了原告及代理律师），电视台经理发表评论说：

尽管某些人更热衷于致富而非了解真相，但现在仍然没有证据表明 C8 对于人类而言是"有害的、致命的，或有毒的"。

如果他们能拿出证据，证明杜邦公司故意隐瞒 C8 对人类有害的信息……或是漠视 C8 对人类和环境的影响，那么我会第一个站出来发声，揭露杜邦公司的隐瞒行为。然而时至今日，虽然有各种指责和传言，而且华盛顿工厂用 C8 制造特氟龙产品已经有五十年了，但情况并不是有些人说的那样。

我们应该冷静下来，等待事实水落石出，在此之前下任何结论都为时尚早——不论你是法官，还是普通公民。

这则评论传递给公众的信息再明显不过了：一群贪婪的原告律师和一个不称职的法官一心想要破坏当地的经济。倘若不加以制止的话，他们不仅会毁掉整个城镇，还会毁掉每个人赖以维生的方式。

杜邦公司内部也运作起来，他们准备斥资两千万美元给消费品牌做广告，展示一款可用于衣物、家纺和地毯的全新特氟龙面料。

杜邦公司甚至请他们的头儿，首席执行官查尔斯·霍利迪[1]，公开为全氟辛酸和特氟龙辩护。他在召开年度股东大会时试图缓和大家的担忧："以我们在操作中的接触程度，看不出全氟辛酸对人体健康或是环境有什么不良影响。"又是这一套说辞，然而这次是大老板亲口说的，就更具重要性了。无论是在镜头前，在公开场合，还是发表会被记录在案的意见，向证券交易委员会提交书面文件，霍利迪都亲自为特氟龙和全氟辛酸辩护。他的声明听上去既充满信心，又明确无疑，再加上"科学公司"的声誉做后盾，杜邦公司的主张似乎很有说服力。

这套说辞对别人来说也许有效，但我所坚信的是杜邦公司正陷入越来

---

1 后文中亦称"查德·霍利迪"。

越深的绝望之中。对于首席执行官来说，卷入其中无疑是一步险棋。这么一来，他就破坏了几乎刀枪不入的判例法，该法通常能够保护高级管理人员不被牵扯到官司里。我意识到他的公开声明已经为我打开一扇门，这下我可以要求他交出电子邮件，以及任何与全氟辛酸相关的电子版和纸质版文件。

这样一来还给了我向他取证的理由。当然，这么做也是一场豪赌。向一位首席执行官取证是极其罕见的事，我几乎从未听说过。不过杜邦公司已然把他推到了股东、新闻媒体和公众面前，公开讲述全氟辛酸的安全性，这就等于打开了大门。在他公开发表讲话之后，我向法庭提出，他以个人身份参与了这件事，这就已经凌驾于具有保护意义的判例法了。如果他能在公开场合谈论这些问题，那么他也可以在有书面记录的情况下谈论此事——我指的是正式取证。

法庭同意了。

* * *

就在我得到向查德·霍利迪取证的机会之前，杜邦公司又做出了一个令人瞠目结舌的举动：他们竟然提出一项动议，要求取消希尔法官的审判资格。他们的理由是希尔法官本身就是我们集体诉讼中的一个成员，这里面有利益冲突。他们坚称，希尔法官是帕克斯堡的居民，据说他在家中也饮用"被全氟辛酸污染的水"。所以，杜邦公司的律师团队是想摆脱命令他们把文件交给我的法官，正是这些文件添了一把火，最终引来了环境保护局的制裁、环境工作组的报告，以及媒体的负面报道。

杜邦公司的律师拉里·詹森说："法官一旦认定自己与该事件有利害关系，就有义务主动放弃审判资格。"

当时，在听证会上，我就站在希尔法官面前，他和我一样目瞪口呆，我真是不敢相信杜邦公司竟然敢去动他。不久之前我刚提出申请，要求查看华盛顿工厂的初始员工档案，希望能在其中找到原始数据和对工人的研究记录，也就是那些杜邦公司声称能证明"不存在任何不良影响"的资料。杜邦公司拒绝了我的要求。希尔法官将会对这一争议做出裁决；他已经对杜邦公司采取了制裁措施，要求他们为相关人群进行血液检测，还允许我向杜邦公司的首席执行官取证。我认为杜邦公司一定非常非常不想让我看到工人的医疗报告。

另外，还有一个与文件有关的棘手问题，杜邦公司声称文件是保密的，但我们认为他们已经放弃了这项特权。于是，我们双方就陷入了僵局，只有希尔法官能够破解它。

但是倘若希尔法官被取消了审判资格，他就无法再就这些问题进行裁决。

想想杜邦公司当初费尽心思地要求把案件转移至帕克斯堡审理，这是多么讽刺啊。同样可笑的还有所谓的主场优势。希尔法官的裁决并没有向杜邦公司想要的方向发展，于是他们就千方百计要换掉他。

这真的是一步险棋。

"我真的对你们的动议感到无比震惊和讶异，"希尔法官告诉杜邦公司的律师们，"因为我压根儿不知道帕克斯堡的人也受影响了。之前只提到卢贝克……还有俄亥俄州的小霍金，没提过帕克斯堡。"

希尔法官喝的是帕克斯堡的水。水样检测结果显示，帕克斯堡的饮用水是合格的，其中的全氟辛酸浓度低于实验室给出的限值（据杜邦公司的科学家说是 $0.05\,\mathrm{ppb}$）。杜邦公司的律师刚开始的时候称，如果某个人喝的水受污染程度低于限值，那他就不能成为集体诉讼的原告；但是现在他们发现，把帕克斯堡的居民，包括希尔法官，归入原告一方反而对自己有利。

"但是这个国家的每一个人显然都受影响了，"法官说道，"那么，这件事情的限度到底在哪里？难道你们打算剥夺所有法官审判这桩案件的资格吗？"

"没有审判资格的法官不应该开庭，但有审判资格的法官也绝不能拒绝开庭。"他继续说道,"换句话说,我不可能放下这个案子,这应该算是我肩负的责任——这就是我的责任。"

在这件事上,我和希尔法官又一次观点相同了。

希尔法官驳回了取消其审判资格的动议。

他继而着手处理其他几个悬而未决的动议。对我方来说,这是一次全面胜利。希尔法官命令杜邦公司把员工的医疗报告交给我,这一直是他们激烈抵制的。他还拒绝了杜邦公司主张特许保密权的诉求,并且坚持指出,杜邦公司需要提供的不仅是这部分有争议的文件,还包括所有的相关文件——包括准备向社区居民解释饮用水中有全氟辛酸时,他们是怎么商议的。

"你们可以去咨询州最高法院尊敬的法官们,看他们是否同意我的处理方法。"他最后说道。

杜邦公司真的那么做了。他们又一次提出上诉。

2003年的夏天,西弗吉尼亚州最高法院最终决定受理杜邦公司对希尔法官三项裁决的上诉:关于血液检测的强制令,关于他反对取消自己的审判资格,还有关于放弃特许保密权。

这些诉求阻滞了我们的案件进度,让事情又一次陷入僵局。除了已经下达的、要求杜邦公司披露内部医疗记录的命令,补充性调查工作和正式程序都被冻结了:在延缓令解除之前,不再有动议,不再有取证,也不再有其他强制性的文件披露。只有等来州最高法院的裁决,才能推进这个案子。

流行病学

案子的补充性调查工作和正式程序停下来了，可是我并没有闲下来。

提交动议和取证工作无法进行之后，我忽然之间获得了一种全新的资源：时间。现在，我有时间去华盛顿特区参加环境保护局的会议了。环境保护局打算对全氟辛酸进行"优先审查"，为制定监管措施做准备，他们召开这次会议是为了就此事征集公众的意见。我也有时间去钻研法庭命令杜邦公司提交的医疗记录了，还学会了一门"外语"：流行病学。根据杜邦公司的说法，虽然毒理学数据和实验结果表明实验用的动物因接触全氟辛酸而受到严重伤害（包括大鼠患上癌症），但是这些都没有意义，除非我们能证明相同的结果也发生在人类身上。他们声称，如果要证明这件事，我们就需要提供对全氟辛酸显著接触和人类疾病的具体研究结果，即流行病学数据。随着对流行病学的深入研究，我开始接触我们的法律策略中最具挑战性和独特性的一个方面，这是我在以往类似的案件中很少接触到的。为了赢得胜利，我不仅需要利用我从杜邦公司的文件中挖掘出的科学机密，还得深入到他们有所避忌的领域，真实展示全氟辛酸对集体诉讼的原告们造成的影响。我不得不占用塔夫托律所和该案协理律所本已相当紧张的资源来做这些事，这些事杜邦公司斥资几十亿，花重金聘请专家团队没有做成；西弗吉尼亚州、环境保护局动用政府权力也没能做成。

我当然无法仅靠自己就开始做这一切。为了更好地帮助自己开始工作，我找到了一位堪称完美的专家：詹姆斯·达尔格伦博士。达尔格伦是名医生，曾经花了数年时间研究工业污染物对人类健康的影响。他对六价铬毒性的研究最为著名，六价铬是太平洋燃气与电力公司使用的一种防腐蚀的化学物质，和全氟辛酸一样，它曾经被倾倒在未被密封的池子里，随后渗入饮用水中。电影《永不妥协》中讲述的加利福尼亚州污染案就是以此事为原型。

我和达尔格伦博士取得联系时，他最先向我解释的一件事就是在杜邦公司收集的人类数据中存在严重漏洞。杜邦公司仅仅关注自己的工人，这些人主要是健康的成年男性，他们身体状况良好，所以能够在工厂工作；但杜邦公司并未面向工厂周边接触该物质的社区成员进行样本采集，而这些人中包括儿童、老人，还有病人。我们请达尔格伦设计了一个专门针对后者的研究。他从大约七万名集体诉讼成员中选择了将近六百名进行采样，并对信息进行整理和分析。

然而我们面临着一种更为紧迫的挑战。我之前研究过杜邦公司的工人健康数据总结报告，发现了一个令人费解的反常情况。根据数据总结报告，华盛顿工厂工人的肾癌发病率在1989年有所上升，但是在随后的几年中，这一问题似乎又消失不见了。达尔格伦跟我讲，不要相信那些总结报告；如果收集的数据不完整，总结报告就是没有意义的，不过是无用的输入和输出而已。我们需要看到原始数据，所以我们必须拿到储存在华盛顿工厂医务室里的个人医疗档案。在我们的案件被冻结之前，希尔法官曾经做出裁决，要求杜邦公司向我提供这些材料，该裁决眼下仍然处于有效期内。幸运的是，这一裁决并不在杜邦公司向州最高法院提出上诉的范围之内。

于是，在七月温暖的一天，达尔格伦从加利福尼亚州南部坐飞机过来，和我在工厂会面。从飞机上俯瞰，在这个以农业为主的州，华盛顿工厂就像是一个小型市中心，一个建在铁路交会处网格状街道上的建筑群。它地处平坦而宽阔的河边洼地，是绿色海洋中的一座混凝土岛屿。这里的地形起伏连绵，丘陵上覆盖着树木。在九百八十一英里长的俄亥俄河上，它是一个小点，位置在匹兹堡和辛辛那提连线的中点附近。站在地面上看，这是一座由混凝土和金属组成的工业迷宫，沿着河边足足伸展了一英里。那河水有时冒泡起沫，有时看上去像巧克力饮料。在工厂里，一条条管道呈锐角交错延伸，就像地铁站里的线路图。它们在巨大的圆柱形容器和没有窗户的建筑物之间穿梭。一缕缕蒸汽像香烟一般细长，从排气管中袅袅升入天空。尽管在过去的几年间，我曾经数次想象过这个场景，但这是我第一次真真切切地走在管道和烟囱的阴影中。从工人身边经过时，我会想到那些影响着，甚至可能是威胁着他们人生的决定；在四百英里之外的特拉华州威尔明顿市，一些人在杜邦公司光洁明亮的办公大厦中做出了这些决定。

达尔格伦博士和我被带入一个房间，里面摆满了一列列文件柜。我们已经同意对员工的个人健康信息保密，因此我们的陪同人允许我们独自待在房间里进行查阅。我们俩合力拉开一个个金属抽屉，手指扫过一份份文件，抽出包含员工个人记录的档案夹。我们翻阅里面的所有内容，从工伤报告到工厂医生、私人医生和医院之间的通信。我们查找死亡证明、疾病报告和罹患癌症的报告。基于我快速掌握了流行病学方面的知识，我知道这些工人的医疗档案能够揭示他们的癌症患病率是否高于普通人群。如果概率增高，那么我们就可以将这些档案和工人血液中的全氟辛酸浓度进行对比。要想证明全氟辛酸确实会对人类健康造成巨大威胁，且杜邦公司一直在曲解工人的健康数据，这将是关键的一步。

每次看到因癌症死亡或是确诊罹患癌症的内容，我们都会记录下来。记录的数目令人痛心。我们亲手计算了工人的癌症发病率，就如我之前所怀疑的，算出的数字和杜邦公司提交的总结报告中的数字根本不一样，当时他们还声称并未发现癌症发病率异常飙升。

我们一边工作，我一边提醒自己别喝这里的水。

23

"人体影响尚不明确"

州最高法院冻结本案已经五个月了，还看不到结束的曙光。再过几周就是感恩节了，美国广播公司把聚光灯对准了特氟龙。美国人喜爱烹饪和美食，《20/20》节目的主持人芭芭拉·沃尔特斯请大家开始思考、关心炊具中的危险。

"我们用的锅里被涂了一层东西，所以食物不会粘锅。这种东西可以保护地毯，宝宝可以在上面爬来爬去。你冬天的大衣、身体乳液，甚至化妆品中也有它。"她说道，"这就是特氟龙。"

这是一档黄金时间的电视节目，在全国有九百六十万观众，他们正在为一年中最以美食为中心的节日做准备。对于杜邦公司而言，这场公关灾难真是遭得不能更遭了。

接着，节目中又奏响了婚礼进行曲。镜头从芭芭拉·沃尔特斯身上切到一个身穿白色礼服裙的花童身上。新娘和新郎从一座小教堂里走出来，手牵着手，脸上洋溢着灿烂的笑容，在宾客们抛来的祝福米粒中低头经过。

在镜头之外，一位记者开始发声："新郎的父母曾一度担心如此幸福的一天永远不会到来，因为儿子降生到这个世界时的样子是那样与众不同。"

下一个画面是一张发黄的老照片，上面是一个睡在某人臂弯里的新生儿。他只有一个鼻孔，还有一只发红的、畸形的眼睛。

距离拍摄这张照片已经过去二十多年了，照片上的小宝宝就是今天穿着燕尾服的新郎，一个名叫巴基·贝利的二十二岁的年轻人。

　　三十次整形手术让巴基的脸上纵横交错着粉红色的疤痕。那些手术给了他第二个鼻孔和一只更好的眼睛，但是也留下了自己的痕迹：一道两英寸的疤痕贯穿眉间，然后分岔为Y形。他前额处的皮肤曾经被拉伸，这是为了获得足够的皮肤，帮助他再造一个鼻孔。

　　接下来的一系列家庭照片讲述了他的人生故事。在一张照片里，他正被裹在一张婴儿毯中，他的右眼呈现出一种生气时的红色，但他粉嘟嘟的小嘴巴却在甜甜地微笑着。另一张照片中的他，一边咧嘴笑着，一边在油毡地面上推着一张黄色的儿童摇摇椅，一个白色的眼罩遮住了他的眼睛，他的两只胳膊都被一种特殊设计的衣袖绷得直直的，这是为了防止他碰到自己的眼睛。然后他就成了一个睡在医院病床上的小男孩，脸上裹着纱布。如今，他已经是一个身穿棒球运动衫的小伙子了，有了新的鼻子和腼腆的微笑。

　　"我从来都不觉得自己是正常的，"巴基一边说着，一边用他那只洞穿一切的眼睛注视着镜头，"当你走出去发现别人都在盯着你看，你没法儿觉得自己是正常的。"

　　对于杜邦公司而言，巴基就像一颗原子弹。世界上最好的医生也不能证明是全氟辛酸导致了他的缺陷。但是在舆论的法庭上，这并不重要。看着电视里的节目，我就几乎看到了杜邦公司总部里那些焦灼不安的头头儿：试想一下，如果巴基出现在陪审团面前会怎样？

　　我确信《20/20》的制片人已经拿到了节目所需要的非机密文件和照片。他们甚至还请杜邦公司派一位发言人出镜。杜邦公司挑选了一位有科学背景的管理人员代表公司发言。乌玛·乔杜里博士是研究部门的副总裁，她在麻省理工学院获得了材料科学的博士学位。

　　"当我们谈及事实，谈及能够证明这种材料绝对安全的科学事实时，我们是有信心的。"在与《20/20》的调查记者布莱恩·罗斯进行面对面访谈时，她僵硬地如此说道。

公众担忧的是用特氟龙不粘锅煎蛋时会吸入烟雾，但是罗斯的着眼点远不止于此。他特别询问了用于制造特氟龙的全氟辛酸。他清楚地表明，这种化学物质如今出现在每个人的血液中。他就这一点向乔杜里提出问题。

"每个人身体里都有这种东西吗？"罗斯说。

"每个人都有。" 乔杜里回答道。

"它也在我的血液中？还有你的血液中？"

"有可能。我们不认为它对健康有任何不良影响。"

"那你的血液中有这种东西是一件好事吗？"

"我们的血液里会出现许多化学物质。"

特氟龙煎锅中的培根发出了咝咝声。环境工作组的代表们正在用一种特殊的仪表测试杜邦公司的一个声明：特氟龙释放有毒的烟雾需要足够高的温度，那些在炉子上的煎锅根本不会被加热到那种程度。

杜邦公司早就承认，加热过度的特氟龙煎锅会释放出烟雾，这种烟雾会导致鸟类死亡，还会引起暂时性的流感般的症状。但是杜邦公司声称，只有当煎锅被加热至五百华氏度以上时才会出现此类问题。他们坚信，在一般的家庭烹饪中，煎锅是不会达到这一温度的。

在节目的这一时间段，环境工作组用特氟龙煎锅煎培根，以此来验证杜邦公司的声明。几分钟之后，简·霍利亨，环境工作组的发言人说道："温度显示为五百五十四华氏度，非常细小的颗粒开始从煎锅中产生出来。这些颗粒会深深地嵌入人的肺部。"一会儿她又说："温度显示为六百八十华氏度，六种毒气开始从加热的特氟龙中释放出来。"

布莱恩·罗斯就这一现象向乌玛·乔杜里提问。

"是会排出一些烟雾，没错儿。"她说，"会出现流感般的症状，不过这是可逆的，只要你们按煎锅的使用说明操作……"

"感觉像是感冒了？"罗斯问。

"感觉像是感冒了—— 只是暂时性的。" 乔杜里回答。

"这种症状会持续多长时间？"

"暂时性的。只是几天而已。"

"我们在煎培根，"罗斯说，"温度已经高于五百华氏度了，可是培根仍然没有全熟。"

乔杜里接下来的回答太"可爱"了。

"我从来没有煎过培根，"她说，"我无法评论。"

然而，她却对出生缺陷一事做出了评论。

《20/20》的制片人不仅采访了苏·贝利，还采访了凯伦·罗宾逊。凯伦戴着金丝框眼镜，一双棕褐色的眼睛里透露出担忧，她开始讲述她的儿子"小东西"，他出生时就有眼部缺陷；她还讲到了她的女儿，她刚开始看上去是一个健康的宝宝。

"就在两年前，我们发现她也有出生缺陷。她的肾脏有问题，"凯伦说道，"一个肾脏丝毫不长，另一个却长到了普通大小的三倍那么大。"

和苏·贝利一样，凯伦·罗宾逊也对杜邦公司充满了怒火："杜邦公司一直在隐瞒这些秘密，他们应该为这种行为负责。"

对此，杜邦公司的乌玛·乔杜里回答说："在一般人群中，出生缺陷的情况并不罕见。"

"八个女工中，有两个人的孩子遭遇出生缺陷问题，这还不算反常吗？"布莱恩·罗斯提问说。事实上，应该是七个新生儿中有两个有出生缺陷，不过随他怎么说吧，反正乔杜里的答案不论在哪种情况下都是一样的。

"以统计学的观点来看，那不是一个有效的抽样。"她说。

"你们针对八位接触全氟辛酸的女工展开研究，她们中的两位生出了有先天缺陷的孩子。这还不算严重吗？"

"我们的科学家仔细研究了数据。在科学事实的范畴内，这个抽样不具备统计意义。其他的孩子都是正常的。而且自那之后，我们没有发现大量出生缺陷的例子。"

"你们做过相关研究吗？"

"不。我们没有。"

节目最后以婚礼的另一个场景结束，画面中，巴基和他的新娘正从两边座无虚席的通道中走过。他穿着黑色的燕尾服，翻领上还别着一朵白色的玫瑰花。他正面带微笑。

在后来另外一次采访的镜头前，巴基就笑不出来了，他的眼睛中满含泪水。当他谈到自己的未来时，声音突然变得嘶哑起来："我不得不考虑我是否会要孩子。我不能让他们经受我经受过的一切。"

*　　*　　*

《20/20》的这期揭露性报道是在假日购物旺季播出的，这可能也正好是许多消费者考虑购买不粘炊具的时候。如果这期电视节目令消费者不再信任这个品牌，那么杜邦公司恐怕很难挽回声誉。

不过在2003年12月，杜邦公司总算是得到了一个安慰奖：西弗吉尼亚州最高法院对杜邦公司三项上诉中的第一项做出裁决。希尔法官的强制令因技术性原因被驳回了。杜邦公司不必为我方的七万名集体诉讼成员提供血液检测服务。这对他们而言是一场重要的胜利，不只是因为他们会节省一大笔检测经费，还因为这种检测很可能生成关键的"显著接触"数据，而这些数据正是我们需要的——先前，由于我方拒绝接受C8毒性评估小组那荒唐的150ppb的参考原则，所以杜邦公司声称，要想证明医疗监测是有必要的，我们必须拿出数据来证明。

与此同时，达尔格伦一直在忙着分析从集体诉讼成员身上获取的新数据。他的流行病学调查表明，那些在华盛顿工厂接触全氟辛酸的人罹患各种类型的癌症（不包括皮肤癌）的概率为8.65%；相比之下，普通人群的概率还不到一半，是3.43%。达尔格伦发现，在统计中，子宫或宫颈癌、多发性骨髓瘤、肺癌、非霍奇金淋巴瘤、膀胱癌、前列腺癌和结直肠癌的患病率显著升高。他把自己的研究成果加以总结，公开发表在一次科学会议上。随后，这些结果被公之于众。我立即将其转存至环境保护局的公共事件备忘录，并指出这些疾病与全氟辛酸有关。果不其然，这样的结论一石激起千层浪。2004年5月，肯·沃德在《查尔斯顿公报》上发表了一篇报道，标题是《研究发现，化学物质特氟龙与更高的癌症发病率有关》。

这下，全氟辛酸不但和健康有关，还被拿出来和可怕的癌症相提并论。

杜邦公司迅速对达尔格伦博士发起攻击，还把他的研究贬斥为"垃圾科学"。《帕克斯堡新闻前哨》的头版标题是这样写的：《最新研究发现，C8接触区的患癌概率更高：杜邦公司驳斥该研究报告，并质疑其有效性》。

该报道引用了哈斯克尔实验室的罗伯特·理查德"吟唱"的熟悉论调："全氟辛酸不是人类致癌物，它的人体影响尚不明确。"他贬斥了达尔格伦博士的看法，说它 "不准确"，而且与"已发表的科学研究结果不一致"。他对达尔格伦的结论嗤之以鼻，称其研究方法"不科学"。"事实上，我们越研究全氟辛酸，"他说，"就越信赖我们的结论：全氟辛酸是安全的。"

在血液检测的问题上，州最高法院做出了对杜邦公司有利的裁决，于是他们再次发起进攻。差不多是在达尔格伦博士的研究结果见诸报端的时候，杜邦公司召开了一次新闻发布会，宣布计划针对华盛顿工厂的工人展开一次新的研究。该研究项目将耗资百万美元，旨在"查明用于制造特氟龙的物质是否会造成不良影响"。

双方的科技大战正在升级，杜邦公司要用数据战胜数据了。

24
企业知识

特氟龙在不断制造新闻，而案件双方的律师则在忙着准备上庭。庭审日期在推迟了好几次之后被定在2004年10月4日，也就是七个月之后。案子终于动起来了，杜邦公司要对我们的科学专家进行取证；作为反击，我瞄准了他们的大头目——我要对杜邦公司的首席执行官取证。

我坐飞机去往特拉华州的威尔明顿市，在开工前一晚入住杜邦酒店。就在我动身去机场的时候，我的父母给我打来电话。妈妈用了家里的一个分机，爸爸则用另外一个。两位老人都焦灼不安，他们的问题雨点似的向我扑来："你是要住杜邦酒店吗？非得住那里吗？还有谁知道你要住在那儿？有没有人陪你？不会不安全吧？"

我告诉父母，对于我来说，最大的威胁就是酒店房间里的小零食太贵了。不过，那个晚上我真的没有睡好。我睁着眼睛躺在酒店的床上，不安地翻来覆去，脑海中不断地浮现出各种思绪。长期以来，杜邦公司在全氟辛酸的问题上难辞其咎，他们清楚地知道，我所发现的事会让一切昭然若揭。他们从一开始就想把我带偏，先是愚弄我，接下来是阻碍我调查，当这些都没有奏效的时候，他们甚至还打算把法官踢出局，以阻止案件正常推进。我能相信他们会善罢甘休吗？我房间的电话会不会被窃听？我是不是被监视了？我会不会被人害了？

我痛苦地意识到，这个案子中的大部分复杂情况只有我一个人知道。我是给环境保护局写了信，陈述了事实，我也不断地给我的律师团队介绍情况，但是想把整个问题搞明白并不容易。案子里有那么多牵一发而动全身的东西，法律、科学、历史就像齿轮一样，必须以正确的顺序相互配合，才能让这个案子成立。如果我以某种方式从全局中消失的话，整个事件也就不了了之了。

我给萨拉打电话说晚安后，就换上我那件新学院帽衫，这件衣服的前身上有洗不掉的奶油爆米花污渍。我又穿上印着圣诞老人头像和"嗬嗬"字样的法兰绒睡裤（我亲切地叫它"我的嗬嗬裤"）。我打开卡通网站想要放松一下，但是事与愿违。我总觉得自己周身发热，于是我索性把空调温度调低，把卫生间的排气扇开到强风，试图制造足够的白噪声助眠。但是根本没用。

第二天早晨，我打起精神开始处理公事，以此驱散不适感。前一天，律师助理凯瑟琳·韦尔奇用联邦快递给我寄了几个纸箱，里面装满了能够对照引用的文件，我得去把它们取回来。我带来一辆折叠手推车，乘飞机的时候我就把它放在头顶的行李架上，我把纸箱搬到手推车上，推着车上了电梯，穿过长长的走廊运到我的房间。曾经的很多个夜晚，我都忙着在这些纸箱里翻找，反复阅读每一份文件，用荧光笔和钢笔在上面做标注，再按照我取证时会用到的顺序将它们排列好。我喝了一杯酒店里的咖啡，比我平时喝的浓一些。我把纸箱放回手推车上，又艰难地沿着走廊把它们推到电梯上。取证将于上午9点开始，地点在酒店另一层的一个会议室。我早到了几分钟，发现法院书记员已经把速记设备准备好了，摄像师正沿着一张深色长桌的中部铺设缆线，还支起了一面蓝色的背景幕，就像奥兰·米尔斯肖像摄影工作室使用的那种。墙壁是暗绿色的，一种你可能会在英国老牌绅士俱乐部里见到的颜色。这间屋子给人一种幽闭恐惧的感觉。

霍利迪会坐在桌子尽头的背景幕前，书记员和我依次坐在他左边。杜邦公司的律师团队则隔着桌子和我们面对面。刨去午餐时间，整个取证过程可能会持续七个小时，在杜邦公司的律师团队中，只有一位被获准发言，这个人肯定会是首席律师詹森。这位大律师从来没用正眼瞧过我。

　　我快要把手上的文件整理好的时候，杜邦公司的律师们鱼贯而入。他们一进来就忙着和书记员、摄影师握手，还向他们递名片。詹森和之前一样，目不斜视地从我身边走过。霍利迪是最后一个走进来的，他穿了一套价格不菲的西服，脸上挂着看似真诚的笑容。他浓密的金褐色头发齐齐地从前额向脑后梳去，英俊的面庞稍稍有些发福，尤其是脖子周围。他充满自信的魅力一下子就点亮了整个暗沉的房间。他的友好让人感觉这似乎是在鸡尾酒会上。他在那个责任重大的位子上坐下，摄像师给他架好了话筒。书记员询问我们是否都准备好了。我已经准备就绪，为了这一刻我已经等候了太长时间。

　　查德·霍利迪从1998年开始就一直执掌杜邦公司的大权，也就在这一年，厄尔·坦南特因为他的牛离奇死亡打电话给我。还是在同一年，烟草行业解决了五十个州对其提起的诉讼，共赔偿两千四百六十亿美元。企业责任与义务进入了新的时代，霍利迪不得不带领整个公司面对这一切。

　　霍利迪直率而积极地接受了挑战，他出任世界可持续发展工商理事会的主席。他还写了一本书，名为《言出必行：可持续发展的商业案例》，他在书中提出了可持续发展和企业责任的案例。

　　他似乎更像新生代的首席执行官，将履行社会责任作为首要目标。这一切听上去都如此真诚，但是全氟辛酸的事又该如何解释呢？

　　谈及这一主题，他又是老调重弹。"按照我们操作中的接触程度，我们从未发现该物质会对人类健康或是环境造成任何不良影响。"他这样告诉投资者们。

　　事实上，杜邦公司正是在霍利迪的领导下才决定开始生产全氟辛酸。2000年5月，3M公司宣布终止生产全氟辛烷磺酸及相关产品。在此后的几个月里，杜邦公司都在讨论在北卡罗来纳州的费耶特维尔建立自己的全氟辛酸生产线。这正是一个我想瞄准的决定：既然3M公司已经因为这种化学物质风险太大而放弃生产，杜邦公司为什么还要一头扎进去？我问霍利迪，为什么他们公司决定生产全氟辛酸。

"我们权衡了所有需要衡量的因素，听取了所有的科学证据和所有的观点；在那之后，我们才做出决定：生产该产品是一件正确的事情。"

一件正确的事情？仍然是前后矛盾。

我拿出杜邦公司的年度报告，将他对投资者所做的声明读给他听："基于五十多年的行业经验和广泛的科学研究，杜邦公司认为并没有证据显示全氟辛酸会对健康造成任何不良影响，或对环境造成任何危害。"

我已经听够了那些空洞的话，那些对全氟辛酸问题千篇一律的答复。我只能想象为了炮制出这种答复，他们在律师团队、管理层，还有公关团队身上砸了多少钱。实际上，我看过一份文件，其中揭示了这种答复无与伦比的重要性。这是一封杜邦公司公关总监戴安娜·肖珀写给律师们的电子邮件：

没发现对健康有影响，没有证据显示对人类健康有影响，这是我们整个公开立场的基础所在，至少在我看来是这样的。一旦没有这一基础，我们又当如何？

霍利迪也是这么说的。他说他相信这个说法是正确的，至少在他看来是这样的。

就在那时，我脑海中反复出现的一种感觉终于清晰了，我一直觉得他们措辞谨慎的口头禅里有着某种启示。我突然明白了，为什么这些措辞在我脑海中响起了微弱而又长时间难以理解的警报。没有证据。至少在我看来是这样的。在大胆高呼"没有证据"的同时，硬拉上几句原本无伤大雅的措辞，从而使整个结论变得毫无意义。如果不主动去找，如果总是转移视线，那你怎么可能"发现"证据呢？你不知道某些事存在，不意味着事实上它们就不存在吧？

接下来，我宣读了霍利迪在年度报告中的另外一份声明："杜邦公司不认为饮用水中浓度很低的全氟辛酸已经导致，或将会导致健康问题。"

他真的支持这种看法吗？甚至现在还是这样？即使是在宣誓做证的情况下？

"我没有理由质疑这种说法的正确性。"他说。

我不觉得他在撒谎。霍利迪给人的印象是他是一个心口如一的人，一个信奉"言行一致"的人，他在书上就是这么写的。但是我认为，他"没有理由质疑"，是因为没有人给他理由。他并没有掌握全部事实，也不愿费心去查。

我真想知道霍利迪是不是真被人蒙在鼓里；在小霍金的集会上，面对着为杜邦公司极力辩解的工厂经理保罗·博塞特，我也产生过这种想法。这样就能解释为什么他会站出来，坚定地为全氟辛酸的"安全性"辩护了。他看上去真的不像那种会站在那里面带微笑撒谎的人。

我用手推车推进来的箱子里装着一百多种文件，都是一式三份。一份上面有我的笔记，一份是给杜邦公司律师的，另一份打算在取证的过程中交给霍利迪。一旦展示这些文件的动作被记录在案，他就没法说他从来没有看到过。当然，几乎所有的证据都是直接从杜邦公司的文件中提取的。

我拿起手里的文件，逐页展示给霍利迪看，以回应他做出的陈述，这些证据都是他自己的公司提供的。此时，他的信心似乎在一点点松懈下去。我每提出一个问题，对我们双方来说情况就越来越清楚——到底有多少事情是他不知道的。

关于全氟辛酸导致大鼠出现出生缺陷的研究，他了解多少呢？

"我不知道有这样一个研究。"

1981年的数据显示，女工血液中的全氟辛酸浓度超过了400 ppb，以至于杜邦公司的科学家说要将她们强制调离工作场所。这件事霍利迪也不了解吗？

"我对那些数据不太熟悉。"

那女工生的孩子血液里也有全氟辛酸这件事呢？他知不知道在脐带血中也发现了全氟辛酸，这种物质能穿过胎盘？

"不知道。"

那出生缺陷呢？就出现在特氟龙部门女员工生下的孩子身上。

"我不知道那些情况。"

他是否知道，早在20世纪80年代，杜邦公司的内部数据就显示公共饮用水中出现了全氟辛酸？还有那些杜邦公司未向社区居民公开的数据呢？

"不知道。"

好吧，现在他都知道了。

实际情况就是，他此刻对于全氟辛酸的了解，比他早上走进会议室时多太多了。此次取证，他获得了更多、更新、更有用的信息，收获比我还多。这也是整个取证工作的意义所在。我没打算掌握什么新情况，我只想确保霍利迪不会再站出来说自己从未看到任何证据，能证明该物质会对健康造成影响。因为他现在已经看到了。

摄像机的镜头被关上了，书记员也停止打字，我们收拾东西准备离开。就在往外走的时候，霍利迪转向了我，他伸出手来，直视着我。我没有看到任何敌意。

"谢谢你。"他一边说着，一边和我握手。

我相信他是真心的。

＊　＊　＊

取证工作在下午五点结束。我回到房间拿上行李箱，然后直奔我租来的车，准备去机场。霍利迪和我握手时眼神中流露出来的东西化解了我的戒备。不过情况真的会有改观吗？我和杜邦公司打官司已经有五年时间了，这还是第一次我没有感觉到他们为了赢官司会不惜一切代价。我一直觉得他们那种心态非常强大，可能会引导原本有道德的人做出伤害别人的决定。我父母真的多虑了吗？我都能听到爸爸对我讲："千万要小心啊，儿子。也许你应该确保你不是唯一一个了解全部情况的人。"顷刻之间，我的情绪变得和前一晚一样不安。我可能是法律惊悚小说看多了，也可能是刚才取证时神经太紧绷了，反正当我坐上驾驶座时，我停下来颤抖着吸了一口气，然后才转动车钥匙。

25
完美风暴

2004年6月，针对杜邦公司的新一轮诉讼使危机升级了。这次提出索赔的原告不是某个接触全氟辛酸的人、某个商业实体，或某一群人，而是美国环境保护局。

尽管一年前杜邦公司曾承诺，要和环境保护局"竭诚合作，以推动对全氟辛酸的'优先审查'工作"，但环境保护局要求杜邦公司提供全氟辛酸在全国范围内的接触源的完整数据，杜邦公司却一直未予配合。看来，环境保护局最终也认为杜邦公司的"竭诚合作"只不过是一个骗局，这是一种拖延时间的策略，其实是想在无限期的"磋商"中回避正式的监管行动。我数次前往华盛顿特区，参加那些由环境保护局发起的公开会议，代表集体诉讼的成员发声。在这些会议中，我见证了无休无止的会谈，不过最后都没有结果，杜邦公司只会在那里编造数据和拖延时间。

环境保护局起诉杜邦公司的由头是他们没有上报某些研究结果；在早些时候，我已将这些研究结果从杜邦公司披露给我的文件中提取出来，发送给环境保护局。研究显示，全氟辛酸可以经母体渗入胎儿体内；与此同时，在杜邦工厂附近的饮用水中也发现了全氟辛酸。这真的是一个激动人心的声明，说明至少在眼下，政府正逐渐走出杜邦公司的控制。这也是历史上为数不多的情况之一，环境保护局因一家公司未报告化学物质的毒性和健康风险而将其告上法庭。环境保护局称杜邦公司违反了联邦法律。这一判断的证据是什么呢？在翻阅文件的过程中，我看到了自己人生中飞逝而过的五年：我把杜邦公司自20世纪80年代起得出的所有毒理学数据和水样检测结果都发给了环境保护局，这些资料说明杜邦公司知道相关情况，但选择不向环境保护局报告。环境保护局采用的材料是我煞费苦心绘制出来的蓝图，这份蓝图的起点是2001年我那封十二磅重的信，在其后三年里，我一直向他们传递科学数据。

　　虽然花了一段时间，但这次的诉讼说明，在环境保护局内部，最终还是重视我那封厚重信件的人占了上风。他们还在起诉状中引用了我信中的内容作为信息来源。所有阅读文件的时间，在办公室加班的夜晚，无法陪伴在妻儿身旁的时间，对杜邦公司未知的扰乱手段的担忧，以及无法为自己的律所创造财富的压力——这一切共同造就了这一成果。

　　我辛勤努力的影响像滚雪球般越来越大。在媒体、环境工作组和我个人不断增强的压力之下，环境保护局终于采取了一些强制措施，向世界表明他们是有所作为的。我无权查看环境保护局的内部审议记录，因此无从得知到底是什么原因令他们决定对杜邦公司出手。他们是转变了想法，还是为了自保呢？公众对全氟辛酸的问题越来越关注，要不了多久肯定就会有人质问，为什么环境保护局一开始能让这样的事情发生。究竟环境保护局是为了先下手为强，还是真的意识到了全氟辛酸的危险性？和其他人一样，我也不能胡乱猜测。几乎就在同时，小霍金市自来水协会为了减轻自身责任，给所有客户发了一份通知，其中提到在他们的自来水中出现全氟辛酸，并告诫大家饮用这种水要"风险自负"。这一通知引发的社会影响和自来水一样有毒。正如帕克斯堡的一档电视节目所说："杜邦公司是在劫难逃了吗？"

　　环境保护局在诉状中称，杜邦公司自1981年起总共发生过八次违法行为。坊间流传，他们有可能要交出"有史以来最高数额的罚款"。根据一些报道，环境保护局可以对杜邦公司处以三亿美元的罚金，这是该机构以往评估出的最高罚款金额的十倍。

　　由于我从前是帮被环境保护局起诉的公司工作的，所以我知道该机构在处理案件时，最终执行的金额一般会远远低于评估时的最高金额；但是被环境保护局起诉还会立刻引发另一种直接代价，就是铺天盖地的负面新闻——这次是全球范围的。至少这一回，媒体报道真的制造了公关灾难。在中国，媒体用"大规模恐慌"来形容消费者的反应，并称中国品牌制造的特氟龙炊具的销量在一周之内下降了60%以上。这次的反应是如此令人担忧，以至于查德·霍利迪不得不亲自飞往亚洲，试图控制损失。

环境保护局在诉状中指出，杜邦公司曾经蓄意隐瞒有关全氟辛酸危险性的信息。突然之间，指责杜邦公司的隐瞒行为不再是阴谋论了。让杜邦公司为其行为负责一直是我们打官司的目的之一，也是厄尔一直无比执着地要去实现的一个目标。眼下，联邦政府终于承认杜邦公司曾做出过错误行径。这令人非常满意。此举也很好地映衬了我们的集体诉讼案件，并且提高了我们在媒体和法律界的地位。这的确令人欣慰，但我们打官司的首要目的还没有达成，即通过医疗监测和责令杜邦公司提供洁净、安全的饮用水来保护我们的集体诉讼成员。我们获得了一场胜利，但距离我们需要为之奋斗的最终胜利还有很远。

杜邦公司四面楚歌。全氟辛酸的报道已经满世界皆知了。刻意隐瞒的行为被曝光。监管机构也来兴师问罪。特氟龙的销量——至少在中国——一溃千里。现在连企业的公信力都出了问题。

令杜邦公司雪上加霜的是，西弗吉尼亚州最高法院最终驳回了该公司的后两项诉求，杜邦公司的律师团队肯定认为这是一败涂地。他们试图取消希尔法官审理资格的动议被驳回了。州最高法院还维持了希尔法官对杜邦公司放弃特许保密权的裁决；这样一来，我们就能继续对其内部律师的沟通记录进行调查。杜邦公司曾经声称，他们把律师之间的沟通记录交给我方就是一个过失；从非法律角度来看，这肯定是一个过失，一个巨大的过失。然而希尔法官是这样裁决的：从法律角度来讲，这些文件是经过深思熟虑后才交给我们的，这与用"过失"来进行辩解自相矛盾。最终，州最高法院维持了希尔法官的裁决，即杜邦公司不仅已经放弃了对特定文件的特许保密权，也放弃了对这些文件所涉及的基本主题的特许保密权。如此一来，我们不但可以使用那些文件，还有权去搜索相同主题的其他文件，从坦南特案开始，杜邦公司就坚称那些文件享有特许保密权。我们取得了一个巨大的进步。

在杜邦公司已经披露给我，后来又努力召回的文件中，有一封 2000 年11月8日的电子邮件，是公司内部诉讼律师约翰·鲍曼写给他在法务部的上司们的，包括公司当时级别最高的律师，法律总顾问汤姆·塞杰。在邮件中，对于杜邦公司在污染帕克斯堡水源一事上不断拖延的态度，鲍曼表达了自己的担忧。就在他发出邮件的九天之前，即2000年10月30日，卢贝克的自来水用户收到了一封信，终于向他们披露了自来水中有全氟辛酸这件事，而这一事实已经存在十年之久了。我还注意到，这封邮件发出后不久，他就对我和拉里说了很奇怪的话，就是我们对杜邦公司的水样检测专家取证的那次。

我很惊异地看到，鲍曼建议杜邦公司做的事，竟然也是我们打官司的重要目标之一。"我认为，我们需要更加努力，请业务部门看看如何让卢贝克的社区居民获得洁净的水源，或者将C8从水中清除出去。"他这样写道。他还对这件事上了法庭之后会如何发展表达了极端悲观的情绪。

"我的直觉告诉我，生物持续性的问题会整垮我们……"他继续写道，"应付这个官司，我们得准备几百万美元，还可能面临额外的惩罚性损害赔偿。"

然后就是惊人的内幕："伯尼［雷利］和我甚至无法让雇主［杜邦公司］就此事展开任何有意义的讨论。这真不是什么体面的事，尽管公司内部承诺会减少或不再向社区排放这种物质，但实际上我们在持续增加河流中的排放量。"

这封邮件表明，杜邦公司内部的人正在推动公司去做正确的事情，这也是最主要、最基础、最可行的事情：让社区居民喝到干净的水。这件事是最没得商量的，律师已经说得很清楚了。

然而很明显，公司无视他们的提议。

这样一来事情就大了，不仅在道德层面，更在法律层面。

这将锚定我们惩罚性损害赔偿的主张。如果这都不能算作蓄意无视证据，那么我不知道究竟什么才算。杜邦公司自己的律师都承认，本案中的事实可能会引致惩罚性损害赔偿，其数额甚至有可能超过实际损失。

我松了一口气，这是几个月以来我第一次没在回家时担心深夜或是凌晨要赶回办公室。我一口气玩了好几轮"袋子、火车、怪物"，这是儿子们最喜欢的游戏：我用一张毯子裹着他们荡来荡去（"袋子"），我拖着坐在毯子上的他们在屋子里走来走去（"火车"），还有就是我藏在毯子下面（"怪物"）。孩子们都上床睡觉后，萨拉为我倒了一杯表示庆祝的红酒，我开始给她讲我们现在能够利用的那些文件有多重要。

我觉得这就是杜邦公司这么长时间以来一直把这些文件藏起来的原因。想象一下，可怜的约翰·鲍曼在2004年8月4日拿起他的《纽约时报》，在商业版的重要位置赫然发现了自己那封急迫而又臭名昭著的电子邮件的屏幕截图。我都有点同情他了；毕竟，他似乎一直在督促他的雇主去做正确的事情。一旦州最高法院做出裁决，支持希尔法官在放弃特许保密权问题上的主张，这些原本以非公开形式呈递给法庭的文件就会变成公共记录，任何查阅法庭记录的人都能看到——换句话说，对《纽约时报》的记者来说，这是个公平的游戏。

会令鲍曼头疼的不只是《纽约时报》的报道；对我们来说，州最高法院的有利裁决不但赋予我们权利，去查看那些绘声绘色的文件，还意味着我们可以去质询文件的披露者。和首席执行官一样，律师也是受保护的，在一般情况下是免于被取证的；但查德·霍利迪由于发表个人声明，打破了自己享有的保护权；与之类似，法庭拒绝了杜邦公司的动议，认为我方无须退回鲍曼和雷利的电子邮件，这就理所当然地令他们成为取证对象。我向他们发出正式请求，要求对他们取证，还要求他们提供与该主题相关的其他文件，这些文件也已经丧失了特许保密权。

9月1日一大早，杜邦公司法务部的电话就打进了我的办公室。我会同意"推迟"取证工作，以换取杜邦公司的调解谈判吗？

　　我觉得没什么可庆祝的。早先的所有调解基本上就是在浪费时间。不过这一次，我知道对方不只是想拖延时间。一想到他们自己的律师可能会以证人的身份出现在法庭上，为自己的文件辩白，杜邦公司就如坐针毡。调解也许是他们减轻损失的唯一方法。这可能也是我们兑现长久以来的承诺的最好机会：为饱受饮用污水之苦的群体提供一些救济。

26
好主意

　　我们在波士顿会面，进行了一场激烈而旷日持久的调解谈判。

　　控辩双方各就各位：拉里·温特、哈利·戴茨勒，以及哈利和埃德的另外一位合伙人，从查尔斯顿飞来的吉姆·彼得森；我方的两位主要原告，乔和达琳，他们是集体诉讼成员的代表；我们律所的一位高级合伙人，杰拉尔德·拉佩恩，和我一道过来。到埃德·希尔从华盛顿赶过来的时候，正式的谈判已经进行得如火如荼地了。

　　我们这些人集中在埃里克·格林位于波士顿商业区的办公室里，埃里克·格林是国内知名的调解人，擅长处理复杂的案件。我方与杜邦公司各提名了一位调解人，杜邦公司提名格林；我们提名吉姆·兰普，他是西弗吉尼亚州一位非常机敏的律师，对本州的法律了如指掌。这两位就是我们双方"穿梭外交"[1]的媒介，他们在我方和杜邦公司法律团队专门用来商讨策略的独立会议室间穿梭，传递口头和书面信息。

　　在大部分时间里，我们双方是被分隔开的，这么做可以起到两个作用：一方面，任何一方都可以在内部自由讨论，而且内容不会泄密；另一方面，可以防止面对面冲突，这种冲突很容易升级。最终，我们会聚在同一个空间中，那时双方的意见已经接近一致，需要讨论的是细节问题。不过，要走到双方会面这个阶段得经历一个漫长的过程。即使在我们自己的

---

1 穿梭外交（shuttle diplomacy），在外交和国际关系中，指两方不直接对话，依靠第三方作为中间人负责调停。

团队中，每个人的性格特征和谈判策略也迥然不同。就是这些不同之处令达成一致意见的过程充满争议，火药味十足。

调解谈判可能持续几分钟，也可能持续数天，这取决于双方多久能达成一致。具体到这个案子，虽然会议室里的温度暖和得让人不舒服，而且这种不适感随着时间在增加，但我方还是在两天之内工作了将近十八个小时。一般来说，调解谈判是能起到作用的；它一旦奏效，就会为双方节省大量的开庭成本，包括时间、精力和金钱。而且，任何一方不服庭审判决，都可以上诉，这就意味着要付出更多时间、精力和金钱。

我们之前也尝试过调解，但最后都陷入困境，一无所获。但这一次我还是抱有期待，希望能得出个说法。现在，我们双方都更加清楚，这个案子拿到陪审团面前会怎么样。杜邦公司目前很清楚，他们的那些电子邮件会被投影到法庭的大屏幕上，其中有很多谴责性供词恰恰源自他们自己的律师。在取证和听取专家意见的过程中，杜邦公司也意识到了我们掌握了多少证据，以及陪审团将会看到什么样的证据。我们把这个案子做得很稳，有清晰且充分的证据，证明进行医疗监测是有必要的。长期以来，杜邦公司一直在进行水样和血液检测，这说明情况是严重的。我们查看了动物实验和工人健康情况的记录，这些资料都表明全氟辛酸的毒性足以致病。杜邦公司法务部充满焦虑的备忘录呈现出一幅清楚的画面：公司管理层行事不当，甚至可以说是蓄意漠视河流下游居民的健康与安全。我不打算同意任何听起来像投降的主意。我们证据在握。如果双方无法达成令我们满意的和解方案，那么我完全愿意继续打集体诉讼的官司，要求杜邦公司为医疗监测掏腰包，并提供干净的饮用水，不论这个过程会持续多长时间；这一点，杜邦公司肯定心知肚明。在舆论的法庭上，杜邦公司已然大伤元气。我们的案件每天都在推进，杜邦公司极具破坏性的内部文件越来越多地被归入公共法庭卷宗、环境保护局的备忘录，并最终被媒体获取。对公司的董事和投资者来说，更加迫在眉睫的是公司的产品销量和股价都大受打击。

　　虽然我已经为上庭做好了准备，但是我知道，如果想让我们的委托人更快地得到帮助，通过调解谈判讲和是一个合适的方法。从开始维权的那一天起，我们就一直在争取最基本的权利——让居民喝上干净的水，但这项诉求被拖了好几年。这么一件简单、直接的事情一直没有解决。约翰·鲍曼提出过："让卢贝克的社区居民获得洁净的水源，或者将C8从水中清除出去。"但是杜邦公司不听他的，这让居民们又额外遭受了四年污染。

　　有了洁净的饮用水之后，集体诉讼成员想要的是答案。他们的血液中有全氟辛酸吗？如果有的话，他们会不会变得和实验室里的动物或杜邦公司的工人一样？他们该如何保护自己呢？

　　提出这些问题很容易，但想要答案却并不容易。杜邦公司的说法一直在变：从最初根本不承认全氟辛酸存在，到承认该物质存在，但声称它是绝对安全的；他们说，即便动物和工人身上的健康问题是全氟辛酸导致的，河流下游的居民也完全没必要因为自己接触了"微量"的全氟辛酸就提心吊胆。达尔格伦最初的流行病学研究结果表明，杜邦公司的这种推论是站不住脚的。但是，达尔格伦没有进行更全面的社区研究，这也是我们在这个案子中的软肋——与杜邦公司的科学主张无关，而是因为科学界缺乏化学物质社区接触方面的研究，已发表的、经过同行评议的研究成果很少。想要弥补这个缺口是相当困难的，我们很难获得科学上的支持，去证明全氟辛酸的污染程度已经能够导致集体诉讼成员患上特定的疾病。我认为杜邦公司正是看中了这一点，所以在调查过程中处处与我们作对。他们是想等着我们最终无功而返。他们的科学家深知，全氟辛酸与社区居民患上某种疾病之间的关联很难得到更明确的证实。这种关联性肯定存在，但是集体诉讼成员只占人口中很小的一部分，针对他们生成具有统计意义的数值是极其困难的。我们已经从达尔格伦的研究中得知，只有几百个人当样本是远远不够的。杜邦公司有几千名工人做样本，但也被认为样本池不够大，公司根本不把研究结果放在心上。可能几万个人才够吧。杜邦公司知道从来没有这样的研究，而且他们确信，我们没有能力从零做起，搞一个这样的研究。

*　*　*

归根结底，谈和解就是要谈一个以美元为单位的数字。公司到底愿意支付多少钱来解决问题呢？但是，钱无法解决集体诉讼成员最大的问题：全氟辛酸仍然在他们的饮用水和血液中。对整个社区来说，这种化学接触的长期影响谁也讲不清楚。全氟辛酸带来的恐惧和不确定性不会消失。再多的钱也无法回答那些挥之不去的问题。

当调解人往来穿梭，传递着提案、要求和还价方案时，我们将注意力集中在最需要解决的问题上。尽管金钱不能买来健康，但是它可以为一些保障性措施买单，保护集体诉讼成员和他们的后代，改善这些人的健康状况。

水务公司可以用这笔钱购买工业用途的自来水过滤器，这样他们就无须再去提醒用户饮水"风险自负"了。有私人水井的居民也可以使用这样的过滤器。这笔钱还可以用在医疗监测上，以便尽早发现并治疗疾病，提升治愈率。此外，这笔钱还能用于资助科学研究，从而证实由于长期接触特定水平的全氟辛酸，社区居民已经和可能受到怎样的影响。

调解过程乏味而又充满压力，但是这件事情又急不得。在每一步行动之间，思考斟酌的时间不受限制。我们要么就是枯坐在那里，等待杜邦公司给出反馈；要么就在努力估算该如何回复对方，要求赔偿多少，可以妥协多少。正因为深刻意识到这次调解关系到几年以来的辛苦努力和很多人的生命，我们才更有一种左右为难的感觉：一方面，我们希望能赶在更多的人因污染而患病前结束这一切；另一方面，我们又不愿意妥协。由于谈判的实质性内容需要严格保密，我无法讲述具体细节，但是我可以说的是，随着时间一分一秒地过去，会议室里愈发让人感到燥热难耐，我的衣领已经被汗珠浸湿了。作为本次诉讼大戏的发起者和主要"演员"，我知道自己的意见很有影响力，但是我并不是发号施令的权威人士。归根结底，和解协议得让所有人都能同意。

经过了漫长而痛苦的一天，我们达成了初步的一致意见。这其中包括直接、切实的救济措施（为社区居民提供干净的水源），再加上一种更为微妙的救济措施：告诉人们他们渴望已久的答案——他们喝污水喝了这么多年，会面临何种风险？这是和解协议的核心问题，也是据我们所知从未得到解决的事情——组建一个独立的"科学专门小组"，确认与记录全氟辛酸究竟会给那些长期饮用它的社区居民带来怎样的影响。为了确保双方日后均不会提出意见，说该小组偏袒哪一方，我方会和杜邦公司合作，共同遴选出三位世界顶级流行病学家。候选人必须从未与我们中的任何一方存在隶属关系，包括但不限于有偿做证、诉讼官司，以及科研成果发表。在每位候选人的胜任能力和公正性上，双方必须达成一致。同时，任何一方都有权因任何理由否决候选人。科学专门小组将负责确认全氟辛酸与社区居民患上特定疾病之间是否存在"很有可能的关联性"。他们必须同意无限期投入这项工作，要多少报酬基本上由他们提出。科学专门小组可以获得无限多的时间和资金，进行任何他们认为有必要的研究，并在有需要的情况下，咨询任何细分领域的专家（他们同样得符合公正性与可被否决性的要求）。

杜邦公司要负担研究与人力方面的费用，和解的估价是五百万美元。科学专门小组将以集体诉讼成员为研究对象，查验接触全氟辛酸的风险，根据相关定义，这些人必须是在不少于一年的时间里，接触了浓度不低于0.05 ppb的全氟辛酸，这也是当时能够在水中准确测出的最低值。我们双方达成共识，科学专门小组可以考虑任何他们认为可信、充分的数据，无论这些数据是否经过公开发表或同行评议。任何一方都可以自由地向科学专门小组提交他们想要提交的数据，只要抄送给另一方即可。

此外，为了使救济措施更加迅速地得到落实，杜邦公司同意支付七千万美元的现款，作为"集体救济金"，这其中包括直接支付给集体诉讼成员的钱；还包括至少两千万美元，这部分钱将被用于开展"健康和教育项目"造福整个社区。这类项目还没有具体安排，不过我们深知，社区居民饮用受污染的水很多年了，他们面临的健康风险一直在增加，但这种风险又一直没能被核实，在这种情况下，非常有必要向居民提供相应的知识，告诉他们应对风险的最佳办法。

为了净化被全氟辛酸污染的水源，杜邦公司要付费支持设计、采购、安装最先进的水处理系统（该工程当时的估价是一千万美元）。早在2001年，杜邦公司和州政府就签署了同意令，承诺要进行广泛的水样检测；到此次谈和解方案的时候，人们已经通过以往的水样检测发现，在小霍金、贝尔普里、波默罗伊、俄亥俄州的塔珀斯普莱恩斯 - 切斯特水井区、卢贝克，还有西弗吉尼亚州的梅森县，公共用水都已被全氟辛酸污染，在上述两个州的一些私人水井中，也发现了全氟辛酸。按照最新的和解方案，至少在科学专门小组完成工作之前，杜邦公司要一直负责维护过滤系统。如果科学专门小组无法证实全氟辛酸和疾病之间有关联，杜邦公司就可以不再为该系统的运行与维护付费。但是一旦科学专门小组证实全氟辛酸与疾病有关，杜邦公司就有责任无限期地继续支付过滤系统的所有费用。

如果科学专门小组确认全氟辛酸与社区居民患病有关，那么一个单独的医学专门小组会被组建起来，其中包括三位医生，遴选他们的方法和遴选科学专门小组成员的方法完全一样。这些独立行事的医生负责接收科学专门小组的研究成果，然后制定合适的医疗监测方案，以求尽早发现相关疾病。杜邦公司会承担医学专门小组的研究花销，并为医生们最终推荐的不论何种医疗监测方式买单，支付上限达两亿三千五百万美元。倘若科学专门小组无法确认全氟辛酸和疾病之间存在联系，那么就不会有医学专门小组，也不会对任何人进行医疗监测。

在上述工作进行的过程中，集体诉讼成员基于水中的全氟辛酸提出的潜在伤害索赔与个人伤害索赔将被保存并搁置，直到科学专门小组得出最终结果。在这个过程中，不会有人丢失索赔的权利，但也没有人能够在法庭上针对杜邦公司，积极地推进索赔事宜。如果科学专门小组证实特定疾病和水中的全氟辛酸相关，那么所有罹患该疾病的集体诉讼成员都可以就相关伤害或损失向杜邦公司提起个人诉讼，包括要求杜邦公司给予惩罚性损害赔偿。而如果科学专门小组未能找到证据，证明疾病与全氟辛酸有关，那么针对疾病提出诉讼就会被视作"存在偏见"，法庭将不予支持，这就意味着日后集体诉讼成员不能再主张华盛顿工厂排出的全氟辛酸导致人患病，继而对杜邦公司提起诉讼，即使日后有研究证明科学专门小组的结论是错误的。

这种安排对于双方而言都是一场赌博，不过根据我们目前看到的证据，我们相信，如果有足够多的数据，科学专门小组是可以证实全氟辛酸和疾病之间的关联性的。但是信心并不代表确信无疑。我们要冒决策错误的风险，但如果我们不认可科学专门小组的结论是最终的、无可争议的，那杜邦公司也可以利用这一点，不断纠缠于科学专门小组的结论，这么一来所有人都永远不会得到赔偿。

但是科学专门小组需要多少证据呢？我们知道现在就需要解决这个问题，因为一旦日后发生与之相关的争执，我们还是得回到最初的这个点上。在我们的努力之下，杜邦公司终于同意遵循西弗吉尼亚州医疗监测法律中的标准，我们这个案子也正是立足于这一法律。根据该法律，在"基于现有科学证据的权重，接触全氟辛酸与集体诉讼成员患特定疾病之间更有可能相关，而非更不可能相关"时，情况就会被定义为存在"很有可能的关联性"。

和解协议最关键的地方也许在于，科学专门小组将在"一般因果关系"这个重要的问题上扮演法官和陪审团的角色，不论全氟辛酸的"社区接触参考原则"是怎样的。换句话说，如果科学专门小组证实存在一种"很有可能的关联性"，杜邦公司就不能争辩说集体诉讼成员接触全氟辛酸的量不足以致病。在一般因果关系的意义上，对所有集体诉讼成员来讲，科学专门小组做出的"很有可能的关联性"的判断是最终的。关于这一点，我们双方不会再有任何争辩,任何一方都不会提出上诉。我们会用科学来解决这一切,这种科学不能被偏见或偏向所左右,所以我们要求科学专门小组的成员遴选工作必须得到我们双方的认可。只有不偏不倚的科学才能指证全氟辛酸,或是证明它的清白。也只有科学才能回答集体诉讼成员的问题。它要么帮助社区居民了解并应对全氟辛酸造成的风险和影响,要么向他们表明,他们接触全氟辛酸的量不会造成任何伤害。

C8毒性评估小组的那段插曲让我心有余悸,所以这次我感到很满足,我们双方终于达成一致意见,决定接受完全独立、公正且科学的答案,而不是听那些领佣金的"枪手"的主张。我怀疑杜邦公司之所以同意这个精心设计的计划,部分是因为他们觉得这不会让公司受到威胁,因为目前我们缺乏社区层面的数据,这一情况对他们有利,而且他们认为我们几乎不可能从社区成员那里获得足够多的新数据,去证明全氟辛酸与疾病之间存在"很有可能的关联性"。

和解协议的最后一个部分就是关于费用问题了。我们坚持认为,律师费不应该由集体诉讼成员支付;除了向集体诉讼成员支付赔偿金,杜邦公司还需要单独支付全部律师费和相关费用。杜邦公司同意赔付一笔单独的庭审费用,其金额不得高于和解总额的25.5%。水处理设备的估价为一千万美元,健康研究估计要花费五百万美元,再加上杜邦公司同意以现款形式支付给集体诉讼成员七千万美元,因此和解总额约为八千五百万美元。按照25.5%的标准计算,我们将获得不到两千二百万美元,根据之前签订的协议,这笔钱将由我方的所有相关律所分得。此外,杜邦公司还同意为我们报销一百万美元的费用。(我们的实际开支比这个多得多。)这几笔钱均得到了法庭的支持。我知道这听上去是一笔巨款,它也确实是,但是考虑到我们为此忙活了三年多,而且这笔钱要由多家律所来分,它就没有看上去的那么多了。不过,塔夫托律所能够认可这个工作成果就足够了,我将成为我们律所历史上第一位获得红利的合伙人。

第二天的大部分时间,双方都聚在一个更大的会议室中讨论细节问题。我们都经历了一场漫长的法律之争，这种斗争有时会令人感到非常不适，双方律师都曾感到自己的动机受到质疑，自己的道德受到不公正的攻击；此时，面对面地解决问题虽然气氛紧张，但我们都很专业。谈判中最剑拔弩张、让人痛苦的部分已经结束了。我们现在就是一群法律技术人员，正在拼装一幅复杂的拼图，几大部分已经拼好了，现在要做的就是让它们之间衔接好。到下午六点左右，我们终于"拼"好了。我们双方没有产生什么同志情谊。我们不会误把解决问题之后的宽慰感当成友谊的萌芽。经过漫长的两天，在原则上达成和解之后，我们双方亲切地握手，然后走出会议室。在最终签署和解协议之前，我们还需要跨过几个障碍，走一些司法步骤，但此刻是一个重要的里程碑。双方能够谈判成功，我非常开心，我成功实现了乔和达琳向我求助时的初始愿望。他们不是为了金钱；他们想知道自己正在面临多大的风险，他们需要洁净的水和医疗监测。他们正在逐步实现自己的愿望。如果乔和达琳为此感到高兴的话，他们所代表的集体诉讼成员也会高兴的。

*　*　*

我多想说我们开心得在桌子上手舞足蹈，陶醉在胜利之中。可事实上，我们只觉得筋疲力尽、如释重负，准备好好放松一下。在波士顿市中心的海鲜餐厅，我们的团队甚至无法安心吃完一顿庆祝晚餐。餐厅的名字我已经记不得了，我能清楚记得的就是在扫光盘子中的食物之前，我们全都意识到，为了整个计划能够顺利实施，我们还有许多事情要做。科学专门小组需要得到与全氟辛酸接触史和个人病史相关的社区数据，所需数量之多，可谓史无前例。杜邦公司毫无疑问地知道，由于达尔格伦的研究被认为是不充分的，我们需要更多的支撑数据。新数据需要从集体诉讼的成员中采集，它们得足够刀枪不入，既得承受住杜邦公司的负面审查，还得达到科学专门小组的要求。最重要的是，数据必须足够多。

这最后一点真的是严峻的挑战。

我们需要对整个群体进行一次严谨的调查研究，据我们所知，这种规模是前所未有的。我们必须找到一种方法，记录成千上万人接触全氟辛酸的具体情况——随着时间的推移，他们可能接触了多少全氟辛酸——并把这一情况和他们的完整病史关联起来。正是由于全氟辛酸具有生物持续性和生物累积性，才给上述研究创造了绝无仅有的机会。集体诉讼成员每天都会接触被污染的饮用水，全氟辛酸可能会在他们的血液中越积越多。如果能够采集到血样，我们不仅会了解他们目前的接触情况，还可能知晓过去的接触情况，包括过去全氟辛酸在水中的浓度。

我们很快就明白了：我们需要血液，大量的血液。这就意味着我们需要人们心甘情愿地被抽血。对于达尔格伦博士而言，先前让六百人露面来完成调查已经是一个巨大的挑战了。我们怎么才能找到成千上万名志愿者来贡献血液？而且即使我们能请他们提供血液样本，也还需要准确无误的健康史才行。大多数人能记得因为得了重病去看医生，但我们需要询问的是日期、诊断结果，还要做好心理准备，有可能会得到不甚准确的信息。

我们得穿越重重关卡，采集来的数据得满足流行病学研究的极高标准，并且确保不会犯任何会破坏数据完整性的错误。我们知道，杜邦公司会利用他们所有的资源，任何证实长期微量接触全氟辛酸会致病的结果都会受到他们的攻击。这就是个球赛。只要你犯一个错误，无论是偶然的还是伴随发生的，都会破坏整个研究。

这就是一个不可能完成的任务。我百分之百相信，杜邦公司也是这么想的。在一个七万人的群体中，想要获得足够多的必要数据，来证实"很有可能的关联性"，成功的概率跟玩赌盘差不多，甚至还低。杜邦公司就指望我们干不成。

然而他们没料到的是我们有了好主意。

* * *

好主意产生于和谈后的那次海鲜晚餐，并在其后的几周之内得到进一步完善。我们的灵感归根结底是一句格言：金钱买不来健康或爱情，但是可以买来积极性。

作为这个案子的律师团队，我们眼下正需要向法庭和集体诉讼成员做出解释，杜邦公司支付的七千万美元现款将会被如何处理。我们必须证明我们的计划能使所有人受益。这项计划，以及我们以什么方式把计划告诉集体诉讼成员，这两件事都需要法官来批准。但是杜邦公司对于我们如何处理这笔钱没有发言权。

依据和解协议，我们应当将五千万美元分给集体诉讼成员，利用剩下的两千万美元开展"健康和教育项目"。但是倘若将这笔钱平分给登记在册的七万名集体诉讼成员，那么每一位只能分得不到七百一十五美元。这笔钱可能足够去买一台像样的平板电视，但是用来补偿患癌风险终身升高的人，这笔钱是远远不够的。

而且这也不能保证研究能够顺利完成，继而回答他们关于全氟辛酸的所有问题。

我记得吃庆祝晚餐时，服务员刚把开胃菜的盘子端走，哈利·戴茨勒就向我坦言，有一件事让他烦恼不已：假若他收下一笔不菲的律师费从这里离开，而参与集体诉讼的社区居民每个人只拿到区区数百美元，那么他该如何面对他在帕克斯堡的朋友和邻居呢？

"那样我们就成了贪财的律师，"他说，"我们必须做得更好。"

我完全同意。

就在那时，我们的好主意突然出现了：我们为什么不把七千万美元全部花在请集体诉讼成员参与社区研究这件事上呢？

财务激励是唯一可行的方式，这样一来，我们可以获得天文数字般的参与者，科学专门小组就能收集到足够多的数据，证实全氟辛酸与疾病之间存在很有可能的关联性。掌握了这种关联性，我们才能继续要求补偿与救济，比如持续获得干净的水源，接受医疗监测，获得潜在人身伤害赔偿。

到时每个人都是赢家（除了杜邦公司）。

不过接下来，一个棘手的问题赫然出现了：这得花多少钱呢？我们得花多少钱，才能吸引到足够多的人来参与这件事？

哈利想到了他的律所经常会组织的"聚焦小组"活动[1]。如果他们发出二十封信，以七十五美元作为奖励，邀请人们加入聚焦小组，最终大约会获得两个参与者。如果给出一百美元的话，他们可能会得到六到十个人。但是我们需要的可不是六到十个人，我们需要的是几万个人。

他先算出我们需要在数据处理上花多少钱，剩下的钱就是给集体诉讼成员的，然后他算出了一个他认为行得通的数字。（我很高兴有人能处理这些数学问题。）他想象着一个四口之家带着孩子们一起来，他们出去的时候能得到的奖励是那个数字的四倍。

"四百美元，"他说，"我们需要支付给每个人四百美元。"

这就意味着一个四口之家在离开的时候能拥有一千六百美元。更为重要的是，这将是一个巨大的动力，吸引人们参与到健康研究中来。参与的人越多，集体诉讼成员就越有可能得到价值远高于一次性现款支付的补偿：持续接受医疗监测，以尽早发现疾病；以及一旦罹患某种相关疾病，他们有权利提起个体诉讼。

"为什么是四百美元呢？"有人问道。

"给我四百美元，"他说，"我就会让人扎我胳膊！"

我喜欢这个主意。我们团队的其他人也是如此。那会不会有人就愿意只拿一笔小钱，然后让整件事翻篇儿呢？也许会的。不过我们认为，大多数人会选择弄清楚全氟辛酸的所有真相，再加上一笔小钱。

因此，我们没把七千万美元中的两千万用在开展健康和教育项目上，而是把七千万全投到了血液采集和研究当中。毕竟，这七千万美元之前就被指定为"集体救济金"。这项研究将惠及整个集体，对那些选择退出的

---

1 指召集一群人，听取他们对某问题或产品的意见，常出于市场调研的目的。

人来说也是如此。了解水里的化学物质会造成什么影响，这对任何一个喝这种水的人来说都是一件好事。该项研究将会推动科学发展，指导公共卫生措施，还会给未来的研究提供信息支持。这项研究会有益于更多的人，其范围远远超出打集体诉讼官司的这群人，它将成为一道未来的科学基准线。

我们为自己能够想出这样一个创造性的解决方案而兴奋，感到十分自豪。不过我们也知道，在接下来的数周和数月里，我们得努力把这个大胆的计划变成现实，这会是一个困难的过程。我们坐下来草拟要提交给科学专门小组的研究方案，此时我们马上感受到了这件事的难度。我们又一次找不到可以套用的研究模式。我们问遍了专家学者，他们都说从未听说过哪里做过类似的研究。我们只能靠自己一点点去构建了。

第三幕
世界

27
调查研究

哈利、埃德、拉里和我坐在小厨房的餐桌边，准备搞一次大动作。

保罗·布鲁克斯博士坐在餐桌的另一边，我们今天聚会用的这栋房子，正是他在三十年前建造的。在座的另外一位是阿特·马赫博士，他和布鲁克斯是一辈子的专业竞争对手。这两位先生最近刚从帕克斯堡两家医院的管理岗位上退休。在帕克斯堡这个小地方，作为医院的管理者，这两位一直是受人尊敬的医学权威人物。

我们想让这二位承担的是极为困难的任务，而且可能会打扰到他们的邻居，考虑到以上因素，他们恐怕要让渡自己得来不易的威望了。

这两位是哈利·戴茨勒推荐的。20世纪60年代，戴茨勒被推选为帕克斯堡地区的检察官，从那时起，他就结识了这两位先生。布鲁克斯和马赫都是专家，擅长收集做科研所需的医疗记录和检验数据。而且，他们都已经退休了，可以专心进行一项全面彻底且真实可信的研究，不会涉及利益冲突和其他动机。哈利向我保证，这二位先生是我们最合适的合作伙伴。

"如果我们能够赢得两家医院的支持，"哈利说道，"就不会有人怀疑这件事情的真实性了。"

我之前从来没有见过他们，但是这次见面很快就让我感觉和他们很投缘。在我的人生经历中，很少会发生这种情况：当我走进一群陌生人之中，立刻感觉到好像是和朋友们在一起。他们俩都是社区中非常聪明且事业有成的商人兼领导者，然而他们却不摆任何架子。

布鲁克斯七十多岁，是一位胖胖的老先生，他自带一种无穷无尽的幽默感，问候着在场的每一位，声音听上去低沉沙哑。我对这种声音很熟悉，这种感觉来自我儿时的记忆。我仿佛回到了曾外祖父母的房子里，倾听祖母的兄弟们讲故事，那里离这栋房子其实不过几个街区的距离。他说话时的语调带着西弗吉尼亚式的抑扬顿挫，柔和的南方口音听起来慢吞吞的，去趟杂货店就能把路上的见闻讲成一篇奇闻怪事。这一切都让我一下子就喜欢上他了。

一看到阿特·马赫，我一下子就坐回到了椅子上。如果说布鲁克斯的声音让我想起了曾外祖父，那么马赫则与他外形相似：相同的体形，光秃秃的头顶，还有金属框架眼镜。孩子们曾经叫他"爷爷"，在我十二岁的时候，他因为前列腺癌去世。我到今天仍然在怀念他，所以坐在他的"分身"对面，我的心头涌起一种十分奇怪的安心舒服的感觉。

布鲁克斯曾任卡姆登·克拉克医院医务运营部副总裁，这家医院就在帕克斯堡主城区离河不远的地方，我从小时候就记得这家医院。我的父亲曾经在一天深夜跑到那里，把他耳朵里的一只半导体收音机的耳塞取出来。还有一次，家人在深夜把我送到那里的急诊室，医生从我的鼻子里取出火柴盒汽车的一个车轮。（别细问。）

拥有公共卫生高级学位的马赫曾是圣约瑟夫医院的首席执行官。那是一家拥有三百五十个床位的天主教医院，和卡姆登·克拉克医院在同一条街上。1900年，该医院由西弗吉尼亚州第一位天主教的主教创立，并交给圣约瑟夫修女会管理，她们本着慈善精神，收治了许多贫穷的病人。如果修女们都信任这位先生，我想我们也应该如此。

布鲁克斯和马赫之前从来没有合作过。他们分别管理着两家有竞争关系的医院，尽管知道彼此的存在并相互尊重，但一直保持着距离。当我们陈述清楚眼前的事实和整个全氟辛酸事件的前因后果时，他们俩都深感惊讶。虽然本地媒体对水样检测的结果进行了报道，但是他们二位一般只阅读医学杂志，那上面从没谈论过全氟辛酸。他们也从未意识到，早在几十年前，杜邦公司就开始研究全氟辛酸潜在的医学风险了。他们对这一切表示震惊：自己竟然在这家工厂附近救治病人，而这家工厂早在几十年前就知道真相？如果医生早点知道这些事，多少人的生命就能够被挽救了！他们不敢相信这一切。

我把自己通过多年调查研究得来的"故事"大致勾勒出来，布鲁克斯接过去看了看，惊愕地摇着头。

"无风不起浪，"他说，"只是这浪也太大了。"

他们二位了解问题所在之后，我们就列出了自己心目中的解决方案：进行一次研究，一劳永逸地解决这个问题。他们的任务就是收集原始数据，得是数量足够多的一手数据，以满足科学专门小组的要求。这个规模宏大的研究项目有可能创下社区流行病学研究的记录，在我们解释这个研究项目的时候，布鲁克斯和马赫听得非常认真。

我知道我们是异想天开。我们不仅需要血液样本，还得有尽可能多的集体诉讼成员向我们提供病史。自己填写的调查表不作数，自我上报的疾病必须经过多名医生的交叉检查，还得有医疗记录加以证明。任何一个了解医疗保健系统的人都会知道，这是一个介于壮举与白日做梦之间的任务。

"打这场集体诉讼官司的有多少人？"布鲁克斯问道。

"大约有七万人。"我回答说，"你觉得你能做多少人的？"

我暗暗希望他说的数字在一万五千人到两万人之间。这样的数字是我的专家建议的，在研究罕见癌症时，达到这个量就肯定具有统计意义了。我希望这个数字不会太离谱。

"六万人。"布鲁克斯说道。

我惊得下巴都快掉下来了。

"如果我们的工作覆盖面达不到75%，"他说，"我们就不应该接下这个任务。"

如果他们真能做到这一切，那哈利真是没推荐错人，甚至是超出预期。不过他们还没说会接受这个任务。

在这个房间中，两位老先生最了解的人是哈利，他们转向他问道："你们想从这项研究中得到什么样的结果？"

哈利看了看他们俩，又望了望我和埃德，然后非常清楚地道出了我们的立场："我们不在意，只要是事实就好。"

"既然这样，我们会去做。"

"就让我们真刀真枪地比画比画吧。"布鲁克斯说道。

毫无疑问，这就是我们的战友。

* * *

虽然我们已经和杜邦公司讲和，研究工作也已经开展起来，但我们很快就意识到，无论在抽象层面还是现实层面，我们面临的考验都远远没有结束。

在9月4日签署协议之后，我们同意马上和杜邦公司联合发布一篇新闻公告。这一公告被刊登在《今日美国》和西弗吉尼亚州、俄亥俄州的报纸上，全国上下皆知。杜邦公司在他们的官网上发布了这篇公告，我方则向法庭提交了一份初步的协议概要，以及一份向集体诉讼成员发出正式通知的计划书。我们会把正式的通知刊登在各大报纸上，还会通过直接邮寄的方式，将通知发给受污水影响的社区居民。通知上写明，所有参与集体诉讼的人有权因为任何原因选择放弃诉讼，也可以在2005年2月的最终听证会上表明反对和解。通知中还解释说，参与问卷调查与血液检测的人除了能得到四百美元之外，还将免费获得一份包含大量健康指标（包括胆固醇水平、肝酶等）的血液检测报告，其中还会列出全氟辛酸、全氟辛烷磺酸，以及其他C5到C12化合物的血液浓度；这份报告价值五百美元。我们要花费很多精力来准备这些通知，相关的刊载及邮寄费用则由杜邦公司来承担。

在我们忙碌得不可开交的时候，杜邦公司则继续在科学文献中添加能够支持他们观点的数据。居住在俄亥俄谷中部地区的人正在了解我们以科学为依据达成的和解协议，杜邦公司却在此时宣布了他们最新的研究结果。毫不意外，杜邦公司声称他们耗资一百万美元，围绕华盛顿工厂接触全氟辛酸的工人展开研究，发现除了胆固醇水平略有升高之外，"对健康没有任何不良影响"。

就在同一天，环境保护局也发表了有关全氟辛酸的消息。"我们已经确定该物质具有潜在致癌性。"查理·奥尔如是说。

这是一种令人震惊的承认。多年来，环境保护局似乎乐于对全氟辛酸的健康风险视而不见，但他们现在终于"挺身而出"了。由此，一种乐观情绪在我心中油然而生，我相信我们双方精心遴选出的科学专门小组也会得出跟环境保护局一样的结论。这可不是普通的感冒，这是癌症，就像《如果还有明天》[1]里演的那样。人们的注意力一下子就被吸引过来了。在环境保护局最新修订的全氟辛酸风险评估报告中，除了患癌的风险，潜在的发育风险与其他一些不良影响也被通报出来。我的观点终于得到了证明，这让我感到挺自豪的。然而此时我还不知道，在全氟辛酸的问题上，这可能是我最后一次对环境保护局的说法感到高兴。预警信号其实是有的，在承认潜在致癌性的那句话后面，还跟了一个告诫性的"但是"："但是现有信息并不足以得出结论。"而且其他致病风险据悉也要经过进一步的同行评议才能下定论。环境保护局为此将专门咨询自己的科学顾问委员会，这个委员会和我们的科学专门小组是两回事。

环境保护局的声明很温吞，再加上复杂的表意和模棱两可的结论，市场上几乎没泛起什么水花。杜邦公司的股票价格下跌了五美分。

杜邦公司随后又发出另外一份新闻公告："全面的科学研究证实，使用杜邦公司的原材料制造的产品对消费者来说是绝对安全的。"是谁帮忙策划了这项新的"科学"研究呢？是英环（ENVIRON）公司的咨询顾问，英

---

1 一部美国连续剧，讲述一位受人尊敬的女教师的抗癌故事。

环公司是一家私人咨询公司，他们已经被杜邦公司雇用，成为其法律辩护团队中的一部分。

看起来杜邦公司是在努力修建一道防火墙，想把他们最为成功的日常消费产品与其生产制造过程隔绝开来。在上述新闻公告中，杜邦公司承诺，到2006年底要在全国范围内削减98%的全氟辛酸排放量。某些产品会被重新规划，以遏制供应链下游的全氟辛酸排放。最为重要的是，杜邦公司正致力于开发"关键技术"，以减少全氟辛酸在生产过程中的排放，并准备把该项技术免费分享给其他生产氟化物的公司。

我感到一阵乐观：我努力了五年多，现在胜利就在眼前了。杜邦公司正在加速进行战略撤退。令我更为振奋的是，就在杜邦公司准备展开公关攻势的时候，美国司法部以发传票的形式介入了这件事情。司法部的环境犯罪科代表大陪审团传唤了杜邦公司，要求其提供有关全氟辛酸的记录。关于犯罪调查的头条新闻在全国引起了轩然大波。

整个市场的反应又是如何呢？杜邦公司的股价只跌了八十三美分。

投资人在意这些吗？有的会。一个名为"杜邦公司公允价值股东会"的持股人组织请求美国证券交易监督委员会调查杜邦公司对全氟辛酸事宜的披露工作——指的是对股东披露。他们感兴趣的问题不是这种化学物质会不会危害人类健康，而是全氟辛酸的官司会不会给持有杜邦公司股票的人带来金融风险。

在随后向证券交易监督委员会提交的文件中，杜邦公司清楚地表明了这种金融风险：完全禁用，或是限用全氟辛酸可能会影响公司十亿美元的销售额。

* * *

因全氟辛酸及相关化学品——统称为全氟化合物或全氟/多氟烷基化合物——而陷入麻烦的公司不止杜邦公司一家。

3M公司位于明尼苏达州的一家工厂中爆出了一个消息，不仅涉及全氟/多氟烷基化合物的污染问题，还牵扯瞒报，这又是一桩试图掩盖科学真相的事件。举报人名叫法尔丁·奥莱伊，拥有环境科学的博士学位，受雇于明尼苏达州污染控制局。她在研究中发现，在密西西比河的某个河段中，鱼类体内全氟/多氟烷基化合物的浓度达到了前所未有的水平。3M公司在明尼苏达州的工厂正好位于这个河段，这家工厂生产全氟辛酸，就是他们跟杜邦公司做生意做了五十多年，把全氟辛酸卖给杜邦公司。在正式的举报材料中，奥莱伊称自己受到州政府机构的威胁和谴责，包括该机构的负责人雪莉·科里根，但科里根否认了这一指控。

当得知雪莉·科里根在执掌州监管机构之前在哪里工作时，我并不觉得吃惊：1996年至2002年，她曾在3M公司担任高级环境经理。

最终，奥莱伊同意放弃诉讼并辞职。作为交换条件，她获得了三十二万五千美元。"明尼苏达州的事态令人痛心，该州政府斥巨资阻止科学家进行调查研究。"举报人保护组织的一位发言人如是说道。

* * *

在全国各地，民间组织、环境保护人士，以及更多的科学家纷纷拉响警报。即使是杜邦公司和3M公司这样的大公司，想要压制这些响起的警报也变得越来越困难了。

在帕克斯堡，吉姆和黛拉召集了几百位当地居民，要一起签署一份新的请愿书，反对进一步延长干淌河垃圾填埋场许可证的有效期限。眼下，政府正在对杜邦公司展开犯罪调查的消息传得沸沸扬扬，公司的死硬派支持者大多已经满腔怒火，蓄势待发了。

尽管请愿活动成功举行，可西弗吉尼亚州环境保护部还是延长了干淌河垃圾填埋场许可证的有效期限。而就在几个月之后，杜邦公司对外披露了干淌河垃圾填埋场的两起泄漏事件，河水中的全氟辛酸浓度达到151ppb，比2002年C8毒性评估小组给出的150ppb这个荒唐的标准还高出一个点。这一切就发生在这条小河中。

在俄亥俄河对岸的小霍金市，居民们的抗议声沸反盈天，他们拿到了一项新的血液研究结果，这项研究是联邦政府资助的，和我们刚刚展开的那项研究没有关系。我们曾申请到强制令，迫使杜邦公司同意我们使用他们的血液检测实验室，这项强制令后来被杜邦公司压了下来。自那以后，全氟辛酸的检测方法就慢慢开始被其他的实验室采用，因此宾夕法尼亚大学的研究员泰德·埃米特得以为小霍金市数百位喝了污水的自来水用户进行血液检测。根据他的检测结果，那些人血液中的全氟辛酸浓度介于298 ppb到360 ppb，"是普通人群的六十到八十倍"。

在俄亥俄州的其他地方，公民维权组织给主要的快餐连锁店写信，要求他们核实快餐盒和比萨饼盒中是否含有全氟／多氟烷基化合物。这么一来，国内一些知名快餐和外卖品牌可谓如坐针毡。

在最红的州和最蓝的州，情况也是如此。在亚拉巴马州，居民们起诉3M公司，该公司排出的全氟／多氟烷基化合物污染了迪凯特的土壤和地下水。在加利福尼亚州，州立法机构准备通过一项州法案，建立一个生物监测项目，以检测居民血液中的各种化学物质；这也是该州首次提出这种议题的法案。

杜邦公司先前的一位雇员也加入了这一阵营。格伦·埃弗斯是杜邦公司退休的化学研究人员，他告诉媒体自己多年前就提醒过公司，全氟辛酸可能会经食物的包装袋进入人体，可最后的结果是自己被排挤出公司。

杜邦公司驳斥了他的说法，强调这些产品都获得了美国食品和药物管理局的批准。"这些产品对消费者来说是安全的。早在20世纪60年代，食品和药物管理局就批准我们使用这类物质，这么多年以来我们一直是按他们的规章与标准做的。"

这一回应无法压倒埃弗斯的警告，美联社替他把话传了出去。"你看不见它，感觉不到它，也品尝不出它。但是当你打开包装袋，拿着薯条往里蘸时，就相当于蘸了氟化物，然后吃下去。"埃弗斯说，"杜邦公司认为他们有权利去污染每一位美国公民的血液——美利坚合众国的每一个男人、女人，还有孩子。"

＊　＊　＊

在和解协议约定的七千万美元的资助下，保罗·布鲁克斯和阿特·马赫开始做计划，准备收集血液样本和原始数据；与此同时，我们则忙着和杜邦公司一起挑选三位独立的流行病学家，来组成我们的科学专门小组。这三位专家会充分利用布鲁克斯和马赫收集来的数据，因此遴选专家对诉讼的成败来说尤为关键。

我们双方都准备了一张名单，上面有二十几位流行病学家作为候选人在列。我们寻找的人选，学术背景要过硬，而且不能有跟诉讼有关的工作经历。如果他们以前做过专家证人，或者是曾经担任过某个案件的顾问，那么他们就没有资格加入我们的科学专门小组。

我花了无数时间研究那些可能成为候选人的人，审度他们的背景、简历，以及出版的著作。我从我的专家那里了解这些人的声誉和地位，这些东西光看公开资料不容易看出来。我不放过任何一条信息，以求洞悉潜在的偏见。他们做研究的经费来源也需要经过辨析和审查。长久以来的经验告诉我，必须要仔细。我们否决了很多名人，但最终还是拟好了一份名单，候选人都非常有成就；而杜邦公司的操作也是如此。

然后我们双方交换名单，研究对方提出的候选人。任何一方都可以出于任何原因，划去名单上的任何一位候选人。如此就大大缩小了备选范围。当我们筛出一组没有被否决的候选人后，就会给他们打电话面试，做进一步筛选。有的候选人对此毫无兴趣，或者是太过忙碌，无法抽出大量时间按照我们的要求完成任务。

最后一个步骤就是进行一次线下面试。当我们得知拉里·詹森，杜邦公司在这次集体诉讼中的首席顾问，将会代表公司负责此次面试时，我觉得还是请我们团队中的其他人跟他接触，一起完成面试比较好。

一直以来，詹森似乎总是回避和我对视，当他和我们团队讲话时，我感觉他也从不接我的话茬。自从我们透露自己的计划，说打算用杜邦公司在和解协议中允诺的七千万美元来资助血液检测和健康数据收集项目后，我就感觉到和他沟通时关系更紧张了。也许是我想多了，可是我真的不希望面试被任何性格冲突干扰。这次面试实在是太重要了。我召集律师团队开了一个会，大家一致同意派另一个人做面试官。

拉里·温特主动站了出来。"我猜自己抽中了下下签。"他开玩笑说道。在接下来的五个月中，温特会和詹森密切合作，商量好行程，一起去面试那些顶级候选人。

温特和詹森一起出了几次差，按照最终名单逐一面试每一位候选人，并在去往机场的车里比较面试记录。每一天工作结束后，温特都会把他的记录传回给我们，我会跟进候选人的情况，在必要时进行进一步调查。

到2005年2月，经过我们双方同意，科学专门小组终于成立了。

托尼·弗莱彻博士，就职于伦敦卫生与热带医学院，是英国公共卫生研究机构中最受人尊敬的专家之一。弗莱彻博士在过去的二十五年间一直致力于环境与职业流行病学的研究，评估人类健康风险，研究整个欧洲的水污染和大气污染。他还曾担任国际环境流行病学会的主席。

戴维·萨维茨博士，任职于芒特西奈医学院社区卫生与预防医学专业，享有"查尔斯·W.布卢多恩教授"荣誉头衔。

凯尔·斯廷兰博士，埃默里大学公共卫生学院环境健康与流行病学系教授。他曾在位于辛辛那提的国家职业安全与健康研究所工作了二十年。

我方七万名集体诉讼成员的未来，可能还有全氟辛酸的最终命运，就掌握在他们手中了。

* * *

2005年7月，西弗吉尼亚州帕克斯堡。

如果说有一样东西能够激励保罗·布鲁克斯的话，那就是他的能力被别人低估了。他知道有一群衣冠楚楚的家伙认为，他招募了一小队西弗吉尼亚人，想搞出能证明全氟辛酸致病性的大数据，而这就是个不可能完成的任务；毕竟，他这是想让别人为自己流血啊。

有人说："你们如果幸运的话，可以会有一万人在网上配合调查吧。"

"一万五千吧，"这是另一个人的猜测，"说不定能有两万呢。"

布鲁克斯要让这些人知道他们大错特错了，他期待着那一天早日到来。

他告诉过我们他的宏大目标：六万人。而在私底下，他其实想达到更高的目标。

我们打算把杜邦公司支付的七千万美元分给参与血液检测，提供健康数据的集体诉讼成员，具体的安排是这样的：完成调查问卷可以得到一百五十美元，提供血液样本的话，可以再得二百五十美元。这个计划在2005年2月的听证会上正式得到了集体诉讼成员和法庭的批准。此举相当于给布鲁克斯和阿特·马赫开了绿灯，他们继续推进项目，收集数据，并称该项目为"C8健康项目"。他们俩还把自己的姓氏组合起来，开了一家名为"布鲁克马"的公司，专门用于实施该项目。

这是一个非常考验技术的活计，一群信息技术精英从零开始，经过五个月的技术革新，才搭建出一个基于互联网的信息收集系统。布鲁克马人屏住呼吸，按下了启动键。这就如同启动了一台实验火箭发动机的点火装置，可能发射成功，也可能在空中爆炸。他们从控制屏上看到第一个人进入系统，然后一个又一个，十几个人开始填写调查问卷，流量越来越大，没有停下来的迹象。

到七月底的时候，护士们已经在抽血了。团队在社区设置了多个用于采血的活动房，人们贴着创可贴，拿着支票从房子里走出来。消息如燎原之火一般传播开来：通知上的承诺是真的。如果你去采血点，你要先填写调查问卷，再让人给你抽血，然后支票就到手了，整个过程不到一个小时。我有一种感觉，人们到这里来不光是为了钱。

到了八月底，也就是项目运行了两个月之后，将近三万五千人填写了长达七十九页的调查问卷——填一份问卷大约需要四十五分钟；他们中的绝大多数人，希望得到额外的二百五十美元，所以也让护士抽了血。

像交通不便、看不懂问卷、不会上网这样的困难都是可以克服的。人们互相帮助。精通技术的孩子帮助网络技能有限的爷爷奶奶和邻居。许多人先填好一份纸质版问卷，再请家人帮忙转录到系统上。教堂和图书馆也帮忙做组织和动员工作。

我们的计划真的奏效了。

28
第二波浪潮

　　伴随着C8健康项目的血样抽取工作，原来不关注全氟辛酸话题的科学家纷纷被吸引过来。我们的诉讼令科学界对全氟辛酸的兴趣暴增，全新的研究项目在世界各地开展起来，不过这些研究项目和我们的案件或杜邦公司都没有关系。但根据和解协议，科学专门小组具有完全的酌情决定权，可以考虑来自任何研究项目的相关数据，不局限于杜邦公司、3M公司进行的研究，或C8健康项目收集的数据。

　　2005年6月，环境保护局内部履行同行评议职责的科学顾问委员会查看了该局所做的风险评估报告的最新草案，此举令我感到事情的势头更劲了。他们基于自己掌握的数据——这些数据主要是我提供的——建议环境保护局修订风险评估报告，调高全氟辛酸的人类致癌物等级，从"有迹象表明"提升到"很有可能"。这是一个十分重要的技术区别，可能会影响到今后的监管要求。它还有另外一个更为直接的影响：一些媒体的头条新闻表明，环境保护局早些时候淡化了全氟辛酸的致癌风险，但现在他们自己的顾问委员会却为此大声疾呼。

　　然而，就在科学界越来越反对使用全氟辛酸的时候，也出现了少数公开为其辩护的组织。美国科学与健康委员会是一个由科学家组成的非营利性"消费者教育联盟"，该组织站出来说，"没有一丝证据"表明特氟龙或是全氟辛酸有致癌风险。该组织声称"垃圾科学"正在影响公共政策，并指责环境保护局是想让民众免受"并不存在的致癌风险"。

　　科学家们通常在许多事情上意见不一致，但是这个组织是一个极好的例子，说明了为什么追踪科学背后的"金主"尤为重要。这个听上去人畜无害的美国科学与健康委员会成立于1978年，创立者是一个在哈佛大学受过公共卫生专业教育的科学家，他站在环境工作组这类组织的对立面，指责这类组织在没有科学依据的情况下贩卖恐慌。科学与健康委员会声称自己是一个独立的科学家组织，旨在揭穿左右公共卫生政策和环境政策的虚假科学结论。

然而批评者指出，这个委员会是一个接受大公司资助，却不肯吐露背后"金主"的"行业前沿组织"。一份内部流出的文件显示，其资助者阵容庞大，而且都是家喻户晓的大企业，从大烟草公司到制药行业、石油行业的公司，当然也包括3M公司等化工企业。在科学大战中，该委员会通过媒体极力地为上述行业辩护。

当听到该委员会为特氟龙辩护，说它是"现代技术的榜样"时，我们就不得不留个心眼儿了。这个委员会坚称：特氟龙"使我们的生活更方便、更愉悦"，而且正是因为特氟龙获得了极大的成功，才会"树大招风，被那些宣扬化学恐惧症的人盯上，这些人是想消灭现代工业化学赠予我们的工具"。

与此同时，我们与杜邦公司在西弗吉尼亚州达成和解的消息传开了，也有越来越多的媒体开始关注全氟辛酸的健康风险，这似乎引出了更多的法律诉讼，介入这类案子的律师也更多了。七月份，佛罗里达州迈阿密市的几位律师宣布，他们针对杜邦公司制造特氟龙一事提起了五十亿美元的集体诉讼。他们基于什么事提起诉讼呢？——杜邦公司生产的不粘炊具在使用中会排出危险烟雾，其中包括全氟辛酸，而该公司对此未尽到提醒义务。消费者权益保护组织进行的测试表明，带特氟龙涂层的煎锅一旦加热至五百七十华氏度以上，就会散发出有毒的烟雾，这和2003年的《20/20》节目展示的情况完全一样，当时节目组是用不粘锅煎培根。律师们说，杜邦公司在过去的四十多年间销售了价值四百亿美元的带有涂层的炊具，因此他们集体诉讼中的原告几乎包括所有购买过特氟龙锅具的美国人。

　　我没把重点放在特氟龙产品给消费者带来的风险上，这些人最终会明白，喝被全氟辛酸污染过的水，比在早餐时用不粘锅煎蛋风险大多了。不过不论如何，别人似乎终于意识到全氟辛酸问题的严重性和波及面，这还是让我倍觉欢欣鼓舞。司法部的犯罪调查还在继续推进。（他们的代表甚至拿着传票出现在塔夫托律所，并且用了四天的时间仔细研究我的全氟辛酸档案。）某些州的立法部门开始关注全氟辛酸问题，并考虑可能的立法或监管措施。加拿大也在考虑，不仅要禁止生产与使用全氟辛酸，还要取缔所有全氟／多氟烷基化合物。

　　我们的法律团队也正在赢得它应该得到的认可。在先前好几年的辩护工作中，我从来没有获得过任何奖项。所以当我第一次获得"庭审律师公共正义组织"(Trial Lawyers for Public Justice)的重大认可时，我觉得这很讽刺；在于多伦多举办的颁奖典礼上，该组织将"2005年度庭审律师奖"颁给了我们整个团队。

　　在这一年结束之际，环境保护局和杜邦公司发表了一项重要的公告。由于未将早期的全氟辛酸毒性研究情况和饮用水污染情况报告给环境保护局，杜邦公司被处罚金一千零二十五万美元，另外还要提供价值六百二十五万美元的"环境方案"。相比于之前媒体传言的三亿美元罚款，一千六百五十万美元已经很少了。不过，环境保护局还是声称，这是他们"依据环境法规获得的最大一笔民事行政罚款"。然而，全氟辛酸仍然没有成为接受监管的化学物质。环境保护局处罚杜邦公司是因为他们没有上报研究情况，而这些研究在适当的情况下有可能成为漫长的官方监管之路的起点。

　　一个更加鼓舞人心的消息拉开了2006年的帷幕。环境保护局宣布出台一项全新的"全氟辛酸管理计划"，要求全氟辛酸的生产商大幅度削减排放量，同时还须减少该化学物质在产品中的使用量。这一目标是宏大的：到2010年，减少95％的排放量（与2000年的排放量相比）；到2015

年实现零排放。

　　我喜不自胜。如果环境保护局能够守住原则，那就意味着全氟辛酸在美国会被完全淘汰。我情不自禁地回想起我们走过的漫长历程：六年前，牛群调查组甚至不承认全氟辛酸存在。

　　杜邦公司发表声明，吹嘘说会满足这个管理计划的要求，但在发言时又字斟句酌，不承认全氟辛酸有任何实际问题。而且（为了应对特氟龙还未完结的新官司），杜邦公司在一份新闻稿中竟然称，环境保护局"一直表示，没有迹象表明"，消费者对使用含这类化学物质的家用产品"有任何担忧"。

　　环境保护局甚至声称正在努力将全氟辛酸列入"有毒物质释放清单"（Toxic Release Inventory），这是一个巨大的胜利，最终将使全氟辛酸成为一种"登记在册并且接受监管"的物质，离触发超级基金的清理责任又近了一步。然而，就像环境保护局制造的所有乐观情绪一样，我最终会发现这种愿望永远不会实现。

　　在报道淘汰全氟辛酸的计划时，美国广播公司提到了苏·贝利和巴基·贝利。"今天，他们说这个行动姗姗来迟。"苏在接受另外一家电视台采访时表示，这一里程碑式的行动对于她而言意义重大，"我今天真的觉得胜利了。"

　　几个月后，环境保护局甚至公开否决了西弗吉尼亚州C8毒性评估小组得出的那个荒唐的"150 ppb"，同时宣布他们与杜邦公司签署了新的同意协议。新协议要求：在受华盛顿工厂影响的社区，一旦饮用水中全氟辛酸的浓度超过0.5 ppb，杜邦公司就得负责提供干净的饮用水；这个值在C8毒性评估小组面前简直不值得一提。在我们与杜邦公司签订的集体诉讼和解协议中，双方约定的标准是0.05 ppb，但由于全氟辛酸仍然不受监管，环境保护局无法命令杜邦公司以这个更低的值，或其他值为门槛进行水处理。同意协议仅仅反映出环境保护局能让杜邦公司答应的内容。不论如何，让杜邦公司"心甘情愿"地从150 ppb降到0.5 ppb是一个巨大的进展，这也证实了我早先的怀疑：即便是杜邦公司自己的科学家也知道，150ppb这个数字非常荒谬。

我有生以来第一次觉得自己仿佛真的在改变什么，在监管领域，在科学领域，以及法律领域；最为重要的是，在身体健康方面，对苏和巴基这样的人来说。

自从接了这种充满不确定性的案子，我在压力与焦虑中挣扎了七年，眼睁睁地看着不计酬的工时和打官司的成本与日俱增，现在这一切终于烟消云散了。

我还获得了一种从未有过的感受：原告律师的胜利感。我终于为我的委托人们讨回了公道：坦南特一家，还有乔·基格和他的邻居们。整个世界终于像我一样，认识全氟辛酸这种物质了。现在事情终于明了了：我曾经让律所承担的风险是合情合理的。

也是我有生以来的第一次，我感到我证明了自己。我不再患得患失，担心自己的工作是否合适在这间律所开展。相反，我实实在在地获得了律所上下的认可和称赞。我为律所赚到了有史以来最大的一笔报酬。

我的合伙人们甚至还给我颁发了一个类似于"奖杯"的东西。在合伙人会议上，我被请到会议室前面，一只鲜红的特氟龙煎锅被递到我面前，上面镌刻着几行文字：

塔夫托&斯特蒂纽斯&霍利斯特律师事务所的伙伴们
为杜邦特氟龙案
至罗布·比洛特
2005年6月30日

我不喜欢成为焦点。（我甚至害怕参加生日聚会，因为必须要在大家的注视下拆开礼物。）然而在那一天我却格外自豪，而且开心不已。终于，在事务所做"黑马"的岁月总算过去了。

正在进行的案件和解了，科学专门小组建立起来了，C8健康项目也开展得如火如荼，此时我甚至有时间放松一下，和家人一起度过开心的时光。我们全家挥霍了整整一周的时间，在加勒比海上乘迪士尼游轮巡游。我的三个儿子——一个七岁，一个五岁，还有一个就要四岁了——玩了个痛快。萨拉和我也终于有时间补足精力、再享温情了，我们太需要这样一段时间了。那个夏天是我人生中最开心快乐的一段时光。

我获得了崭新的自信心和安全感，随之而来的是更多的新客户。随着西弗吉尼亚州污染问题的细节被越来越多的人了解，其他州的人也开始怀疑自己地盘的水了。

我之前提过，在3M公司的家乡明尼苏达州，奥莱伊博士因揭发全氟辛烷磺酸的污染问题而被迫辞职。眼下，明尼苏达州的其他公职人员也像她一样，将怀疑的目光对准了生产与销售全氟辛烷磺酸五十年的3M工厂。果然，进一步的检测证实，在卡蒂奇格罗夫的3M工厂附近，饮用水中有全氟辛酸（和全氟辛烷磺酸）。我还接到了一个电话，询问我们"西弗吉尼亚团队"是否能够提供帮助。我很快就发现自己又接了一个胜诉分成式的案子。这还只是第一例。在2006年3月，环保组织"特拉华河守护者网络"发现，在新泽西州的杜邦公司钱伯斯工厂附近，饮用水中全氟辛酸的浓度升高。我又一次被请求提供帮助。大约一个月之后，新一轮水样检测显示，在帕克斯堡市区的饮用水中，全氟辛酸的浓度首次超出了0.05ppb这个门槛，这令该地区的居民具备了加入集体诉讼的条件。但是杜邦公司拒绝给帕克斯堡市区提供洁净的水源，他们的理由是，这个数值低于0.5ppb——杜邦公司和环境保护局签署的新同意协议中的标准。当地的社区找到我们求助，我们同意接手这个案件。我们甚至还接受邀请，加入了打特氟龙不粘锅官司的律师团队，向他们提供与全氟辛酸的科学问题有关的建议。这些新案件起到了一个非常重要的附加作用：虽然乔·基格等人的集体诉讼案已经和解了，但通过这些新案件和新发现，我还是能够和科学专门小组并肩工作，继续收集证据，和杜邦公司，现在再加上3M公司的证人谈话，监控这些公司在全氟辛酸问题上的动向。我深知，这样做是至关重要的，因为我知道，在公众看不见的地方，全氟辛酸的事是怎么被运作的。我带着前所未有的自信心，积极地介入这些案件。

现在我又有机会学以致用了，我看到了能为这些社区解决问题的康庄大道。

一切似乎都变得明朗了。

29
黑暗科学

环境保护局出台的"全氟辛酸管理计划"挑战了所有的全氟辛酸使用者和生产者，要求他们削减排放量，并稳步减少该物质在产品中的使用量。这个计划横空出世后，不仅仅是我，很多人都欢呼雀跃，相互祝贺与勉励。

"我们应该这么做，"环境保护局的苏珊·哈曾说道，"眼下，为了环境，为了公共健康……也为了我们这个机构，我们应该这么做。"

环境保护局高调宣传了他们为切实淘汰全氟辛酸而制定的"十年计划"，该计划不需要诉诸联邦法律，环境保护局把这一点作为亮点来宣传，称这是一个与企业合作、零监管的典范计划。该机构吹嘘说，八家涉事公司"百分之百参与并做出承诺"，还称赞这些公司是"全球环保领军者的榜样"。

与此同时，环境工作组也公开称赞环境保护局的"卓越领导力"。

我们抗争数年，取得了这些令人瞩目的进步，它们似乎好到让人不敢相信。几家公司都自愿加入。环境保护局正在采取行动。甚至连主流的环境监督团体也表示十分满意。真是势不可挡。

然而接下来，一切都突然停止了。

在为全氟辛酸管理计划吹响号角之后，环境保护局对于全氟辛酸的问题就放手不管了。他们说过要把全氟辛酸添加到有毒物质释放清单中？没有的事。在 2003 年就开始的风险评估呢？完成不了了。说要起诉杜邦公司呢？已经和解了。司法部的犯罪调查呢？已经终结了。

事实上，环境保护局在接下来的十年里都没有对全氟辛酸的问题采取进一步行动。

为什么环境保护局会如此突然、如此彻底地后撤呢？答案显而易见，或者说应该是挺明显的。环境保护局和杜邦公司之间的整体关系太过亲密无间了。在过去的数年间，我不止一次有过这种不舒服的感觉，最近的一次是在环境保护局科学顾问委员会召开的公开会议上。当时，环境保护局负责牵头全氟辛酸风险评估工作的职员与杜邦公司和 3 M 公司处理全氟辛酸问题的首席毒理学家肩并肩走进会议厅，看到这个场景我惊呆了。他们一直像老朋友一般谈笑风生。

当时，我还没觉得这是个特别严重的问题，也许纯粹是偶然情况呢。毕竟，这是代表联邦政府的环境保护局，又不是州里面的小机构，比如，西弗吉尼亚州环境保护部，或者是明尼苏达州污染控制局，这种州里的机构比较容易被当地的大雇主拉拢。但是现在回想起来，2005 年环境保护局科学顾问委员会的公开会议令我感到烦恼不安。我开始怀疑，联邦政府的环境保护局，还有整个联邦审查程序，也许并不那么独立。幸亏我参与了新的案件，得以继续在调查中发现新的文件，这些文件暴露了一个规律，我在环境保护局对全氟辛酸事件发表声明时就察觉到了这种规律。大约是在宣布全氟辛酸管理计划的那段日子，环境保护局还发布了一则声明，奇怪的是，这则声明让人想起了杜邦公司的那些车轱辘话："到目前为止，环境保护局尚未发现任何专项研究，将现有的全氟辛酸接触水平与人类健康联系在一起。"就在同一天，杜邦公司发布一则新闻稿，援引了环境保护局的声明。我怀疑这种时机不仅仅是巧合。我认为这是交换条件中的一部分：杜邦公司同意参与环境保护局夺目的全氟辛酸淘汰项目；作为交换，环境保护局则会发布一条声明，支持杜邦公司关于全氟辛酸的陈词滥调：并没有发现该物质对人类健康造成影响。

也正因为这样，在之后的一个月，当环境保护局科学顾问委员会重申他们的建议，将全氟辛酸重新归为"很有可能"的人类致癌物时，杜邦公司一定感到非常惊讶。随后，铺天盖地的负面新闻让消费者感到无比担忧。

我手头来自杜邦公司的新文件暴露出他们对上述情况是多么担忧。我对其中的一封电子邮件印象尤为深刻，这封邮件的发件人是苏珊·斯托尔内克尔，她是杜邦公司全氟辛酸问题"核心小组"的组长。这封邮件被标注上"紧急"字样，直接发给了公司的首席执行官查德·霍利迪。鉴于事情已经露馅儿了，斯托尔内克尔提议用环境保护局给公司打掩护。她写道："在我们看来，请环境保护局发声是平息负面舆论的唯一方法。我们需要……环境保护局尽快（比如说，明天一大早）发表如下言论：1. 在售的特氟龙品牌的消费品都是安全的……2. 迄今为止，并没有发现全氟辛酸对人类健康造成影响。"

两周之后，在一次有关全氟辛酸管理计划的电话会议上，杜邦公司如愿以偿了。环境保护局的苏珊·哈曾宣布："本机构不认为消费者需要停止使用杜邦公司生产的炊具、衣物，以及其他防粘和防生锈的产品。"她还补充说："本机构并没有看到相关证据，证明使用上述产品会使消费者接触全氟辛酸。"

此时我偶然发现了一份文件，我们后来称它为"秘密武器备忘录"；根据这份文件，我高度怀疑早在全氟辛酸管理计划出台之前，杜邦公司和环境保护局就在私下里谈妥了某种互惠互利的交易。在这份文件中，环境保护局前副局长，已被杜邦公司聘为顾问的迈克尔·麦凯布为杜邦公司和环境保护局清楚地设计好了退路。"我一直认为，摆脱这个泥潭的最佳方式，"他写道，"就是将改进工艺、淘汰全***的计划公之于众。"（杜邦公司开始在一些内部文件中使用密语，代替"全氟辛酸"这几个字，这很可能是为了在今后的调查中躲避关键词搜索。还有"P问题""大象工程"这样的密语，我认为"大象工程"源自"房间里的大象"[1]这种说法。）

---

1 the elephant in the room，在英文中指明显存在，却没人愿意提及的棘手事情。

于是，杜邦公司被誉为"全球环保领军者的榜样"，他们自愿减少排放，开发替代技术，制造不含全氟辛酸的产品，还承诺在十年之内完全淘汰该化学物质。作为回报，环境保护局可以公开宣称自己解决了全氟辛酸问题。

事情到了这个份儿上，全氟辛酸也成了环境保护局要面对的难题。考虑到这种化学物质被用来制造了多少产品，以及全美国有多少地方在生产（很可能也在丢弃）这些产品，一个越来越清楚的事实是：这种化学物质很可能存在于世界各地的空气和水中；已经被证实的情况是，在美国，每一个成年男性和女性，每一个孩子的血液中都有这种化学物质。环境保护局出具的风险评估草案被一些人解释为，目前的全氟辛酸浓度只会给敏感人群造成健康风险。有人提出质疑，环境保护局怎么能够允许这一切发生呢？更为重要的是，眼下该机构要怎么解决这个问题？环境保护局提起了诉讼，司法部启动了犯罪调查，这无疑强调了全氟辛酸问题的严重性和波及面，但是他们都没有做成任何事情，或者解决任何实际问题。

公众和媒体不断给环境保护局施压，杜邦公司的计划最终给了该机构一条出路。然而正如秘密武器备忘录中所说的那样，这种帮助附带了一个非常重要的条件：环境保护局必须"创造一个公平竞争的环境"，要求整个行业做出同样的承诺。在我看来，这就解释了为什么会有全氟辛酸管理计划，以及杜邦公司为什么会主动提出把全氟辛酸减排技术免费分享给竞争对手。杜邦公司做出了如此重磅的承诺，他们希望从环境保护局那里得到点什么作为交换。我们研究了全国各地涌现出的案件，然后有了另一个发现：杜邦公司向环境保护局汇报时展示了一些幻灯片，上面毫不含糊地写了"我们需要环境保护局做的事"。

首先是公开承诺，在风险评估正式完成之前，不对全氟辛酸采取监管行动。鉴于风险评估工作目前的推进速度，杜邦公司完全有理由相信，再过几年，这项工作也完不成。

我不得不相信，这就是环境保护局突然全面退缩的原因。（其实，一直到2016年，环境保护局都没再对任何与全氟辛酸有关的问题采取行动。）

另外，杜邦公司想要的可不是"含蓄的夸奖"。（顺便提一下，这是幻灯片上的原话。）他们想要的是高调的赞誉，表扬他们"在自愿减排中发挥带头作用"。他们还想让环境保护局就全氟辛酸和杜邦公司消费品的安全性发表令人安心的公开声明；很明显，环境保护局满足了这个要求。

这对双方来讲都是一个相当不错的交易。他们两家都能够颜面无损地摆脱全氟辛酸带来的混乱局面，还都因"解决"问题而赢得了赞誉。他们终于可以告诉所有人：再也没有人会使用这种东西了。一切都好。事情就此结束。

但是，公众能从这些操作中得到任何实质性的好处？有任何一个人会负责清理已经存在的全氟辛酸吗？含水层里、土壤里、操场上、后院中，遍及美国，甚至在美国境外的全氟辛酸又该如何处理呢？半个多世纪以来，这种化学物质被持续排放到我们的生存环境中。鉴于人造化学键的持续性，已经存在的数百万磅全氟辛酸可能会在环境中停留几百万年，除非进行物理移除或销毁。而人们血液和身体中的全氟辛酸会继续存在。环境保护局的这个计划没有解决任何问题。

＊　＊　＊

尽管有关全氟辛酸的担忧和负面新闻与日俱增，杜邦公司在金融界的声誉却仍然熠熠生辉。杜邦公司仍在"最佳"榜单的前列，这不仅是因为他们有出色的业绩，还源于他们在环境标准和可持续经营的比拼上都名列前茅。这真是讽刺，至少我是这么认为的。

2005年，杜邦公司仍在《财富》杂志的"全球最受赞赏公司"榜单上，排名第37位。在《金融时报》"世界最受尊敬公司"的问卷调查中，杜邦公司在"国际社会承诺"类别中名列第24位。杜邦公司还入选了"道琼斯可持续性指数"（Dow Jones Sustainability Index），能获此殊荣的都是全球最具可持续发展能力的公司。自从1999年该指数创建以来，杜邦公司每年都能入选。但要说最引人注目的，还得是杜邦公司在《商业周刊》"最佳绿色环保企业排行榜"中高居榜首。（3M公司也上榜了。）

然而，杜邦公司内部吵得不可开交。许多人开始大声疾呼，督促公司采取正确的行动，持这种意见的不只是像伯尼·雷利和约翰·鲍曼这样的内部律师。

在调查新接手的案件时，我发现了杜邦公司流行病学审查委员会的一份内部备忘录。这是一个外部委员会，成员是独立科学家，杜邦公司跟他们签合同，请他们出具有关流行病学研究和道德问题的内部指导意见。这份备忘录强烈，甚至是愤怒地批评了杜邦公司的公关战略内核，措辞的激烈程度令人惊异。

"既然大家对接触全氟辛酸与可能导致的健康问题有非常不同的看法，我们强烈建议不要再发表任何坚称全氟辛酸不会对健康造成风险的公开声明。" 流行病学审查委员会的成员在2006年初告诉杜邦公司，"杜邦公司在声明中很有信心，坚持说全氟辛酸不会对健康造成风险，但是我们质疑这种说法是否有依据。"

在杜邦公司内部，"把一切摆到桌面上"的策略遭到了强烈抵制。有人给高级管理人员发送备忘录，竭力主张公司采取相反的策略，抵制进一步透明化。这份备忘录名为"连点成图"[1]，读上去就像是一些提纲挈领的东西，建议公司想办法，别让政府监管机构、媒体、公众，特别是庭审律师接触到会给全氟辛酸带来麻烦的证据。在我看来，这份备忘录还挺哀怨地总结道："能不能用一种策略，将信息传播量最小化呢？"

另一份浮出水面的文件是温伯格集团写给杜邦公司的提案信。温伯格集团是一家位于华盛顿特区的咨询公司，专门从事企业产品防御工作，受

---

1 原文为connect the dots，字面意思是把多个点连起来。这个说法源自儿童玩的益智游戏，通过把标有序号的点连起来，形成完整的图像。引申出来的意思是，通过拼凑线索，形成对某事的最终理解。

雇于杜邦公司。在给杜邦公司的提案中，他们吹嘘自己在企业危机管理方面深耕多年，足以应对这个充满挑战的时代。信中写道，从1983年为橙剂（Agent Orange）的生产商进行辩护开始，温伯格集团就在"成功地引领客户应对监管、诉讼、公共关系等方面的大量挑战，而挑起这些事端的人就是想制造过度监管，榨取和解，或以其他方式损害化学制造业"。

换句话讲，温伯格集团与邪恶的官僚、原告律师和环境保护者进行了光荣的战斗。

很显然，全氟化合物对于温伯格集团来说不是什么新鲜玩意儿。"在跟'《财富》40强'企业打交道，给他们帮忙方面，我们有丰富的经验，他们生产跟全氟辛酸类似的化合物。"信中说，"我们对这类化合物已经很有认识了，不需要杜邦公司帮我们交学费。"

这封信表明，温伯格集团一直都在密切关注全氟辛酸事件和我们的案子，所以他们很清楚杜邦公司正处于怎样的危险之中。"鉴于西弗吉尼亚州的情况和环境工作组的行动，诉讼很有可能扩大化，环境保护局也可能进一步采取监管措施。"信上说，"希尔法官最近对血液检测的裁决说明，必须要尽快采取有力行动了。"

"杜邦公司得在各个层面引导辩论走向。"信中[用大写字母]写道，"我们必须从一开始就实施某种策略，阻止政府机构、原告律师，和被误导的环境保护组织进一步追究这件事。目前，环境保护局在考虑评估风险，西弗吉尼亚州的事又悬而未决，事情不能再这么发展下去了。我们务必要努力结束这一切。"

看着这封信，我简直觉得自己的脸被瞄准了。

温伯格集团的"多层面计划"特别提到了需要"控制环境保护局正在开展的风险评估工作"。

这种风险评估是通向监管行动的必经之路。我推测正是因为这样，温伯格集团才会说必须让它停下来。

那么该如何去做呢？利用科学，不过是那种被他们操控的科学，本质上是为了杜邦公司的利益。信中建议，"促进论文发表，打断全氟辛酸和［出生缺陷］，及其他危害之间所谓的关联"，并"协调出版关于全氟辛酸、垃圾科学，以及医疗监测局限性的白皮书"。换言之，就是要将矛头对准指出全氟辛酸隐患，主张将医疗监测作为法律补偿手段的研究项目，要让这些项目失去合法性，或者至少要质疑这些项目；以上述目的出版一些研究论文，在科学文献中"播种"。

如果此类研究还不存在的话，温伯格集团可以来做这件事。

这说白了就是要"构建一项研究，指出一定浓度的全氟辛酸不仅是安全的，还有益于健康"。

这样的胆量真的令人震惊。

30
举证责任

　　杜邦公司忙着利用公关活动和自己赞助的健康研究项目把形势搞乱；与此同时，环境保护局也在三年的时间里拖拖拉拉，没有兑现之前向公众做出的任何承诺；即便有新的独立研究，越发清晰地显示全氟辛酸具有危险性，波及面遍及全美国甚至全世界，环境保护局也不为所动。与化学无关的灾难占据了头条新闻——股市暴跌，经济不景气，世界金融结构面临崩溃的威胁——我本来以为环境保护局会认真对待全氟辛酸问题，现在这样的希望都化作了泡影。

　　我的个人世界同样在经历剧变。我本来以为，缺乏安全感的那段日子已经过去了，但是我错了。在工作中，为了处理新案件，我的花销不断增长，不计酬的工时也越来越多，而且有新的法律障碍阻碍案件的进展。在家里，家人的健康危机彻底击到了我。那段时间应该是我人生中最黑暗的几年，每件事、每个转折点对我来说都是考验。

　　除了要抗住以上这些事情，我还在漫长的时间里承受着持续不断的压力，等待科学专门小组的研究结果。三位流行病学专家可以说是拿到了一张空白支票，但是并没有人要求他们必须在什么时间之前出结果。他们得出的结果能一锤定音，以至于没有人会提出质疑，我们不会，杜邦公司不会，他们在世界各地的同行也不会，所有人都在密切关注着。我仍然相信，科学专门小组最终能够证实很有可能的关联性。我们已经看到了独立的 C8 健康项目能够做什么，这个项目由布鲁克斯、阿特·马赫，以及整个布鲁克马团队领导，他们在 2006 年年底已经完成了自己的任务。这个项目最终被证明是世界上最成功、规模最大的群体健康数据采集项目之一。当收到最后一份问卷，分析完最后一份血样时，布鲁克马公司一共对约六万九千人进行了采样，而群体总人数估计是七万人到八万人。科学专门小组想得出明确的研究结论，正需要这种高质量的海量数据。在此之前，杜邦公司认为我们根本无法获得这些数据。但是，他们估计错了。很显然，他们想在幕后发动一场战争，请公关公司和咨询顾问操盘，质疑并削弱我们的证据。

我意识到我们要面对巨大的力量和各种复杂的势力，所以不能就这样坐着等待，指望能盼出一个好结果。虽然乔·基格的集体诉讼案和解了，但我每个月仍然花费大量时间做研究（这么一来工作花销也更多了）。在那之后的七年时间里，我几乎每天早上都登录 PubMed 联邦数据库，搜索每一份新出版物，找寻可能存在的相关信息，希望能够为科学专门小组所用。

一直以来，萨拉都理解我的这份坚持，但当我每天醒来的第一件事情就是伸手去拿黑莓手机时，她也禁不住露出了不悦的表情。也许是我的心不在焉已经触碰到她的忍耐极限，或者更为糟糕的是，她已经习以为常了。

在互联网上搜索科学资料可不是一个容易完成的任务。那个时候，在全球范围内，有关全氟辛酸的研究正在爆炸式增长。每当有新资料出现，我们的专家都会帮我解读。不过，我得按小时给他们付费，于是我的账单又堆了起来。我同时还得监督杜邦公司，看他们给科学专门小组发了什么研究资料，一旦发现有杜邦公司或 3M 公司赞助的研究项目（或者项目成员中有他们的科学顾问），我就必须提醒科学专门小组。战争远没有结束，我知道自己还不能放松。

* * *

我的努力终于有了回报。根据和解协议，集体诉讼成员喝上了干净的水。自2005年和解协议得到批准后，杜邦公司就开始出资兴建和运营公共供水处理厂，并为拥有私家水井的集体诉讼成员安装全新家用过滤系统。这些新的水处理系统在运转着，努力将全氟辛酸的浓度降到用改良的分析方法也测不出来的程度。集体诉讼成员喝了几十年被全氟辛酸污染的水，这样的日子终于结束了。但是在其他地方，包括帕克斯堡中部、明尼苏达州和新泽西州，全氟辛酸仍然出现在饮用水中，这些地方的人仍然在接触全氟辛酸。

为了凸显上述情况，我协助组织了新的水样和血样检测项目，这些项目能帮助一小部分原告，他们居住在受全氟化合物污染比较严重的社区。我给环境保护局和州级机构发去了更多信件，信中记录了那些社区居民的血象指标和血液中全氟化合物的浓度，我敦促他们解决水源被污染的问题，并要求他们针对所有全氟化合物，制定合适的饮用水标准。我在全国接手了越来越多的客户，虽然为他们说话是我的职责，但我也必须承认，我对这些事情感兴趣，并不仅仅因为我是这些案子的律师。我已然成了那个我曾经看不懂的人：我充满热情，是与巨大公共健康威胁对抗的斗士。也不知道怎么回事，我最终变得想拯救世界，或者至少是世界的一部分。

我的儿子们开始管我叫"老雷斯"[1]（the Lorax），我认为这个称呼好多了，因为他们从前一提到我的工作，就说"老爸在工作时吃甜甜圈"。他们经常轮流到市区的办公室看望我，然后共进"特别的午餐"。我们一般会去地平线餐厅吃热狗；或是去哈瑟维餐厅，一家20世纪50年代就有的小餐馆，去吃奶酪汉堡包和薯条；然后回到我的办公室，向伯克先生问好，再径直去厨房找剩下的格雷特尔甜甜圈。在那些美好的旧日时光中，事务所每天早晨都会买来甜甜圈。现在孩子们上小学了，他们能够理解为干净的水、环境，甚至树木发声是什么意思。毕竟，在过去的几年里，我

---

1 "老雷斯"是美国儿童文学家苏斯博士创作的《老雷斯的故事》中的角色，是森林的保护者。

一直给他们读《老雷斯的故事》，这是他们最喜欢的故事之一。

2006 年的全氟辛酸管理计划没有解决居民血液中有全氟辛酸的问题，也没有解决水污染的问题。在 2015 年这个截止日期之前，尽管在量上会有所缩减，但全氟辛酸会一直被允许排放和生产。即便全氟辛酸在 2015 年之后被淘汰了，已经存在的"遗留"污染物也会无限期地待在环境中。环境保护局的一项新研究表明，即使全氟辛酸被淘汰了，该物质在环境中的浓度也会继续升高。该研究显示，像不粘锅、家具、化妆品、家用清洁剂、衣物，以及食品包装盒这样的消费品中含有特定的聚合物，这些物质会在环境中降解为全氟辛酸。研究发现，这一进程的发生速度要比杜邦公司之前预测的快一百倍。环境保护局的研究人员发现，这种降解会是"自然环境中全氟辛酸及其他氟化物的重要来源"。

不过，我们可以立即采取一些措施，改善人类持续接触这种毒物的状况。而且这些措施也并不复杂：设定一个限值，检测水样，哪里的水超标了，就在哪里采取过滤措施。

相应的技术已经有了。为了赔偿西弗吉尼亚州和俄亥俄州的集体诉讼成员，杜邦公司出资设计、制造了颗粒活性炭过滤器，这种装置一直运行状况良好。是的，在整个供水区安装这种装置是很昂贵；但是，和可能在集体诉讼案中担责相比，和潜在健康问题引致的公共成本相比，上述花销就变得微不足道了。为什么必须要打官司，才能让公司和政府采取正确的行动呢？

尽管用了很长时间，但我写的那些信终于让一些州有所行动了。

明尼苏达州为全氟辛酸设定了浓度不高于 0.3 ppb 的州内饮用水指导标准。它也是第一个依据州法律，宣布全氟辛酸是"有害物质"的州。此举引发了一场法律拉锯战，州政府与 3M 公司就全氟/多氟烷基化合物监管措施的纠缠不断升级。

针对饮用水中有全氟辛酸的问题，新泽西州采用了一个更具保护性质的长期指导标准：0.04 ppb。然而，杜邦公司认为该标准不具有法律约束力，拒绝以此为依据向新泽西州提供干净的饮用水。这就是故技重施，杜邦公司曾经援引自己在2006年与环境保护局签订的协议，拒绝按照集体诉讼和解协议中0.05ppb的标准，为俄亥俄州和西弗吉尼亚州提供干净的饮用水。这一次，他们又拒绝接受新泽西州的标准，声称这个标准既不科学，也不符合与环境保护局签订的同意协议。

与此同时，环境保护局也开始倒退。该机构宣布，将放弃拖延已久的全氟辛酸风险评估工作，不准备出具风险评估报告终稿了；其科学顾问委员会提出的警示——全氟辛酸很有可能致癌——也不再被提及，这一警示曾遭到杜邦公司的强烈反对。"这个评估已经过时了，而且很不成熟。"环境保护局解释说，"我们会重新开始。"

后来，针对饮用水中的全氟辛酸浓度，环境保护局终于首次发布了他们的"临时"标准，但结果却令人失望。2009年，奥巴马入主白宫，环境保护局的人员构成也发生了改变。针对饮用水中的全氟辛酸浓度，该机构发布了"初步健康警示"，限值为0.4ppb。此数值仅比他们在2006年和杜邦公司签订的同意协议中的数值（0.5ppb）低一点点。不过，这至少算修改了2006年的同意协议，降低了提供干净水源的门槛。

这一数值仍然比明尼苏达州使用的0.3ppb的标准高，并且是新泽西州设定的标准（0.04ppb）的十倍。而且还有一个关键的区别：州里给出的标准是要解决长期接触的问题（居民们经年累月地摄入含有全氟辛酸的水），而环境保护局给出的数字适用于"短期"接触（只持续几小时或者几天）。在过去的几年中，环境保护局一直都回避给出一个长期标准，只是说他们"仍在研究"。

尽管如此，杜邦公司还是抓住环境保护局给出的新标准不放，说这个数字足以证明，在帕克斯堡和新泽西州的水中，全氟辛酸的浓度非常"安全"。他们刻意忽视长期接触和短期接触在本质上的区别。对此，环保人士称，环境保护局的新数值是布什政府在换岗前最后一刻送给［杜邦公司的］礼物。

新上台的奥巴马政府宣布，要彻底改革国家对有害化学物质的监管制度。作为该计划的一部分，环境保护局宣布全氟辛酸（和全氟辛烷磺酸）将成为"化学行动计划"的主体，以此来"概述每一种化学物质可能带来的风险，以及该机构将采取哪些措施来解决问题"。

根据规划，该化学行动计划应该在2009年12月完成。

但是根本没完成。

*　*　*

新的科学研究结果在英国、丹麦、加拿大、挪威，甚至北极西部地区涌现，在研究全氟辛酸这件事上，最积极、热情的还是美国。全美的顶级名校都在研究这种化合物。全氟辛酸无处不在——宠物、海豹、北极熊身体中，鱼鹰蛋里，哪怕是生活在最偏远、最蛮荒地带的动物，身体里也有全氟辛酸。同时，这种物质又离我们的家庭很近：它在母乳里，在新生儿的身体里。在约翰·霍普金斯大学，科研人员对三百个新生儿进行检测，在99%的脐带血中发现了全氟辛酸。

造成这一切的原因很多，不仅仅是饮用水的问题。涉事的产品名单越来越长：方便食品的包装盒、微波炉爆米花的纸袋、挡风玻璃清洗液，甚至还有某些瓶装水（最终被过滤掉了）。不粘炊具、防污渍地毯和防水衣物已经是旧闻了。在水源被污染的地区，全氟辛酸出现在庄稼地里，牛身体里，以及农产品中。

这一切对人们来说意味着什么呢？新的研究囊括了一系列疾病。约翰·霍普金斯大学发现，接触全氟辛酸的新生儿出现了体重减轻和头围减小的问题。无独有偶，丹麦的一项研究也发现了新生儿体重偏低的问题。其他研究则发现，儿童中肝损伤、甲状腺疾病和注意缺陷多动障碍的病例增多了。这些研究结果为我提供了"弹药"，支持我在新案件中为委托人争取干净的水源和获得医疗监测的权利，但就最初的集体诉讼而言，能够起到帮助作用的只有科学专门小组的结论。所以我继续查阅新出现的资料，确保科学专门小组能得到它们。

到2008年，经过将近两年的工作，科学专门小组仍在忙于研究西弗吉尼亚州社区和俄亥俄州社区的原始数据，这些数据都是C8健康项目收集来的；此外，他们也关注其他可以利用的健康数据和研究文献。我们的和解协议并没有对科学专门小组的工作设定时间限制，但是小组成员自己估计，他们将会在五年之内完成任务。处理海量数据有可能令科学专门小组完成有史以来最广泛、最全面、最详细的人类健康研究，但是他们最终会花费超过三千万美元，六倍于我们最初的估算；而且研究所需要的时间也比最初设想的长得多，这对于焦灼等待消息的社区居民而言，实在是太漫长了。因此，流行病学家们同意发布初步结论，让社区居民了解情况。直到2008年底，这些结果才陆续披露出来。

科学专门小组的成员一再强调，初步结论不能构成他们对"很有可能的关联性"的正式判定。可用于提起诉讼的最终结论预计要等到三年之后才能出来。但是他们有足够的信心与公众分享初步结论，尽管这些对他们的最终结论不具有约束力。

就在特氟龙诞生五十周年纪念日的前两天，即2008年4月4日，基于C8健康项目数据得出的初步结论终于见诸报端了：在近七万名居民的血液中，全氟辛酸浓度"显著升高"。多个血库研究显示，整组人的全氟辛酸血液浓度中位数是28ppb，六倍于一般人群。小霍金市居民的情况最严重，平均值为132ppb，最高值竟达22,412ppb。

社区研究的初步结论还显示，高胆固醇血症、先兆子痫（妊娠性高血压）、出生缺陷、女孩的青春期发育迟缓均与接触全氟辛酸有关。但科学专门小组也指出，并未发现糖尿病、流产、早产与接触全氟辛酸有关。

对于这些初步结论，杜邦公司的发言人回应道："杜邦公司支持科学专门小组的工作。"但是紧接着，他又以令人困惑的逻辑转折性地补充道："我们的立场是，基于坚实的科学证据，接触全氟辛酸不会对人类健康造成影响，不会给公众带来风险。"

* * *

环境保护局一直拖延着不肯设定饮用水的长期指导标准，杜邦公司就利用新的短期标准和与环境保护局签订的同意协议来对抗我们在帕克斯堡和新泽西州的诉求；而就在此时，明尼苏达州 3M 公司的事态升温了。明尼苏达州污染控制局要求 3M 公司为双城地区[1]垃圾填埋场的调查和清理工作支付费用，因为 3M 公司曾经在那些地方倾倒过全氟／多氟烷基化合物。也是通过签署类似同意令的方式，3M 公司最终同意支付给明尼苏达州相关机构一千三百万美元，用以清理先前使用过的垃圾填埋场，这些地方被怀疑是造成当地饮用水污染的罪魁祸首。

与此同时，明尼苏达大学发布了一项关于 3M 公司全氟辛酸产业工人死亡率的新研究。该研究发现：中风和前列腺癌的发病率升高。3M 公司的回应听上去也似曾相识："该研究中没有任何东西可以改变我们的结论：全氟辛酸不会对健康造成不良影响。"

几周之后，检测人员在双城地区的一百多口私家水井中发现了 3M 公司制造的全氟／多氟烷基化合物，受到影响的居民可能多达六万八千人。

在明尼苏达，全氟／多氟烷基化合物造成的污染遍及全州，土壤、沉积物、鱼类、空气和地下水皆受其累，造成了大规模的自然资源损失。对此，明尼苏达州的首席检察官于 2010 年末在州法院对 3M 公司提起公诉，要求他们赔偿损失。在这件案子中，州政府利用的许多文件是我们跟 3M 公司打官司时发现的证据。

在这段时期，其他国家纷纷采取行动，保护自己的公民免受全氟辛酸侵害。我之所以了解这些情况，是因为我的日常工作就包括通过互联网查看和监控世界各地的全氟／多氟烷基化合物监管措施。每当得知某个国家的政府机构认定全氟／多氟烷基化合物与人类疾病有关联，并据此采

---

1 "双城"指明尼阿波利斯和圣保罗。

取措施，我都会马上报告给美国的监管机构。我希望这能使他们感到惭愧，进而赶紧采取行动："看到了吗？别的国家都明白问题的严重性，而且采取措施了。为什么你们还停滞不前呢？"当然，我也会抄送给科学专门小组。

此时，重磅消息来袭：加拿大将成为世界上第一个禁止进口全氟辛酸产品的国家。挪威也提议，在整个欧洲范围内，禁止销售含全氟辛酸的商品。可在美利坚合众国，环境保护局又在做什么呢？

*   *   *

到2006年，我兼顾着来自六个州的多起全氟辛酸诉讼案件，为多家律所、多位律师的工作提供协助，其中还包括我在西弗吉尼亚州的老同事们。在受理每一桩新案件的时候，我都怀揣着一种我认为合情合理的预期：用同样的数据、证据和逻辑关系，我们之前的集体诉讼案能打赢，现在这些案子就也能打赢。

我又一次错了。

在接下来的五年中，新案件的走向不断令我感到震惊与沮丧。负责这些案件的法官们会用完全不同的方式解读法律。一次，我们为帕克斯堡市区饮用污水的居民打官司，我们向位于西弗吉尼亚州伍德县的州法院提起诉讼，希望得到和原先的集体诉讼案相同的补偿：为饮用污水的人提供干净的饮用水，并对他们进行医疗监测。

然而这一次，杜邦公司利用了新的法律武器来对付我们：颁布不久的联邦法律《集体诉讼公平法案》（Class Action Fairness Act）。很多人感到，制定这个法案就是为了迫使更多的州级集体诉讼案件进入联邦法院体系；这一法案深受工业界的支持，因为比起州法院，联邦法院通常被认为对辩方更加友好。杜邦公司正是利用这一法案，迫使我们的新案件从西弗吉尼亚州转移到联邦法院，随后他们马上辩称，依据联邦法院体系对于集体诉讼的认证条例，我们不能再要求将清理水源和提供医疗监测作为补偿措施。古德温法官，就是之前负责坦南特案的那位法官，同意了。

　　这并不是因为我们的案件缺乏说服力。古德温法官承认，我们已经"呈递了令人信服的证据，指出全氟辛酸可能对人类健康有害，并且这些证据能够证明，原告们的担忧是合理的"。他还补充说："现在的事实是可能存在公共卫生风险，这足以引起社区的关注，也应该呼吁政府机构采取行动。"但是古德温法官认为，我们在西弗吉尼亚州打赢的那个集体诉讼官司不具有参考价值，因为联邦法院的先例与州法院不同，在联邦法院系统，我们不能基于整个社区患病风险增加，就提出医疗监测诉求，因为它本质上是一种个人诉求。在这位法官看来，根据联邦判例法，我们无法证明医生提出的医疗监测建议适用于集体诉讼中的每一位成员，因为每个人的病史和用水量都不尽相同。

　　此后不久，在新泽西州，一位联邦法官沿用了古德温法官的思路，也依据联邦法院体系对于集体诉讼的认证条例，拒绝了我们的医疗监测诉求。

　　在明尼苏达州，我们甚至都没碰到医疗监测的认证问题——根据明尼苏达州的法律，州法院甚至拒绝承认我们有获得医疗监测赔偿的基本权利，并立刻驳回了所有的医疗监测索赔诉求。

　　在全国，类似的"认证故障"打乱了特氟龙炊具集体诉讼案的节奏。一位艾奥瓦州的联邦法官拒绝对全国性的集体诉讼案做出认证，该案的记名原告来自二十三个州。又是同样的情况，问题的关键并不是特氟龙炊具是否会威胁健康，而是谁有资格来打集体诉讼官司，光是界定这一点就困难重重。艾奥瓦州法院与杜邦公司观点一致，他们认为，由于我们并不总是能够判断出某件特定的炊具是否拥有特氟龙涂层，所以也就无法确定特氟龙炊具购买者的范畴中实际包含谁。

　　我越来越沮丧、失望，情绪低落到极点。随着一次次的失败，我能感觉到自己在早期案件中积聚起来的信心正在渐渐枯竭。然而即便遇到了挫折，我们还是坚持出现在法庭上，并且不断向州和联邦机构提供信息和文件，这些努力之举取得了一些成效。我们在明尼苏达州起诉3M公司后，他们终于同意提供资金，为明尼苏达州奥克代尔受污染的公共用水过滤全氟辛酸（和全氟辛烷磺酸）。尽管杜邦公司一再坚称，新泽西州水中的全氟辛酸浓度是相当安全的，我们还是通过另一件集体诉讼案与杜邦公司签下和解协议，杜邦公司同意支付八百三十万美元，我们可以用这笔钱为新泽西州的委托人提供滤水器。

但是杜邦公司还是坚决拒绝为帕克斯堡市区提供干净的饮用水。

与此同时，我愈发频繁地接到委托人的电话，报告新发现的疾病，甚至是家庭成员离世。其中一份报告竟然来自厄尔·坦南特家。

给我打电话的是黛拉，她哭着告诉我这个令人悲伤的消息。2009年5月15日，就在坦南特案和解八年之后，六十七岁的厄尔"猝然"死于心脏病。至少讣告上说他是突然离世的。但是我们都知道一个不一样的事实：从他的牛开始一头头死掉的时候，厄尔就慢慢地衰弱下去，他的身体一直未能恢复健康。心脏病只是一个悲伤的终结点，一个句号，终止了他一直都为之热切付出的事业，他没能看到最后的结果。

我无法相信厄尔就这样走了。我甚至都没有机会和他道个别。他历经艰难困苦才得到杜邦公司的赔偿，而案子了结之后，他所剩的生命竟如此短暂。一想到这些我就痛苦不堪。一切自他开始，可他却没能看到最终的结局。他永远不会知道自己最终帮了多少人。正义何在？公平何在？

对我来说，厄尔不仅仅是一个委托人。我和他之间的关系十分复杂，很难描述清楚。要解释他于我而言到底意味着什么，会令我感到很难受。但是为了厄尔我愿意去努力，因为他对我来说意义非凡。

他不但是我为律所带来的第一位委托人，也是最早依靠我的人之一。能够帮到他让我心怀感念。在我职业生涯的那个阶段，我知道他也帮助了我。在之前的人生中，我总觉得自己是个局外人，是厄尔让我最终感觉到自己被需要，是有价值的。

正是厄尔让我想起我的原生家庭，也让我追根溯源，找回了儿时的时光。回到童年记忆中为数不多的安居之地感觉真好，在这个地方我感到非常踏实。

厄尔是一个和土地交情深厚的男子汉，他生来就属于那片土地，那片土地也一直属于他。我无比钦佩他对自然的直觉，即便面对无尽的怀疑，他始终对这种直觉抱有坚定的信念。越是有人怀疑他，排挤他，嘲笑他，他就越顽强坚韧。

我对此感同身受。我还没有完全适应自己代表原告方的新身份。我仍然感觉到有人视我为叛徒。我能从被告方律师的目光中读出这一切，他们坐在桌子那边看着我，做出各种预设，就如同我曾经坐在那里，对原告律师做出预设一样。我甚至能从同一个战壕的原告律师脸上看到这一切。但是，他们越是对我怒目而视，越是怀疑我，我就越顽强坚韧。

就像厄尔那样。

31
摇摇欲坠

　　我不再是一匹黑马，我反而越来越担心自己正在变成一匹顽固不化的害群之马。2004年的那件集体诉讼案得到和解之后，我就满怀热情和乐观，投身于新的全氟辛酸案件中，并深受律所和合伙人的支持、鼓励和信任。有几位年轻的律师甚至在他们职业生涯刚刚起步的阶段积极帮助我。然而，案件一拖再拖，我们投入了成千上万个小时，在专家和诉讼费用上也花了大量资金。除此之外，我还花费了许多时间和金钱，帮助维持科学专门小组的正常运转，并为最初的那件集体诉讼案做些力所能及的工作。每过去一个月，我都会收到一份账单，清楚地提醒我律所和同事在我身上投入了多少；账单上的时间和开销不断累积、增长，而且都被标注上"未付费"和"未补缴"，他们以这种形式来表达对我的厚望。

　　恰逢此时，我们经历了世界经济自大萧条之后最严重的一次崩溃。和陷入极度贫困的数百万人相比，一家律师事务所的内部财政困境真的是微不足道。但是这并不意味着我们察觉不到这一窘境。我眼睁睁地看着长期雇员和职员纷纷离开，几位年轻律师也离开了，他们曾将大把的时间花在我那些没回报的案子上。又是这样，虽然没有人明确说出来，但是我心里深信，为我工作令他们感到不堪重负，最终落荒而逃。

　　我才刚刚有了被律所接纳的感觉，这种感觉还没来得及在心中生根，就又被吞噬了。随着一些长期合伙人退休或是离职，我们的律所与其他城市的律所合并了。新的合伙人带着新业务加入进来。现在律所一共有几十位律师，我们接下那些全氟辛酸案件的时候他们还没有入职；他们每个月都会一脸沮丧地看着那些账单备忘录，上面列着海量的支出和没有付费的工作时长，旁边标注着我的名字。

我每天都在担心，当律所对我这些过度或者非必需的开支忍无可忍的时候，我的业务会被视为没有发展前景的累赘。距离我拿到那笔创下纪录的集体诉讼和解费已经过去快六年了。现在的我还能给律所做什么贡献呢？我是怎么给我的合伙人帮忙的？我似乎就会替他们花钱，还越花越多。我有时候会想，我把律所拖入泥潭，那他们也没有别的选择，只能放手让我继续干，指望我最终能打赢官司挽回损失；每次这么一想，我都会觉得踏实点了。但是，律所也可以决定不再往没希望的业务上扔钱呀。现在就砍掉亏钱的业务，然后请我离开，这对律所来说不是更合适吗？

如果真的是这样，我又该怎么办呢？我该用什么来养活一大家人？我根本就没有"付费的"委托人。我在过去的十年间一直在为原告工作，我针对的被告是那些大公司，通常来说，他们才是我们这种律所的服务对象。可以这么讲，到现在为止，当企业客户，或者有企业客户资源的合伙人需要帮助的时候，他们根本想不起来给我打电话。我已经四十五岁了，也没有什么值得骄傲的业绩，我如何能够东山再起呢？

每到夜晚，我根本无法入睡，会一直醒着躺在那里，脑海中狂乱地盘算任务失败后的计划。我们必须得先卖掉房子，再让孩子们离开私立学校，小型面包车也不能再租了，得还回去……我就这样一直为这些事情担忧，直到黎明我终于可以起床了，然后就是在整个白天继续担忧这些事情。我的焦虑程度是相当明显的。我甚至无法专心地和家人待在一起，因为我每时每刻都担心科学专门小组的报告会对我方不利，那样我就再也不能为集体诉讼成员谋得补偿了，我的业务就会成为律所的财政负担。我不无悲伤地意识到，我的工作和这些案件已经在精神上让我枯竭了。萨拉最希望从我这里得到的东西，我给不了她。所以我们谈到案子的时候，她有时候会流露出嘲讽和不屑，我为此颇为恼火。萨拉想说服我律所不会因为这件事炒我鱿鱼，可是我却不相信她。我就这样日复一日地担心，尤其是赶上经济形势进一步恶化，就更是如此了。我思忖着：至少目前我还有一份工作，有一份薪水可领；我们有一个和美的家庭，萨拉也不需要出去工作。尽管如此，我还是感到自己为了这些案件赌上了所有，所以不得不接受这样的现实：一切都随时可能在我面前崩塌。

科学专门小组的工作已经进行了五年了，尽管他们之前做出过保证，但目前仍然没有答案。由于科学专门小组尚未证实全氟辛酸与人类疾病之间有明确关联，杜邦公司和3M公司就辩称该物质与人类疾病的关系还不确定，这令我们在明尼苏达州、新泽西州和帕克斯堡市区的索赔诉求受到阻碍。而我们曾经承诺能够帮助这些地方的社区。海量的额外开销越积越多。人们的病情也在继续进展，有些甚至已经奄奄一息。这一切难道不是我的错吗？毕竟，是我协助组建了整个科学专门小组。眼下，不但这个小组迟迟无法给出最终结论，杜邦公司还反过来利用这一点针对我们，声称在科学专门小组得出结论之前，对全氟辛酸做出任何监管决定都是非必要和不成熟的。从本质上讲，我们陷入了一种在科学上前途未卜的境地，而这种局面正是我们一路苦干出来的。

*　　*　　*

我如同坠入了深不见底的绝望泥潭。我花了将近十年的时间，同假想的敌人全氟辛酸辛苦作战，但这又让我或者我的委托人们得到了什么呢？

律所的其他人是不是也看到了墙壁上贴着的告示，并且担心与我和我的工作扯上关系，害怕这样会断送他们在律所的前程？从我办公室门前经过或是停下来聊几句的人迅速减少。也没什么人给我打电话或是邀请我共进午餐了。是我自己多心了，还是大家现在都躲着我？

作为一个在军营边上长大的孩子，你或者你的朋友可能每隔一年就要搬一次家。我早已学会如何让自己不受到伤害；我会是首先后撤的那一个，然后保持距离，于是当一段关系必须结束的时候，我就不会感到惊异或是难过。我时常把门一关，待在自己的办公室里。也许我要为这种自我孤立负责。也许吧。不论怎样，我知道我必须向律所证明，他们应该选择信任我，我配得上这个地方。

我深知自己比任何人都更勤勉，更有耐心。即使事情看起来没什么希望，而且别人已经持这种看法很久了，我也打心底里不愿放弃。对于这一切，我唯一能做的就是更加努力地工作。我自己的工作是我唯一能操控的东西，也是我昔日自信的源头。

我知道自己发现了一个可怕的真相。我知道这是一个充满危险的事实。这么多年来，它一直被成功地掩埋着，为此他们设计了各种复杂的系统。我也知道一旦这个真相被完全揭开，有些人就会损失数十亿的金钱，因此他们才会充满恶意地争斗，想要继续遮掩下去。

人命危在旦夕。这是我必须去捍卫的东西。如果不把问题彻底曝光出来，那么企业和监管者就都不会改变他们的所作所为。那么人们会继续不知不觉地接触那种可怕的物质。就像厄尔、乔·基格和萨拉的母亲那样，还会有人患病，而且不知道起因何在。还会有人猝然离世。

这一切听上去可能像阴谋论。但是我现在坚信，为了掩盖真相，那些所作所为都是真实存在的。我也意识到我要面对的是什么。杜邦公司和3M公司长期以来都拥有过硬的声誉，似乎是不可动摇的。而且他们也拥有强大的动力和资源来捍卫自己的声誉。他们财力雄厚，请得起最好的律师、咨询顾问和发言人，这些专业人士对自己的工作都很在行。他们发表的声明听上去多么令人安心、令人信服，逻辑清晰，头头是道，难怪大家都相信他们。

有一段日子，一切似乎都变得难以克服了。但是每当我变得沮丧失望，我就会想起厄尔。正是他一直推动我不断努力，直到杜邦公司被追究责任。他当初那么努力，并不是为了金钱、名声或是报复；他就是为了追究杜邦公司的责任。厄尔从来都没有怀疑过自己的所作所为。而且最后事实证明，他是正确的。

*　*　*

早在2008年9月，老祖母就离我们而去了。她的辞世并不算完全出乎意料，她已经九十一岁高龄了，一直遭受着狼疮的折磨，最后在我父母的家里不得不坐在轮椅上行动。但是老祖母最后的衰竭是突然而迅速的。有几个星期的时间，我开车在我家和代顿之间往返，到临终关怀医院看望她。然后她就那么走了。

之后不久，吉姆和黛拉的长女玛莎被诊断出患了乳腺癌。在做了两次乳房切除手术之后，她又接受了化疗。我并不认识玛莎，但是吉姆和黛拉跟我讲了很多她的情况。她是两个孩子的妈妈。彼时，厄尔的妻子桑迪也在和癌症作斗争。后来没过多久，她就被病魔夺去了生命。和厄尔一样，她也还这么年轻。

吉姆和黛拉仍然一直给我打电话，我们已经成了真正意义上的朋友。每一年的圣诞节，我都会收到一盒黛拉寄给我们的手工软糖。每一年，他们夫妻俩还会时不时寄来精美的便笺、卡片，以及电子邮件。光是听到他们在电话那端的声音，听到他们坚定的支持与鼓励，我就感到拥有了整个世界。我实在无法想象他们接下来还要经历些什么。

在我家里，萨拉正忙着她妈妈癌症复发的事情。我父母亲的健康状况也是一天不如一天。我父母得了心脏病，还有一些其他的病症，我得为他们忙前忙后。不可思议的是，我姐姐这么年轻，居然也得了心脏病。

在此期间，科学专门小组的工作仍然停滞不前，最终结论似乎遥遥无期。事实证明，数据分析比预想的困难多了，原定的结项日期推迟了好几次。根据之前制定的规则，我们对于结项日期没有发言权，而且我们双方都不得干涉科学专门小组的研究方法，除非他们需要我们提供些什么。他们向我们保证，能够联系到所有需要联系的专家顾问。这是相当复杂、严谨的科学，他们深知，不论宣布什么样的结果，都会有一群拿着高薪的律师等着挑刺儿。因此，最终结论必须刀枪不入。他们只能花更多的时间，耗时远远超过我们的预期，或者说我们的承受范围。集体诉讼案的成员们越来越不耐烦，不断向我们表达不满，埃德和哈利一直忙着回应他们。当然了，杜邦公司和3M公司继续运用他们的拖延战术——没有证据表明这种物质对人类健康有影响——竟然还成功了。

　　令人沮丧的是，科学专门小组的工作长时间停滞不前是因为存在巨大的数据缺口，意思是说，针对全氟辛酸的社区接触问题，尚不存在任何完整的流行病学研究。这个缺口可不是能轻易填上的。我之前注意到，在杜邦公司和3M公司开展的流行病学研究中，有一种规律。他们启动了有关全氟辛酸的人类健康研究；然而，当初步结果表明可能存在不良影响，或者需要进行深入调查时，研究就戛然而止了。例如，杜邦公司对怀孕女员工的研究就是这样，这项研究在1981年被搁置了，说是要"等待进一步通知"。还有一些研究是没有对外公布的，又或者，他们公布的结论和原始数据根本不匹配。有些研究则从来没有真正开展过。我又想起了1978年的猴子实验，在那次实验中，摄入高剂量全氟辛酸的猴子全部死掉了；到了1999年，他们接着研究灵长目动物，两者之间隔了二十多年，其间的猴子实验又在哪里呢？

　　每天只要我醒着，这些想法和疑问就一直在我脑海里盘旋。我有时候会发怒，或者注意力不集中，但是我倾向于自己消化压力。唯一能让我放松的活动，大概就是和我家的两只猫咪，金刚和鼠宝，一起观看喜剧动画片《恶搞之家》（还有一种解压方式是吃东西，这让我的体重增加了近二十磅）。我并不明白《恶搞之家》想表达什么，也许是黑色幽默，或者是政治讽刺，反正它能让我哈哈大笑，有时候甚至吓得猫咪从我的腿上跑开。（不过它们总会回来的。）

　　一个星期日，萨拉带着孩子们去教堂了，我和猫咪舒服地窝在沙发上看动画片减压，只有这个时候，我才能让自己的思绪从全氟辛酸中挣脱出来一会儿。也就是那时，我突然有了一种奇怪的感觉。我的视力变得模糊起来，在眼角处还出现了怪异的变形和闪光。我赶紧摇了摇头，驱散了眼前的一切，然后上楼去换出门的衣服。然而就在冲澡的时候，我的视力变得更加糟糕，我还开始感觉到头晕目眩。我觉得可能是因为卫生间里有蒸汽。接下来，在走下楼梯时，我的双脚开始发麻。

我一路摸索着坐到厨房的椅子上，这时候我身体的右半边已经开始颤抖了。震颤传遍了我的右手和右腿。我努力想要穿上袜子，却怎么也做不到。

萨拉和儿子们发现我坐在那里，浑身抖动。我说话已含混不清，震颤也升级为身体右半边完全麻痹。我想回答萨拉的问题，却意识到自己根本无法说话了。我开始恐慌起来。萨拉把我扶到客厅的沙发上，接着我就昏过去了。她打发孩子们去地下室玩儿，免得他们看到爸爸变成这副样子。然后萨拉马上出门，跑去找邻居马克·博伊德求助，他是一位医生，就住在我们这条街的拐角处。

然后我只记得博伊德医生站在我家客厅里，就在我的面前，他看上去很着急。他让我平躺在地板上，把我的脚撑在沙发上。我并没有失去知觉，但是右腿和右臂却不受控制。他用光照了照我的眼睛，我能猜出来他在想什么：中风。他没有亲口说出来，我也失去了说话的能力，不过我们俩想的是同一码事。他拨打了911急救电话。

当医护人员推着我出门去坐救护车的时候，萨拉把孩子们送到了马克的太太那里，这样她就能陪我一起去医院了。我看见我的儿子查理哭了起来，他追着另外两个兄弟，一起去马克家。我很害怕让孩子们看到我这个样子。救护车在我家门前的车道上闪着灯，路上来来往往的邻居看着不停颤抖的我被抬上救护车，这让我感到很丢脸。接下来在急诊室里，我麻痹的身体抖动得更加剧烈了，整个右半边身子都在抽搐。我的胳膊和腿一直在发抖，撞得急诊室的台子砰砰作响，我根本控制不住。这种状态不间断地持续了三个小时。在此期间，萨拉一直坚忍地保持着镇定。当医生把我固定在床上的时候，我看见她脸上写满了恐惧。也就是这样，颤抖终于停止了，就像有人拨动了开关一般。我的视力仍然很模糊，脑子里也是晕乎乎的。我能够听见别人说话，但是无法做出回应。

　　坦率地说，我当时真的是吓坏了。然后一切总算是过去了，不过我感到很恼火，自己的身体竟然这么不争气。

　　还好不是中风。没有任何一个医生能够解释清楚这到底是什么情况。心电图显示这并不是心脏病。他们为我做了脑部扫描、磁共振成像，还有各种各样的检查，但是仍然得不出诊断结果。我在医院里待了好几天也没等到答案。我真的快要发疯了，就是查不出这到底是什么情况，具体是由什么引发的。

　　这是一种突发疾病吗？某种怪异的神经紊乱？没有人能告诉我答案。这种不确定的感觉和症状一样让人不安。

　　就这样过了几天，症状终于慢慢消失了，我感觉一切如常了。我回到律所上班，一切似乎都很正常，至少我是这么觉得的。萨拉很恼火，她觉得我对自己的身体不上心。她认为我承受了太多的压力，如果我不放慢脚步，请别人接手杜邦公司的案件，那么情况只会变得更加糟糕。她认为正是律所和协理律师们令我感到痛苦，是他们给我施加了太大的压力，我不得不凡事都亲力亲为，还觉得自己得为所有已发生和没发生的事情负责；想到这些，萨拉就更生气了。她不止一次地威胁说要给我的同事们打电话，告诉他们她的真实想法。她和医生都在催促我去预约，多看几个神经科医生。我的父母亲和姐姐也同意萨拉的看法。但是我决定只把这一切归结为某种怪异的"发作"，我得忘掉这一切，继续往前走。我真的没有时间大惊小怪。

　　我仍然坚持给环境保护局写信，同时继续处理那些全氟辛酸的案件，但我的合伙人金姆·伯克请我去给他的一个案件帮忙。回到自己之前的地盘感觉真好，尽管这段时光非常短暂。

　　接着，那种情况又发生了。如果说第一次的情况挺吓人的，那么这第二次发作就令人毛骨悚然了。这一次，我是在律所里发作的。

　　当时，我刚刚帮金姆那个案件做完取证工作回来。我走进办公室，坐在桌子前，就看到眼前的电脑屏幕变得模糊不清、起伏不定，仿佛液体一样。我的意识渐渐模糊，头也开始晕了。紧接着，我右边的胳膊和腿就开始颤抖。

我尽力想要站起来，可是我做不到。我当时很害怕，因为我担心这种颤抖又会变成无法停止的抽搐——那样的话我该怎么办呢？我必须离开这里，赶快离开。我按下电话上的按键，呼叫我的助理黛博拉，告诉她我要早点儿离开。当她接起电话时，我意识到自己已经口齿不清了，而且很难再说出什么了。一切都太晚了。

她听到了我混乱不清的话语，立即跑过走廊打开了我办公室的大门。她一眼就看到我坐在那里，胳膊和腿抖动得很厉害，已经无法回答她的问题了。我看得出，她认为我中风了。她并不知道我之前的那次发作，因为我并没有告诉律所里的任何人。她拨打了911急救电话。

医护人员赶来了，把我固定在一张担架上，推着我走出律所。我当时不受控制地抽搐着，但是仍然能注意到每一个盯着我看的人——走廊上、电梯里、大街上。当时马上就到下午五点了，到处都是人。那场景绝对是太丢人了。对于一个讨厌成为关注焦点的人而言，成为别人同情、怜悯的对象是我能想象到的最糟糕的受关注方式。

抽搐又一次持续了三个小时之久。医生们请来了另外一位神经科医生，他为我进行了磁共振成像检查，还在我身体上贴满了电极。颤抖又一次来临。我沮丧地想，至少他们能够判断出我身上到底发生了什么，然后再把情况处理好。这不是突发疾病，不是中风，也不是某种形式的癫痫。医生们用了一个比喻：这就像一台电脑里面有一截电线短路了。但是因为没法进行解剖（被我充满敬意地婉言拒绝了），他们也只能说："我们也不知道是什么情况。"

*　　*　　*

在我人生中的那一段时间，屈辱和伤害就像双胞胎一样附着在我身上。

　　我试图把它们藏起来。一次，我感到病症又要发作了，我想在别人注意到我之前快速逃离办公室。可还没走出多远，我的右腿就不听使唤地抖动起来了。那种感觉就像整条腿上的肌肉都同时瘫软了。因为这一切会发生得毫无征兆，我必须得维持平衡，好让自己不至于摔倒在地上。别无他法，我只能小心翼翼地挪动步子走回律所，郁闷地请求金姆·伯克开车送我回家。

　　在工作中发生这样的尴尬情况可不是一件好事。但更让我无法忍受的是，我知道自己正在给伙伴们，尤其是我的家人增添负担，令他们为我忧心。萨拉需要在家照顾三个孩子和她正在接受化疗的母亲，她已经够忙碌的了。我不喜欢给别人添麻烦。如果我在开会的时候感觉到自己在轻微地颤抖，我就一言不发。如果我含糊不清地讲话，或者腿不受控制，走路跌跌撞撞，那么我会担心别人觉得我喝醉了。尤其是在最初的那段时间，这种折磨让我退缩到极度自闭的境地。我已经在辛辛那提市中心的办公室待了二十五年之久，但是我选择调任到河对岸，去律所在肯塔基州北部的办公室（离我的住所更近一些），除了我之外，那里只有三位律师和一位助理。至此，我已经和我整个职业生涯都在为之效力的办公室隔绝开来了。

　　我感到自己和那些协理律师也越来越疏远。除了我之外，似乎没有人能完全理解全氟辛酸问题已经变得多么复杂，牵涉多少个层面。当然，看到我与杜邦公司和3M公司斗争，而且还在苦苦等待科学专门小组给出最终结论，他们会表示同情。但是他们都在别的州工作，还要负责很多其他案件，我们彼此之间很少见面。

　　我同时推进着好几桩案件，包括明尼苏达州的、帕克斯堡的，还有新泽西州的；我一直坚持追踪关于全氟/多氟烷基化合物的最新研究进展，给联邦和州级相关机构写信，了解世界范围内的监管措施；我密切留意杜邦公司的动向，看他们给科学专门小组提供了什么资料；我感到自己就像一个独臂人，还指挥着一个能同时演出三套不同节目的大马戏团。

我敲定了我们的战略和战术，组织协调了"作战力量"。就我们的情况而言，我方的"步兵"大都是原告的代理律师，他们以自信著称，总觉得自己无所不能。他们是无知者无畏。而另一方面，我痛定思痛，清楚自己的短板在哪里，并且一直专注于完善我们的团队，招揽能填补空白的人：例如，在集体诉讼方面经验丰富的律师，以及既熟悉西弗吉尼亚州、明尼苏达州或新泽西州法院系统和人员，又与当地社区交好的律师；能够解析水样的分析化学家；世界知名毒理学家；向我传授相关知识的流行病学家和内科医生；还有公共健康专家。这份列着团队必要成员的名单越来越长了。尽管每一位成员都能专注地钻研自己的任务，但我们需要有一个人来摆平所有问题，统领全局，监控那些化工企业的行为——他们似乎没完没了地想对科学家、监管人员、媒体、政治家施加影响。这个人只能是我了。随着事态不断复杂化，想使每个人都跟上进度变得越来越难了。统筹这一切本来压力就很大了，同时我又心知肚明，如果自己在哪件事上大意了，杜邦公司或3M公司就会立刻瞅准机会打击我们，一想到这些，我的压力就更大了。我其实一直在以寡敌众——我，加上十几个兼职律师，我们要抗衡的是两家《财富》500强"公司的内部律师团队，再加上他们外聘的六家在当地，甚至在全国都排得上号的大型律师事务所。

有时候，过度纠缠于细节会令人无法后撤，从而错过解决重要问题所需要的视角：这一切究竟是怎么发生的呢？

一种化学物质怎么就能把整个地球都污染了？这种物质能够杀死动物，还能在人体血液中潜藏几十年，为什么这么长时间都没被发现呢？一家公司污染了整个社区的水源，怎么就能够逍遥法外呢？监管机构怎么能够袖手旁观，任凭这种事发生呢？毕竟设置这些机构，就是为了让它们防止这种事发生呀。

我突然涌起一种无比巨大的责任感，下决心要揭露真相。这些案子不仅事关环境许可证和监管措施，更关乎民众的权利：打开水龙头，相信自己接的这杯水没受到有害化学品的污染。

一次病症发作后，为我做检查的医生问："你是不是压力非常大？"

我告诉他："和平时差不多。"我想萨拉可能会把我掐死。

* * *

时间的列车驶进了2011年，我们还在等待科学专门小组的最终结论。社区居民都怨声载道，连法院也开始抨击科学专门小组，还得到了新闻界的响应。希尔法官在2011年12月去世了，享年八十一岁。一位名叫约翰·D.比恩的新法官被指派负责监督进行中的各项和解事宜。虽然我们不能直接催促科学专门小组，但是可以和法官一起安排一次听证会，现在法官和我们一样坐立不安。

"我感到非常沮丧，"法官在提及科学专门小组的时候对《帕克斯堡新闻前哨》的记者说道，"他们拿着优厚的报酬去做这件事，可是我却看不到任何成果。"

他甚至威胁说，除非他们的工作状态能够好转，否则他会要求控辩双方委任一个新的科学专门小组。他其实并没有真的这么做，只是要求科学专门小组的成员向法庭解释清楚，为什么花去了这么长的时间。

"公众需要一个答案。"他说。

根据《帕克斯堡新闻前哨》的报道，科学专门小组的成员之一，凯尔·斯廷兰对延迟做出了这样的解释："我们需要估算出人们在过去接触了多少全氟辛酸。如果某人在1995年罹患癌症的话，我们需要知道他在1995年之前接触全氟辛酸的情况。"

这就是奥林匹克级别的流行病学。利用杜邦公司向河流和空气排放全氟辛酸的历史记录，科学专门小组的成员正在进行建模，研究全氟辛酸的去向，然后计算出在不同的时间，每个公共供水系统中含有多少全氟辛酸。基于上述量的全氟辛酸，再考虑到个体饮水的时间、持续时长，科研人员可以估算出每个人接触全氟辛酸的量，进而估算出这个人的血液中沉积了多少全氟辛酸。

　　"这是一个相当繁重的任务，同时也是关键之处，据此可以做出坚实的科学判断：C8是否和疾病有关。" 斯廷兰如是说道，"我们一直以来都在讲，我们的工作需要花费时间，但这是值得的。我们知道社区居民都迫切想要得到答案，我们正在努力工作，希望结果能够早日问世。"

　　科学专门小组的确在陆续发布研究的初步结果，他们发现，在杜邦公司华盛顿工厂接触全氟辛酸的工人中，肾癌和其他肾脏疾病的死亡率升高。在未就职于华盛顿工厂的当地居民中，血液中的全氟辛酸浓度与肝损伤和先兆子痫的发病率是正相关的。不过研究人员也继续强调，这些只不过是初步的"联系"，不一定是"很有可能的关联性"。

　　集体诉讼成员不耐烦的情绪快要转化成愤怒了。乔·基格明确表达说，他因等了这么长时间而感到沮丧。

　　"在我看来，就是一群人在装腔作势，"他对报社的记者说，"他们左一个'有联系'，右一个'有联系'，但就是不说两者之间存在'很有可能的关联性'。"

　　平心而论，科学专门小组就某些关联给出的初步研究结果已经算是振奋人心了。但是他们同时也说，这其中还有一些没联系上的"断点"，而且其数量更为巨大。他们越是无法得出"很有可能的关联性"的结论，我就越担心这件事可能没希望了。

　　显而易见，科学专门小组也正在承受压力。

　　"我们非常重视这次任务，"科学专门小组的另一位成员戴维·萨维茨说道，"我们认识到对社区来讲，这项研究事关重大，经济方面的、情感方面的，而且公共卫生事件的后果也令人忧心。"

　　对于这种等待，杜邦公司倒是很满意，这一点都不稀奇，因为等待的时间越长，对他们就越是有益。"对于这个研究任务的进度，我们是不会催促的。"拉里·詹森说，"只要他们有所发现，就会说出来。我们对此信心十足。"

　　科学专门小组也心知肚明，倘若他们真的发现了什么，即便论证得再小心谨慎，也会受到责难。"我们逐渐意识到，我们做出的任何判断都会受到质疑。" 萨维茨如此说道，"研究工作正在妥善进行，也经过了深思熟虑；不过恐怕到了最后时刻，还是会有不同程度的争议和分歧。"

这种不确定性所带来的痛苦终于在2011年9月告一段落了，科学专门小组发来电子邮件，说要召开一次电话会议。在我们团队和杜邦公司都接上线之后，科学专门小组宣布说，他们很快就会发布公告，证实存在一种"很有可能的关联性"。对此我既紧张又兴奋。根据我们最初的和解条款，即便只确认一种关联性，也能触发组建医学专门小组的行动，该小组日后会负责对接触全氟辛酸的居民进行医疗监测。杜邦公司也得履行和解协议中规定的义务，继续为社区的滤水系统付费，直到永远。

我迫不及待地想推进这件事，而且已经做好了准备。在那次电话会议之后的一段时间内，我的神经系统出现了一系列问题——10月份那次我去了医院，接下来11月又连续发作了三次。同样的经历。同样的症状。还是没有任何人能解释清楚为什么会这样。医生们只是让我换服一种新的药物组合。治疗我这种神秘的病症需要一个漫长而令人忧虑的过程。早期的药物治疗令我的思绪模糊，注意力不集中。我告诉医生们，我的注意力不能被影响。我的工作，依靠的就是清爽的思绪和持续的专注力，即便是不吃药，保持上述能力也是不容易的。我前后换过好几个医生，也试过好几种药。最终，我们发现有一种药物联合疗法能在最大程度上抑制我病症的发作。不过，那种令人尴尬又无法预测的抽搐症状还是会发作。我的头会突然斜向一边，一只眼睛紧闭，要不然就是一只胳膊，或是一条腿开始痉挛。在我走路的时候，也偶尔会出现一条腿突然软弱无力的情况。这让我感到很不自在。

这些症状直到现在还会发作，不过没那么严重了。几乎隔不了几天，我的腿就会突然不受控制，或者脖子猛烈地痉挛，要不然就是胳膊骤然一动，眼皮跳个不止。好在我还能继续工作，所以这些症状我也就忍了。

32

清算之路

2011年12月4日，科学专门小组发布报告，证实了第一个"很有可能的关联性"。他们并未发现全氟辛酸与早产、新生儿体重不足、流产或是出生缺陷有关。出生缺陷这一项，真是令我惊讶到不知所措。我们该怎么跟苏和巴基说呢？

不过，有一种关联性得到了确认：全氟辛酸和先兆子痫的关系。先兆子痫是一种妊娠高血压综合征，对母亲有严重影响，甚至会致死。

我的人生从来没有如此轻松过。努力了这么多年，终于等来了独立的科学验证：全氟辛酸会严重影响人类健康。"痕量级"的全氟辛酸是不是就不会对人体健康造成影响？从此以后，我再也不需要和杜邦公司争辩这个问题了。这个问题已经被一劳永逸地解决掉了，而且是有独立科学证据的。

然而，这种轻松转瞬即逝，因为杜邦公司立即开始通过公司发言人质疑科学专门小组的结论——尽管他们也曾经帮助遴选小组成员，并且承诺支持他们的工作。我太了解自己的对手了，所以才在和解协议中写了一项条款，强制双方都要接受科学专门小组的结论，不得以任何方式质疑。更过分的是，一直以来，杜邦公司都在利用科学专门小组，利用他们辛苦、缓慢的工作进展为自己做挡箭牌，抵御新的法律诉讼，并以此为借口，对正在发生的污染毫不作为。眼下，既然科学专门小组的结论不合他们的意愿，他们就要贬损这些结论了。

《帕克斯堡新闻前哨》响应了杜邦公司的意见，"坦率地说，令人失望"，他们这样抨击科学专门小组公布的结论。报纸的社论是这样讲的：
"现在看来，全氟辛酸的潜在危险性似乎被严重地夸大其词了，还有一些
法律界人士煽动起了民众的恐慌；我们怀疑，这些人的兴趣恐怕不只是担
忧本地区居民的健康吧。"

"见钱眼开的律师们"，这种字眼虽然没有出现，但是暗示的意思却再
清楚不过了。

就让杜邦公司尽情嘲笑一切吧，但在接下来的若干个月里，科学专门
小组陆续公布了其余的研究结论。在2012年7月底，他们将所有研究结
论公布完毕，做这一切用去了七年多的时间。自从2011年他们公布了第
一个关联性之后，已累计证实了全氟辛酸和六种疾病之间存在"很有可能
的关联性"。看起来，全氟辛酸的潜在危险性根本就没有被"严重地夸大
其词"。疾病的名单列表如下：

肾癌
睾丸癌
溃疡性结肠炎
甲状腺疾病
高胆固醇血症
先兆子痫

我要的就是这些，我的举证工作没有白做。三位独立的世界顶级流行
病学家对学科史上最为全面、完整和准确的采样数据进行了细致研究。这
项研究不设时限，不计成本，可以采取他们认为需要的任何措施，以得出
不容置疑的结论。他们查阅并评估了所有既往研究，不论是已经公开发表
的，还是尚未公开发表的；同时也参考了所有数据。他们把所有信息整合
起来，再对证据加以衡量，由此发现全氟辛酸与六种疾病存在"很有可能
的关联性"，其中的两种为癌症。

因等待科学专门小组的结论而产生的焦虑情绪终于烟消云散了，我这才意识到自己在过去的七年里已经被折磨得精疲力尽了。在这段时期，我眼见着自己的儿子们从小不点儿长成了高中生，而我陪伴他们的时间却少之又少。在那几年中，杜邦公司和3M公司一直喊我们是骗子，指责我们吓唬、误导民众。终于，我们能够证明他们是大错特错了。

既然不需要再对科学专门小组日思夜想了，我们就可以开始集中精力，进入和解的第二个阶段了。我们将要开始一项枯燥、缓慢的工作，以最理想的方式将科学专门小组的结论正式告诉七万名集体诉讼成员，并解释清楚他们所拥有的权利。发现"很有可能的关联性"就意味着滤水系统会一直运行着，而且面向集体诉讼成员的医疗监测工作也要开始了。以上内容在和解协议中已经写明了，所以我们眼下就要遴选出医学专门小组的成员了，由他们来决定医疗监测方案的具体细节。我们遴选医学专门小组的程序和遴选科学专门小组的完全一样；只不过我们要寻找的不再是流行病学家，而是三位公正独立的世界顶级内科医生。这次拉里·温特去不了，所以拉里·詹森只能和我搭伙了。

此时我才发现，我一直担忧我们俩性格不合，其实是我自己把事情想得太严重了。当我们双方还处于对立面的时候，我认为他确实是鄙视我；但现在对他来说，这个案子基本上已经结束了。我们需要落实的事情早就谈好了，之前谈判时他也参与了，我们之间已经没有什么好争执的了。

不过由于我们过去的交往历史并不愉快，这次刚一开始局面还是有些紧张，直到行程中有一天，我们俩首次在非正式场合共进晚餐，我们没谈一句案子的事，而是聊起了各自的律所如何努力适应不断变化的经济形势，还发现我们两人有很多相似的经历。这是他第一次把我看成自己人，一个为企业打官司的家伙。

自那之后，我们虽然没有成为好朋友，但是在接下来整整四个月的工作过程中，我们一直保持着友好的关系。

＊　＊　＊

到2012年4月，我们已经完成了对医学专门小组的遴选工作，选定了三位成员：加利福尼亚大学欧文分校职业与环境健康中心的迪恩·贝克博士、马里兰大学医学院的梅利莎·麦克迪尔米德博士，以及达特茅斯医学院的哈罗德·C.索克斯博士。

根据和解协议，医学专门小组的工作要以科学专门小组的最终结论为前提，即全氟辛酸能够造成六种疾病。医疗监测和程序方面的费用由杜邦公司负责，而医学专门小组则要负责审查它们是否符合条件，包括：

1.对疾病的监测真实存在。

2.监测要有特定性，不同于医生通常建议未接触全氟辛酸的人做的监测。

此外，医学专门小组还将决定哪些成员面临足够高的疾病风险，有权接受上述监测。杜邦公司辩称，只有那些全氟辛酸接触程度极为严重的人，才有接受医疗监测的必要。我争辩说，科学专门小组已经发现"很有可能的关联性"存在于整个群体，所以任何一个集体诉讼成员，只要他接触全氟辛酸达到一定的量，都有权接受监测。这是一个关键点。如果杜邦公司赢得这场争论，他们就会有效地把医疗监测范围限定在接触程度极为严重的一小部分人中。最终，我们打赢了这一仗。

在2013年5月，医学专门小组发布了他们的首份报告。除去某些明显的性别或年龄限制（例如说，不对女性进行睾丸癌的监测，也不会对男性进行先兆子痫的监测），医学专门小组认为，从本质上讲，集体诉讼的每一位成员都应该接受六种疾病的监测。根据2004年的和解协议条款，杜邦公司需要支付这些监测的全部费用，总计高达两亿三千五百万美元。

虽然和解协议中约定了医疗监测这件事，但是并没有从细节上说清楚面对这七万人、六种疾病，医疗监测具体要怎么做。这么大规模的医疗监测可是前所未有的。我们打算请布鲁克马公司的保罗·布鲁克斯和阿特·马赫再一次出山，设计出具体方案。他们已经用C8健康项目证明了自己不俗的组织创新能力和管理能力，当时的C8健康项目不仅实现了宏伟目标，甚至超额完成了任务。利用现有的IT系统、基础设施、团队人员，他们已经在着手策划一个类似"一站式购物商场"的方案了。那里的程序很简单，人们进门，接受检测，然后离开。和之前的血液检测一样，他们的目的就是把事情简单化。

而杜邦公司似乎有另一套计划。他们现在才真正意识到，布鲁克马公司让近七万人到场参加血液检测，是一件多么成功的壮举。正是那次检测提供了所需数据，证实了"很有可能的关联性"。根据医学专门小组的医疗监测建议，杜邦公司面临高达两亿三千五百万美元的巨额支出。但是在和解协议中，我们同意杜邦公司只负责报销集体诉讼成员实际产生的费用。换句话说，医学专门小组建议每个人都接受人类历史上最为全面和昂贵的监测，如果七万人都去参加的话，费用很容易就会达到两亿三千五百万美元的上限。但是倘若没有一个人真正出现并要求接受监测，杜邦公司就可以分文不掏。布鲁克马公司这样的团队精于帮助人们尽可能快速、有效、轻松地接受监测，这在经济上对杜邦公司来说肯定是不利的。因此，杜邦公司提议聘请外援：纽约市范伯格＆罗森律师事务所的迈克·罗森。

罗森并没有医学专业知识，但是在为群体性悲剧受害者分配补偿方面，他是最好的专家之一。2001年，美国政府创立了"9·11事件受害者补偿基金"，罗森任该基金的副职特别管理员；英国石油公司墨西哥湾深水地平线钻井平台溢油爆炸事故发生后，罗森任事故补偿基金的副职管理员；他还是宾夕法尼亚州立大学的顾问，负责解决杰里·桑达斯基性丑闻引起的赔偿问题。杜邦公司声称，罗森和他的律所擅长实施大规模和解方案，而这正是我们所需要的。

尽管我当时在和解协议的细节上慎之又慎，可我还是越来越不舒服地意识到，我们其实并未敲定如何去实施这一史无前例的医疗监测项目。因此，我们不得不再一次和杜邦公司协商。然而这一次，杜邦公司的律师们手里有了筹码：长时间拖延就等于令七万名集体诉讼成员丧失了千辛万苦赢来的补偿。人们在等待接受癌症监测，不是在很远的将来才需要，是眼下就需要。

为了达成一致，我们形成了折中意见：只要罗森同意与布鲁克马公司合作执行补偿方案，我们就同意他加入。杜邦公司负责支付方案执行费用，包括付钱给罗森。我们签字确认了这个约定，并提交给法院，随后就准备启动这个大型监测项目。但是等到布鲁克马公司推进其计划的时候，罗森却突然宣布，他认为布鲁克马公司并不合适做这件事。

我随即向法院提出动议，请求法院强制执行我们的约定，并且要求罗森同意布鲁克马公司继续推进计划。为此，比恩法官专门召开了一次听证会，可是杜邦公司又打出了同样的牌，一种令人震惊的非常规操作：他们迅即提出动议，要取消法官的资格。我真是无法相信，我们又遇到了这一套。这一次杜邦公司辩称，比恩法官不能够对这个问题做出裁决，因为他父亲曾经是当地的一名内科医生；几十年前，他的诊所和保罗·布鲁克斯的诊所在同一座大楼中。这是认真的吗？简直是荒唐可笑。比恩法官立刻否决了该动议，但是杜邦公司又继续向西弗吉尼亚州最高法院上诉。这时我算是看明白了，杜邦公司竭力想让布鲁克马公司远离医疗监测项目。

这一法律纠纷引发了另外一个意料之外的后果：布鲁克斯博士和他的同事们为此勃然大怒，他们认为别人把他们视为一帮无知的乡巴佬，根本就不可能完成罗森设计的这种高级的新项目。是可忍，孰不可忍？布鲁克斯博士告诉我们，即使法院命令罗森请布鲁克马公司来实施该项目，他们也不愿意和他合作了：或者罗森离开，或者布鲁克斯离开。

我们现在可真的是陷入了一团乱麻。罗森不会主动避开，而且杜邦公司已经跟他协商好，每个月给他二十五万美元的固定薪酬，他肯定不会放弃的。我怀疑即便每个月要付二十五万美元，杜邦公司也会觉得自己占了便宜，因为这么做有可能令更少的人申领那份总额两千三百五十万美元的赔偿。很明显，我们陷入了无法解决的僵局。我们的医疗监测项目箭在弦上，集体诉讼成员也都翘首以待。我感到我们已经别无选择了，我们只能在没有布鲁克马公司的情况下，依靠自己来推进医疗监测项目了。新通知发出后，集体诉讼成员开始报名，但是进展十分缓慢。最后，只有八千多人参与项目，项目内容包括：免费的全氟辛酸血液检测和医生随访，还有与六种疾病相关的大量诊断检测。这是有史以来规模最大的医疗监测项目之一。然而，在曾经参加C8健康项目、提供血样的人中，只有一小部分参与了医疗监测项目。我总是忍不住去想，如果布鲁克马公司被允许去指导这个项目，那么充分利用这次机会，免费接受监测的人不知会多出多少。

* * *

科学专门小组和医学专门小组都已经发布了报告，滤水系统也就位了，集体诉讼成员也享受到了免费的医疗监测，由此，我们打集体诉讼官司的所有目的就都达到了。此时，我们可以开始考虑为集体诉讼中特定的一部分成员维权了，这些人由于饮用含有全氟辛酸的水，不幸罹患相关疾病。不同于案件的第一个阶段，那时我们代表的是一个由个体组成的群体，现在我们面对的是人身伤害和死亡索赔，这些都被视为个体索赔，每个委托人自己选择律师，单独提起诉讼。

等待了许久的事实是令人震惊的。最终，在将近七万人中（其中包括杜邦公司华盛顿工厂的工人），大约有三千五百人选择站出来，并明确表示自己不但罹患了相关疾病，而且愿意正式跟杜邦公司打官司，要求他们为疾病造成的损失负责。我确信社区中还有很多人也得了病，只是他们不愿意冒险和杜邦公司较量。案件已经不仅仅关乎法律和科学了，它关乎杜邦公司五十年来的作为与不作为给人们造成的痛苦。埃德、哈利和拉里走访了那些准备打个体诉讼官司的人，向他们征求意见，在这个过程中，埃德他们收集了一个个令人心碎的故事，这些故事终有一天会被呈上法庭。

就拿肯·沃姆斯利的经历来说吧，他是华盛顿工厂的雇员，从事特氟龙相关产品工作超过二十年。

肯是杜邦公司一位忠诚的尼龙工人，他早就认定了自己会是那里的"终身员工"。就像公司里的其他人一样，他换过好几个工种，始终尽职尽责。1962年，他只有十九岁，就开始在公司做铲雪的工作。在接下来的十一年里，他负责给 Zytel ——一种高性能、耐热的尼龙树脂——打包，并运送给客户，用于制造汽车发动机部件、电缆绝缘材料等物。

1973年，肯被调任到尼龙浇铸车间。他戴着面罩和长手套，处理从工业烘炉中流出的、处于黏稠状态的白热熔融聚合物。他不太喜欢那份工作，与高温和工业机器打交道很容易受伤。而且，这个活儿又苦又累，他觉得自己可以干上更好的工作。

他报读了俄亥俄河对面的玛丽埃塔学院的夜校课程，杜邦公司为他承担学费，他心存感激。他发现自己对数学情有独钟。这就使他有机会获得一份更好的工作。于是，他把目光投向了实验室的工作。

在杜邦公司组织的考试中，肯获得了高分，因此得到了一份检测尼龙和尼龙树脂的工作。

1976年，他终于完成了最后一次工作变动，被调至华盛顿工厂的化学分析实验室。在那里，他负责检测各种各样的尼龙制品，运用高科技机器操纵分子，分析化合物。刚到工厂时，他曾经在休息室里听到过一些和特氟龙有关的传言："如果你不想早死，就别去那里工作。"但是他认为这只是一些不满现状的人在发公司的牢骚。一直以来，他都对杜邦公司对车间安全的重视印象深刻；不管怎么说，这份新工作实在是一个好到无法拒绝的机会。他喜欢做这种和精密度相关的事情：他可以在无穷小的水平上——百万分之几、十亿分之几——识别出某种物质。每天早晨，他都会在差几分七点的时候到达实验室，开始他一天之中的第一个实验：对阿拉比卡咖啡豆进行液溶剂萃取，从中提取出超过一千种化合物。换句话说，就是煮咖啡。

不过，他首先得等清水流出来。饮用水抽取自工厂的地下水，然后从水龙头中流出，呈褐色。肯会一直开着水龙头放水，直到水的颜色变成那种他看过之后想喝的状态。他和实验室的同事们都对此抱怨连天，还三番五次地向上级投诉。他们被告知没什么可担心的，所以他们也就不再担心了。

到1976年，肯喝华盛顿工厂的自来水已经喝了十几年了。有一天，当他在特氟龙实验室工作的时候，他开始感觉到腹部刺痛。随之而来的绞痛迫使他冲向了卫生间。最初感觉就像严重的胃病，或者是食物中毒。不过这两种痛苦他以前都经历过，是会慢慢过去的，但是这一次疼痛一直在持续。不久，绞痛的感觉让他都直不起身子了。情况时好时坏，但每次发作就一次比一次厉害。他觉得待在实验室中工作更加舒服，因为旁边就是卫生间。他越来越害怕出门，不论何时，只要他在家或工厂之外的地方，总会先看看四周，锁定离得最近的卫生间。有好几次，他都急得不得了地想去如厕。

有一天晚上，疼痛变得非常剧烈，以至于他都不确定自己是否能够撑过那晚。他的妻子请来医生，然后唤醒了他。

"送医院，"医生告诉他妻子，"速度要快。"

在急诊室里，又是戳又是捅，肯接受了一系列愈发具有创伤性的检查。然而问题的原因却找不出来。

"我们打算为你做开腹探查。"医生说。

手术显示，他得了溃疡性结肠炎：他的小肠粘连了，瘢痕组织破坏了消化功能，就像油箱里进了沙子一样。医生切除掉粘连物，然后帮他做了缝合。肯在第二天醒来，他看到了自己身上的切口，从肚脐上方八英寸的位置开始，直到腰带下方结束。后来，在好多个睡不着觉的夜晚，他的耳朵里总是回响着医生说的话："肯，我把你的问题处理好了。但是我很担心你的将来。"

那么大的切口，恢复起来是一个相当痛苦的过程。他平躺在床上，伤口上的一根根引流管缠在他身上。等终于能下床的时候，他坐进了一种专门为他准备的秋千椅。他总是想站起来，但是他的身体却做不到。他实在是太虚弱了。几个月之后，他才慢慢恢复元气。他只能坐在那里，没法工作，因此钱都花光了。他强迫自己在房子外面的街道上走来走去。他急于重返工作岗位，因为他担心时间久了自己会丢掉那份工作。大约三个月之后，他回到了特氟龙实验室。

他终于又能俯身在操作台上，在烧杯和圆筒容器中操作分子了，这让他感觉到焕然一新。生活恢复正常，他开始感觉又做回了自己；而且，他逐渐成为整个部门中经验最丰富的实验室技术人员，年轻的同事都会向他求助。

肯很喜欢他在特氟龙实验室中的工作。在他的检测物中，有一种被内部员工称为 C8 的东西，也就是全氟辛酸。

与凯伦和苏一样，肯也认为这种物质"就像肥皂一样"。它会使特氟龙制品变得"更加光滑"。他测量着不同产品中全氟辛酸的含量。有人会拿给他一份装在八盎司瓶子里的样本，他把样本倒入一个量筒，用一块粗棉布过滤。

每当测试中需要把特氟龙放入白热炉进行烘烤时，肯都会向后站，远离高温和烟雾。他的同事曾警告过他，千万不要吸入特氟龙的烟雾。他们告诉他，吸了这种烟雾，"会有得了肺炎那样的感觉，然后第二天你就会生病"。工人们直到 20 世纪 80 年代才被建议佩戴防护面具。不过肯总是非常小心，尽量不吸入任何东西。这就是常识。

自从上岗的第一天起，他就被反复灌输安全规章和程序。安全眼镜、安全靴、护目镜、各种不同类型的手套——每一项工作都有明确的要求。倘若工厂的安全主管发现你在工作中没有佩戴适当的安全装备，你就会被训斥一顿。你甚至有可能当天就被赶回家了。不过这些从来没有在肯身上发生过。他是那种认真遵循书本里的每一条规则的人。

实验室手册里极其明确地规定了接触化学物质时的安全程序。肯偶尔会处理某些已知的致癌物质，每到这时候他都会在排气罩下小心行动。全氟辛酸并没有附带这种警示，因此他在处理全氟辛酸时"就那么在实验台上操作"，只会戴着手套来保护双手。有那么一两次，有东西喷溅到他的手臂上，他也并没有担心，把它擦掉就完事了。他在安全手册上没有看见其他防护建议。

和其他雇员一样，肯也会去找工厂的医生做常规体检。他们时不时地会从他身上抽取血样，检测其中是否存在某些化学物质。他从来都没有关注过检查结果。他确定他的主管对他很关心，也相信工厂详尽无遗的安全政策已经为他们提供了足够的保护。他甚至觉得他们有点过度保护了。

当然，工厂水龙头里流出来的自来水还是褐色的。这件事似乎很令人讨厌，但并不是什么严重的灾难。他和同事们慷慨激昂地劝说主管给他们提供瓶装水，但是没能如愿。褐色的自来水是既成事实了，肯也就懒得再为它伤神了。

他更为看重的是这份工作很稳定。但是当工厂决定把一个班次从八个小时延长至十二个小时的时候，他觉得每天的时间好像都长得过不完似的。于是，他就需要更多的咖啡来支撑下去，有时一个班次要喝掉六到八杯，当然都是用那种可笑的水煮出来的。

1980年，肯已经三十七岁了，除了丈夫的身份之外，他还是三个少年的父亲——两个女儿和一个儿子。他已经在帕克斯堡买了一栋房子，还带着全家人一起参加公司的野餐会。当时的他还年轻，精力也很充沛，还担任过公司垒球队的替补队员呢。他跑垒跑得飞快，投球像子弹一样又远又准。那些日子是他一生中最快乐的时光。

就在同一年，杜邦公司聚合物产品部的安全生产表现是全公司最好的，该部门的工时数最长，没有发生过一起损失工作日，或令工作日受限的事故。由此，华盛顿工厂声称，在全球一百四十二家杜邦工厂中，他们的安全生产记录是最好的。"华盛顿工厂是世界第一安全公司的第一安全部门中的第一安全工厂。"肯的朋友兼同事戴维·莫尔黑德在许多年后回忆起1980年时还会这样写道。

就在几个月后的1981年春天，肯去上班的时候注意到工厂里少了些什么。女性员工都去哪里了呢？在特氟龙工厂工作的女性都不见了。真的很是怪异。

他听说所有的女性员工都被遣回家了。

可这又是为什么呢？

有人跟他提到，这是因为某种化学物质疑似会造成出生缺陷。这种化学物质就是全氟辛酸。肯尽量不让自己担忧；毕竟，他们说它只会影响女性。但他还是按捺不住，找主管询问相关情况。主管直视着他的眼睛，平息了他的恐惧情绪："不用担心，肯。这东西对男性没有危害。"

尽管肯时不时被消化系统的问题困扰，但他一直相信公司的说法。

到2001年，自医生为他进行开腹手术，治疗肠粘连已经过去二十五年了。那次手术之后，他用了好几个月的时间才恢复力气回到实验室去工作。对于杜邦公司能够一直为他保留职位，他心存感激。他最不想做到事情就是放弃多年的工作积淀重新开始。

那之后的大部分时间对他而言还算是平安无事。他的肠胃还是有问题，不过这并不影响他的生活。他又能掷垒球了。他还几乎每周都去打保龄球，甚至还学着打高尔夫球。他本来是左撇子，却学会了用右手挥杆。

然而，这种好运并没有一直持续下去。这次不是肯，而是轮到他的妻子生病了。她变得苍白憔悴，时常会昏厥，排便也出现了问题。医生们找不出问题的根源在哪里。最终，他们只能为她做了手术，切除了她小肠的三分之二。

对于肯而言，被推出手术室的妻子变成了"另外一个女人"。他的妻子从前是一个安静、不爱说话的人，可是手术后的她却脾气暴躁。肯仍然爱着自己的妻子，不过他很是怀疑妻子还爱不爱他。妻子想要离婚。他实在无法改变她的想法。他们搬离了那栋带三车位大车库的房子，在那里他们共同养育了三个孩子。他不再住大房子了，而是搬到了维也纳一套整洁的两居室中，这个地方位于帕克斯堡静谧的郊外，我的祖母和曾外祖父母曾经居住在那里。肯那时已经五十八岁了，单身一人，显而易见要面对的是孤独的老年生活。

在他的生活中，唯一的慰藉就是工作。在特氟龙实验室里，他是有资历的老人了。他被晋升为实验室分析师，七级职员，这是在实验室能够达到的最高级别，仅次于中级管理层。他终于开始赚大钱了。孩子们都读完了大学，他就能为自己以后的退休生活存钱了。他打算在六十三岁时退休，届时他的养老金将开始生效。到那时，他为公司效力就超过四十年了，加起来会有一笔不错的储蓄金。

他从来都是闲不住的人，因此也不打算退休后赋闲在家。他想出去旅游，去国外走走看看。他还考虑在当地的社区大学中教数学。也许他会加入一个合唱团，甚至有可能是单身俱乐部。

然而，就在我把那封重达十二磅的信寄给环境保护局之后一个月，肯原先的肠痛又连本带利地杀回来了。

在特氟龙实验室，他痛得蜷起身体，捧着腹部，快速冲进了卫生间。当时真的很尴尬。他希望同事们没有注意到他跑了好几趟，而且跑得还很急。那种痉挛的感觉会没有征兆地突然袭来。于是，他的社交生活就泡汤了。他出去得越来越少，避免去那些厕所门前会排队的地方，因为他有的时候真的忍不住。当肠部剧烈的痛苦又一次突然袭来，他的人生就又退回地狱的边缘。这种感觉让他又想起了在70年代遭受过的那种痛苦。他想起了医生在手术之后跟他讲过的话："肯，我把你的问题处理好了。但是我很担心你的将来。"

这些话回响在他的脑海中。当时说的"将来"就是眼下，看来医生的担心是对的。肯那时就觉得这种剧痛无法忍受，现在他感觉更加糟糕了。他不能去上班了。好些天，他除了在床上痛得打滚什么也做不了，只能暗暗祈祷让这种痛苦快些停止。医生们为他做了检查，但是似乎永远也搞不明白到底是怎么回事。

有一天，他跑进卫生间，竟然发现自己的内裤上满是鲜血。到春天的时候，疼痛已经令他不可能再继续工作了。他甚至都没有力气亲自去公司辞职。他只是打了一个电话，说他不会再回去了。

他在那里工作了三十九年，马上就四十年了。这几乎是他整个人生的三分之二。本来应该有一个退休庆祝会的，那里有蛋糕、气球，还有很搞笑的祝酒词。他们应该送给他一块金表，或是别的什么东西。他本该精神抖擞地离开公司，而不是像现在这般虎头蛇尾地结束。

离开工厂之后，他开始觉得有一点儿好转。他抓住这个机会，开车去佛罗里达州探望他的哥哥，哥哥眼下的健康状态每况愈下。肯开了整整一夜的车，终于到达了哥哥家。就在驾车途中的某一时刻，他终于没忍住大便。他感到困惑、害怕和丢脸。

回到家之后，他又去看了医生，然而医生仍然没有找到答案，只能让他接受更多的检查。就在他等待结果的过程中，疼痛从可怕的级别螺旋式上升为"天文级别"。剧烈的刺痛使他蜷缩着身体，似乎要把他从中间撕裂开来。他的大便要么就不受控制，要么就像冻起来一样。他有时甚至四五天都没法排出大便。这简直叫人精疲力竭，每一天都在煎熬中度过。

接着，检查结果回来了。"肯，"医生说，"恐怕我们遇到了一个严重的问题。"

侵袭性直肠癌。又是癌症。他得过溃疡性结肠炎，这使得他罹患直肠癌的风险增高了，而且现在不再是风险了，而是事实。

这是一种相当严重的疾病，而且肯不得不独自承受这一切。不过，至少他有机会让杜邦公司为他所遭受的这恶心的一切负责，为他们的所作所为付出代价。

* * *

这项早在十几年前就已开始的工作终于进入了新阶段，我们做好了准备；而与此同时，我还要忙着平息怒火，阻断在社区中流传着的谣言；这些谣言主要是拜新加入的原告律师们所赐，他们飞奔来到这里，猎取代理人身伤害案的工作机会。2011年末，第一个"很有可能的关联性"甫一公布，外地的律所就涌入帕克斯堡。从那时开始，律师们就一直围着集体诉讼成员转，希望找到像肯这样的已经罹患相关疾病的人。

我发现事情真的变得令人恼火。其实并不是我们想包揽所有集体诉讼成员的活计，为他们代理人身伤害案的个人官司，而且这种事也不是我们想做就能实现的。然而，我们又很难忍住怒火。在过去的十几年里，我们一步一步把官司打出今天这种局面，那时候这些律所又在哪里呢？我们还没来得及向集体诉讼成员发出正式通知，说明根据和解协议，他们都享有哪些权利；因为依照和解协议，我们必须首先与杜邦公司协商通知的措辞，然后还要等待法院批准。这样就会留下一段短暂的空白期，于是其他律师就很开心地利用了这段时间。他们这种投机取巧的做法真是令人厌恶，但是说实话，我更担心的是他们散播错误信息会引发很多后续问题。这些律所从未参与过全氟辛酸诉讼案。他们了解这种化学物质，能搞清楚案件的基本事实吗？对此我保持高度怀疑。不过，这可不会阻止他们召开所谓的公开"信息"发布会。

就在科学专门小组发布最终报告的前一天，我驱车去帕克斯堡参加了一个类似的发布会。那次发布会的主持人是两位我从来都没有见过，也从来没听说过的律师，他们都来自从未处理过全氟辛酸案件的律所。

我做过自我介绍后就在会场中坐下了。在会议现场，没几个人是真正的居民，然而那两位律师居然站在集体诉讼成员的面前，声称要"教育"他们，指导他们处理有关全氟辛酸的事，告诉他们在和解协议之下，他们享有哪些权利；我真是懊丧到觉得难以置信。更让人恼火的是，其中的一位律师在当地媒体面前说："人们普遍表现得很吃惊，因为我是唯一一位到这里为他们解释法律权利的律师。"

法院在2013年1月批准了我们准备向集体诉讼成员发送的正式通知，通知发出去后，又是一场无序的混战。正式通知解释道，在一般的人身伤害案件中，原告必须能证明自己接触了足够多的、从被告那里来的化学物质，而且该物质在事实上导致自己患病；而在我们这个案子中，大家不需要和杜邦公司争辩这些。在我们的案件中，疾病与化学物质之间的关联性已经被锁死，杜邦公司在任何一起相关的个案中都无法反驳这一事实——换句话说，在这些案件中，任何一位原告律师都会梦想成真。针对杜邦公司的人身伤害官司已经提了二十多起（这其中没有一起是我们提的）。更多的外地律所蜂拥而至，那些"早鸟律师"争先恐后地与尽可能多的委托人签订合同。

甚至就在给集体诉讼成员发通知之前，我们还在努力寻求和杜邦公司磋商，想找到一种能整体解决个人伤害索赔的方案。然而，外面那些律所搞出来的新的法律行动让局面变得复杂化。杜邦公司建议采用另外一种方式：跨地区诉讼（multidistrict litigation, MDL）。跨地区诉讼是一种特殊的法律程序，能够简化处理影响大量人员的复杂案件。它适用于共同问题导致的个案，数量往往是几百件，甚至成千上万件；然而和集体诉讼不同，在跨地区诉讼中，每个案子的索赔情况（一般来说就是伤害赔偿金）是不同的。跨地区诉讼曾被用于产品责任诉讼案（某种药物导致数千人受害）和飞机失事事件（大量人员不同程度受伤），而最为著名的则是和解金额高达两百亿美元的深水地平线钻井平台溢油爆炸事故。当单一事件对数以千计的个体、州、城市，以及企业造成不同类型的伤害时，也可以启动跨地区诉讼。跨地区诉讼的机制允许这些案件被合并到同一个法院，法院再去以某种方式解决特定的、有共性的核心问题，从而有助于简化流程，使所有案件被更快地解决。

从杜邦公司的角度来看，要在不同的司法管辖区分别处理这些诉讼案，忙着应付相互冲突的规则和时间表，这简直就是安排调度上的噩梦。他们得斥巨资，安排自己的律师和科学家出现在不同的法庭上，一次又一次做证、接受审判；而且毫无疑问，每个法官都会制定自己的时间表，彼此之间各不相容。

此时，我们和杜邦公司有了共同的利益所在，这种情况实属罕见。通过集体诉讼及后续的和解协议，我们已经解决了核心问题：接触全氟辛酸是否会导致人罹患严重疾病。尽管被诊断罹患疾病的集体诉讼成员的索赔诉求不尽相同，但这些案件中仍然存在核心问题——杜邦公司要为最初将全氟辛酸排放到环境中负责，这一问题很可能是所有案件的共同点。把大量独立案件中的共性问题拿到不同的法院去解决，这种操作不可避免地会令那些不熟悉案件复杂性的原告律师搞出一场混战，可能得花几十年时间才能把这些案子都搞定，这样做耗资巨大，而且效率极低。而在同一家法院的同一名法官的监督下，只打一场跨地区诉讼官司，尽可能地协调所有索赔，则会大大加快诉讼的处理速度，这会帮到那些因接触全氟辛酸而受到伤害的人。

2013年4月，杜邦公司"C8人身伤害案"跨地区诉讼正式生成。所有悬而未决的案件都转移合并到俄亥俄州哥伦布市的一个联邦法庭，负责审理的是小艾德蒙·A.索格斯法官。索格斯法官从1996年开始，就在哥伦布市担任法官了，而且刚刚被任命为俄亥俄州南区地方法院审判长。跨地区诉讼案中有许多复杂情况，这位法官丰富的经验终于有了用武之地。我们无从得知这起跨地区诉讼案的规模会变得多么大，因为许多律师不断在提交新案件。这些案件分散在大约十二家律师事务所中，但是大部分原告希望我们的团队来代表他们。

跨地区诉讼程序允许控辩双方向陪审团提出少量几个"风向标案件"。这样做的前提是，这几个案件可能是具有代表性的案件，或者典型案件；控辩双方都明确知晓，陪审团对这几个案件的裁决会影响整个案件的走向，赔偿金的基准也会因此形成。这是杜邦公司的可选项之一。或者，杜邦公司也可以选择让所有案子单独呈堂审理。从前大烟草公司就用了这种策略。当时，这个行业与各个州就吸烟问题以两千五百亿美元的金额达成和解，但仍然有几万件人身伤害案悬而未决。涉案的烟草公司选择单独解决这些案子。案件进展极为缓慢，以至于越来越多的人身伤害案逐渐转变为过失致死案——有些原告去世了，他们没能等到打赢官司的那一天，幸存者替他们提起了诉讼。

烟草公司具有极强的资源整合能力，这一点让杜邦公司也相形见绌。烟草公司既有闲、又有钱，还有一个杜邦公司无法利用的关键论点：他们可以辩称，原告们知道有风险，但还是选择了吸烟。我们的集体诉讼成员可并不知道他们的饮用水中有全氟辛酸，也不知道这种物质存在风险。他们根本就没有选择的机会。

如果"风向标"程序不成功，杜邦公司选择单独解决每个案子的话，那么无论如何，埃德和哈利的律所，以及拉里的律所，都没有能力承接可能产生的几千个案子。埃德和哈利的律所已经被大量文书、面访和来电淹没了，集体诉讼成员请求他们代理自己的人身伤害案，这些工作量还只是案子的初始阶段产生的。是时候打电话给"帕普"了。

迈克·帕普安东尼奥是佛罗里达州一家律师事务所的合伙人，擅长打大规模侵权类的官司。他组织了一个名为"完美的大规模侵权"的法律会议，每年会在拉斯维加斯召开一次，在那里他火得就如同摇滚明星一般。许多粉丝是从一档名为《火环》的脱口秀节目中知道他的，这是一档在全国多个媒体联合播出的电台脱口秀节目，由他和小罗伯特·F.肯尼迪及其他法律专家共同主持。埃德和他很熟。他们曾经在西弗吉尼亚州另外一起针对杜邦公司的环境案件中有过合作，那个案件被称为"施佩尔特冶炼厂案"，涉及重金属冶炼厂对施佩尔特小镇的污染。埃德当时在此案中作为地方法律顾问帮助过帕普，他亲眼看到帕普在陪审团面前创造奇迹，实现了对杜邦公司的巨额索赔。关于这一点，埃德很早就说过：如果真有那么一天，全氟辛酸人身伤害案要以个案的形式走上法庭，那么帕普一定是最佳人选。

2005年我们和杜邦公司达成和解之后不久，在埃德的建议下，他、拉里和我飞往佛罗里达州的彭萨科拉，这样埃德就能把我们介绍给帕普。我们被邀请登上帕普那艘八十九英尺长的游艇"纽黑文"，他经常在游艇上举办聚会，社会记者乐于通过描述每一位客人的着装来对此进行报道。

游艇上镶嵌着柚木和黄铜，还高耸着一座海神特里同的雕塑。这还是我唯一踏足过的游艇（可能以后还会）。帕普是个和蔼可亲的主人，性格非常好。我都能想象得出他如何运用自己南方人的魅力来征服陪审团。当时他为我们庆祝和解成功，跟我们讲了很多接下来要考虑的事，并且告诉我们，一旦发现关联性存在，人们就需要以个案的形式打人身伤害官司，这是他的专长，他非常乐意提供帮助。

尽管已经过去将近十年了，帕普还是信守承诺，同意帮助我们打这些新产生的人身伤害官司。由于这些案子有跨地区诉讼的背景，他提议再引入一家律所——位于曼哈顿的"道格拉斯＆伦敦"律师事务所。这家律所是他之前处理跨地区诉讼案件时熟识的，"道格拉斯＆伦敦"面向所有原告律所开展业务，引导他们处理新接手的跨地区诉讼案件。冠名合伙人迈克·伦敦在跨地区诉讼领域享有盛名，他发起、管理、解决过美国历史上一些极为复杂的跨地区诉讼案件，在这个领域收获了无与伦比的成功和经验。他的合伙人盖理·道格拉斯是一位摇滚明星（货真价实）。在纽约出生、长大的迈克在盖理·道格拉斯的乐队中弹吉他，并担任主唱。迈克和我们一样，也是从当辩护律师起家，不过后来拥有了自己的律所，专门处理人身伤害和产品责任案件。在一些复杂的制药案件中，他打了好几场令人瞩目的大胜仗。

帕普是典型的南方人，盖理则是北方人。两人联手就会结成阴阳搭配的诉讼小组，在法庭上形成一股令人敬畏的力量。第一个风向标案件定于2015年9月开庭，还有两年多的时间做准备。听上去是很长一段时间，实则每一周都充斥着各种艰难的诉讼流程，诸如制定审判程序，挑选被告，进行证据开示，调查取证；还得越来越频繁地应对杜邦公司对我方证据的攻击，仅仅在这个事项上，他们就向我们提了一百多条动议。

在那段时间里，我每天、每时每刻都想象着自己终将直面陪审团，让他们看清楚我在过去的十四年间揭露出来的事实。

* * *

全氟辛酸和疾病之间的关联性得到了最终确认，集体诉讼成员也终于能够提出损害赔偿要求，但如果我以为这就能使我的职业生涯进入令人满意的时期，那我就错了。

杜邦公司从翰宇国际律师事务所请来了全新的律师团队，他们正忙着用动议和诉讼摘要将我们（和法院）淹没，其目的无外乎是想消解双方从前签下的和解协议中的条款。对于杜邦公司而言，这种跨地区诉讼模式的最大红利就是：所有案子都排在同一间法院，如果他们能在一开始成功阻挠审判进程，那么所有的个案就即刻化为泡影了。

我们不会允许这种情况发生。借助科学证据和专家团队，我们已经全副武装，也付出了高昂的代价。杜邦公司也注意到了，他们一次又一次提出动议，希望阻止这些专家出庭做证，甚至还指责其中的一些专家散布"垃圾科学"。

法庭驳回了杜邦公司的每一条重要动议。但是每驳回一个，又会有几十个接踵而来。这就像是在和希腊神话中的九头水怪许德拉搏斗：每次你砍下一个头之后，在那个地方会再长出两个新的来。

许多动议是想让法官禁止我们向陪审团展示杜邦公司不希望看到的文件或证据；其中包括伯尼·雷利和约翰·鲍曼的电子邮件，坦南特家和牛群调查组的相关文件，还有环境保护局起诉杜邦公司的相关材料，那个案子最后以一千六百五十万美元和解了，杜邦公司还缴纳了罚金。

同样，这些动议也都被驳回了。然而他们却并没有停止用书面材料攻击我们。当杜邦公司的动议被法庭驳回之后，他们的律师就稍微改变一下形式，重申自己的主张，提出比之前还多的动议并循环往复。受到这种书面攻击就如同被千刀万剐，让人苦不堪言。

对那些新加入跨地区诉讼案的律师而言，不是每个人都有足够的时间，像我当初了解案情时那样，读完几百万页文件；他们也没有时间去了解我所熟知的那些情况。所以，我很快就放弃了原先的打算，不再指望每个人都能将海量的证据熟记于心，或是能掌握科学领域中那些精细入微的表达方式。我自己干活通常速度还会更快一些，不过这就意味着我得夜复一夜地看材料、写材料，每晚都要熬到凌晨三点甚至更晚。萨拉不停地恳求我别搞得这么紧张，她担心这种压力会令我的神经系统病症复发。她很少发我出差或是工作任务的牢骚，我尽量每个晚上、每个周末都陪伴家人，但常常心不在焉。我的身心都放在了这些案件上。我的儿子们都十几岁了，除了在家里，我在他们的足球比赛、艺术表演、校园活动现场，也会露个面，我不确定这样是不是就够了；但是我知道，萨拉需要我在家庭生活中更走心。这一点对我来说尤为困难，因为我已经被法庭指定为跨地区诉讼案的首席原告律师之一，要为所有原告负责，肩负着上千个案件、上千份索赔诉求的重任。我的健康状态已经好转了很长一段时间了，残留的症状很轻微，比如脖子、手臂、腿、眼睑这些部位偶尔会抽动、痉挛。我告诉萨拉不用担心，我会平安无事的，但其实我自己也很担心。可是，在这个眼看就要大功告成的时候，我根本不可以停下来休息。

* * *

上庭之前，我们双方最激烈、最重要的分歧点是在确认一般因果关系上，就是杜邦公司同意交给公正的科学专门小组做的事，这个小组当初也是他们协助组建的。这是一个基本问题：全氟辛酸是否能够导致集体诉讼成员生病。2004年我们与杜邦公司磋商和解事宜时，我费了很大劲儿去确定杜邦公司已经同意，不会对科学专门小组给出的一般因果关系结论提出任何质疑。也就是说，他们不会质疑这样一个事实：集体诉讼成员接触全氟辛酸的程度是足以致病的。根据和解协议，一个人只要够格成为集体诉讼成员（饮用水中的全氟辛酸浓度等于或超过0.05 ppb，时间持续至少一年），就可以被视为已经接触了足够多的全氟辛酸，很有可能患上与之相关的疾病。这就是我们所说的一般因果关系，也正是因为这个关键点，我们双方都同意组建科学专门小组，为所有集体诉讼成员解决这个基本问题。解决了基本问题之后，杜邦公司可能还会纠缠于个别的因果细节；例如说，全氟辛酸是否既能引发特定疾病，同时又是这种疾病的实际主导因素；对一个罹患特定疾病的人来说，真正导致其患病的，会不会是吸烟、超重、遗传等原因呢？

在跨地区诉讼案中，通过杜邦公司提交的案情摘要和论据材料，我可以判断出他们正在奠定基础，准备对和解协议发起进攻：他们想挑战科学专门小组的最终结论——全氟辛酸与六种疾病之间存在很有可能的关联性——尽管早在很多年前，他们就以书面形式承诺不会争辩这个问题。杜邦公司曾经阻止了布鲁克马公司参与医疗监测项目，那一次我输得很惨，之后我就学会了：别指望杜邦公司能遵守书面协议。这一次，我不打算一直耗着，这么耗下去，想要求他们遵守协议条款都来不及了。我最不愿意看到的事情就是一直等到庭审，我们再重新为了一般因果关系的问题纠缠不休。于是我决定用一种不寻常的法律策略解决这个问题，我要提出一项动议，请求法官裁定这一问题已经得到解决，因此在即将到来的庭审中将不再接受争辩。那些当初没参加和解谈判的原告律师认为，这是一步险棋——如果我们输了，法庭允许杜邦公司重写涉及一般因果关系的和解条款怎么办？但是，我是"波士顿和解协议"的亲历者，当时我对和解协议字斟句酌，为的就是防止杜邦公司以后再纠缠于一些问题，我现在怀疑他们正打算这么干。我对这份和解协议信心满满，足以盖过其他律师的担忧之情；我要求法庭尽快对该问题做出简易判决。

* * *

在我的要求之下，听证会在2014年11月3日于哥伦布召开。会议以一种搞笑的方式开场，杜邦公司的首席律师达蒙·梅斯脱去大衣后，暴露出他竟然忘了穿西服外套。对于一位企业律师而言，这种情景有点像一位骑士上场和别人比武，却发现自己竟然忘了穿盔戴甲。

梅斯为他的失礼表示了歉意。

"其实不必道歉。"索格斯说道，"不过你得承认，这么做有点儿可笑，也许不是对你，而是对我们其他人。"

事实上，我也觉得相当滑稽。然而除此之外，我更希望这是一个信号。我知道整件跨地区诉讼案的命运就被包裹在眼下这个看似有限的问题中。杜邦公司倒行逆施，企图在我们和解协议的基石——全氟辛酸是否给喝华盛顿工厂污水的人造成了严重的健康问题——上挑毛病，倘若让他们得逞，那么我们多年的辛苦工作就将付诸东流，而且基本上是得从头再来。因此，虽然我对和解协议的威力很有信心，但我的胃里还是因为焦虑而翻江倒海。一旦此次听证会出现偏差，说句不好听的，我们就会一败涂地，全完蛋了。

我从原告席上缓缓站起身来，为了表示对法官和梅斯的尊重，我"招摇地"系上了西服上衣的纽扣，并把记事簿和笔放在了面前的平台上。

我清了清喉咙。"法官大人想必知道，这是一桩极其特殊的案件，也是一个非常不一般的情况。"我开始发言了，"我们与世界上最高级的公司签订了一份特殊的协议，在协议中，这家公司同意与近七万人达成一个史无前例的约定：我们要考量你的接触情况……我们会接受一个科学专门小组的意见，小组中的专家会告诉我们，在这种接触程度上，全氟辛酸会导致何种疾病。如果我们真的发现全氟辛酸会致病，我们杜邦公司可以告诉社区居民，未来在解决相关案件的时候，我们不会对全氟辛酸的致病性提出质疑……"

"诚然，这种情况并不常见，"我继续说道，"但是我方有几万人对此表示同意，并且等待了数年之久。他们亲自到场，接受血液检测，走了各种各样的医疗程序……杜邦公司应当被要求遵守该协议。"

索格斯法官说："但我们也正是卡在了这一点上。我已经回过头去看完了那些科学研究材料，其中用到了大量的数据。那么比方说，他们对一直喝这种水的人进行观察，但是也考虑其他因素……不过他们没提具体的量，这让我有些怀疑，他们是没提过，对吧？"

这就到了要强调关键点的时候了："确实如此，法官大人。原因如下：因为他们已经了解之前的情况，知道自己的研究对象的接触量是怎样的……对于接触量，我们各方都心中有数。研究人员想知道的是这群人可能罹患什么样的疾病。"我说这些是在提醒法官，我们请科学专门小组对集体诉讼成员进行研究的前提就是，这些人已被认定接触了特定量的全氟辛酸——饮用水中全氟辛酸的浓度超过 0.05 ppb，持续至少一年时间。科学专门小组的任务就是去核实这群人与某些疾病之间是否存在"很有可能的关联性"，而这群人接触全氟辛酸的量早就搞清楚了。

索格斯法官点了点头。"好的。"他说。

我希望法庭能够理解，我们在多年前的基本协议中已经解决了这个问题。科学专门小组花去七年时间，并不是在调查浓度未确定的全氟辛酸是否很有可能致使某个地方的某些人患病。事实上，科学专门小组研究的是全氟辛酸是否会令特定人群罹患疾病，这些人在一年或者更长的时间内饮用了全氟辛酸浓度超过 0.05 ppb 的水。并且这样的研究已经有了结论：是的。杜邦公司签下了书面和解协议——一份法律契约——同意不对这一结论进行争辩。

我解释说，一旦科学专门小组确认全氟辛酸与特定疾病之间存在很有可能的关联性，那么显而易见，每位集体诉讼成员接触全氟辛酸的程度都足以致病；在这个群体中，不存在哪个人的全氟辛酸接触量"过于轻微"，因而失去索赔资格。

索格斯法官再一次点头表示同意："没错。"

"在整组人身上都找到了这种关联性，法官大人。"

又进行了几个来回的对话之后，法官说："好的，让我再回到这上面来……比如吸烟，你吸烟的时间越长，遭受的风险也就越大。我不知道全氟辛酸是否也是如此……换种说法，和饮用这种水一年相比，饮用五年会有不同吗？"

我必须要澄清的是，本案并不属于典型的侵权案件，在那种案子中，专家们会就量和因果关系的标准争论不休；这也正是我们和解协议的关键点：避免那种旷日持久的法律之争。从本质上讲，这个问题受十年前签订的那份明了的协议制约，是已经约定好的事情。一旦科学专门小组证实存在"很有可能的关联性"，这种结论就适用于群体中的每个人，而且杜邦公司也同意依据研究结果行事。面对集体诉讼成员和相关疾病，我们不需要再去讨论任何一般因果关系问题了。停止这一切吧。

"法官大人，我方认为这个问题不需要讨论。"

"它也属于一般因果关系问题。"当听到索格斯法官的回答时，我不禁松了一口气。

我拿起记事簿，坐回座位的时候，感觉相当好。接下来梅斯走向讲台，他没有穿西装外套，我不得不提醒自己保持严肃表情。不过梅斯真的是一位优秀的律师，就和杜邦公司律师团队中的其他人一样。他实际上极其擅长研究细小而奇怪的事情。具体到这个案子中，用一种更贴切的说法来说就是，他甚至能够把一份经过缜密设计、看似无懈可击的协议撬开缝隙。

"正如法庭所了解的那样，"梅斯说，"在这份和解协议中——让我先拿起我的这份协议复印件，法官大人——我们来看一下条款1.49。它是这么说的，'很有可能的关联性是指根据现有科学证据，在集体诉讼成员之中，接触全氟辛酸与罹患特定人类疾病之间存在很有可能的关联性，而非反之'。因此，正如法庭所看到的，关键词是'在……之中'（among）。"

我真不敢相信他能做到这个份儿上，但是他确实就这么做了。

"如果您在词典里查一下这个词，法官大人，在《韦氏词典》中，他们使用了好几个很傻的例子，其中有一个是'在鹅群之中夹杂着鸭子'。这就是使用这个词的语境。这并不是指所有的动物都是鸭子。

"在我们这个案子中，提到'很有可能的关联性'时并没有用'所有人'这种字眼；并不是说在'所有人'身上都发现了这种关联性。如果原告方想说'所有人'，早就使用简洁明了的文字表达了。但是他们没这么说。而且现在原告方不能添加或是更改协议中的文字内容了。"

这让我勃然大怒。早在十年前，杜邦公司就明确表示会接受科学专门小组对集体诉讼成员下的结论，现在却又提出什么"在鹅群之中夹杂着鸭子"？我正要发火时，法官出面帮我省去了麻烦。

索格斯法官在梅斯说到一半的时候打断了他："但是要说文字表达，以下才是问题的关键。我读到'被告不得质疑全氟辛酸和任何人类疾病之间的一般因果关系问题'。这句话对所有集体诉讼成员都适用，没有限制，对吗？"

梅斯顿了顿："打扰一下，法官大人？"

"我正在阅读这些条款呢。"法官如此回复。

"好的，先生。"梅斯说道，他的脸颊微微泛红了。

索格斯法官继续说道："在我看来，一旦科学专门小组做出了判断，确认存在一般因果关系，那么就根本没有什么限制性条件。这就意味着——我读到的意思就是——适用于任何一位集体诉讼成员。"

梅斯做出抵抗。"不，法官大人……"他开始了自己的陈述。当我听着他后面说出的话，我都不敢相信自己的耳朵。他选择了语义学那一套，和比尔·克林顿用了相同的方式；当时，大陪审团问比尔·克林顿是否和"那位女士"真正发生了性关系，克林顿讲出了著名的言论：问题取决于"是"的含义是什么。

"首先，"梅斯说，"这种化学物质是可以引发疾病。然后，当他们试图把这种致病性和所有集体诉讼成员联系起来时，却只用了'在集体诉讼成员之中'。他们说的是'在……之中'。法官大人，我必须提醒您……"

法官打断了他："我不需要——我不是《韦氏词典》。但是'在……之中'似乎也并不是什么限制性的修饰语。"

*　*　*

　　法庭当天并没有进行裁决。不过在一个月之后，当裁决结果出现在我电脑中的那一刻，我忍不住露出了微笑。我注意到，法庭在裁决书中直截了当地指出杜邦公司的观点"站不住脚"；杜邦公司根据"语言的明确性"与"合同语言的明确性"，提出自己有权质疑科学专门小组做出关联性判断时的逻辑，这一诉求也被法庭驳回了。

　　这是一场令人满意并且至关重要的胜仗，但是即便被这么直截了当地怼了回去，杜邦公司还是提交了质疑一般因果关系的专家报告；我们每次都得采取行动，让那些专家或是他们的观点被否决，这种情况一直持续到第一次庭审那天。不过每一次，法庭都要求他们严格遵守和解条款。毕竟，我们是遵守诺言的。虽然科学专门小组确认六种疾病与全氟辛酸有关，但他们也说了，对于另外五十多种特定疾病，他们没有能力确认上述关联性。这并不意味着两者在事实上就没有关联，只是科学专门小组没有能力确认而已；但我们还是将那些疾病排除在诉讼范围之外。这种"无关联性"适用于所有集体诉讼成员（不考虑个体接触量），杜邦公司可是欣然接受了这件事；为了自己的利益，杜邦公司也乐于看到集体诉讼成员提出的"无关联性"索赔都被放弃或驳回了。杜邦公司不可能鱼和熊掌兼得。

　　尽管如此，杜邦公司对外一直保持着一种勇敢无畏的形象，拒绝做出让步，或是表现出丝毫的悔意。"我们很笃定自己一直以来都在负责任地行事，"一位发言人这样告诉《帕克斯堡新闻前哨》的记者，"我们会继续在官司中捍卫自己。"

　　然而在杜邦公司内部，却是另一番景象，而且这种局面已经持续一段时间了。早在1992年，杜邦公司的律师就预测"与C8相关的毒物问题"可能会变成杜邦公司的头号侵权问题。正如伯尼·雷利在一封电子邮件中向他儿子承认的那样，陪审团往往更同情受到伤害的民众，而不是大公司："大多数人根本不相信在陪审团看来，我们就是一个又大又坏的公司。"约翰·鲍曼也曾预测："应付这个官司，我们得准备几百万美元，还可能面临额外的惩罚性损害赔偿。"

杜邦公司向法庭提出动议，想阻止我们在风向标案件中寻求惩罚性损害赔偿，他们辩称，任何有理性的陪审员都无法在基本事实中找到惩罚性损害赔偿的依据。

我抓住这个机会，好好酝酿了我们的答复。我整理了我们多年来收集的所有证据，并给法庭发了一份样本。杜邦公司的动议再一次被法庭直接拒绝了："一个讲道理的陪审团能够依据证据做出裁决，这些证据表明杜邦公司知道全氟辛酸是有害物质；杜邦公司刻意操纵或利用不充分的科学研究，以支持自己的立场，并向公众提供有关全氟辛酸危险性的虚假信息。"

于是，经过十一年的努力，我们终于就要等来这一天了——见证一个讲道理的陪审团会如何看待这一切。

33
庭审

在一个夏末的早晨，我来到俄亥俄州哥伦布市，踏上了已经有八十四年历史的联邦法院的台阶。约瑟夫·P.金尼尔里法院大楼建于20世纪30年代，是一栋庞大的新古典主义建筑物，占据了流入俄亥俄州的赛欧托河沿岸的整个街区。厚重的砂岩墙壁和高耸的立柱使它看上去就像现代的帕台农神庙。在建筑物正面的顶部，石头被雕刻成一种寓言的场景，描绘着工业和农业之间的正义。我仔细端详着上面的细节，注意到有一位牵引着两头牛的农民。我把这当成一个好兆头。

在大厅里，沿着大理石地面每走一步，都让我更加接近那个地点和时间；我已经为之奋斗了超过十六年。随着一步步地迈上台阶，我突然感到了一种焦虑袭上心头。如果我的病症又发作了，腿又像有时候那样不听使唤了，我该怎么办呢？假若我刚一走进法庭就脚下一绊开始抽搐，我又该怎么办呢？为了克服恐惧，我尽量让自己专注于面前铁打的事实：我们的团队已经把案子做得很扎实了。不过，就算我身体没有问题，我仍然需要摆脱上法庭的紧张情绪。

从前一天陪审团宣誓就职算起，庭审就正式开始了。然而此刻则标志着真正的法庭诉讼开始了。

开庭陈述将由迈克·帕普安东尼奥和盖理·道格拉斯来做。我在庭审中的第一个任务是为开场而开场。我会为接下来的庭审做好准备。我会概述之前的十六年，然后向陪审团介绍帕普和盖理，再把现场交给我能力超群的干将们。

差一刻钟九点时，法庭里已经坐满了人。旁听席上一直躁动不安：记者们伸手去拿便笺簿，律师们在手机上浏览信息，还有旁听者在充满期待地交谈。低语声在九点整的时候戛然而止，此时，陪审员们安静地鱼贯而入，坐在了位于法庭右侧的陪审团席位上。

"全体起立。"法警喊道。

我们全都起身，看着索格斯法官走进法庭，坐在法官椅上。

"美利坚合众国俄亥俄州南区地方法院现在开庭，由尊敬的艾德蒙·索格斯法官主持。"

"诸位请坐。"索格斯法官说。一百号人纷纷落座后，法庭立刻陷入一片寂静。

"法官大人，"法警说道，"今日之案是卡拉·玛丽·巴特利特等人诉杜邦公司。"

"律师，"法官说道，"你可以开始了。"

卡拉·玛丽·巴特利特案是杜邦公司提名的一个风向标案件。卡拉·巴特利特是一位五十九岁的祖母，饮用被全氟辛酸污染的水达十七年之久，已经被诊断为肾癌。我们推测，杜邦公司选择她是因为在数以千计的案件中，她代表了那些潜在损失更低的情况；她的病已经以最低的花费被成功治愈。杜邦公司选择她的案件还有另外一个原因，这一点在后来的交叉质证环节表现得非常明显：她代表着一些原告，杜邦公司认为可以将这些原告患病的原因归结为全氟辛酸之外的因素。也就是说，这个案件对于杜邦公司来说是"最佳案例"，他们想看看陪审团会如何对待这种案子。

我深吸了一口气，从原告席上起身，走向法庭中央的讲台。

"尊敬的法庭，女士们、先生们，早上好！我的名字是罗布·比洛特。"

当听到自己说出的话语回荡在法庭中的时候，我一下子就放松了。就像我曾经千百次想象的那样，我现在终于能够站在陪审团面前，讲述全氟辛酸的故事了。我深吸了口气，缓缓与每一位陪审员对视。陪审团由三位女士和四位男士组成。陪审员们对我眨了眨眼，他们的脸上写满了中立、专注的神情。他们将是倾听整个故事的第一批普通公民。为了让他们理解整件事，我们必须把他们拉回到以前，很久以前，回到巴特利特太太患癌之前；回到最初之初。

"这个案子说来话长，要追溯到几十年前了。"我说道。

我在前一天几乎夜不能寐，但是在庭审现场，我却非常清醒。我在一张黄色的法律文件上潦草地写了几个要点。我穿着我最好的西服，把那张纸从衣服口袋里掏出来，展开，在讲台上摊平。然而我并没有看它，因为我根本不需要。

"诸位即将看到大量文件，它们都有年头了。"

那些文件，我早已烂熟于心。对于证据中那些关键性的文件，上面的每个日期我都能背下来。我还能一字不差地引用其中的内容。这些文件我读了太多遍了，它们都深深地刻在了我的记忆里。

法庭给每一位陪审员都发了一支笔和一个便笺簿，鼓励他们把想要深入研究的文件的识别号码记下来。在案件陈述环节之后，这些文件会被送到陪审团休息室。我希望——也一直天真地相信——如果人们真能读读这些文件，他们就会看到并理解这么多年来我所看到的事情。

此案的焦点在于巴特利特太太的癌症是不是全氟辛酸导致的。然而我想让陪审团了解的是，在漫长而曲折的全氟辛酸故事中，巴特利特太太处在什么样的位置。我希望他们能够了解事情的全貌。

"我们想为诸位提供一些背景信息，"我说，"并告诉大家我们究竟是如何走到今天这一步的。"

如今，厄尔无法到场了，这真的是让人无比遗憾。即便就在当下，站在陪审团面前，在法官和旁听人员的注视下，我也不无遗憾地在想，我连和厄尔告别的机会都没有。唯一能让我平静下来的方法就是让杜邦公司对整件事情负责。这也正是厄尔最想做到的事情。所以，我们必须打赢这场官司。

我必须完成他开启的这一切。

"这一切都要追溯到20世纪90年代末，"我向陪审团徐徐道来，"有一个姓坦南特的人家……"

*　　*　　*

我用五分钟的时间开了个头，然后就把发言的机会交给了帕普和盖理，由他们继续完成开庭陈述剩下的部分。首先发言的是帕普。我看着他自信满满、大步流星地走向陪审团，炉火纯青地驾驭着语言和情感。他洋溢出的个人魅力恐怕能够填满两个法庭。

"女士们、先生们，早上好！"他开始了热情洋溢的陈述，"我来自佛罗里达州北部。我会尽最大努力把话说清楚。不过，我和盖理·道格拉斯不一样，他讲话的速度更快。"

盖理，土生土长的纽约人，他在法庭右侧、帕普背后的原告席上笑了笑。我坐在盖理和卡拉·巴特利特中间，再往右就是陪审团了。在法庭上，原告一般会坐在离陪审团最近的地方，这样陪审员们就能够十分仔细地观察他们。巴特利特太太时不时会靠向我，低语着向我提问。大部分时间里，她都安静地坐着，她不想让陪审团在观察她的时候看到她坐立不安。

在准备庭审的过程中，我了解了巴特利特太太的情况，我很难不喜欢她。她有一双蓝色的眼睛，一头长至下巴的纤细金发，说起话来轻声细语的。她拄着一根拐杖，走起路来有点跛。我们俩交谈的时候，她总是把手轻轻地放在我的胳膊上，搞得我的心都要融化掉了。她有一个十九个月大的蓝眼睛孙子，她对他的喜爱之情溢于言表。

卡拉·巴特利特生于帕克斯堡，在俄亥俄州的乡下长大；那是一个大约有二十个人的小村庄，在华盛顿工厂的河对岸。她是家里五个孩子中最小的一个，她还记得从前家里喝水、做饭用的是从天然泉里打来的水。后来，她的父亲终于为家里挖了一口水井。成年以后，她就开始饮用塔珀斯普莱恩斯公司供应的自来水。她父亲在高速公路上修筑护栏，晚上大多在外面过夜，只有周末才回家。

读高中的那几年，她放学后和放暑假时就在附近的农场打零工，帮忙照料地里的玉米和番茄。二十多岁的时候，她搬出父母的房子，住进了自家田地中的活动房。她为一个家族式房地产企业打工，负责记账。晚上，她在便利店里打第二份工。就是在那里，她遇到了乔恩·巴特利特，她未来的丈夫。

两人结婚那天，新娘的父亲由于患了流感太过虚弱，无法领着自己的女儿走过教堂的红毯。于是，卡拉只好挽着一个小男孩的胳膊，他是新郎在前一段婚姻中的儿子。当时的他几乎还没有卡拉的胳膊肘高。小男孩把新娘送到圣坛前，牧师在那里问了他一个问题："迈克尔，你愿意接受卡拉作为你的继母吗？"

"是的，"他回答说，"我愿意。"

1995年11月，卡拉和乔恩给这个小男孩生了一个名叫亚历克斯的小弟弟。又过了五六周，就在新年前夕，卡拉突然因为腹部疼痛而直不起身来。乔恩把孩子交给朋友们照顾，然后立刻送卡拉去了医院的急诊室。医生说问题出在她的胆囊。不过还有一个消息：X射线检查显示，她的肾上有一个斑点。

很快，她就能向陪审团讲述接下来的故事了。首先，我们得引导陪审团了解科学知识、证据文件，还有管理决策。我们的专家证人将首先做证，奠定框架和背景。然后，卡拉·玛丽·巴特利特将走上证人席，真诚地做证。她会向大家讲述，被迫卷入杜邦公司庞大的人类健康实验是一种什么样的感受。

* * *

在法庭之外，媒体对这个案子议论纷纷。

就在开庭之前的几个月，杜邦公司把特氟龙工厂的业务剥离出去，成立了一家名为"科慕"的新公司。在这件事情发生前，曾有股东指责公司运作效率低下——分拆伴随着"精简"（其实就是"裁员"）。不过乍一看到这则新闻，我担心的是他们这么做是想逃避责任。类似的事情在几年前也曾发生过，当时一家名为"科麦奇"（Kerr-McGee）的能源公司被指控出于故意或是疏忽，而使工会活动家凯伦·斯克伍德遭受钚污染，该公司于是剥离出一家叫"特诺"的新公司。后来，由于母公司造成大规模环境破坏，产生了巨额债务，特诺公司终于还是在重压之下破产了，这个事件也使科麦奇公司变得声名狼藉。尽管法庭最终裁定，这种分拆属于欺骗性交易，母公司必须承担责任，但噩梦般的法律纠纷还是持续了好几年。我不希望这种情形再次出现。在我们的案件中，我们终于迫使杜邦公司确认他们将持续为任何庭审判决负责。不过，随着审判工作的推进，令人不安的猜测已经在金融市场中流传开来：科慕公司是否有足够的经济能力来担负潜在的债务？

华尔街对此也并不乐观。一位诉讼分析师估测，科慕公司的债务总额可能高达四亿九千八百万美元。不同公司的另一位分析师说，只要债务金额超过五亿美元，科慕公司就会破产。从股票市场的角度看，投资者也同样持悲观情绪。6月以来，科慕公司的股票价格已经下跌了57%。

很多人还把我们的案件和20世纪90年代的大烟草公司诉讼案做了比较，后者在美国的法庭上仍然悬而未决。在我们的案件中，最初的集体诉讼解决了一般因果关系问题。借大烟草公司诉讼案的例子打个比方：在后续的案件中，集体诉讼成员不需要再去证明"一般"而言，吸烟会导致癌症。这是一个既定情况。不过，他们仍然需要证明具体因果关系——致癌的因素是多种多样的，具体到某个原告而言，导致其罹患癌症的是吸烟，而非其他因素。

* * *

"这个案子很容易分析，"帕普对陪审团说，"杜邦公司对于这种产品的危险性了解多少？还有，他们用了多久就了解这一切了？"

接着，他开始向陪审团概述，在接下来的几周时间，我们将会展示怎样的案情，以此证明杜邦公司应为巴特利特太太受到的伤害担负法律责任。他着重强调了我在过去的那些年里发现的几十份文件，并向陪审团解释这些文件是如何被拼起来的，它们就像一幅巨大的拼图，我们会在陪审团成员眼前，把这幅拼图拼起来。

我注视着帕普，听着他给陪审团讲故事，我一直强忍着才没有放声大哭；我被一种强烈涌上心头的、悲喜交加的情绪所震撼，生怕自己会在法庭上，在陪审团面前情绪失控。接着，我慢慢意识到：我终于看到了自己辛苦揭露并整理出的每一样东西，它们都被公之于众了。那些用来挖掘文件的日日夜夜，那些年复一年的等待，围绕可以想到的每一个法律问题、每一份证据而做的所有动议、案情摘要、辩辞，所有依靠我寻求正义的人：就是这一切。一切都归于陪审团此刻正从帕普口中听到的故事。审判之日最终还是到来了。

就在我努力让自己保持镇定的时候，帕普完成了他对杜邦公司罪责的概述。接着，盖理取代他在陪审团面前继续陈述。他要讲述的是一个更加个人化的故事：杜邦公司的所作所为——就像帕普刚刚讲述的那样——令巴特利特太太遭受了怎样的痛苦和伤害。在听盖理讲述巴特利特太太的悲惨遭遇时，我想到了成千上万的人，他们需要我们的团队来做这些，而我那似乎没有尽头的奋斗旅程现在总算可以看到终点了。我只能祈祷结局是正义的。

* * *

开庭陈述结束之后，真正的庭审工作就开始了。在接下来的三个星期内，我们请专家和其他证人出庭讲述全部真相，并展示相关证据，证明杜邦公司应该为全氟辛酸灾难负责。为此，我们必须证明四项基本事实：

第一，义务。杜邦公司是否有合理注意义务，理应留意不令巴特利特太太和其他集体诉讼成员受到伤害呢？

　　答案似乎是显而易见的，但该问题还是引发了一场激烈的争辩。

　　我们的观点是，杜邦公司明知全氟辛酸有毒，他们有责任不使这种化学物质污染公共饮用水。一旦意识到水被污染，他们就有义务马上进行披露。"他们原本可以做一件很简单的事，"帕普说，"向人们发出警告，给他们一个选择机会。"

　　杜邦公司则声称他们"从来都不知道，也没有预料到……在工厂以外发现的全氟辛酸浓度较低，却会对社区居民构成伤害"。杜邦公司辩称，他们"从来不知道，也不应该知道"接触全氟辛酸是有害的，或是有可能有害。

　　这就是杜邦公司的辩白基础，还是那一套：我们不知道！

　　义务中的一个要素就是可预见的损害。在这种情况下，一家合情理的公司能够预见该化学物质有可能对原告造成伤害吗？

　　达蒙·梅斯，杜邦公司的首席庭审律师，这样告诉陪审团："诸位在查看杜邦公司内部人士于特定年份做出的决策的时候，不应该受到《20/20》节目后见之明的影响。诸位需要关注的是，在做出决策的时刻，那些人对情况的了解程度如何。"

　　我们指出，杜邦公司知晓全氟辛酸具有潜在危险性的时间不晚于1984年，但是他们仍然决定继续使用和排放全氟辛酸，对环境保护局隐瞒毒性数据，并对政府和民众隐瞒水污染的真相。彼时距离1962年的大鼠实验已经过去了二十二年，那次实验显示，大鼠接触全氟辛酸之后，肾脏和睾丸都会增大；距离1978年的猴子实验也过去了五年多的时间，在这次实验中，被注射高剂量全氟辛酸的猴子全部死亡；同时期的另外一项鼠类实验也显示，受试动物的肾脏和睾丸增大了；而在1982年，杜邦公司的医学部主任就曾发出警告，使用和排放全氟辛酸"可能在当前或者未来给当地社区带来极大的接触隐患"。

　　在杜邦公司看来，所有这一切都不足以预见该物质对当地社区居民的潜在伤害，譬如说巴特利特太太的情况。达蒙·梅斯指责我方的证人是

"放马后炮的人"。

第二，破坏。在类似的情况下，一家合情理的公司是否会像杜邦公司那样行事？

我们的专家证人证明了一家合情理的公司在那种情况下会知晓什么，会如何处理这一切。他们解释说，杜邦公司的这种破坏行为已经远超严重疏忽的范畴。他们不仅没有向公众发出污染预警，还采取行动隐瞒此事。

"在他们了解到毒性之后，在他们明白什么是生物持续性之后，在他们知道实验室中的癌症病例之后，"帕普对陪审团说，"他们竟然还告诉公众'不用担心，没有任何问题'。"

杜邦公司始终如一，重复着他们多年来一直坚持的套话：当时在社区饮用水中发现的全氟辛酸属于痕量级，公司没有理由预见到这种水可能给饮用它的人造成伤害。

第三，损失。原告是否遭受了实际的伤害或损失呢？

我们会请出巴特利特太太，让她自己站到证人席上回答这个问题。

第四，直接原因。杜邦公司的行为（或疏漏）是否能够直接导致巴特利特太太罹患癌症呢？

我们提醒陪审团，在本案中，这一问题已经被一个科学团队解决了（指我们的科学专门小组，以及他们的研究结果），因此我们不需要在这里争论这个问题了。关于因果关系，唯一需要争论的是具体因果关系：导致巴特利特太太罹患癌症的实质性因素是否是饮用水中的全氟辛酸（而不是其他东西）。在这一点上，我们和杜邦公司存在严重的分歧。"全氟辛酸能够导致肾癌，"达蒙·梅斯说，"但这并不意味着巴特利特太太的癌症就是它造成的。"

*　*　*

在之后的数周里，我们的证人出庭作证，并接受杜邦公司的交叉质证。最后，终于到了卡拉·玛丽·巴特利特站上证人席的时候了。

　　她看上去很是紧张不安，但是盖理·道格拉斯温和地引导她讲出证词，在回答过几个关于她童年生活的问题后，巴特利特太太似乎就放松下来了。当她开始讲话时，我仔细地注视着陪审团。

　　巴特利特太太解释说，医生们发现她肾脏上面的斑点后，就要求她定期进行随访。那个时候，她更担心的是她的小儿子，他出生时就患有双侧疝气。亚历克斯在只有几个月大的时候就需要做手术。有的医生说这种手术得抓紧做，有的则说孩子还是太小了。

　　孩子长大一些后就做了手术。情况似乎都变好了，但是紧接着卡拉的母亲突然毫无征兆地去世了。她发现自己要面对一个幼小的孩子，一个大一些的儿子，以及极度的悲伤。"我只能把自己的事情往后放了。"她说。她的丈夫乔恩是一名卡车司机，每周都在外面跑运输，只有在周末才能回家。因此，当医院打电话来，叫她去做X射线检查的时候，她想把时间往后推一推。"我真的没有时间，"她说，"我刚有了孩子。有很多事情等着我去做。"

　　她永远都不会忘记电话那头的回复："你要是不去做检查就没有时间了。"

　　在接受X射线检查后，医院又一次给她打了电话。"巴特利特太太，"电话那头说道，"你肾脏上的斑点……他们有98％的把握是癌变了。"

　　我看得出来，她已经开始激动了。盖理也注意到了这一点，并希望陪审团能够理解。

　　"巴特利特太太，当时你的脑海中在想些什么呢？"

　　"极度的恐惧。我实在是太担心了，因为到了那一刻我才意识到，你懂的，我——我极有可能患了癌症，我可能再也不能陪伴家人们了。"

　　"你在接到那通电话之后又做了什么呢？"

　　"我开始发抖，我真的害怕极了。我打电话给我丈夫乔恩，告诉他我得去詹姆斯肿瘤医院找一位医生，找一位专家去看病。"

　　"你当时多大年纪呢？"

"我那时四十一岁。"

"听到那种话是什么样的感受呢？"

"当你听到'癌'这个字的时候，你无论如何都会害怕。但是如果你听到这个字和你有关，那感觉就更糟糕了。我当时唯一能够想到的就是……没法儿再和家人们在一起了。"

她肾脏上的斑点已经变成了一个葡萄大小的肿瘤。"肾细胞癌。"医生们这样说。病灶在早期就被发现了——还在 I 期——然而切除它却需要"把病人从中间切开"，医生们是这么说的。

盖理继续引导她，讲述那天她丈夫乔恩开车载着她，赶了两个半小时的路，去哥伦布的一家医院接受手术。在一路上她都在想些什么？车里弥漫着怎样的寂静？

"我当时——当时害怕得要命，"她说，"但我一直忍着不哭出来，因为我丈夫——他已经够难过的了。"

当他们把她推进手术室的时候，乔恩一直陪在轮床旁边，直到医生不让他再往里走。

"在那种时候，你会听到别人说'我爱你'。他说：'一切都会好起来的。'我说：'我也爱你。记住，万一发生什么事情，一定要让孩子们知道我爱他们。'"

法庭副书记员递给她一张纸巾。

"我记得我抬头看着头顶的灯，他们对我说：'现在我们要让你睡觉了。等你醒来的时候，一切就都过去了。'这就是我能记住的最后情景，我抬头看着灯，虔诚地祈祷：'上帝啊，请发慈悲吧！让我好起来吧！'"

"巴特利特太太，你清醒之后的第一个记忆是什么？"

"哦，疼痛，"她说，"疼得不得了。我这辈子从来没有这么疼过。"

她接着描述了干呕、吻合器和引流管。她还提到自己的宝宝第一次来看她的时候，如何转过头去用手捂住脸。那是另外一种痛苦。

从此，疼痛就成了她生活中的新常量。她有好几个月的时间都在一张可调式躺椅上睡觉，因为一旦平躺着就疼得受不了。一天，她站在镜子前面，撩起了衬衫，然后她想：哦，老天啊！

盖理决定不要求她为陪审团展示她的伤疤。"你能描述一下那个伤疤是什么样子的吗？"他说。

她用手指从腹部沿着身体划到了后背："很大，而且很丑。"

伤口终于愈合了。过了一段时间，疼痛也消失了。然而，恐惧却将一直萦绕于心头，不会散去。

"这就是癌症。它是会卷土重来的。这个伤疤每天都会提醒我。"

"和从前相比，你现在越来越害怕癌症复发？"

"我本来以为一切都会变好的……现在我也不敢确定了。"

"为什么会这样呢？"

"因为我发现自己的身体里有全氟辛酸。"

2005年，巴特利特太太走进了布鲁克马公司的活动房进行血液检测，她的结果是19.5ppb。这也就意味着她血液中的全氟辛酸浓度，比绝大多数美国人都要高。

我坐在律师席上，看着证人席上的卡拉，一种强烈的悲伤搅动着我的五脏六腑。我在想，看看杜邦公司都对这位女士做了些什么。看看他们对厄尔、对桑迪、对所有的人做了什么。交叉质证环节开始后，我的悲伤立刻就转变为愤怒。

在交叉质证环节，杜邦公司为陪审团请进了一副新面孔。斯蒂芬妮·尼豪斯是一位四十岁上下的女性，是翰宇国际律师事务所纽约办公室的合伙人。杜邦公司一直派她参加争议不断的庭前会议。在会议中，每一条证据、每一个判例、每一个问题中的每一个细节都会引来她的争辩。

但到目前为止，在正式审判中，她还没有在陪审团面前发过言。从陪审团到场的时候起，她就和杜邦公司的团队一起安静地坐在律师席上。现在她站起身，要开始对巴特利特太太进行盘问了。

我们已经从庭前动议中得知，在对具体因果关系进行辩护时，杜邦公司的主要论点是导致巴特利特太太罹患癌症的是"其他东西"。那么"其他东西"又是什么呢？肥胖。简而言之，杜邦公司准备辩称，巴特利特太太患癌并不是因为多年来喝了含有大量全氟辛酸的水，而是因为她太胖了。

我猜测，杜邦公司实际上是认为，这种观点如果从一个年轻苗条的女律师口中讲出来，会更有说服力。这可不是什么好事啊，我赶紧打起精神。

"是否可以这么来讲，虽然你的体重会发生波动，但是你成年后的平均体重在二百五十磅左右？"

"是的。"

"好的。你的身高大约是五英尺六英寸，对吗？"

"我想大概是的，对。"

"好的。一段时间以来，你的医生是否建议过你减重或是降低体重指数呢？"

"我肯定—— 也许—— 是的。"

她的策略是显而易见而又防不胜防的。

巴特利特太太强忍着就快溢出眼眶的泪水，以她能做出的最优雅的姿态忍受着这种屈辱。我在一旁看着这一切，感到自己的愤怒就要升级成狂怒了。

这些人是公司违法行为最可怕的代价。这种代价根本不会被计入任何账单，巴特利特太太的癌症并不是企业数学中的一部分。

*　*　*

在我方专家的帮助下，我们带领陪审团在科学、工业和医学中进行了一次为期三周的"旅行"。通过备忘录、电子邮件和会议记录，我们为陪审员们提供了一次难得的机会，去仔细观察一家大型化学公司背后的种种。借助内部研究资料，我们游历了哈斯克尔实验室。

通过杜邦公司医学部主任布鲁斯·卡尔博士、流行病学家威廉·费耶韦瑟博士的录像证词，以及伯尼·雷利和约翰·鲍曼的陈述，陪审员们已经了解到，雇员们都在努力说服杜邦公司的管理层，希望他们去做正确的事情。我们还向陪审团展示了无可争辩的证据，这些证据引自杜邦公司的内部文件，指明了公司的决策者们对雇员的呼吁置之不理。

我们向陪审团呈递了数百份不言自明的文件，杜邦公司把这套文件称为"恐怖游行"。陪审员们看到了名为"连点成图"的备忘录，里面写得很明确："能不能用一种策略，将信息传播量最小化呢？"他们也读到了伯尼·雷利写给他儿子的电子邮件，雷利在信中用最直白的外行话描述了逐步升级的事态。陪审团已经了解，杜邦公司的律师团队害怕公司会面临巨额的惩罚性损害赔偿。我们是有理有据的，我对此信心满满。我方已经说明了过失的四项基本事实。我们也已经把何人、何事、何时、何地等细节，以及整件事是如何发展的讲明白了。但是还需要讲清另一个问题，以敲进最后一颗钉子来盖棺定论：什么原因？

这一问题的核心是一个可怕的真相。"他们有其他选择，"帕普告诉陪审团，"他们知道这是可行的。但是，他们也知道问题出在成本上。"

20世纪80年代，随着越来越多的证据表明全氟辛酸会污染饮用水，并累积在人类的血液中，杜邦公司成立了一个特别内部小组来调查这些问题，并评估其解决方案。其中最为明显的举动就是去探索一种全氟辛酸的替代物。他们曾经在生产线上做过测试，评估替代物的性能。哈斯克尔实验室负责检测毒性。业务部门则负责分析成本。

早在1983年，杜邦公司就认为他们已经找到了一种可行的替代物。

这种物质叫调聚物B磺酸，或是TBSA。据悉，这种物质在化学性质上和全氟辛酸不同，但具有相似的表面活性剂属性，在工业烘炉中进行热处理时，可以分解为"被推测无害的副产品"。该物质在血液中的累积能力与全氟辛酸非常类似，但是它的毒性似乎小了很多。然而，内部人士也提出他们还需要更多的毒性测试和血液数据。调聚物B磺酸的一个问题是，它在不同产品中的性能并不稳定。

　　另外一种解决方案涉及销毁或是处理全氟辛酸。该物质最初的生产商3M公司已经为杜邦公司提供了明确的处置指导信息：将其焚烧，或是弃置在专门用于接收化学废物的设备中。另一个选择就是"洗涤与回收"，这种方法能够把全氟辛酸收集起来，以备他日之用。

　　事情的关键点在于，杜邦公司当时是可以选择的；他们本可以采取措施，解决全氟辛酸的安全隐患问题。这些可行的选择都有很好的前景，只不过需要花钱。在华盛顿工厂，启动热破坏设备需要投资一百万美元，后续还有每年一百万美元的运行成本。实施整套流程需要一年半甚至两年半的时间。洗涤与回收则需要花费更多：三百五十万美元的前期投入，一百五十万美元的开发成本，还有每年二百五十万美元的支出。这种方法需要的时间也会更长：四到五年时间。但是如果回收的全氟辛酸能够被再利用，就有可能实现收支平衡。

　　我们提示陪审团正确看待上述成本。杜邦公司的文件显示，华盛顿工厂每年的运营预算就接近六亿五千万美元。从这个角度来看，那些备选方案的成本似乎就微不足道了。

　　我们希望这一事实能够产生共鸣：早在全氟辛酸进入环境之前，杜邦公司就知道如何消除它。

　　这看起来就是一个非常容易理解的问题了，一个合情理的公司在获知以上信息之后会怎样做呢？尤其应该考虑的是其中的风险：全体社区居民的健康，也包括杜邦公司自己的工人，用这些和相对低廉的额外支出相比。

　　那么，杜邦公司最后做出了什么样的选择呢？热破坏，还是洗涤与回收？

　　都不是。

　　帕普非常郑重地取出一份字迹潦草的会议记录，那是杜邦公司1984年举行的一次有关全氟辛酸的行政会议，我一直等待了这么多年，就是为了把这份文件展示给陪审团。根据记录，有人在会议上表示，如果停用全氟辛酸，"那么从长远发展看，杜邦公司的'生义'将受到极大威胁"。

"他们甚至可以不使用全氟辛酸，"他告诉陪审团，"你们可以看到，他们使用全氟辛酸的唯一原因是想省钱。这么做就等于极力削减开销，极力提高利润。"

如果杜邦公司当初采用了那些替代方案，那我们今天就不会聚在法庭上，用手指比量着伤疤。

整个事件都是可以避免的。但是，杜邦公司发现费用太高。于是，现在诸如巴特利特太太这样的人就要为此付出代价了。

"这就叫把成本外部化，"帕普说，"这么做你是可以赚到大钱，但最后得上法庭。"

*   *   *

在结案陈词中，杜邦公司的达蒙·梅斯律师说我们这个案子是空中楼阁。与帕普和盖理一样，他在做最终陈述的时候也流露出满满的自信。

"就在三个星期以前，我站在诸位面前，告诉诸位我已经证明了三件事情。第一，在杜邦公司，没有任何一个雇员认为他的行为有可能伤害到巴特利特太太或是社区的任何一位居民。第二，杜邦公司对此毫无责任。在巴特利特太太的事上，公司并未违背任何法律义务。第三，巴特利特太太的肾癌实际上是其他因素引发的，并不是杜邦公司的员工造成的，这一点我们已经解释得很充分了。

"有持续性并不等于会造成伤害。"他说，这是他在案件中的主要论调。他又重申了另外一点："不能仅仅因为全氟辛酸能够造成肾癌，就判定是它导致巴特利特太太患上肾癌。"

接下来，他又讲了一些几乎让我震惊的话："我们要向巴特利特太太的律师们发出战书。请他们从和本案有关的八百万页材料中，给我拿出来一份文件——一份就好——告诉我，这份文件中写了杜邦公司的哪个人，说自己估计社区中的任何人都会受到伤害。

"想必你们对这个诉讼案有所耳闻也有很多年了，我都数不过来，有多少律师每天跟杜邦公司对着干，他们仔细挖掘，不放过每一个角落和缝隙，每一个文件柜，每一个抽屉，每一台个人电脑，只要这个人干的活儿和全氟辛酸有关……

"女士们，先生们，你们可以用显微镜去看每一封电子邮件，哪一封里你都找不到这样的说法，说估计到全氟辛酸会伤害任何人。"

我望向帕普，他正准备站起来。我们俩都知道，他胸前的口袋里叠放着秘密武器。

我是在几天前的夜里发现它的，当时我又一次在一大摞重要文件中翻阅、挖掘。在庭审中，杜邦公司反复灌输一个论点：他们就是按3M公司——全氟辛酸头五十年的制造商——的建议去做，而且3M公司也从来都没有告诉过他们自己有理由怀疑全氟辛酸会带来健康隐患或风险。于是，我翻出了3M公司的旧文件，又把它们完完整整地过了一遍。我翻到一份多年前就发现的文件，这份文件我读了得有一百遍了。在第一百零一次阅读中，我发现了一样一直出现在我眼前的东西。就好像有人用聚光灯照着它一样，它一下子清晰地呈现在我面前。

"你知道，"我在第二天上午告诉帕普，"我又在看那些文件了，并且发现了这个。"我把那份文件递给了他，"我觉得它可能会帮我们一个大忙。"

帕普从头到尾浏览了一遍，然后看了我一眼就笑了起来，就好像他刚刚把剑从石头上拔出来了。我们决定在最后一个证人面前简短地展示一下这份文件，这样它就能被记录为案件的证据；不过，直到最后的辩驳时刻，我们才会强调它的重要性。这将是最后的惊喜。

于是，当达蒙·梅斯完成结案陈词，不再陈述案情时，帕普气势十足地走回陪审团面前，头发上似乎都在冒火。他带着一种古怪的表情走向陪审团，在情绪和肾上腺素的作用下，他的脸涨得通红。

"梅斯先生刚才对我说：给我拿出来一份文件。"

帕普转身盯着被告席，杜邦公司的律师们和内部科学家罗伯特·理查德正坐在那里。他从上衣兜里取出那份文件，很夸张地把它展开："梅斯先生，理查德先生，文件就在这儿。"

这是3M公司1997年的材料安全数据单，这份单据详细记录了3M公司将材料特性、接触风险、健康危害等信息都发送给了杜邦公司。帕普开始读这部分内容："警告：含有可能致癌的化学物质。"这里指的是哪一种化学物质呢？全氟辛酸。所以，这表明3M公司早在1997年就明确地告知杜邦公司，全氟辛酸可能致癌。

帕普转过身来，面对着陪审团，晃动着手里的文件。我们把它投射到法庭的大屏幕上，让每个人都可以看到。

"'给我拿出来一份文件'，对吗？"他说道，"拿去吧。好好读读吧！"

杜邦公司的律师们看着这份文件，无法掩饰他们的恐慌。我看到他们都在认真地读这份数据单，他们似乎认为，如果读得足够仔细，"致癌"这两个字就会消失似的。

帕普的雷霆一击大显威力，他旋即挺入终章："我希望杜邦公司听明白我的话。我希望他们听明白，在我们国家，没有任何一种制度提到某个公司可以因其规模巨大而免于承担责任。"

我仔细观察着陪审团，试图从他们脸上读出些什么。有没有那么一丝丝的认可呢？我怕自己太过乐观了。你永远都不知道陪审团会有什么样的决定。

帕普说："你们敢说能接受杜邦公司这么对待俄亥俄河沿岸的那些人？如果这样都行的话，制度就完全崩溃了。愤世嫉俗者是对的。"

* * *

2015年10月7日下午四点，在经过不到一天的审议后，我们被告知陪审团已经有结论了。我既紧张又焦虑，觉得自己都要生病了。终于到来了！我一直为之奋斗的一切，十六年来我都执着于此，现在终于到了这一刻。我们依次进入法庭，和巴特利特太太一起在律师席上就座。

我们等了几分钟，我却觉得像几个小时那么漫长，然后我们起立，迎接陪审团入内。陪审团落座后，法警进来举起了法槌。当索格斯法官进入法庭的时候，我们再一次起立。我担心双腿无法支撑自己。我的神经处于完全紧绷的状态。我甚至害怕这种强烈的焦虑会令我的病症发作，又或者，我这种来势汹汹的情绪会被陪审团留意到。

"女士们，先生们，大家下午好。"索格斯法官对陪审团、对我们、对旁听席说道，旁听席上的人甚至比庭审第一天的时候还多。

他请陪审团主席起立。

"先生，我的理解是本案已经有结果了，对吗？"他问道。

"是的，法官阁下。"

周围传出一阵嗞嗞声。这位陪审员按照指示，把判决文件亲手交给法庭副书记员，再由这位副书记员站在那里，用一种平缓、公事公办的语调当庭读出来。

"民事诉讼C2－13－170，卡拉·玛丽·巴特利特诉杜邦公司。陪审团裁决如下：你是否支持巴特利特太太的过失索赔诉求？答：是的。七位陪审员签名。"

我赶紧垂下了头，生怕别人会看到我在颤抖。

"如果你主张巴特利特太太胜诉，那么你认为在过失索赔中，巴特利特太太有权获得怎样的损害赔偿？答……"

法庭副书记员停了下来，看向法官；法官向他招手，示意他到法官席那边呈交文件。法庭副书记员把文件展示给法官，法官点头允许他继续读下去。

"答：一百一十万美元。七位陪审员签名。"

索格斯法官又打断了他，转向陪审团提出了一个问题："文件上面的字写得不太清晰，请问诸位，刚才的数字读得没错吧？"

"没错。"陪审员们回答道。

"陪审团裁决。"法庭副书记员继续读道，"你是否支持巴特利特太太就其精神伤害提出过失索赔？答：是的。七位陪审员签名。"

"如果你主张巴特利特太太胜诉，那么你认为她有权获得怎样的精神伤害赔偿？答：五十万美元。七位陪审员签名。"

总计一百六十万美元，这是杜邦公司要为伤害她付出的代价。

陪审团和法官离开法庭时，我还坐在那里，惊魂未定，还不停地颤抖。我知道此时如果开口说话，我可能会哭出来。我站起身来，向我的团队，特别是巴特利特太太表示祝贺。谢天谢地，此刻不需要任何语言。她给了我一个大大的拥抱。

我的心里五味杂陈。这么多年过去了，如此繁重的工作，这么多人参与。然而就在眨眼之间，一切就都改变了。我需要一些时间来消化这一切。

但是，时间并不是我们想要就能有的东西。下一轮庭审几星期之后就要开始了。

34

终极清算

在12月一个只有华氏三十一度的日子里，我打着哆嗦，站在西弗吉尼亚州的一块空地上，可怜兮兮地等着摄影师拍照。萨拉为我买了一件新大衣，让我穿着拍照，但是被我忘在了家里。我习惯性地随手抓起了旧大衣，上面少了一颗扣子，沾满了猫毛，还一点儿都不保暖。我们已经在室外待了好几个小时了。

此次的照片是为一篇即将刊发的媒体报道拍的，报道的内容主要是全氟辛酸事件。跟媒体打交道总是让我紧张不安，这次也不例外。一般来说，我会把和媒体打交道的任务愉快地留给我的协理律师们。一位名叫纳撒尼尔·里奇的记者邀请我接受采访，他正在给《纽约时报》撰写一篇报道，我是不情愿的。

但是我又想到，事实上环境保护局还没有对全氟辛酸进行监管，全国其他地方的人并没有意识到自己的饮用水也有被污染的可能。于是，我重新考虑了一下。在《纽约时报》上出现一篇报道，解释并强调该问题，有可能让更多的人意识到眼前的公共健康威胁。这也许能敦促环境保护局最终采取行动。不过我真的不知道《纽约时报》对此事到底了解多少。几经挣扎之后，我终于还是同意抓住这个机会，和纳撒尼尔合作。和他聊聊，接受一次采访也不是一件坏事，但是面对镜头站在冷风中却真的让人极为痛苦。

在得到吉姆和黛拉的允许后，我们来到了他们家附近。摄影师想在这个地方为我拍几张照片，因为这里是整个全氟辛酸事件开始的地方。我站在一片空荡荡的草场边上，这里曾经是牛群开心吃草的地方，此时我不禁想起厄尔和桑迪。一切都物是人非了。

在我身后是莉迪亚·坦南特的二层房屋，眼下空无一人，而且看上去黑黢黢的。旁边的畜棚和粮仓也是一派萧条景象，这些可都是全家人当时辛辛苦苦亲手搭建起来的。在本世纪早期，厄尔最小的女儿艾咪曾经和她的丈夫，以及两个年幼的孩子一起住在这栋房子里。然而在干淌河垃圾填埋场的问题出现之后，他们还是决定为了安全起见搬离农场。艾咪遭受着偏头痛的折磨，两个孩子也都有健康问题。

* * *

能再次见到吉姆和黛拉真是太好了，他们俩在拍摄过程中一直陪着我。现在，趁着摄影师正准备拍摄最后几张照片，他们躲进小货车中取暖。

在帕克斯堡，大部分居民都团结起来支持集体诉讼，但在巴特利特的案子宣判之后，还是有一些杜邦公司的死忠粉时不时地冷落吉姆和黛拉，或是看见他们走进来就故意离开。把健康放在首位的人与把经济放在首位的人之间的关系很紧张。在"小猪扭扭"超市的货架前，在西铁炉餐厅的桌子之间，我都能感受到这种紧张关系——我到镇上时，吉姆夫妻俩带我去那里吃饭。

"我并不想把经济凌驾于健康之上，但是一旦杜邦公司关门，人们就会纷纷离开这里了。"贝尔普里的市长这样对《华盛顿邮报》的记者说道，"在C8这桩案件中，其实没有赢家，人人都是受害者。"

在我们的集体诉讼案中，贝尔普里是六个受污染的区域之一，但是迈克尔·洛伦茨市长说，他仍然每天饮用自来水。他还说，在他认识的人里，没有得那六种病的，并且声称，"在贝尔普里，每个社区都有杜邦公司的雇员或退休人员"。

洛伦茨市长仍认为杜邦公司是"一个了不起的邻居"和"社区的财

富"。但是其实，他大半生都在为化工厂效力，他在当地的壳牌公司工作了二十六年。

"我坚信，如果我生病了，他们把我切开，发现我体内满是原油，那么公司一定会照顾我的。"他说，"与公司合作比跟他们打官司强。"

他说自己对巴特利特太太并没有意见，不过他个人认为，那些受到全氟辛酸影响的人"本来就有健康问题"。

"C8事件闹得过火了。" 洛伦茨说。当然，他并不了解所有的情况。他还会告诉你，他认为此次诉讼案的最大受益者是："律师们"。

虽然这是一种常见的误解，但我们的情况完全不是这么回事。最初的集体诉讼是在2004年和解的，已经过去超过十一年了。在这十一年中，我们产生了巨额额外费用，有在帕克斯堡、新泽西州和明尼苏达州的案子中产生的，还有科学专门小组广泛开展各项研究工作时产生的。2013年，案件进入跨地区诉讼的新阶段，我在这个案件上花费的时间甚至比以前还要多，也给律所带来了更高的成本。案件产生了数以千计的工时，实付费用越来越多，却没有相应的收入。

作为一名合伙人，我的薪资在很大程度上取决于我对公司的盈利贡献；年复一年，我花公司的钱越花越多，这令我到手的工资一年比一年少。

诚然，我们以一百六十万美元打赢了巴特利特太太的案子，但是律所仍然没有收到报酬。很明显，我们可能一时半会儿还不会收到钱，因为杜邦公司对判决提出上诉了。所以，我去帕克斯堡的时候还是住在红屋顶酒店，还是在西铁炉餐厅用餐，还是开着我那辆累计里程已经高达二十万英里的1990年款丰田赛利卡汽车。每当读到有评论说律师们通过全氟辛酸"暴富"时，我都只能保持缄默。

我希望人们都能看到更广阔的图景：十几年以来无法计费的工时，联络七万名原告的开支，还有实验花费的数百万美元。即便拿到了赔偿金，你也必须先偿还那些待付的费用，把剩余部分分给各个律所，再由每个律所的合伙人分配。（与印第安纳波利斯和芝加哥的律所合并后，我的律所里现在有很多合伙人。）因此，剩余的部分绝对不像很多人想象的那样是一大堆的财富。

我并没有和《纽约时报》谈这些。我希望报道专注于全氟辛酸问题，而不是大型律所的内部运作。然而，《纽约时报》的报道过程就像永无止境似的，先是面对面采访，最后事实核查员还打来了数十通电话。眼下他们需要一张照片，也不知道怎么回事，这就占用了一整天的时间。

那天到傍晚的时候，我还站在户外的拍照场地上。我的脸、手指和脚趾都因为寒冷而完全失去了知觉，而且天也开始下雪了。我再也挤不出一个微笑了。

"再来几张……"咔咔咔。

我又累又冷，筋疲力尽。我的脸上写满了痛苦的神情。当然，这种照片是他们想要的。

当得知他们不仅打算报道这件事，还准备让它成为《纽约时报杂志》的封面报道时，我震惊了。"成为杜邦公司最大噩梦的律师其人"——2016年1月6日，当看到报道的标题时，我着实吃了一惊。

然而，这则报道带来的最出乎意料的结果是，许多人花时间写信诉说感谢之情。我的收件箱中塞满了信件和电子邮件，它们中大部分来自我完全不认识的人。我尽力去回复并感谢每一个和我联系的人。我深受感动。每次收到新邮件，我都会把它们打印出来带回家，与萨拉和儿子们分享。很快我就拥有了一大摞打印件，像一本电话簿那么厚。萨拉和我把它们带到附近一个安静的餐厅，一边吃吃喝喝，一边阅读其中的内容。"即便这个案子不再有其他的结果，"她说，"光是这些也值了。"

媒体曝光带来了另外一个启示性的反应。我们律所的合伙人都带着惊讶和好奇来跟我接触，数量之多令我感到震惊。他们中的许多人是最近才通过一次合并加入我们律所的，因此并不完全了解我这么多年来的工作内容。

我的老上司汤姆·特普已经是塔夫托律师事务所的执行合伙人了。他把那本杂志的封面和里面的报道裱起来，在一次合伙人会议上送给了我。

我对它的喜爱程度甚至超过了那只特氟龙煎锅。

＊　＊　＊

随着巴特利特一案的宣判，杜邦公司首次被认为对全氟辛酸这个麻烦负有直接法律责任。风向标案例的判决结果——包括陪审团指定的具体伤害赔偿——给杜邦公司提供了信息，他们一直声称需要这样的信息，以便评估其余的人身伤害案。

与集体诉讼中的其他成员相比，卡拉·巴特利特血液中的全氟辛酸浓度不是最高的。她居住的社区距离华盛顿工厂还有一段距离，在这样的社区，饮用水中的全氟辛酸浓度也不是最高的。她的癌症在早期就被发现了（属于I期）。在手术之后，她没有任何并发症，也不需要化疗，而且二十多年来没有复发。由于当时医院把她划为慈善病例，她并不需要自己支付治疗费用。

与其他案子相比，这个案子并不是很惹眼，如果说这样的官司杜邦公司都输了，而且被陪审团判赔一百六十万美元补偿性赔偿金，那么这里面传递出的信息就很明显，也很有力了——杜邦公司对此事负有责任是一个基本事实。然而，就在陪审团做出裁决之后的不到二十四个小时，杜邦公司和科慕公司同时告诉媒体和公众，该案件的结果实际上验证了他们的立场。杜邦公司的发言人格雷格·施密特这样解释道：陪审团并未裁定额外的惩罚性损害赔偿，这就"验证了杜邦公司的立场，公司从来没有故意忽视西弗吉尼亚州帕克斯堡工厂附近的居民及其他生物。公司认为，在处理全氟辛酸的过程中，自己的做法始终既合情合理，又极其负责；在使用全氟辛酸时，自己一贯根据业内及监管机构掌握的健康与环境信息行事"。

科慕公司的代表詹妮特·史密斯应和了杜邦公司的观点："杜邦公司使

用全氟辛酸已经有悠久的历史了，我们坚信，他们在每一个阶段都行为合理，并且极有担当；他们一直把工人和社区居民的安全放在绝对的首位。"

根据这两家公司的说法，陪审团对任何责任和损害赔偿的裁决都是错误的，他们要上诉。

完整的故事终于呈现在陪审团面前。陪审员们终于了解了厄尔早在将近二十年前就竭力想要揭露出来的真相。他们也了解了我多年来一直为之奔走呼喊的事实。他们也抓住了要点。

现在看来，唯一拒绝面对现实的就是杜邦公司了。如果必须判他们支付惩罚性损害赔偿金才能让他们心服口服的话，那我们会在下一次庭审中加倍努力，让他们如愿以偿。

* * *

2016年夏天，我们把下一个风向标案件呈递给陪审团。戴维·弗里曼是一位大学教授，他一直遭受着睾丸癌的折磨。手术保住了他的性命，却让他失去了一侧的睾丸和腹腔里的几个淋巴结，那次手术的严重程度绝不低于卡拉·巴特利特经历的手术。

我们的优势在于这个案子的基本事实和上一个是相同的，比如，全氟辛酸的属性和杜邦公司的决策。所以，我们略微调整战略，完善演示文稿，并根据弗里曼先生的特殊情况调整框架就可以了。不过，我们这次进一步强调了杜邦公司故意无视风险的事实，以期惩罚性损害赔偿能够被纳入判决。

2016年7月5日，我又一次坐在了原告席后面，看着帕普发表他那部分结案陈词。巴特利特太太的案件让我感慨万千，而这件案子则让我意识到我们所做的事是多么重要。构建这个案子就像构建一台有上千个零部件的发动机一样。一切都必须严丝合缝，这样才能令杜邦公司承担责任。一个地方掉链子就会令整部机器停止运转，一个步骤有疏漏就会满盘皆输。

帕普就是零部件中的一个，今天的他不光在移动，还在滚动。

"昨天，"他开始陈述，并与七位陪审团成员逐一进行眼神交流，"美利坚合众国庆祝了它的独立日。庆祝活动的一部分应该是围绕这一话题进行的——我们到底从独立中获得了什么。我的想法就是，没有唯我独尊的公司，也没有唯我独尊的国王、总统或者任何实体，他们都无法阻止美国公民走上法庭，说'你们做错了事'。"

接着，他介绍了传奇故事中的反派："我称他为'俄亥俄谷的傀儡大师'——他就是我们的杜邦先生。"

在法庭上，公司可以被当作人来对待。依据《第十四修正案》，公司享有与人相同的法律权利：受到法律的平等保护，有权在法院接受正当程序。你可能会说，公司和人一样，也有自己的价值观、意志力和道德心。

"为了进入法庭，讲述他们早已讲过的、非同寻常的故事，他们多年来都在操控社区，操控环保主义者，操控自己的雇员。"帕普继续说道。

这些年来，我一直在各种信息与事实中抽丝剥茧。在如此复杂难懂、变化莫测的机制中，想发现点什么几乎是不可能的。而当我有所发现，开始挖掘真相的时候，我发觉他们企图和州政府进行可疑的合作，以便将我阻挡在真相之外。他们一拖再拖，试图隐藏那些对自己最不利的文件；他们试图通过混淆视听的水样检测掩盖问题；他们承诺不质疑科学专门小组的结论，然后再反悔；他们还在协议中说不质疑一般因果关系，可后来也推翻了自己的承诺。

"他们需要操控河流的两岸。他们需要操控科学家。他们需要操控医生，医生本来需要相关信息救治病人，然而他们完全不了解情况。杜邦公司一直在拖延，一直在掩盖。为了掩盖这一切，女士们，先生们……你必须全副武装，做足准备。你必须聘请非常好的律师团队。你必须有精良的公关团队来帮忙掩饰。更重要的是，你必须有一种策略。"

这次，我们得把惩罚性损害赔偿拿到手。我们得让陪审团彻底明白，杜邦公司是在故意忽视风险。在这次庭审中，除了要让陪审团看到杜邦公司的科学精英们对全氟辛酸有多么熟悉——以及公司对这些人的建议有多么不屑一顾——我们还会盯住这一点不放：杜邦公司一直极力隐瞒、误导公众和监管机构。有了我发现的那些文件，我们完全能够证明他们的意图。

谈及那份"连点成图"的文件，帕普告诉陪审团：把它当作"你们的北极星。下面这句这是他们的原话，不是我说的。他们说：'能不能用一种策略，将信息传播量最小化呢？'他们不想外传的到底是些什么？他们不想让人们知道，他们每年用五万磅毒素污染河水，而且他们知道这种毒素是致癌的。他们不想让人们知道，作为一种毒素，全氟辛酸在人血液中停留的时间会长达二十到二十五年"。

听到这样的总结，我顿悟了。对于今天来讲，过去十七年中的每一个痛苦时刻，每一个感到挫败的时刻，都是我们的必经之路。最近，在明尼苏达州和帕克斯堡，有两起案子没能通过认证；另外，新泽西州的集体诉讼案只用了八百三十万美元就和解了；但即便是这样令人沮丧的挫折，对我们来说也是绝对有必要的。尽管结果让人失望，但是这些诉讼案多给了我很多年的时间，让我可以继续积极地进行调查，从杜邦公司或其他地方获取文件，其中有相当一部分正在此刻的庭审中发挥重要作用。

这其中包括那份名为"连点成图"的文件。它是我收到的难以计数的几千份文件中的一份，但在这次庭审中，它是第283号文件，而且至关重要。

"如果你们想知道这家公司使用了何种手法把一切掩盖起来，那就要从第283号文件开始，它会一点点展示给你们看。"帕普说，"限制人们对'点'的关注，会令此事的曝光度大大降低。他们明白，一旦公众发现了真相，肯定会产生不满情绪；一旦出现不满情绪，就会增加他们的责任。那么这件事的曝光度也会越来越高。"

杜邦公司希望这些点永远不要被人发现，或者，即便有人发现，他也无法把它们串联起来。但是，厄尔发现了那些点，还把它们串联起来了。

我并不是杜邦公司最大的噩梦，厄尔才是。厄尔教会了我勇气到底意味着什么。甚至当政府、社区，还有他的某些朋友和邻居持续给他施压，让他算了的时候，他还是那个孤军奋战，义正词严地指责企业巨头的英雄。即使他自己的战斗宣告结束，他也推动我继续战斗。因为他知道，这件事情并不只是和自己有关系。

现在，帕普正在努力确保陪审团明白，这件事的全部过程，杜邦公司都脱不了干系："他们说，这个案子中潜在的原告人数是多少来着？"他挥了挥被投射在大屏幕上的文件。在这份文件中，杜邦公司把那些喝过他们制造的污水的人称为"受体"。

"明白了吧。"帕普用他那富有磁性的声音拉长声调说道，"每一次，当你们看到'受体'这个词的时候，他们其实是在谈论人。他们谈论的是那些普通的妈妈、爸爸和孩子。这些人统统被称为'受体'。杜邦公司对于保证人们的健康根本没有兴趣。他们只是在努力算计，这么干了五十七年之后，他们得赔多少钱。而关键问题是，这一切都是可以避免的。对于居住在俄亥俄谷的很多人而言，这是可以避免的。只要杜邦公司采取正确的措施就行。"

杜邦公司早已知道如何摧毁这种分子。他们也早已知道，一旦这种物质进入环境或是人类的血液中，就无法再被摧毁了。但是这种东西本来是可以被摧毁的。难以遏制的恶果已经出现了。现在，地球上每个人的身体里都有了这种毒素；在这个星球上，每个生物体内都有了这种毒素；整个世界都被污染了。

"因此，当我能把点连起来的时候，我就要让它们派上用场。"帕普停顿了一下，让悬念像电荷一样在寂静的法庭上积聚。然后他吐出了一个词，这是终极一击！"恶意。"他说，"我要说的这个词就是：恶意。当你听到'恶意'这个词的时候，你可能会说，我认为恶意应该是这些：是恨，是憎，是敌对，是肆意妄为，是居心不良，是邪恶。但这些都不是。在本案中，我们所说的恶意，和你们要去评估的行为，不是邪恶或者讨厌、憎恨之类的东西。简单来讲，实际恶意就是一种故意的无视。你对某件事视而不见，最终有人因此受到了伤害。这才是它真正的含义。这就是法律。"

我看着陪审团沉浸在帕普精湛的表演中，我希望他们能明白我们一直想让他们明白的事。

此事绝非偶然，而是人为的选择。

2016年7月6日，陪审团宣布支持戴维·弗里曼，并为他裁定了五百一十万美元的补偿性赔偿金。

而且，这次的判决结果中，还附加了五十万美元的惩罚性损害赔偿金。

这次，陪审团发现了实际恶意。

我想，这次杜邦公司听到他们该听的消息了，是时候彻底解决问题了。

杜邦公司和科慕公司立刻就跳出来，宣布他们会对本案的判决结果提出上诉。

我都能闻到空气中的烟草味道了。

* * *

于是，我们进行了第三场跨地区诉讼庭审。此次的肯尼思·维涅龙案延续了赔偿金升级的趋势。五十六岁的维涅龙先生是一位老卡车司机，还是四个孩子的父亲。这是一个更严重的睾丸癌案件。

陪审团支持他的诉求，裁定了二百万美元的补偿性赔偿金，外加一千零五十万美元的惩罚性损害赔偿金。

这第三起案件应该能制住杜邦公司了吧。

并没有。

很快，杜邦公司和科慕公司就告诉大家，法庭和陪审团都犯了错误，一切都将在上诉时得以纠正。

我们在风向标案件和庭审程序中似乎找不到什么出路了。庭审一次又一次以相同的方式告终：杜邦公司被判担责，补偿性赔偿金和惩罚性赔偿金也越来越多，但杜邦公司却铁了心要顽抗到底。按照这样的速度，我们一共有三千多起案件要上庭，得用几百年时间才能审完，大部分原告根本等不到上庭那天。

索格斯法官决定加快进程。如果杜邦公司执意在每个案子的庭审中都这么干，我们就需要更为迅速地开启更多的庭审。很快，我们的跨地区诉讼案就有了一张新的时间表，另外四十个涉及癌症的案子会在2017年底审理完毕，它们将被分配给俄亥俄州、肯塔基州和西弗吉尼亚州的不同法官，以及不同的联邦法院。

在这些案子的庭审过程中，杜邦公司认输了。他们的律师团队同意一次性解决所有悬而未决的案件。

2017年2月，杜邦公司同意支付六亿七千零七十万美元，以了结俄亥俄州和西弗吉尼亚州的三千五百多起未决案件，其中包括已经开庭审理的案件。尽管杜邦公司已经把要上诉的问题全提出来了，而且就等着法院裁决了，但他们还是把这些上诉都主动撤销了，并且提出要和解。决定谁能获得赔偿金，能获赔多少，是一个极其复杂的过程，法官会指派特别管理员和索赔管理员，在法庭的监督下进行这项事宜。他们要懂得在群体中区分、评估不同的情况，例如，某个人得的是什么病，涉及哪些医疗手段（比如，化疗），身体已经患病、衰弱多少年了；有哪些人的毕生积蓄都被耗尽了；所以说，每位原告获得赔偿金的数目都需要进行单独考量。

由于科学专门小组没有证实出生缺陷与全氟辛酸之间存在"很有可能的关联性"，凯伦·罗宾逊的儿子"小东西"和巴基·贝利并没有被纳入跨地区诉讼的和解方案，这一点让我对结果不完全满意。我认为这种关联性在未来是能够得到证实的。不过想到被纳入集体诉讼和解方案的大约有三千五百个人，我还是有了一种主持正义的感觉。那些人中还包括苏·贝利，她患有与全氟辛酸相关的甲状腺疾病；还有肯·沃姆斯利，他患有溃疡性结肠炎。

　　随着整个案件落下帷幕，肯想坐下来总结一下自己的人生受到了怎样的影响。"我可以给你写一份我健康问题的清单。"他写道，"溃疡性结肠炎，侵袭性直肠癌，脾脏摘除手术，牙齿变黑并腐烂。我更愿意告诉你，这些对我来讲意味着什么。我要给你看看我奉献给杜邦公司什么，而他们又从我这里拿走了什么。

　　"每天清晨，我醒来之后就会想起：我没有直肠了。本该是它待的地方，已经全被封起来了。我的肚子上有一个小孔，粪便就从那里流出来，流到贴在我肚子上的小袋子里，旁边就是两处巨大的伤疤，它们是我两次开刀的刀口……我知道用造口集粪袋的人不止我一个，但是它剥夺了我的独立，我的自信，我的尊严。我过去一直是一个积极能干、善于跟人交往的人，是一个领导者。现在的我变得脆弱不堪，忧虑重重，我几乎很少离开自己住的房子。

　　"我一直梦想着能在退休后去当地的社区大学教数学；或者是在棒球队当教练；或者去旅行，看看世界；要不然就找一个自己爱的人共度一生。这些美梦统统被偷走了，一同被偷走的还有生活中很多简单的快乐：嚼着牛排，喝着啤酒，坐在马桶上读报纸。我已经快十五年没坐过马桶了。

　　"我想其他人也遭受着类似的损失，但我的痛苦有一个不同之处：我的一切痛苦都是我为之奋斗终生的公司造成的。这本是我无比信任的公司，但也正是这家公司令我暴露在已知的危险中，还向我承诺我是安全的。正是这家公司对我撒谎，摧毁了我的健康，更让我丧失了对人类尊严的信心。这家公司一直在缓慢却坚定地折磨我，从内至外要置我于死地。这就是我一直拥护的公司。这就是我一直热爱的公司。"

　　我们经年累月地辛苦工作，终于为那些饱受痛苦折磨的人带来了一些赔偿措施，但这是远远不够的，一想到这里，我就觉得自己很渺小。那些人是如此信任我，依赖我，虽然经过了一段漫长的时间，但最后我没有让他们失望。

*　*　*

2016年的一天，我办公室的电话突然响起，来电显示是一个并不熟悉的号码。

起初，我都很难听懂电话那端那位女士的口音。她是一位记者，从荷兰多德雷赫特打来电话，那里有杜邦公司（现在叫科慕公司）的工厂，可以说是华盛顿工厂在欧洲的姊妹工厂。多德雷赫特是荷兰最为古老，也最为美丽的港口城市之一，迷宫般纵横交错的运河和鹅卵石街道为它赢得了"小阿姆斯特丹"的美誉。但是，它现在却面临着一个极其严重的问题。

这位记者正在调查全氟辛酸的化学替代品。2009年，杜邦公司在环境保护局为期十年的全氟辛酸淘汰计划中悄然推出了一种名为GenX的替代品，它的化学结构与全氟辛酸几乎相同，只是主链上少了两个碳原子。

GenX似乎已经出现在多德雷赫特的水中了。但是没人知道这意味着什么。这是一种什么物质？它有危险性吗？好像没什么人听说过这种化学物质。科慕公司说，并没有证据表明该物质对人类健康有任何不良影响，但是人们却担忧不已。人们想把这种物质从水中清除出去，还想知道喝了这种水这么多年，自己会受到什么影响，但是没人知道到底该如何去做。

"比洛特先生，"她说，"你能帮帮我们吗？"

*　*　*

这通电话仅仅是个开局。《纽约时报杂志》的文章刊发了，案子以六亿七千零七十万美元和解的消息也传开了，自此之后，来我这儿咨询法律事务代理，或者邀请我发表演说的人就没断过。我在各所大学和法学院作报告，接受电视台采访，在纽约州参议院前做证；我还去意大利发表了一场只剩站票的演说，那儿的社区组织了一场万人游行，要求对全氟辛酸和全氟/多氟烷基化合物实施严格监管。我还被邀请出席纪录片《恶魔你知我知》在圣丹斯电影节上的首映式，这部纪录片讲的是我们在西弗吉尼亚州的诉讼案；放映结束后，我还得到了为观众答疑解惑的机会。我甚至去了瑞典的斯德哥尔摩领奖，因在全氟辛酸事件中做出贡献，我获得了"优质民生奖"，该奖项素有"诺贝尔环境奖"[1]之称。在那里，我遇到欧洲的领导人物和联合国的代表，我们一起讨论了全氟辛酸及相关化学物质在全球蔓延的威胁。

　　我痛苦地意识到，本来我终于有更多的时间去陪伴萨拉和儿子们了，可我却又变得分身乏术，就好像那时候，我埋头为庭审做准备，在俄亥俄州哥伦布的酒店里一待就是几个星期，为癌症的案子奔忙。不过，萨拉一直鼓励我去做我需要做的事。她早已习惯了我们长期以来的平行生活，而且她也即将进入令人兴奋的全新生活阶段。孩子们都上高中了，我又成天忙于工作，于是萨拉重新回到法律行业，在当地一家名叫"为了孩子"的非营利法律机构中担任顾问，致力于帮助处于危机中的儿童。三个儿子在活跃的青少年社交与课外活动中忙得不亦乐乎，就算我出现在他们身边，他们也几乎注意不到我的存在。

　　我把2017年的大部分时间都花在机场和酒店了，我不喜欢这样；但令我感到满意的是，我一直在为尚未解除的威胁发声，不仅是在国内，还在国际上，这关系到数百万人，他们只是想看到干净、安全的水从自家水龙头里流出来。人们越来越清楚地意识到，所有全氟／多氟烷基化合物——相关物质多达四千多种——恐怕都有问题，其中包括新出现的替代物（如GenX），尽管有人宣称它们的生物持续性不像全氟辛酸与全氟辛烷磺酸那么强。相似的结构和某些动物实验表明，这些新出现的替代物也可能有毒或致癌，但我们又听到了类似的说法：更广泛的科学研究尚未进行，还没有足够坚实的结论，无法就全氟／多氟烷基化合物中的其他化学物质的健康风险提起诉讼。

　　随着公众对这种事越来越有意识，对公共用水进行污染检测也变得越

---

1 Alternative Nobel Prize，亦译为"诺贝尔替代奖"，专门奖励在环保和人类可持续发展方面做出杰出贡献的人。

来越普遍。检测越是做得多，PFOA/PFAS污染点位图的范围就越大。同时，国防部开始向社区居民发出警告，说几百个军事基地和机场附近的饮用水可能也被全氟辛酸污染了，因为用来给油灭火的B类消防泡沫中含有这种物质。在世界各地，有近千个地点可能受到这种泡沫的影响，相关调查工作正在进行当中。

环境工作组开展的一项调查记录了全氟/多氟烷基化合物的污染情况，在全美四十九个州的七百多处场所出现了全氟/多氟烷基化合物污染，其中包括军事基地、机场、制造厂和垃圾填埋场，还有消防训练场。据悉，被全氟/多氟烷基化合物污染的自来水影响着一亿多个美国人——比全美人口的三分之一还多。在世界各地，不断有科学研究提出新的疾病关联，范围远超我们的C8科学专门小组发现的六种疾病；其中最吸引媒体眼球的，是意大利开展的一项针对年轻男性的研究，这项研究的结论是，接触过高浓度全氟辛酸或全氟辛烷磺酸的男性会出现生殖缺陷，包括"阴茎短小，精子数量减少，精子活性降低"。

关注全氟/多氟烷基化合物问题的人越来越多，政府和监管机构也施加了越来越大的压力，但即便如此，我还是痛苦地意识到，实际上并没有出现什么有效的措施来解决这个问题。2016年5月20日，也就是纳撒尼尔将我的故事发表在《纽约时报杂志》上四个月之后——此时距环境保护局和杜邦公司签署全氟辛酸淘汰协议（在该协议中，杜邦公司要求暂停所有联邦监管行为）已经过去快十年了——环境保护局针对饮用水中的全氟辛酸浓度，宣布了首份联邦级别的长期健康指导建议。建议中称，在一个人的一生中，全氟辛酸和全氟辛烷磺酸的安全接触浓度都是不高于0.07ppb；环境保护局还郑重承诺，要对全氟/多氟烷基化合物采取行动。一年多之后，该承诺并未产生任何效果。

2018年的春夏两季，由于来自民众、媒体和政界的压力越来越大，环境保护局宣布正在制定一项管理全氟/多氟烷基化合物的"全国计划"；该机构称，他们将对"我们所了解的、关于饮用水中全氟辛酸和全氟辛烷磺酸的一切"进行检查。此时距我第一次写信给环境保护局，对全氟辛酸的危险性发出预警，已经过去超过十七年了，现在该机构终于声称要"开始采取必要的措施，提议将全氟辛酸和全氟辛烷磺酸划为'有害物质'"，并且"正在为受污染地点的地下水制定清理建议"。该机构还承诺，"将与联邦和各州的伙伴密切合作"，为所有风险未知的新型全氟 / 多氟烷基化合物制定毒性值。

然而直到2018年底，环境保护局并未取得任何进展。然后，在2019年2月，环境保护局大张旗鼓地宣布，依据《超级基金法》将全氟辛酸和全氟辛烷磺酸列入有害物质名单的进程"已经启动"。这个进程已经"启动"了快二十年了。特拉华州的参议员汤姆·卡珀的话精准地呼应了我的想法，他说道："环境保护局花了近一年时间，就是为了把球踢得更远。"

为了采取有意义的行动，帮助数百万被全氟 / 多氟烷基化合物污染的美国人；或者仅仅是为了证实人的健康受到了怎样的威胁（包括罹患癌症）；我意识到有必要再次诉诸司法系统，诉诸普通法中的侵权概念。我着眼于一个简单却可怕的事实：这些化学物质存在于每一个人的血液中。受害者并不局限在单独的社区、地区或是州，他们就是我们所有人。

我们的诉求很简单：那些公司明知道我们会像人体海绵一样，把他们的毒物吸进血液中贮存起来，就好像我们是数百万个免费的、不需要许可证的移动垃圾填埋场，但他们还是将自己生产的化学物质释放到环境中；这种无所不在的血液污染就像定时炸弹一样，它们在我们全然不知情、未同意的情况下被放入我们的身体；这本身就是一种伤害，这正是我们要控告的东西。我们要求的补偿不是钱，它比钱更为基础：那就是科学知识。

我的想法是对制造、使用这些化学物质，并从中获利的公司提起新的诉讼，以资助任何必要的科学研究，这些科学研究的目的是确认更为广泛的全氟 / 多氟烷基化合物给人类健康带来的风险；此类研究应该在相关化学物质投入商业生产前完成。我们将会寻求组建一个扩展版的C8科学专门小组，组内的科学家须经双方认可，做事公平公正。这些科学家将一次性给出结论：面对范围如此之大的全氟/多氟烷基化合物，这种血液污染对我们来讲意味着什么。我们试图通过和解或判决，迫使这些公司负担科学研究的费用，并要求他们接受这一点：一旦官司有了裁决结果，那就是最终的结果，不可辩驳，不可上诉。毕竟，为什么要让纳税人花钱去了解这些公司对人们做了什么呢？

虽然我做原告律师已经有二十年了，也为律所打了几次载入史册的大胜仗，还获得了"诺贝尔环境奖"，但当我向律所提出上述想法时，我还是像早年间那样感到焦虑不安。如果打一起个人财产损失、人身伤害的官司要花三年时间，代表一个小规模的社区进行索赔又花了十六年时间，那么为三亿多美人打一桩集体诉讼官司得花多长时间，其中得有多少个无法计酬的工时？我发现自己又要请伙伴们和我一起跳入熟悉的火坑了。在经过长时间详尽无遗的研究之后，他们同意了。

2018年10月4日，我代表遭受全氟/多氟烷基化合物污染的美国人民在美利坚合众国俄亥俄州南区地方法院提起集体诉讼，向八家化学公司提出索赔要求。庭审由索格斯法官主持。

前路漫漫，我要做的还有很多很多。

后　记

　　在处理全氟／多氟烷基化合物相关事宜的过程中，缺乏行动力和明确的最后期限着实令人沮丧。因此，参议员和众议员们在美国的参、众两院都提出了两党法案，要求联邦政府在特定日期之前对饮用水中的全氟／多氟烷基化合物进行监管，但该法案尚未被通过。另有一些法案在2019年初被提出，要求环境保护局依据《超级基金法》，在特定日期之前将全氟辛酸与全氟／多氟烷基化合物划为"有害物质"，但该法案也尚未被通过。提到另外几十种全氟／多氟烷基化合物时，环境保护局承诺将"尽快缩小科学上的差距"。

致　谢

　　首先，我要把最深沉、最热烈、最衷心的感谢和爱意送给我了不起的妻子萨拉，和我们最棒的儿子们——泰迪、查理和托尼。正是他们和我一起经历了这漫长的传奇，他们自事情发生伊始就一直支持我，此后又在本书的创作过程中陪伴我重温这一切。同时，我还要感谢我的父母亲，雷和埃米莉；我的姐姐，贝丝；姐夫，特里；以及我和萨拉所有的亲人，包括我的外甥、外甥女，萨拉的父母亲、兄弟姐妹，以及其他长辈、平辈和晚辈。我特别要感谢我的老祖母，是她最先把我和本书中讲述的人与事联系起来，最终以很多种方式改变了我的人生。

　　其次，我在此满怀谦卑地把自己的感谢和赞赏送给成千上万的人，他们来自西弗吉尼亚州、俄亥俄州、明尼苏达州、新泽西州等地的社区，正是这些人赐予我殊荣，代表他们在过去的二十年间处理全氟/多氟烷基化合物的问题；其中一些人的故事出现在本书中，包括坦南特大家庭（厄尔、桑迪、吉姆、黛拉、杰克、艾咪、水晶[1]、玛莎和特里），基格一家（乔和达琳），罗宾逊一家（凯伦和"小东西"），贝利一家（苏和巴基），肯·沃姆斯利，卡拉·巴特利特，戴维·弗里曼，还有肯尼思·维涅龙；还有所有支持并参与大规模C8健康项目的个人及其家庭，他们提供了自己的医疗信息和血样，这些关键数据帮助整个世界最终认识到全氟辛酸的危险性。

---

1 作为让一位农民感到骄傲的女儿，水晶·坦南特希望人们能够了解一个名为"美国未来农民"（Future Farmers of America）的组织。

　　我衷心感谢塔夫托律师事务所的每一个人，不论是过去还是现在，他们都给我机会，支持我进入未知领域，接手并持续跟进全球污染问题。其他律所的同仁们也发挥了重要的作用，在大家的合力之下，我们不但做了这件事，还做成功了；他们中的一些人在本书中被提到（例如：凯瑟琳·韦尔奇、汤姆·特普、金姆·伯克、迈克·帕普安东尼奥、迈克·伦敦、盖理·道格拉斯、小罗伯特·F.肯尼迪），另外一些人则没有（例如：杰瑞·拉佩恩、史蒂夫·贾斯蒂斯、戴维·巴特勒、凯文·麦当娜、丽贝卡·纽曼、约翰·纳尔班迪安、艾伦·赫尔齐克、黛博拉·马克瑞、罗布·克雷格、苏·克斯特、蒂姆·奥布莱恩、杰夫·甘地、韦斯·鲍登、卡罗尔·摩尔和艾希莉·布里顿·兰德斯）。我要特别感谢奈德·麦克威廉斯；在他的帮助下，人们对全氟辛酸的认知达到了新的高度。我还尤其要感谢拉里·温特；在最初的诉讼案中，他就是我的协理律师，他的指引、忠诚和坚定不移的支持，帮助我熬过了最困难的那几年。

　　我不确定能否找到合适的辞藻，向专业人士组成的超级团队表达感激之情，他们才华横溢、敢于创新、兢兢业业，包括但绝不仅限于保罗·布鲁克斯、阿特·马赫、特洛伊·扬格，以及帕齐·弗伦斯伯格；他们共同设计、实施，并且成功完成了史无前例的C8健康项目，使其成为人类健康研究史上最大、最成功的项目之一。我也不知该怎样表达我对科学专门小组和医学专门小组的谢意；我还要感谢所有协助解释、分析、核实、监测全氟辛酸健康风险的咨询人员和科学家。

　　我深切感激众多医生、流行病学家、风险评估师、分析化学家、毒理学家和其他科学家，诸如戴维·格雷博士、理查德·克拉普博士、巴里·莱维博士、詹姆斯·达尔格伦博士和詹姆斯·史密斯博士；事发伊始，正是在他们的建议、教育和帮助下，我了解了复杂混乱、令人眼花缭乱的全氟/多氟烷基化合物的世界。我还要感谢以下这些科学家和研究人员，他们利用自己的专业知识和才能大声疾呼，教育并警示科学界、监管机构和民众，提醒他们关注全氟辛酸和全氟/多氟烷基化合物的危险性，这些人包括但不仅限于法尔丁·奥莱伊博士、格伦·埃弗斯博士、理查德·珀迪博士和阿琳·布卢姆博士。

　　此外，我还要特别感谢环境工作组每一位成员的不懈努力，特别是肯·库克，他卓越、无与伦比的工作提高了人们对全氟辛酸和全氟／多氟烷基化合物危险性的认识水平。在这一问题上，环境工作组做得真是相当出色。我们都应该向他们表示感谢。

　　我还想感谢所有提醒公众注意全球健康威胁的非政府组织、民间团体、记者、作家和媒体从业人员，包括但不仅限于绿色科学政策研究所、肯·沃德、莎伦·勒纳、考利·里昂、玛丽亚·布莱克，以及纳撒尼尔·里奇。

　　我还要特别感谢比尔·卡曾斯，还有"减少癌患"组织董事会的成员，以及优质民生奖基金会的工作人员，感谢他们始终致力于提升公众对全氟辛酸和全氟／多氟烷基化合物致癌性的认识。

　　我还要向"心房图书"和西蒙&舒斯特出版社表达最深切的感谢，他们非常关注我的故事和全氟辛酸问题。我尤其要感谢我出色的编辑彼得·波兰德，他成熟且富有洞见的编辑能力，和他坚定的信念，使这本书得以出版。同时也非常感谢他的助理肖恩·德隆，他和彼得一起不知疲倦地工作，无疑为本书增色不少。此外，我还要感谢莉比·麦圭尔、本杰明·霍姆斯和詹姆斯·艾考柏力。还有我的妻子萨拉，感谢她思虑周全地审读、校订文稿，并提出自己的见解。

　　我最真挚的感谢同样还要送给汤姆·施罗德，他以精湛的文学技巧和才华，将科学、监管措施、法律、政治、企业文化等深奥复杂、不易理解的"平行世界"编织在一起。感谢你！汤姆。谢谢你的耐心，你的同情心，感谢你让这个故事栩栩如生地展现在书页中。我也永远不会忘记在早期极为艰巨的研究中，能力突出的金姆·克罗斯所做的不俗贡献。感谢你！金姆。

最后，如果没有我的文稿代理人，并肩文学创作公司的劳里·伯恩斯坦的支持、热情和不懈努力，那么这本书永远都不会出版。她极有才华，而且非常有耐心和毅力。她给予我鼓励，并且对这个故事的重要性有着坚定的信心；也正因为这样，这本书才得以问世。感谢你！劳里。

京权图字：01-2022-3880

图书在版编目 (CIP) 数据

黑水真相／（美）罗伯特·比洛特（Robert Bilott）著；张怡译. —— 北京：外语教学与研究出版社，2022.8
书名原文：Exposure: Poisoned Water, Corporate Greed, and One Lawyer's Twenty-Year Battle against DuPont
ISBN 978-7-5213-3933-8

I. ①黑⋯ II. ①罗⋯ ②张⋯ III. ①纪实文学－美国－现代 IV. ①I712.55

中国版本图书馆 CIP 数据核字 (2022) 第 169547 号

出 版 人　王　芳
项目策划　张　颖　徐晓雨
责任编辑　徐晓雨
责任校对　黄雅思
装帧设计　范晔文
出版发行　外语教学与研究出版社
社　　址　北京市西三环北路 19 号（100089）
网　　址　http://www.fltrp.com
印　　刷　紫恒印装有限公司
开　　本　650×980　1/16
印　　张　24.5
版　　次　2022 年 10 月第 1 版　2022 年 10 月第 1 次印刷
书　　号　ISBN 978-7-5213-3933-8
定　　价　79.00 元

购书咨询：（010）88819926　电子邮箱：club@fltrp.com
外研书店：https://waiyants.tmall.com
凡印刷、装订质量问题，请联系我社印制部
联系电话：（010）61207896　电子邮箱：zhijian@fltrp.com
凡侵权、盗版书籍线索，请联系我社法律事务部
举报电话：（010）88817519　电子邮箱：banquan@fltrp.com
物料号：339330001

记载人类文明
沟通世界文化
www.fltrp.com

黑水真相

Exposure:

Poisoned Water, Corporate Greed,
and One Lawyer's Twenty-Year
Battle against DuPont

[美] 罗伯特·比洛特　著

Robert Bilott

张怡　译

外语教学与研究出版社
北京